Tieck · Phantasus

Ludwig Tieck

Märchen aus dem »Phantasus«

Herausgegeben von
Walter Münz

Philipp Reclam jun. Stuttgart

Umschlagabbildung:
Moritz von Schwind, *Bertha pflegt den Vogel*
Bleistift mit Tusche laviert, 1833/34
(Wartburg-Stiftung Eisenach, Kupferstichkabinett)

Universal-Bibliothek Nr. 18240

Gesamtherstellung: Reclam, Ditzingen. Printed in Germany 2003

ISBN 3-15-018240-9

www.reclam.de

Märchen aus dem »Phantasus«

Die Gesellschaft stand vom Tische auf und ging in den Garten, um die Luft zu genießen, welche am Morgen ein Gewitter lieblich abgekühlt hatte. Nun, sagte Clara, sind Sie alle Ihres Versprechens eingedenk gewesen? Wo sind die Mährchen?

Du bist sehr eilig, sagte Manfred, weißt du doch nicht, ob sie dir wirklich Freude machen werden.

Sie müssen, antwortete sie lachend, wenn ich nicht auf die Autoren sehr ungehalten werden soll.

Es ist schwer, sagte Anton, zu bestimmen, worin denn ein Mährchen eigentlich bestehen und welchen Ton es halten soll. Wir wissen nicht, was es ist, und können auch nur wenige Rechenschaft darüber geben, wie es entstanden sein mag. Wir finden es vor, jeder bearbeitet es auf eigne Weise und denkt sich etwas anderes dabei, und doch kommen fast alle in gewissen Dingen überein, selbst die witzigen nicht ausgenommen, die jenes Colorit nicht ganz entbehren können, jenen wundersamen Ton, der in uns anschlägt, wenn wir nur das Wort Mährchen nennen hören.

Die witzigen, sagte Clara, sind mir von je verhaßt gewesen. So habe ich den Hamiltonschen nie viel Geschmack abgewinnen können, so berühmt sie auch sind; die dahlenden im Feen-Cabinet zogen mich vor Jahren an, um mich nachher desto gründlicher zu ermüden und zurück zu stoßen, und unserm Musäus bin ich oft recht böse gewesen, daß er mit seinem spaßhaften Ton, mit seiner Manier, den Leser zu necken und ihm queer in seine Empfindung und Täuschung hinein zu fallen, oft die schönsten Erfindungen und Sagen nur entstellt und fast verdorben hat. Dagegen finde ich die Arabischen Mährchen, auch die lustigen, äußerst ergötzlich.

Es scheint, sagte Anton, Sie verlangen einen still fortschreitenden Ton der Erzählung, eine gewisse Unschuld der Darstellung in diesen Gedichten, die wie sanft phantasirende Musik ohne Lärm und Geräusch die Seele fesselt, und ich glaube, daß ich mit Ihnen derselben Meinung bin. Darum ist das Göthische Mährchen ein Meisterstück zu nennen.

Gewiß, sagte Rosalie, insofern wir mit einem Gedicht zufrieden sein können, das keinen Inhalt hat. Ein Werk der Phantasie soll zwar keinen bitteren Nachgeschmack zurück lassen, aber doch ein Nachgenießen und Nachtönen, dieses verfliegt und zersplittert aber noch mehr als ein Traum, und ich habe deshalb das herrliche Mährchen von Novalis, so weit ich es verstehn konnte, diesem weit vorgezogen, welches auch alle Erinnerungen anregt, aber uns zugleich rührt und begeistert und den lieblichsten Wohllaut in der Seele noch lange nachtönen läßt.

Du hast hiemit zugleich, sagte Manfred, die große Mährchenwelt des Ariost getadelt, den es auch an einem Mittelpunkte und wahrem Zusammenhange gebricht. Die Frage ist nur, ob ein Gedicht schon vollendet ist, dessen einzelne Theile es sind, und in wie fern die Seele dann bei einer so vielseitigen Composition jene Foderung eines innigeren Zusammenhanges vergessen kann.

Diese Frage, fiel Ernst ein, kann gar nicht Statt finden, denn diese Theile sind ja nur durch das organische Ganze Theile zu nennen, können aber ohne dieses im strengeren Sinne nur Fragmente von und zu Gedichten heißen und als solche geliebt werden. Bei aller dieser scheinbaren Vortrefflichkeit fehlt die beherrschende, ordnende Seele, die der flüchtigen Schönheit den ewigen Reiz geben muß. Der Dichter will

Es soll sich sein Gedicht zum Ganzen ründen,
Er will nicht Mährchen über Mährchen häufen,
Die reizend unterhalten und zuletzt
Wie lose Worte nur verklingend täuschen.

Ich kenne dich und Friedrich schon, sagte Manfred, als Rigoristen und Ketzermacher, aber ich und Theodor werden euch zu gefallen den Ariost nicht anders wünschen, als er nun einmal ist, die Reise nach dem Monde und den Evangelisten Johannes ausgenommen, denn beide sind für diese so kühne Fiktion etwas zu matt ausgefallen.

Über diesen Dichter, sagte Anton, dürfte sich ein langer Streit entspinnen, der sich nur schwer beilegen ließe; sein Werk besteht, strenge genommen, nur aus Novellen, von denen er die längsten an verschiedenen Stellen mit scheinbarer Kunst durchschnitten hat, dasjenige, was alle verbindet, ist ein gleichförmiger Ton lieblichen Wohllauts; ich möchte also ebenfalls behaupten, daß sein Gedicht eigentlich weder Anfang, Mitte noch Ende hat, so wie ich davon fest überzeugt bin, daß nur wenige Verehrer, selbst in Italien, ihn oftmals von Anfang zu Ende durchgelesen haben, so sehr auch alle mit den einzelnen berühmten und anlokkenden Stellen vertraut sind.

Es giebt, sagte Lothar, eine Gattung der Poesie, welche ich, ohne damit ihrer Vortrefflichkeit zu nahe treten zu wollen, die bequeme oder erfreuliche nennen möchte, und in dieser stelle ich Ariost oben an. Sehn wir auf großer Ebene den hohen weit ausgespannten blauen Himmel über uns, so erschreckt und ermüdet in seiner Reinheit dieser Anblick, doch wenn Wölkchen mit verschiedenen Lichtern in diesem blauen Kristalle schwimmen, wenn die Sonne sich neigt, und unten am Horizont wie über uns die lebendigen Düfte in vielfachen Schimmer sich tauchen, dann erfüllt ein liebliches Ergötzen unsre Seele. So wollen wir die große Wiese mit Gebüschen und Bäumen unterbrochen sehn, und auf gleiche Weise fühlen wir in unsrer nächsten Umgebung, in unserm Hause, am dringendsten das Bedürfniß einer gewissen Kunst. Die weißen leeren Wände unsrer Zimmer und Säle sind uns unleidlich, Arabesken, Blumen, Thiere und Früchte umgeben uns in gefärbten und vielfach durchbrochenen Linien und Flächen mit mancherlei Gestalt, und selbst der Fußboden muß sich zum Schmuck und zur anständigen Zier zusammen fügen. Alles soll den äußern Sinn erregen und dadurch auch den innerlichen beschäftigen, und Rafaels Wandgemählde im Vatikan sind für Wohnzimmer vielleicht schon zu erhaben, und also als immerwährende Gesellschaft unbequem. Dieses durchaus edle Kunstbedürfniß des gebildeten Menschen erfüllt Ariost, er ist mehr Gefährte und Freund als Dichter, und wir thun wohl nicht Unrecht, wenn wir über die vollendete Schönheit des Einzelnen, über diese Fülle der Gestalten, über diesen zarten blumenartigen Witz, über diese ernste und milde Weisheit eines heitern Sinnes die Zusammensetzung vergessen.

Es scheint mir sehr richtig, fuhr Anton fort, daß diese gesellige Kunst auch in der Poesie sich zeigen dürfe, und hier finde ich Gelegenheit, an unser gestriges Gespräch über die Gärten zu erinnern, welches nach meiner Meinung abbrach, ohne zu beschließen. Die hohe Empfindung, welche uns der Anblick der Natur gewährt, sei es das Gefühl des Waldes, des Meeres oder Gebirges, läßt sich in keinen Garten ziehn, denn diese Gefühle sind wechselnd, unbeschränkt, unaussprechlich. Diejenigen, welche in Parks das Seltsam-Schauerliche, oder das Erhaben-Majestätische erregen wollten, haben sich im größten Irrthume befunden, und es war natürlich, daß ihre Bestrebungen in Fratzen ausarten mußten. Das Schöne und Rührende ist es, welches Hügel, Baumgruppen, kleine Flüsse Wasserfälle und Seen erregen können, ein schwärmendes musikalisches Gefühl, welches ziemlich deutlich den Künstler, welcher den Garten anlegen will, bewegen muß, und welches im Beschauen eben so widertönt. Dieser Gärtner wird also wohl die Natur, aber nicht das Natürliche ausschließen, und darum zieht der Engländer gern kleine Saatfelder in seinen Park, um eine ganz bestimmte Empfindung von der beschränkten Beschäftigung der Landwirthschaft zu erregen, ein kleiner Weinberg zeigt sich wohl auch, als ein reizendes Widerspiel der Haine und Baumgruppen. Wie mich nun zwar alles an die Natur erinnert, so kann ich sie doch hier so wenig wie im Gedicht oder in der Mahlerei unmittelbar empfinden, sondern ich soll die Kunst in jedem Augenblicke genießen. Wenden wir uns nun zu der sogenannten Französischen Gartenkunst, so finden wir hier eine dieser natürlichen völlig widersprechende. Wie sie alle Natur aus ihren Gränzen entfernt, eben so die Erinnerung an das Natürliche, denn so wenig Getreide und Obst ihren Platz hier finden, eben so wenig Baum-Parthien, die die Durchsicht decken, oder abwechselnd reizende Gebüsche, und jene süße Schwärmerei und musikalische Empfindung verschlungener Haine und mahlerischer Ansichten. Alles dient hier einer Empfindung, die ich am liebsten im Gegensatz jener musikalisch schwärmerischen Gefühle eine pathetische Entzückung nennen möchte, alles erhebt die Seele zur Begeisterung, alles ist klar und unverworren; gleich vom ersten Eintritt fühle und übersehe ich den Plan des Ganzen, und aus jedem Punkte finde ich mich unmittelbar in den Mittelpunkt der großartigen Composition zurück. Dazu dienen die großen freien Plätze, die geraden Baumgänge, die bedeckten und verflochtenen Lauben. Statuen und Wasserkünste verhalten sich zu diesem Garten so, wie gegenüber Saatfelder und Weinberge, sie wollen recht bestimmt das Gebildete aussprechen und darstellen, und wie man den Park mit Unrecht die Nachahmung einer gemahlten Landschaft nennen würde, da der Gärtner und Mahler vielmehr aus einer gemeinschäftlichen poetischen Quelle schöpften, so thäte man auch diesem Kunstgarten Unrecht, ihn aus der Architektur abzuleiten, da auch der Architekt nur aus jener mathematischen Poesie des Gemüthes seine Erfindungen nimmt. Daher scheint es mir auch geradezu unmöglich, in Bergen einen Park anzulegen, weil die Natur die unmittelbar hinein blickt, die Kunst-Effekte, die ihr hier verwandt sein sollen, vernichtet. Nach der Natur aber selbst sehnt sich gewiß jeder aus beiderlei Gärten vielmals hinaus und Niemand kann sie entbehren. Der regelmäßige Garten schließt vielleicht im Hintergrunde am angenehmsten mit einem parkähnlichen, so wie der Englische am schicklichsten nahe am Hause freie Räume und eine gewisse Regelmäßigkeit ausspart. Es ergiebt sich auch von selbst, daß der regelmäßige Kunstgarten eine allgemeinere Form hat und leichter, vom Geschmack geleitet, zweckmäßig nachgeahmt werden kann, daß aber der Park sich nicht leicht wiederholen läßt, sondern in jeder neuen Gestalt als ein anderes Individuum auftreten muß. Es ist aber wohl möglich, daß es demohngeachtet nur wenige Hauptformen giebt, unter welche alle Gärten dieser Art sich vereinigen lassen, und trotz der anscheinenden Einsamkeit dürften dann die Französischen Gärten wohl eben so viele Gattungen aufweisen können. Ist es erlaubt ein Ding durch ein vergleichendes Bild deutlich zu machen, so möchte ich am liebsten den Park mit einem Shakspearschen, und den regelmäßigen Garten mit einem Calderonschen Lustspiel vergleichen. Scheinbare Willkühr in jenem, von einem unsichtbaren Geist der Ordnung gelenkt, Künstlichkeit, in anscheinender Natürlichkeit, der Anklang aller Empfindungen auf phantasirende Weise, Ernst und Heiterkeit wechselnd, Erinnerung an das Leben und seine Bedürfnisse, und ein Sinn der Liebe und Freundschaft, welcher alle Theile verbindet. Im südlichen Garten und Gedicht Regel und Richtschnur, Ehre, Liebe, Eifersucht in großen Massen und scharfen Antithesen, eben so Freundschaft und Haß, aber ohne tiefe oder bizarre Individualität, oft mit den nehmlichen Bildern und Worten wiederholt, Künstlichkeit und Erhabenheit der Sprache, Entfernung alles dessen, was unmittelbar an Natur erinnert, das Ganze endlich verbunden durch einen begeisterten hohen Sinn, der wohl trunken, aber nicht berauscht erscheint. Ich lasse das Gegenbild des Gartens unausgemahlt, aber man könnte selbst die Reden in Stanzen oder andern künstlichen Versmaßen, (die sich gewiß ganz von dem, was die Naturalisten Natur nennen wollen, entfernen) mit den beschnittenen glänzenden Taxus- und Buxus-Wänden vergleichen, wenn man witzig im Bilde fortspielen wollte.

Auch diese, sagte Manfred, dürfen in einem Kunstgarten nicht fehlen, auch vertragen diese Baumarten die Scheere am besten, da ihr festes glänzendes Laub nur langsam wieder nachwächst, und sie sich überhaupt weit mehr als empfindsame Linden und jugendlich kühne Buchen darein fügen. Doch glaub' ich können geschnizte Pyramiden und ähnliche Figuren füglich aus jedem Garten ausgeschlossen werden.

Unser Garten, liebe Mutter, rief Clara, ist nun hoffentlich auf alle Zeiten gerettet, denn es steht vielleicht zu erwarten, daß man in der Zukunft manche der natürlichen Parks wieder in dergleichen künstliche Anlagen umarbeiten möchte.

– Nicht wahr, mein Freund, (so wandte sie sich gegen Anton) es ist überhaupt wohl schwer zu sagen, was denn Natur oder natürlich sei?

Vielen Mißbrauch, erwiederte dieser, hat man oft mit diesen Worten getrieben, am meisten in jener Zeit, als man sich von einem steifen Ceremoniell zu befreien strebte, welches man irrigerweise Kunst nannte, und nun gegenüber ein Wesen suchte, welches uns unter allen Bedingungen das Richtige und die Wahrheit geben sollte. Kunst und Natur sind aber beide, richtig verstanden, in der Poesie wie in den Künsten, nur ein und dasselbe.

Am seltsamsten, sagte Theodor, ist mir das Geschlecht der Naturjäger vorgekommen, welches noch nicht ausgestorben ist, vor einigen Jahren aber noch mehr verbreitet war; diejenigen meine ich, welche auf Sonnenauf- und Untergänge von hohen Bergen, auf Wasserfälle und Naturphänoneme wahrhaft Jagd machen, und sich und andern manchen Morgen verderben, um einen Genuß zu erwarten, der oft nicht kömmt, und den sie nachher erheucheln müssen. Diese Leute behandeln die Natur gerade so, wie sie mit den merkwürdigen Männern umgehn, sie laufen ihnen ins Haus und stellen sich ihnen gegenüber, da stehn sie nun an der bekannten und oftmals besprochenen Stelle, und wenn in ihrer Seele nun gar nichts vorgeht, so sind sie nachher wenigstens doch dort gewesen.

Die Natur, fuhr Anton fort, nimmt nicht in jeder Stunde jedweden vorwitzigen Besuch an, oder vielmehr sind wir nicht immer gestimmt, ihre Heiligkeit zu fühlen. In uns selbst muß die Harmonie schon sein, um sie außer uns zu finden, sonst behelfen wir uns freilich nur mit leeren Phrasen, ohne die Schönheit zu genießen: oder es kann auch wohl ein unvermuthetes Entzücken vom Himmel herab in unser Herz fallen, und uns die höchste Begeisterung aufschließen; dazu aber können wir nichts thun, wir können dergleichen nicht erwarten, sondern eine solche Offenbarung begiebt sich in uns nur. So viel ist gewiß, daß jeder Mensch wohl nur zwei oder dreimal in seinem Leben das Glück haben kann, wahrhaft einen Sonnen-Aufgang zu sehn: dergleichen geht auch dann nicht, wie Sommerwolken, unserm Gemüth vorüber, sondern es macht Epoche in unserm Leben, wir brauchen lange Zeit, um uns von solcher Entzückung wieder zu erholen, und viele Jahre zehren noch von diesen erhabenen Minuten. Aber nur Stille und Einsamkeit vergönnen diese Gaben; eine Gesellschaft, die sich zu dergleichen auf einem Berge versammelt, steht nur vor dem Theater, und bringt auch gewöhnlich dieselbe alberne Freude und leere Kritik wie dort mit herunter.

Noch seltsamer, sagte Ernst, daß so wenige Menschen den wundervollen Schauer, die Beängstigung empfinden, oder sich gestehn, die in manchen Stunden die Natur unserm Herzen erregt. Nicht bloß auf den ausgestorbenen Höhen des Gotthard erregt sich unser Gemüth zum Grauen, nicht bloß

– wenn es hin zur Flut euch lockt, –
– zum grausen Wipfel jenes Felsen,
Der in die See nickt über seinen Fuß, –
Der Ort an sich bringt Grillen der Verzweiflung
Auch ohne weitern Grund in jedes Hirn,
Der so viel Klafter niederschaut zur See,
Und hört sie unten brüllen;

sondern selbst die schönste Gegend hat Gespenster, die durch unser Herz schreiten, sie kann so seltsame Ahndungen, so verwirrte Schatten durch unsre Phantasie jagen, daß wir ihr entfliehen, und uns in das Getümmel der Welt hinein retten möchten. Auf diese Weise entstehn nun wohl auch in unserm Innern Gedichte und Mährchen, indem wir die ungeheure Leere, das furchtbare Chaos, mit Gestalten bevölkern, und kunstmäßig den unerfreulichen Raum schmücken; diese Gebilde aber können dann freilich nicht den Charakter ihres Erzeugers verläugnen. In diesen Natur-Mährchen mischt sich das Liebliche mit dem Schrecklichen, das Seltsame mit dem Kindischen, und verwirrt unsre Phantasie bis zum poetischen Wahnsinn, um diesen selbst nur in unserm Innern zu lösen und frei zu machen.

Sind die Mährchen, fragte Clara, die Sie uns mittheilen wollen, von dieser Art?

Vielleicht, antwortete Ernst.

Doch nicht allegorisch?

Wie wir es nennen wollen, sagte jener. Es giebt vielleicht keine Erfindung, die nicht die Allegorie, auch unbewußt, zum Grund und Boden ihres Wesens hätte. Gut und böse ist die doppelte Erscheinung, die schon das Kind in jeder Dichtung am leichtesten versteht, die uns in jeder Darstellung von neuem ergreift, die uns aus jedem Räthsel in den mannichfaltigsten Formen anspricht und sich selbst, zum Verständniß ringend auflösen will. Es giebt eine Art, das gewöhnlichste Leben wie ein Mährchen anzusehn, eben so kann man sich mit dem Wundervollsten, als wäre es das Alltäglichste, vertraut machen. Man könnte sagen, alles, das Gewöhnlichste wie das Wunderbarste, Leichteste und Lustigste habe nur Wahrheit und ergreife uns nur darum, weil diese Allegorie im letzten Hintergrunde als Halt dem Ganzen dient, und eben darum sind auch Dante's Allegorien so überzeugend, weil sie sich bis zur greiflichsten Wirklichkeit durchgearbeitet haben. Novalis sagt: nur *die* Geschichte ist eine Geschichte, die auch Fabel sein kann. Doch giebt es auch viele kranke und schwache Dichtungen dieser Art, die uns nur in Begriffen herum schleppen, ohne unsre Phantasie mit zu nehmen, und diese sind die ermüdenste Unterhaltung. – Allein Anton mag uns jetzt sein einleitendes Gedicht vorlesen, welches er uns versprochen hat.

Anton zog einige Blätter hervor und las:

Phantasus.

Betrübt saß ich in meiner Kammer,
Dacht' an die Noth, an all den Jammer
Der rund um drückt die weite Erde,
Daß man nur schaut Trauergeberde,
Daß Lust und Sang und frohe Weisen
Gezogen weit von uns auf Reisen,
Daß Argwohn, Mißtraun unsre Gäste,
Und Furcht und Angst bei jedem Feste,
Daß jedermann nur frägt in Sorgen:
Wie wird es mit dir heut und morgen?
Dazu war ich noch schwach und krank,
Mir war so Tag wie Nacht zu lang;
Ich sorgte, was mein Arzt ermessen,
Was ich nicht trinken durft' und essen,
Wie meine Pein zu lindern wäre,
Was mir den Schlaf, die Ruh nicht störe:

So saß ich still in mich gebückt,
Den Kopf in meine Hand gedrückt,
Als ich so sinnend es vernahm
Daß jemand an die Thüre kam,
Es klopfte, und ich rief: herein!
Da öffnet schnell ein Händelein
So weiß wie Baumesblüth, herfür
Trat dann ein Knäblein in die Thür,
Das Haupt gekränzt mit jungen Rosen,
Die eben aus den Knospen losen,
Wie Rosengluth die Lippen hold,
Das krause Haar ein funkelnd Gold,
Die Augen dunkel, violbraun,
Der Leib gar lieblich anzuschaun.
Er trat vor mich und thät sich neigen,
Und sprach alsdann nach kurzem Schweigen:
Wie kömmts, mein lieber kranker Freund,
Daß ihr hier sitzt, da Sonne scheint?
Der Frühling geht umher mit Pracht,
Hat Laub des Waldes angefacht,
Es brennt das grüne Feuer wieder,
Und drein ertönen tausend Lieder,
Die Erde trägt ihr Sommerkleid
Der Plan erglänzt von Blumen weit,
Es spielt der Fisch in blauem See,
Vom Obstbaum hängt der Blüthenschnee,
Die Lieb- und Seegen-schwangre Luft
Durchspielt in Wogen Kraft und Duft,
Das Kindlein lacht die Blüthen an
Aus rothem Mund mit weißem Zahn,
Der Jüngling sieht sein Herz und Lieben
In Blumenschrift mit Glanz geschrieben,
Sich hebt der Jungfrau schöne Brust
In ahndungsvoller Liebeslust,
Der Greis erfrischt die alten Glieder
Und dünkt sich in der Kindheit wieder,

Und jedermann fühlt freudenschwanger
Den dunkeln Wald, den lichten Anger.
Du nur willst sitzen hier gekauert,
In deinen Sorgen eingebauert,
Von Schwermuths-Wolken rings umhängt,
In Noth und Zweifeln eingeengt?
Ich kenne dich nicht wieder schier;
Hinaus mach' straks dich vor die Thür,
Und thu dein menschlich Angesicht
Hinein in holdes Himmelslicht,
Laß nicht die Stirn dir so verrunzeln,
Der Lippen Frische ganz verschrunzeln,
Das Auge, das sonst Strahlen scharf
Von seinem lichten Bogen warf,
Ist tief hinein zum Haupt geschmolzen
Und schießt nur schwer' und stumpfe Bolzen,
Entzweit hat sich dein Mund mit Lachen
Scherz, Kuß sind ihm wildfremde Sachen,
In deiner gelb verschrumpften Haut
Der Kummer sich im Spiegel schaut;
Nicht, Creatur, mach' Schand' und Spott,
Wer dich geschaffen, deinem Gott,
Schau aus, als seist nach seinem Bilde
Formiret edel, heiter milde,
Verbrümmelt nicht und ungelachsen,
Als seyn in dir zusamm gewachsen
All Unkraut, Stacheln, Disteln, Dorn,
Mit Schimmel, Pilzen fest verworrn;
Frisch auf, laß dich von mir regieren,
Ins Frühlings-Reich will ich dich führen.
Er schwang in seiner Rechten zart
Die Tulpenblum seltsamer Art,
Wie er sie auf und nieder regte
Ein farbig Feuer sich bewegte,
Und lichte Sterne kreisten, welche
Sich schüttelten aus goldnem Kelche,

Die flogen wie die Vöglein munter
Mir um das Haupt herauf herunter
Und neckten mich mit ihrem Leuchten,
Daß ich zu thun sie fort zu scheuchen.
Ich sprach halb zornig: wer bist du,
Der mich gestört in meiner Ruh,
Du Knäblein laut, vorwitziglich,
Der du also bespöttelst mich,
Und willst, weil du ein Kindlein frei,
Daß alle Welt auch kindisch sei?
Ich habe mehr gelernt, erfahren,
Bin auch jetzund was mehr bei Jahren,
Daß Spiel, unnützer Zeitvertreib
Nicht mehr gefallen meinem Leib,
Auch ist umher die ganze Welt
Auf Ernst, Nachdenklichkeit gestellt,
Daß der nur Thor jedwedem scheint
Der sich nicht höherm Zweck vereint,
Du aber, Knäblein, bist inmitten
Der Bildung nicht mit fortgeschritten,
Meinst noch, daß man nach Blum' und Kraut
Und all den Kinderein ausschaut,
Das hält man jetzt für Rauch und Dunst,
Mein Sohn, die Zeit ist nicht wie sunst.
  Der Knabe lacht', daß sich das Gold
Der Locken in einander rollt
Und sprach: sonst hast mich wohl gekannt,
Ich bin der Phantasus genannt,
Heimathlich war ich sonst bei dir,
Dein Spielgefährte für und für,
Als du mich noch am Herzen hegtest
Und väterlich und freundlich pflegtest,
Da war dein Sinn anders gestellt,
Mit dir zufrieden und der Welt
War dir die Arbeit Lust und Scherz,
Frisch und gesund dein junges Herz.

Mein Auge, sprach ich, ist wohl blind;
Du also bist dasselbe Kind,
Das täglich Blumen mir gebracht,
Holdseliglich mich angelacht,
Das mir verscherzt die muntern Stunden,
Vielfältig Spielzeug mir erfunden?
Seitdem bist du von mir entwichen
Und anderwärts umher gestrichen,
Da kamen Ernst, Vernunft, Verstand,
Und gaben mir in meine Hand
Der Bücher viel und mancherlei
Voll tiefen Sinns, Philosophei,
Ich strebte, mich aus rohem Wilden
Zum wahren Menschen umzubilden;
Drauf ich auch zur Geschichte kam
Die Noth der Welt zu Herzen nahm,
Die Chronikbücher unverdrossen
Hab' ich in Nächten aufgeschlossen,
Die Vorzeit kam zu mir herüber
Und immer ernster wards und trüber:
Bald schien mich an ein flüchtig Blitzen,
Dann glaubt' ich Wahrheit zu besitzen,
Dann kam die Dämmrung, faßt' es wieder
Und taucht' es in die Finstre nieder;
Die Nacht ward wieder Lichtes schwanger,
Das neue Licht macht' mich noch banger,
Wohl ahnend, daß, wenns ausgegohren
Die Finstre neu draus wird erboren:
So wies Histori mir nur Noth,
Im Leben auch nur Grab und Tod,
Das Schöne stirbt, der Glanz löscht aus,
Das Irdisch-Schlechte baut sein Haus,
Und spricht von seinem Felsenthron
Den hohen Göttersöhnen Hohn:
Natur hab' ich ergründen wollen,
Da kam ich gar auf seltsam' Schrollen,

Verlor mich in ein steinern Reich,
Ich glaubte all's, nichts doch zugleich,
Wollt Pflanz, Metall und Stein verstehn,
Mußt' mir doch selbst verloren gehn,
Hatt' viel Kunstworte bald erstanden,
Ich selbst gekommen nur abhanden,
Um endlich wieder zu gelangen
Noch dummer wo ich ausgegangen:
Vielleicht weil du, mein Sohn, gefehlt,
Hab' ich in Angst mich abgequält,
Verstehst du wohl die alten Schriften,
Wandelst wohl auch auf Weisheits-Triften?
Doch laß, ich will dich jetzt nicht plagen,
Komm, laß uns in den schönen Tagen
So spielen, wie wir sonst gepflogen,
Wenn du mir etwas noch gewogen.
Der Kleine schmeichelt' sich an mich,
Drückt' an mein Knie mit Lächeln sich,
Wandt' sich hieher und dorthin nun,
Fast wie die jungen Käzlein thun.
Da gehn wir aus dem Haus, und warm
Nimmt Sommer mich in seinen Arm,
Die Lerch' in Lüften jubilirt,
Hänfling und Drossel musizirt,
Das Grün schmiegt sich um Plan und Hügel,
Der Schmetterling wiegt Purpurflügel,
Die Blumen roth, braun, gold und blau
Stehn dicht gedrängt auf grüner Au,
Die Bienen summen lustig, nippen
Den Honigseim von Blumenlippen,
Duft, röthlich Glanz kreucht aus dem Baum,
Hängt von dem Zweig, ein süßer Traum.
Wie ist, sprach ich, die Welt so bunt,
Von neuem tönt und schwazt der Mund
Der kindschen Quellen, Frühlings Hand
Nahm von den Zungen ab das Band,

Das Winter jährlich um sie legt,
Das sich kein lautes Wörtchen regt,
Die Sommergäst' auch sind mit Schalle
Ins Land zurück gekommen alle.
  Indem wand sich den Buchenhain
Vom Plane ab der Weg hinein.
Der Glanz mit Grün schön war gemischt,
Die stille Luft vom Wind erfrischt,
Die wilden Tauben hört' ich girren,
Zeisig und Fink in Nestern schwirren,
Ein Duft süß aus den Bäumen floß,
Ein Rieseln sänftlich sich ergoß
Aus Tannenbäumen, die vom Winde
Sanft angespielt erklangen linde,
Das all war meinem kranken Leben
Als Labsal und Arznei gegeben.
Wo sind wir, Liebster? rief ich aus,
Sei mir gegrüßt, du grünes Haus,
Gegrüßt ihr frischen Bogengänge,
Willkommen mir ihr Waldesklänge!
Ich war noch nie in den Revieren,
Sprich, wohin willst du mich denn führen?
Er sagte nichts, nur freundlich winkt
Sein Aug' das mir ins Auge blinkt.
Einsamer ward der dichte Hain,
Gespaltener des Lichtes Schein,
Der sich in Gattern um uns legte
Und mit des Luftes Zug bewegte,
Da hört' ich Wild von ferne schrein,
Da sangen fremde Vögel drein
Mit wundersamen Ton, es klangen
Viel Bächlein, die aus Felsen sprangen,
Wie Schatten zog es her und hin,
Ein Schauer flog durch meinen Sinn.
Nun wars, als hört' ich Kinder plaudern,
Hin lief ich ohne länger Zaudern,

Und als ich nach dem Ort gekommen
Von wo ich erst den Ton vernommen
Da that sich auf des Waldes Dunkel,
Und vor mir lag ein hell Gefunkel,
Roth sah ich wilde Nelken blühn,
Sammt lichten Sternen von Jasmin,
Und duftend Kraut Je länger lieber,
Das rankte eine Grott' hinüber,
An die sich hoch die Epheu schlang,
Und aus der Höhle kam Gesang.
Da schaut ich in den Fels hinein,
Da saß ein Bild mit lichtem Schein,
Güldnes Gewand den Leib umfloß,
An den sich Spang' und Gürtel schloß,
Das Antlitz bleich, entfärbt die Wange,
Sie schien in Furcht und Zittern bange
Und schloß sich an ein Mannsgebild,
Das schaute aus den Augen wild,
Doch lächelt' er mit Freundlichkeit,
Er war in schwarz Gewand gekleidt,
Ein dunkles Haar hing um das Haupt,
Er trug von wildem Wein umlaubt
Den güldnen Stab in seiner Hand,
Geflochten war um sein Gewand
Epheu und Tannenzweig' in Kränzen,
Wozwischen rothe Rosen glänzen;
Er sprach und sang der Schönen vor,
Und flüsterte ihr oft ins Ohr.
Da fragt ich: Kind, wer sind die beide?
Der Knabe sprach: im schwarzen Kleide
Der ist der Schreck, von Mährchen alten
Beschreibt er gern die Schaurgestalten;
Das Mägdlein da im lichten Kleid
Ist meine liebe Albernheit,
Sie ängstet sich und um so gerner
Hört sie den andern reden ferner,

Sie fürchtet sich vor dem Erschrecken,
Läßt sich doch spielend davon necken,
Sie lächelt, und vor Schauder weint
Ihr Lachen, das in Thränen scheint,
Sie freut sich und wird voraus bleich,
So spielt sie mit dem Geisterreich,
Wenn Schreck ihr sagt: nun kommt es, jetzt,
Was dich recht durch und durch entsetzt!
Dann bittet sie: laß es vorüber, –
Nein, spricht sie dann, erzähl' es, Lieber:
Dann rauscht der schwarze Tannenhain,
Dann weinen Felsenbäche drein,
Sie meint sie stirbt vor Angst und Schmerz
Und drückt dem Schreck sich mehr ans Herz.
Da sah ich einen Kleinen gaukeln
Und sich in allen Blumen schaukeln,
Ein herzigs Kind, das auf und nieder
Im Tanze schwang die zarten Glieder,
Bald klettert' es in Epheuranken
Und ließ sich kühn vom Winde schwanken,
Bald stand oben am Fels der Lose
Und duckte sich in eine Rose,
So eilig, daß der Stengel knickte
Wie er sich in die Röthe bückte,
Dann fiel er lachend auf die Au
Und war benetzt vom Rosenthau:
In Blättern, aus Jasmin gezogen,
Beschifft' er dann des Baches Wogen,
Und bracht' als Kriegsgefangne heim
Die Bienen mit dem Honigseim;
Dann sucht' er Muscheln sich im Sande
Und Stein' und Kiesel vielerhande,
Und putzte drinn das Felsenhaus
Mit vielen artgen Schnörkeln aus:
Auf einmal ließ er alles liegen
Und schien durch Lüfte schnell zu fliegen,

Dann auf dem höchsten Tannenbaum
Stand er und übersah den Raum,
Mit Riesenstärke bog er dann
Des Baumes Wipfel auf den Plan
Und ließ ihn dann zurücke schießen,
Des Baches Wogen musten fließen
In Wasserfällen laut und brausend,
Der mächtge Wald dazwischen sausend,
Ein furchtbar Echo, das von oben
Hin durch den Thalgrund sprach mit Toben,
Dazu des Donners Krachen viel,
Schien alles ihm nur Harfenspiel.
Er selbst, der erst ein kleiner Zwerg
War jetzt so mächtig wie ein Berg,
Und sprang so schnell wie Blitzes Lauf
Zur Höhe des Gebirgs hinauf,
Riß aus der Wurzel mächtge Felsen,
Die ließ er sich zum Thale wälzen
Mit lautem Donnern, furchtbarm Krachen,
Das machte ihn von Herzen lachen,
Wie sie im Pürzen, Springen, Kollern,
So ungeschlacht zur Ebne schollern,
Wie sie die nackten Hauer fletschen
Und Wald und Berg im Sturz zerquetschen.
Da war ich bang und furchtsam fast,
Ich sprach: wer ist der schlimme Gast,
Der erst ein Kindlein thöricht spielte,
An Bienen nur sein Müthlein kühlte,
Ein Tandmann schien, doch nun erwachsen,
So ungeheuer, ungelachsen,
Daß kaum noch so viel Kraft der Welt,
Daß sie ihn sich vom Halse hält?
Das ist der Scherz, so sprach mein Freund,
Der groß und klein in sich vereint,
Oft ist er zart und lieb unschuldig,
Doch wird er wild und ungeduldig

So kühlt er seinen Muth den frechen
Und all's muß biegen oder brechen. –
Kann man nicht, frag' ich, Sitt' ihm lehren? –
Das hieß ihn nur, sprach der, verkehren,
Er acht't kein noch so klug Gebot,
Und schreit nur: das thut mir nicht noth!
So lassen sie ihm seinen Willen. –
Da schlug urplötzlich aus dem Stillen
Der Sang von tausend Nachtigallen,
Die ließen ihre Klage schallen,
Und aus dem grünen Waldesraum
Erglänzt' ein leuchtend goldner Saum,
Von Purpurkleidern, die erbeben
In Gluth, wie sich die Glieder heben
Vom schönsten weiblichen Gebilde,
Sie schritt nun lächelnd zum Gefilde,
Und kam aus dunkelm Wald hervor
Wie Sonne durch des Morgens Thor,
Das goldne Haar in Wellen fließend,
Das lichte Aug' die Welt begrüßend,
Das rothe Lächeln Wonne streuend,
Des Leibes Glanz rings all erfreuend:
So wie die Augen leuchtend gingen
Die Blumen an zu blühen fingen,
Das Gras ward grüner, Wonnebeben
Schien Stein und Felsen zu beleben,
Die Wasser jauchzten, und im Innern
Bewegt' ein seliges Erinnern
Der Erde allertiefstes Herz,
Demant erwuchs und Goldes-Erz.
Wer ist, fragt' ich, die dort regiert,
So zart und edel gliedmasirt,
Die Klare, Holde, Minniglich'?
Nenn' ihren Namen, Knabe, sprich!
  Dir ist es also nicht bewußt,
Sprach Phantasus, in deiner Brust,

Was Thier' und Pflanzen, Stein' empfinden,
Ich muß dir ihren Namen künden?
Die Liebe ist sie! Und alsbald
Kannt' ich die göttliche Gestalt,
Ich sprach im Flehn zu ihr: demüthig
Komm' ich zu dir, o sei mir gütig,
Wie du die ganze Welt beglückst,
In jedes Herz die Wonne schickst,
Gedenke mein, laß nicht mein Leben
Als liebeleeren Traum verschweben.
Gebietend hob sie auf die Hand,
Da kamen aus dem grünen Land,
Von Bergen, aus dem niedern Thal,
Die Geister wimmelnd ohne Zahl,
Aus Bächen huben sie sich schnell
Und leuchteten von Schimmern hell,
Die Bäume thaten all sich auf,
Es sprangen vor mit munterm Lauf
Die zarten Elfen, und aus kleinen
Blümlein wollten sie auch erscheinen,
Gar klein gestalt, in Farben bunt,
Da sang ein tausendfacher Mund
Der hohen Göttin Lob und Dank,
Gar wundersam war der Gesang,
Sie sonnten sich in ihrem Lächeln
Berauscht von ihres Othems Fächeln.
Da wandt' sich Phantasus zu mir:
Nun, Werther, wie gefällts dir hier?
Ich wollte sprechen: seeliglich
Dünkt mir dies Leben sicherlich, –
Doch nahm der allergrößte Schreck
Mir plötzlich Stimm' und Othem weg:
Was ich für Grott' und Berg gehalten,
Für Wald und Flur und Felsgestalten,
Das war ein einzigs großes Haupt,
Statt Haar und Bart mit Wald umlaubt,

Still lächelt' er, daß seine Kind
In Spielen glücklich vor ihm sind,
Er winkt, und ahndungsvolles Brausen
Wogt her in Waldes heilgem Sausen,
Da fiel ich auf die Kniee nieder,
Mir zitterten in Angst die Glieder,
Ich sprach zum Kleinen nur das Wort
Sag' an, was ist der Große dort? –
Der Kleine sprach: Dich faßt sein Graun,
Weil du ihn darfst so plötzlich schaun,
Das ist der Vater, unser Alter,
Heißt Pan, von allem der Erhalter. –
  Ein mächtger Schauder faßte mich,
Mit Zittern schnell erwachte ich,
Und so bewegt von dem Gesicht
Verkünd' ichs euch, verschweig' es nicht. –

Nach einer Pause sagte Clara: ich glaube Ihren Sinn zu verstehn, aber unartig, ja grausam finde ich es, daß Sie über Ihre Krankheit scherzen, und zur Strafe dafür sollen Sie uns ohne auszuruhen sogleich das erste Mährchen mittheilen, denn ich hörte gestern, daß Ihnen der Beginn dieser Erzählungen zugefallen sei. Anton fing an zu lesen.

Der blonde Eckbert.

In einer Gegend des Harzes wohnte ein Ritter, den man gewöhnlich nur den blonden Eckbert nannte. Er war ohngefähr vierzig Jahr alt, kaum von mittler Größe, und kurze hellblonde Haare lagen schlicht und dicht an seinem blassen eingefallenen Gesichte. Er lebte sehr ruhig für sich und war niemals in den Fehden seiner Nachbarn verwikkelt, auch sah man ihn nur selten außerhalb den Ringmauern seines kleinen Schlosses. Sein Weib liebte die Einsamkeit eben so sehr, und beide schienen sich von Herzen zu lieben, nur klagten sie gewöhnlich darüber, daß der Himmel ihre Ehe mit keinen Kindern segnen wolle.

Nur selten wurde Eckbert von Gästen besucht, und wenn es auch geschah, so wurde ihretwegen fast nichts in dem gewöhnlichen Gange des Lebens geändert, die Mäßigkeit wohnte dort, und die Sparsamkeit selbst schien alles anzuordnen. Eckbert war alsdann heiter und aufgeräumt, nur wenn er allein war bemerkte man an ihm eine gewisse Verschlossenheit, eine stille zurückhaltende Melankolie.

Niemand kam so häufig auf die Burg als Philipp Walther, ein Mann, an welchen sich Eckbert geschlossen hatte, weil er an ihm ohngefähr dieselbe Art zu denken fand, der auch er am meisten zugethan war. Dieser wohnte eigentlich in Franken, hielt sich aber oft über ein halbes Jahr in der Nähe von Eckberts Burg auf, sammelte Kräuter und Steine, und beschäftigte sich damit, sie in Ordnung zu bringen, er lebte von einem kleinen Vermögen und war von Niemand abhängig. Eckbert begleitete ihn oft auf seinen einsamen Spaziergängen, und mit jedem Jahre entspann sich zwischen ihnen eine innigere Freundschaft.

Es giebt Stunden, in denen es den Menschen ängstigt, wenn er vor seinem Freunde ein Geheimniß haben soll, was er bis dahin oft mit vieler Sorgfalt verborgen hat, die Seele fühlt dann einen unwiderstehlichen Trieb, sich ganz mitzutheilen, dem Freunde auch das Innerste aufzuschließen, damit er um so mehr unser Freund werde. In diesen Augenblicken geben sich die zarten Seelen einander zu erkennen, und zuweilen geschieht es wohl auch, daß einer vor der Bekanntschaft des andern zurück schreckt.

Es war schon im Herbst, als Eckbert an einem neblichten Abend mit seinem Freunde und seinem Weibe Bertha um das Feuer eines Kamines saß. Die Flamme warf einen hellen Schein durch das Gemach und spielte oben an der

Decke, die Nacht sah schwarz zu den Fenstern herein, und die Bäume draußen schüttelten sich vor nasser Kälte. Walther klagte über den weiten Rückweg den er habe, und Eckbert schlug ihm vor, bei ihm zu bleiben, die halbe Nacht unter traulichen Gesprächen hinzubringen, und dann noch in einem Gemache des Hauses bis am Morgen zu schlafen. Walther ging den Vorschlag ein, und nun ward Wein und die Abendmahlzeit herein gebracht, das Feuer durch Holz vermehrt, und das Gespräch der Freunde heitrer und vertraulicher.

Als das Abendessen abgetragen war, und sich die Knechte wieder entfernt hatten, nahm Eckbert die Hand Walthers und sagte: Freund, Ihr solltet euch einmal von meiner Frau die Geschichte ihrer Jugend erzählen lassen, die seltsam genug ist. – Gern, sagte Walther, und man setzte sich wieder um den Kamin.

Es war jetzt gerade Mitternacht, der Mond sah abwechselnd durch die vorüber flatternden Wolken. Ihr müßt mich nicht für zudringlich halten, fing Bertha an, mein Mann sagt, daß Ihr so edel denkt, daß es unrecht sey, euch etwas zu verhelen. Nur haltet meine Erzählung für kein Mährchen, so sonderbar sie auch klingen mag.

Ich bin in einem Dorfe geboren, mein Vater war ein armer Hirte. Die Haushaltung bei meinen Eltern war nicht zum besten bestellt, sie wusten sehr oft nicht, wo sie das Brod hernehmen sollten. Was mich aber noch weit mehr jammerte, war, daß mein Vater und meine Mutter sich oft über ihre Armuth entzweiten, und einer dem andern dann bittere Vorwürfe machte. Sonst hört' ich beständig von mir, daß ich ein einfältiges dummes Kind sei, das nicht das unbedeutendste Geschäft auszurichten wisse, und wirklich war ich äußerst ungeschickt und unbeholfen, ich ließ alles aus den Händen fallen, ich lernte weder nähen noch spinnen, ich konnte nichts in der Wirthschaft helfen, nur die Noth meiner Eltern verstand ich außerordentlich gut. Oft saß ich dann im Winkel und füllte meine Vorstellungen damit an, wie ich ihnen helfen wollte, wenn ich plötzlich reich würde, wie ich sie mit Gold und Silber überschütten und mich an ihrem Erstaunen laben möchte, dann sah ich Geister herauf schweben, die mir unterirdische Schätze entdekten, oder mir kleine Kiesel gaben, die sich in Edelsteine verwandelten, kurz, die wunderbarsten Phantasien beschäftigten mich, und wenn ich nun aufstehn mußte, um irgend etwas zu helfen, oder zu tragen, so zeigte ich mich noch viel ungeschickter, weil mir der Kopf von allen den seltsamen Vorstellungen schwindelte.

Mein Vater war immer sehr ergrimmt auf mich, daß ich eine so ganz unnütze Last des Hauswesens sey, er behandelte mich daher oft ziemlich grausam, und es war selten, daß ich ein freundliches Wort von ihm vernahm. So war ich ungefähr acht Jahr alt geworden, und es wurden nun ernstliche Anstalten gemacht, daß ich etwas thun, oder lernen sollte. Mein Vater glaubte, es wäre nur Eigensinn oder Trägheit von mir, um meine Tage in Müssiggang hinzubringen, genug, er setzte mir mit Drohungen unbeschreiblich zu, da diese aber doch nichts fruchteten, züchtigte er mich auf die grausamste Art, und fügte hinzu, daß diese Strafe mit jedem Tage wiederkehren sollte, weil ich doch nur ein unnützes Geschöpf sey.

Die ganze Nacht hindurch weint' ich herzlich, ich fühlte mich so außerordentlich verlassen, ich hatte ein solches Mitleid mit mir selber, daß ich zu sterben wünschte. Ich fürchtete den Anbruch des Tages, ich wußte durchaus nicht, was ich anfangen sollte, ich wünschte mir alle mögliche Geschicklichkeit und konnte gar nicht begreifen, warum ich einfältiger sey, als die übrigen Kinder meiner Bekanntschaft. Ich war der Verzweiflung nahe.

Als der Tag graute, stand ich auf und eröffnete, fast ohne daß ich es wußte, die Thür unsrer kleinen Hütte. Ich stand auf dem freien Felde, bald darauf war ich in einem Walde, in den der Tag fast noch nicht hinein blickte. Ich lief immerfort, ohne mich umzusehn, ich fühlte keine Müdigkeit, denn ich glaubte immer mein Vater würde mich noch wieder einholen, und durch meine Flucht gereizt mich noch grausamer behandeln.

Als ich aus dem Walde wieder heraus trat, stand die Sonne schon ziemlich hoch, ich sah jetzt etwas dunkles vor mir liegen, welches ein dichter Nebel bedeckte. Bald mußte ich über Hügel klettern, bald durch einen zwischen Felsen gewundenen Weg gehn, und ich errieth nun, daß ich mich wohl in dem benachbarten Gebirge befinden müsse, worüber ich anfing mich in der Einsamkeit zu fürchten. Denn ich hatte in der Ebene noch keine Berge gesehn, und das bloße Wort Gebirge, wenn ich davon hatte reden hören, war meinem kindischen Ohr ein fürchterlicher Ton gewesen. Ich hatte nicht das Herz zurück zu gehn, sondern eben meine Angst trieb mich vorwärts; oft sah ich mich erschrocken um, wenn der Wind über mir weg durch die Bäume fuhr, oder ein ferner Holzschlag weit durch den stillen Morgen hintönte. Als mir Köhler und Bergleute endlich begegneten und ich eine fremde Aussprache hörte, wäre ich vor Entsetzen fast in Ohnmacht gesunken.

Ich kam durch mehrere Dörfer und bettelte, weil ich jetzt Hunger und Durst empfand, ich half mir so ziemlich mit meinen Antworten durch, wenn ich gefragt wurde. So war ich ohngefähr vier Tage fortgewandert, als ich auf einen kleinen Fußsteig gerieth, der mich von der großen Straße immer mehr entfernte. Die Felsen um mich her gewannen jetzt eine andre, weit seltsamere Gestalt. Es waren Klippen, so auf einander gepackt, daß es das Ansehn hatte, als wenn sie der erste Windstoß durch einander werfen würde. Ich wußte nicht, ob ich weiter gehn sollte. Ich hatte des Nachts immer im Walde geschlafen, denn es war gerade zur schönsten Jahreszeit, oder in abgelegenen Schäferhütten; hier traf ich aber gar keine menschliche Wohnung und konnte auch nicht vermuthen in dieser Wildniß auf eine zu stoßen; die Felsen wurden immer furchtbarer, ich mußte oft dicht an schwindlichten Abgründen vorbeigehn, und endlich hörte sogar der Weg unter meinen Füßen auf. Ich war ganz trostlos, ich weinte und schrie, und in den Felsenthälern hallte meine Stimme auf eine schreckliche Art zurück. Nun brach die Nacht herein, und ich suchte mir eine Moosstelle aus, um dort zu ruhn. Ich konnte nicht schlafen; in der Nacht hörte ich die seltsamsten Töne, bald hielt ich es für wilde Thiere, bald für den Wind, der durch die Felsen klage, bald für fremde Vögel. Ich betete, und schlief nur spät gegen Morgen ein.

Ich erwachte, als mir der Tag ins Gesicht schien. Vor mir war ein steiler Felsen, ich kletterte in der Hoffnung hinauf, von dort den Ausgang aus der Wildniß zu entdekken, und vielleicht Wohnungen oder Menschen gewahr zu werden. Als ich aber oben stand, war alles, so weit nur mein Auge reichte, eben so, wie um mich her, alles war mit einem neblichten Dufte überzogen, der Tag war grau und trübe, und keinen Baum, keine Wiese, selbst kein Gebüsch konnte mein Auge entdecken, einzelne Sträucher ausgenommen, die einsam und betrübt in engen Felsenritzen empor geschossen waren. Es ist unbeschreiblich, welche Sehnsucht ich empfand, nur eines Menschen ansichtig zu werden, wäre es auch, daß ich mich vor ihm hätte fürchten müssen. Zugleich empfand ich einen peinigenden Hunger, ich setzte mich nieder und beschloß zu sterben. Aber nach einiger Zeit trug die Lust zu leben dennoch den Sieg davon, ich raffte mich auf und ging unter Thränen, unter abgebrochenen Seufzern den ganzen Tag hindurch; am Ende war ich mir meiner kaum noch bewußt, ich war müde und erschöpft, ich wünschte kaum noch zu leben, und fürchtete doch den Tod.

Gegen Abend schien die Gegend umher etwas freundlicher zu werden, meine Gedanken, meine Wünsche lebten wieder auf, die Lust zum Leben erwachte in allen meinen Adern. Ich glaubte jetzt das Gesause einer Mühle aus der Ferne zu hören, ich verdoppelte meine Schritte, und wie wohl, wie leicht ward mir, als ich endlich wirklich die Gränzen der öden Felsen erreichte, ich sah Wälder und Wiesen mit fernen angenehmen Bergen wieder vor mir liegen. Mir war, als wenn ich aus der Hölle in ein Paradies getreten wäre, die Einsamkeit und meine Hülflosigkeit schienen mir nun gar nicht fürchterlich.

Statt der gehofften Mühle stieß ich auf einen Wasserfall, der meine Freude freilich um vieles minderte; ich schöpfte mit der Hand einen Trunk aus dem Bache, als mir plötzlich war, als höre ich in einiger Entfernung ein leises Husten. Nie bin ich so angenehm überrascht worden, als in diesem Augenblick, ich ging näher und ward an der Ecke des Waldes eine alte Frau gewahr, die auszuruhen schien. Sie war fast ganz schwarz gekleidet und eine schwarze Kappe bedeckte ihren Kopf und einen großen Theil des Gesichtes, in der Hand hielt sie einen Krückenstock.

Ich näherte mich ihr und bat um ihre Hülfe, sie ließ mich neben sich niedersitzen und gab mir Brod und etwas Wein. Indem ich aß, sang sie mit kreischendem Ton ein geistliches Lied. Als sie geendet hatte, sagte sie mir, ich möchte ihr folgen.

Ich war über diesen Antrag sehr erfreut, so wunderlich mir auch die Stimme und das Wesen der Alten vorkam. Mit ihrem Krückenstocke ging sie ziemlich behende, und bei jedem Schritte verzog sie ihr Gesicht so, daß ich im Anfange darüber lachen mußte. Die wilden Felsen traten immer weiter hinter uns zurück, wir gingen über eine angenehme Wiese, und dann durch einen ziemlich langen Wald. Als wir heraus traten, ging die Sonne gerade unter, und ich werde den Anblick und die Empfindung dieses Abends nie vergessen. In das sanfteste Roth und Gold war alles verschmolzen, die Bäume standen mit ihren Wipfeln in der Abendröthe, und über den Feldern lag der entzückende Schein, die Wälder und die Blätter der Bäume standen still, der reine Himmel sah aus wie ein aufgeschlossenes Paradies, und das Rieseln der Quellen und von Zeit zu

Zeit das Flüstern der Bäume tönte durch die heitre Stille wie in wehmüthiger Freude. Meine junge Seele bekam jetzt zuerst eine Ahndung von der Welt und ihren Begebenheiten. Ich vergaß mich und meine Führerin, mein Geist und meine Augen schwärmten nur zwischen den goldnen Wolken.

Wir stiegen nun einen Hügel hinan, der mit Birken bepflanzt war, von oben sah man in ein grünes Thal voller Birken hinein, und unten mitten in den Bäumen lag eine kleine Hütte. Ein munteres Bellen kam uns entgegen, und bald sprang ein kleiner behender Hund die Alte an, und wedelte, dann kam er zu mir, besah mich von allen Seiten, und kehrte mit freundlichen Geberden zur Alten zurück.

Als wir vom Hügel hinunter gingen, hörte ich einen wunderbaren Gesang, der aus der Hütte zu kommen schien, wie von einem Vogel, es klang also:

Waldeinsamkeit
Die mich erfreut,
So morgen wie heut
In ewger Zeit,
O wie mich freut
Waldeinsamkeit.

Diese wenigen Worte wurden beständig wiederholt, wenn ich es beschreiben soll, so war es fast, als wenn Waldhorn und Schallmeyn ganz in der Ferne durch einander spielen.

Meine Neugier war außerordentlich gespannt; ohne daß ich auf den Befehl der Alten wartete, trat ich mit in die Hütte. Die Dämmerung war schon eingebrochen, alles war ordentlich aufgeräumt, einige Becher standen auf einem Wandschranke, fremdartige Gefäße auf einem Tische, in einem glänzenden Käfig hing ein Vogel am Fenster, und er war es wirklich, der die Worte sang. Die Alte keichte und hustete, sie schien sich gar nicht wieder erholen zu können, bald streichelte sie den kleinen Hund, bald sprach sie mit dem Vogel, der ihr nur mit seinem gewöhnlichen Liede Antwort gab; übrigens that sie gar nicht, als wenn ich zugegen wäre. Indem ich sie so betrachtete, überlief mich mancher Schauer, denn ihr Gesicht war in einer ewigen Bewegung, indem sie dazu wie vor Alter mit dem Kopfe schüttelte, so daß ich durchaus nicht wissen konnte, wie ihr eigentliches Aussehn beschaffen war.

Als sie sich erholt hatte, zündete sie Licht an, deckte einen ganz kleinen Tisch und trug das Abendessen auf. Jetzt sah sie sich nach mir um, und hieß mir einen von den geflochtenen Rohrstühlen nehmen. So saß ich ihr nun dicht gegenüber und das Licht stand zwischen uns. Sie faltete ihre knöchernen Hände und betete laut, indem sie ihre Gesichtsverzerrungen machte, so daß es mich beinahe wieder zum Lachen gebracht hätte; aber ich nahm mich sehr in Acht, um sie nicht boshaft zu machen.

Nach dem Abendessen betete sie wieder, und dann wies sie mir in einer niedrigen und engen Kammer ein Bett an; sie schlief in der Stube. Ich blieb nicht lange munter, ich war halb betäubt, aber in der Nacht wachte ich einigemal auf, und dann hörte ich die Alte husten und mit dem Hunde sprechen, und den Vogel dazwischen, der im Traum zu seyn schien, und immer nur einzelne Worte von seinem Liede sang. Das machte mit den Birken, die vor dem Fenster rauschten, und mit dem Gesang einer entfernten Nachtigall ein so wunderbares Gemisch, daß es mir immer nicht war, als sey ich erwacht, sondern als fiele ich nur in einen andern noch seltsamern Traum.

Am Morgen weckte mich die Alte, und wies mich bald nachher zur Arbeit an. Ich mußte spinnen, und ich begriff es nun auch bald, dabei hatte ich noch für den Hund und für den Vogel zu sorgen. Ich lernte mich schnell in die Wirthschaft finden, und alle Gegenstände umher wurden mir bekannt; nun war mir, als müßte alles so seyn, ich dachte gar nicht mehr daran, daß die Alte etwas Seltsames an sich habe, daß die Wohnung abentheuerlich und von allen Menschen entfernt liege, und daß an dem Vogel etwas Außerordentliches sey. Seine Schönheit fiel mir zwar immer auf, denn seine Federn glänzten mit allen möglichen Farben, das schönste Hellblau und das brennendste Roth wechselten an seinem Halse und Leibe, und wenn er sang, blähte er sich stolz auf, so daß sich seine Federn noch prächtiger zeigten.

Oft ging die Alte aus und kam erst am Abend zurück, ich ging ihr dann mit dem Hunde entgegen, und sie nannte mich Kind und Tochter. Ich ward ihr endlich von Herzen gut, wie sich unser Sinn denn an alles, besonders in der Kindheit, gewöhnt. In den Abendstunden lehrte sie mich lesen, ich begriff es bald, und es ward nachher in meiner Einsamkeit eine Quelle von unendlichem Vergnügen, denn sie hatte einige alte geschriebene Bücher, die wunderbare Geschichten enthielten.

Die Erinnerung an meine damalige Lebensart ist mir noch bis jetzt immer seltsam: von keinem menschlichen Geschöpfe besucht, nur in einem so kleinen Familienzirkel einheimisch, denn der Hund und der Vogel machten denselben Eindruck auf mich, den sonst nur längst gekannte Freunde hervor bringen. Ich habe mich immer nicht wieder auf den seltsamen Nahmen des Hundes besinnen können, so oft ich ihn auch damals nannte.

Vier Jahre hatte ich so mit der Alten gelebt, und ich mochte ohngefähr zwölf Jahre alt sein, als sie mir endlich mehr vertraute, und mir ein Geheimniß entdeckte. Der Vogel legte nehmlich an jedem Tage ein Ey, in dem sich eine Perl oder ein Edelstein befand. Ich hatte schon immer bemerkt, daß sie heimlich in dem Käfige wirthschafte, mich aber nie genauer darum bekümmert. Sie trug mir jetzt das Geschäft auf, in ihrer Abwesenheit diese Eyer zu nehmen und in den fremdartigen Gefäßen wohl zu verwahren. Sie ließ mir meine Nahrung zurück und blieb nun länger aus, Wochen, Monathe; mein Rädchen schnurrte, der Hund bellte, der wunderbare Vogel sang und dabei war alles so still in der Gegend umher, daß ich mich in der ganzen Zeit keines Sturmwindes, keines Gewitters erinnere. Kein Mensch verirrte sich dorthin, kein Wild kam unserer Behausung nahe, ich war zufrieden und arbeitete mich von einem Tage zum andern hinüber. – Der Mensch wäre vielleicht recht glücklich, wenn er so ungestört sein Leben bis ans Ende fortführen könnte.

Aus dem wenigen, was ich las, bildete ich mir ganz wunderliche Vorstellungen von der Welt und den Menschen, alles war von mir und meiner Gesellschaft hergenommen: wenn von lustigen Leuten die Rede war, konnte ich sie mir nicht anders vorstellen, wie den kleinen Spitz, prächtige Damen sahen immer wie der Vogel aus, alle alte Frauen wie meine wunderliche Alte. Ich hatte auch von Liebe etwas gelesen, und spielte nun in meiner Phantasie seltsame Geschichten mit mir selber. Ich dachte mir den schönsten Ritter von der Welt, ich schmückte ihn mit allen Vortreflichkeiten aus, ohne eigentlich zu wissen, wie er nun nach allen meinen Bemühungen aussah: aber ich konnte ein rechtes Mitleid mit mir selber haben, wenn er mich nicht wieder liebte; dann sagte ich lange rührende Reden in Gedanken her, zuweilen auch wohl laut, um ihn nur zu gewinnen. – Ihr lächelt! wir sind jetzt freilich alle über diese Zeit der Jugend hinüber.

Es war mir jetzt lieber, wenn ich allein war, denn alsdann war ich selbst die Gebieterin im Hause. Der Hund liebte mich sehr und that alles was ich wollte, der Vogel antwortete mir mit seltnem Liede auf alle meine Fragen, mein Rädchen drehte sich immer munter, und so fühlte ich im Grunde nie einen Wunsch nach Veränderung. Wenn die Alte von ihren langen Wanderungen zurück kam, lobte sie meine Aufmerksamkeit, sie sagte, daß ihre Haushaltung, seit ich dazu gehöre, weit ordentlicher geführt werde, sie freute sich über mein Wachsthum und mein gesundes Aussehn, kurz, sie ging ganz mit mir wie mit einer Tochter um.

Du bist brav, mein Kind! sagte sie einst zu mir mit einem schnarrenden Tone; wenn Du so fort fährst, wird es dir auch immer gut gehn: aber nie gedeiht es, wenn man von der rechten Bahn abweicht, die Strafe folgt nach, wenn auch noch so spät. – Indem sie das sagte, achtete ich eben nicht sehr darauf, denn ich war in allen meinen Bewegungen und meinem ganzen Wesen sehr lebhaft; aber in der Nacht fiel es mir wieder ein, und ich konnte nicht begreifen, was sie damit hatte sagen wollen. Ich überlegte alle Worte genau, ich hatte wohl von Reichthümern gelesen, und am Ende fiel mir ein, daß ihre Perlen und Edelsteine wohl etwas Kostbares sein könnten. Dieser Gedanke wurde mir bald noch deutlicher. Aber was konnte sie mit der rechten Bahn meinen? Ganz konnte ich den Sinn ihrer Worte noch immer nicht fassen.

Ich war jetzt vierzehn Jahr alt, und es ist ein Unglück für den Menschen, daß er seinen Verstand nur darum bekömmt, um die Unschuld seiner Seele zu verlieren. Ich begriff nemlich wohl, daß es nur auf mich ankomme, in der Abwesenheit der Alten den Vogel und die Kleinodien zu nehmen, und damit die Welt, von der ich gelesen hatte, aufzusuchen. Zugleich war es mir dann vielleicht möglich, den überaus schönen Ritter anzutreffen, der mir immer noch im Gedächtnisse lag.

Im Anfange war dieser Gedanke nichts weiter als jeder andere Gedanke, aber wenn ich so an meinem Rade saß, so kam er mir immer wider Willen zurück, und ich verlor mich so in ihm, daß ich mich schon herrlich geschmückt sah, und Ritter und Prinzen um mich her. Wenn ich mich so vergessen hatte, konnte ich ordentlich betrübt werden, wenn ich wieder aufschaute, und mich in der kleinen Wohnung antraf. Übrigens, wenn ich meine Geschäfte that, bekümmerte sich die Alte nicht weiter um mein Wesen.

An einem Tage ging meine Wirthin wieder fort, und sagte mir, daß sie diesmal länger als gewöhnlich ausbleiben werde, ich solle ja auf alles ordentlich Acht geben und mir die Zeit nicht lang werden lassen. Ich nahm mit einer gewissen Bangigkeit von ihr Abschied, denn es war mir, als würde ich sie nicht wieder sehn. Ich sah ihr lange nach und wuste selbst nicht, warum ich so beängstigt war; es war fast, als wenn mein Vorhaben schon vor mir stände, ohne dessen deutlich mir bewußt zu sein.

Nie hab' ich des Hundes und des Vogels mit einer solchen Ämsigkeit gepflegt, sie lagen mir näher am Herzen als sonst. Die Alte war schon einige Tage abwesend, als ich mit dem festen Vorsatze aufstand, mit dem Vogel die Hütte zu verlassen, und die sogenannte Welt aufzusuchen. Es war mir enge und bedrängt zu Sinne, ich wünschte wieder da zu bleiben, und doch war mir der Gedanke widerwärtig; es war ein seltsamer Kampf in meiner Seele, wie ein Streiten von zwei widerspenstigen Geistern in mir. In einem Augenblicke kam mir die ruhige Einsamkeit so schön vor, dann entzückte mich wieder die Vorstellung einer neuen Welt, mit allen ihren wunderbaren Mannigfaltigkeiten.

Ich wußte nicht, was ich aus mir selber machen sollte, der Hund sprang mich unaufhörlich an, der Sonnenschein breitete sich munter über die Felder aus, die grünen Birken funkelten: ich hatte die Empfindung, als wenn ich etwas sehr Eiliges zu thun hätte, ich griff also den kleinen Hund, band ihn in der Stube fest, und nahm dann den Käfig mit dem Vogel unter den Arm. Der Hund krümmte sich und winselte über diese ungewohnte Behandlung, er sah mich mit bittenden Augen an, aber ich fürchtete mich ihn mit mir zu nehmen. Noch nahm ich eins von den Gefäßen, das mit Edelsteinen angefüllt war, und steckte es zu mir, die übrigen ließ ich stehn.

Der Vogel drehte den Kopf auf eine wunderliche Weise, als ich mit ihm zur Thür hinaus trat, der Hund strengte sich sehr an, mir nachzukommen, aber er mußte zurück bleiben.

Ich vermied den Weg nach den wilden Felsen und ging nach der entgegengesetzten Seite. Der Hund bellte und winselte immerfort, und es rührte mich recht inniglich; der Vogel wollte einigemal zu singen anfangen, aber da er getragen ward, mußte es ihm wohl unbequem fallen.

So wie ich weiter ging, hörte ich das Bellen immer schwächer, und endlich hörte es ganz auf. Ich weinte und wäre beinahe wieder umgekehrt, aber die Sucht etwas Neues zu sehn, trieb mich vorwärts.

Schon war ich über Berge und durch einige Wälder gekommen, als es Abend ward, und ich in einem Dorfe einkehren mußte. Ich war sehr blöde als ich in die Schenke trat, man wies mir eine Stube und ein Bette an, ich schlief ziemlich ruhig, nur daß ich von der Alten träumte, die mir drohte.

Meine Reise war ziemlich einförmig, aber je weiter ich ging, je mehr ängstigte mich die Vorstellung von der Alten und dem kleinen Hunde; ich dachte daran, daß er wahrscheinlich ohne meine Hülfe verhungern müsse, im Walde glaubt' ich oft die Alte würde mir plötzlich entgegen treten. So legte ich unter Thränen und Seufzern den Weg zurück; so oft ich ruhte, und den Käfig auf den Boden stellte, sang der Vogel sein wunderliches Lied, und ich erinnerte mich dabei recht lebhaft des schönen verlassenen Aufenthalts. Wie die menschliche Natur vergeßlich ist, so glaubt' ich jetzt, meine vormalige Reise in der Kindheit sey nicht so trübselig gewesen als meine jetzige; ich wünschte mich wieder in derselben Lage zu sein.

Ich hatte einige Edelsteine verkauft, und kam nun nach einer Wanderschaft von vielen Tagen in einem Dorfe an. Schon beim Eintritt ward mir wundersam zu Muthe, ich erschrack und wuste nicht worüber; aber bald erkannt' ich mich, denn es war dasselbe Dorf, in welchem ich geboren war. Wie ward ich überrascht! Wie liefen mir vor Freuden, wegen tausend seltsamer Erinnerungen, die Thränen von den Wangen! Vieles war verändert, es waren neue Häuser entstanden, andre die man damals erst errichtet hatte, waren jetzt verfallen, ich traf auch Brandstellen; alles war weit kleiner, gedrängter als ich erwartet hatte. Unendlich freute ich mich darauf, meine Eltern nun nach so manchen Jahren wieder zu sehn; ich fand das kleine Haus, die wohlbekannte Schwelle, der Griff der Thür war noch ganz so wie damals, es war mir, als hätte ich sie nur gestern erst angelehnt; mein Herz klopfte ungestüm, ich öffnete sie hastig, – aber ganz fremde Gesichter saßen in der Stube umher und stierten mich an. Ich fragte nach dem Schäfer Martin, und man sagte mir, er sey schon seit drey Jahren mit seiner Frau gestorben. – Ich trat schnell zurück, und ging laut weinend aus dem Dorfe hinaus.

Ich hatte es mir so schön gedacht, sie mit meinem Reichthume zu überraschen; durch den seltsamsten Zufall war das nun wirklich geworden, was ich in der Kindheit immer nur träumte, – und jetzt war alles umsonst, sie konnten sich nicht mit mir freuen, und das, worauf ich am meisten immer im Leben gehofft hatte, war für mich auf ewig verloren.

In einer angenehmen Stadt miethete ich mir ein kleines Haus mit einem Garten, und nahm eine Aufwärterin zu mir. So wunderbar, als ich es vermuthet hatte, kam mir die Welt nicht vor, aber ich vergaß die Alte und meinen ehemaligen Aufenthalt etwas mehr, und so lebt' ich im Ganzen recht zufrieden.

Der Vogel hatte schon seit lange nicht mehr gesungen; ich erschrack daher nicht wenig, als er in einer Nacht plötzlich wieder anfing, und zwar mit einem veränderten Liede. Er sang:

Waldeinsamkeit
Wie liegst du weit!
O dich gereut
Einst mit der Zeit. –
Ach einzge Freud
Waldeinsamkeit!

Ich konnte die Nacht hindurch nicht schlafen, alles fiel mir von neuem in die Gedanken, und mehr als jemals fühlt' ich, daß ich Unrecht gethan hatte. Als ich aufstand, war mir der Anblick des Vogels ordentlich zuwider, er sah immer nach mir hin, und seine Gegenwart ängstigte mich. Er hörte nun mit seinem Liede gar nicht wieder auf, und er sang es lauter und schallender, als er es sonst gewohnt gewesen war. Je mehr ich ihn betrachtete, je bänger machte er mich; ich öffnete endlich den Käfig, steckte die Hand hinein und faßte seinen Hals, herzhaft drückte ich die Finger zusammen, er sah mich bittend an, ich ließ los, aber er war schon gestorben. – Ich begrub ihn im Garten.

Jetzt wandelte mich oft eine Furcht vor meiner Aufwärterin an, ich dachte an mich selbst zurück, und glaubte, daß sie mich auch einst berauben oder wohl gar ermorden könne. – Schon lange kannt' ich einen jungen Ritter, der mir überaus gefiel, ich gab ihm meine Hand, – und hiermit, Herr Walther, ist meine Geschichte geendigt.

Ihr hättet sie damals sehn sollen, fiel Eckbert hastig ein, – ihre Jugend, ihre Schönheit, und welch einen unbegreiflichen Reiz ihr ihre einsame Erziehung gegeben hatte. Sie kam mir vor wie ein Wunder, und ich liebte sie ganz unbeschreiblich. Ich hatte kein Vermögen, aber durch ihre Liebe kam ich in diesen Wohlstand; wir zogen hieher, und unsre Verbindung hat uns bis jetzt noch keinen Augenblick gereut. –

Aber über unser Schwatzen, fing Bertha wieder an, ist es schon tief in die Nacht geworden, – wir wollen uns schlafen legen.

Sie stand auf und ging nach ihrer Kammer. Walther wünschte ihr mit einem Handkusse eine gute Nacht, und sagte: Edle Frau, ich danke Euch, ich kann mir Euch recht vorstellen, mit dem seltsamen Vogel, und wie Ihr den kleinen *Strohmian* füttert.

Auch Walther legte sich schlafen, nur Eckbert ging noch unruhig im Saale auf und ab. – Ist der Mensch nicht ein Thor? fing er endlich an; ich bin erst die Veranlassung, daß meine Frau ihre Geschichte erzählt, und jetzt gereut mich diese Vertraulichkeit! – Wird er sie nicht mißbrauchen? Wird er sie nicht andern mittheilen? Wird er nicht vielleicht, denn das ist die Natur des Menschen, eine unselige Habsucht nach unsern Edelgesteinen empfinden, und deswegen Plane anlegen und sich verstellen?

Es fiel ihm ein, daß Walther nicht so herzlich von ihm Abschied genommen hatte, als es nach einer solchen Vertraulichkeit wohl natürlich gewesen wäre. Wenn die Seele erst einmal zum Argwohn gespannt ist, so trift sie auch in allen Kleinigkeiten Bestätigungen an. Dann warf sich Eckbert wieder sein unedles Mißtrauen gegen seinen wackern Freund vor, und konnte doch nicht davon zurück kehren. Er schlug sich die ganze Nacht mit diesen Vorstellungen herum, und schlief nur wenig.

Bertha war krank und konnte nicht zum Frühstück erscheinen; Walther schien sich nicht viel darum zu kümmern, und verließ auch den Ritter ziemlich gleichgültig. Eckbert konnte sein Betragen nicht begreifen; er besuchte seine Gattin, sie lag in einer Fieberhitze und sagte, die Erzählung in der Nacht müsse sie auf diese Art gespannt haben.

Seit diesem Abend besuchte Walther nur selten die Burg seines Freundes, und wenn er auch kam, ging er nach einigen unbedeutenden Worten wieder weg. Eckbert ward durch dieses Betragen im äußersten Grade gepeinigt; er ließ sich zwar gegen Bertha und Walther nichts davon merken, aber jeder muste doch seine innerliche Unruhe an ihm gewahr werden.

Mit Berthas Krankheit ward es immer bedenklicher; der Arzt ward ängstlich, die Röthe von ihren Wangen war verschwunden, und ihre Augen wurden immer glühender. – An einem Morgen ließ sie ihren Mann an ihr Bette rufen, die Mägde mußten sich entfernen.

Lieber Mann, fing sie an, ich muß dir etwas entdecken,

das mich fast um meinen Verstand gebracht hat, das meine Gesundheit zerrüttet, so eine unbedeutende Kleinigkeit es auch an sich scheinen möchte. – Du weißt, daß ich mich immer nicht, so oft ich von meiner Kindheit sprach, trotz aller angewandten Mühe auf den Namen des kleinen Hundes besinnen konnte, mit welchem ich so lange umging; an jenem Abend sagte Walther beim Abschiede plötzlich zu mir: ich kann mir euch recht vorstellen, wie Ihr den kleinen *Strohmian* füttert. Ist das Zufall? Hat er den Namen errathen, weiß er ihn und hat er ihn mit Vorsatz genannt? Und wie hängt dieser Mensch dann mit meinem Schicksale zusammen? Zuweilen kämpfe ich mit mir, als ob ich mir diese Seltsamkeit nur einbilde, aber es ist gewiß, nur zu gewiß. Ein gewaltiges Entsetzen befiel mich, als mir ein fremder Mensch, so zu meinen Erinnerungen half. Was sagst du, Eckbert?

Eckbert sah seine leidende Gattinn mit einem tiefen Gefühle an, er schwieg und dachte bei sich nach, dann sagte er ihr einige tröstende Worte und verließ sie. In einem abgelegenen Gemache ging er in unbeschreiblicher Unruhe auf und ab. Walther war seit vielen Jahren sein einziger Umgang gewesen, und doch war dieser Mensch jetzt der einzige in der Welt, dessen Daseyn ihn drückte und peinigte. Es schien ihm, als würde ihm froh und leicht sein, wenn nur dieses einzige Wesen aus seinem Wege gerückt werden könnte. Er nahm seine Armbrust, um sich zu zerstreuen und auf die Jagd zu gehn.

Es war ein rauher stürmischer Wintertag, tiefer Schnee lag auf den Bergen und bog die Zweige der Bäume nieder. Er streifte umher, der Schweiß stand ihm auf der Stirne, er traf auf kein Wild, und das vermehrte seinen Unmuth. Plötzlich sah er sich etwas in der Ferne bewegen, es war Walther, der Moos von den Bäumen sammelte; ohne zu wissen was er that legte er an, Walther sah sich um, und drohte mit einer stummen Gebehrde, aber indem flog der Bolzen ab, und Walther stürzte nieder.

Eckbert fühlte sich leicht und beruhigt, und doch trieb ihn ein Schauder nach seiner Burg zurück; er hatte einen großen Weg zu machen, denn er war weit hinein in die Wälder verirrt. – Als er ankam, war Bertha schon gestorben; sie hatte vor ihrem Tode noch viel von Walther und der Alten gesprochen.

Eckbert lebte nun eine lange Zeit in der größten Einsamkeit; er war schon sonst immer schwermüthig gewesen, weil ihn die seltsame Geschichte seiner Gattin beunruhigte, und er irgend einen unglücklichen Vorfall, der sich ereignen könnte, befürchtete: aber jetzt war er ganz mit sich zerfallen. Die Ermordung seines Freundes stand ihm unaufhörlich vor Augen, er lebte unter ewigen innern Vorwürfen.

Um sich zu zerstreuen, begab er sich zuweilen nach der nächsten großen Stadt, wo er Gesellschaften und Feste besuchte. Er wünschte durch irgend einen Freund die Leere in seiner Seele auszufüllen, und wenn er dann wieder an Walther zurück dachte, so erschrack er vor dem Gedanken, einen Freund zu finden, denn er war überzeugt, daß er nur unglücklich mit jedweden Freunde sein könne. Er hatte so lange mit Bertha in einer schönen Ruhe gelebt, die Freundschaft Walthers hatte ihn so manches Jahr hindurch beglückt, und jetzt waren beide so plötzlich dahin gerafft, daß ihm sein Leben in manchen Augenblicken mehr wie ein seltsames Mährchen, als wie ein wirklicher Lebenslauf erschien.

Ein junger Ritter, *Hugo*, schloß sich an den stillen betrübten Eckbert, und schien eine wahrhafte Zuneigung gegen ihn zu empfinden. Eckbert fand sich auf eine wunderbare Art überrascht, er kam der Freundschaft des Ritters um so schneller entgegen, je weniger er sie vermuthet hatte. Beide waren nun häufig beisammen, der Fremde erzeigte Eckbert alle möglichen Gefälligkeiten, einer ritt fast nicht mehr ohne den andern aus, in allen Gesellschaften trafen sie sich, kurz, sie schienen unzertrennlich.

Eckbert war immer nur auf kurze Augenblicke froh, denn er fühlte es deutlich, daß ihn Hugo nur aus einem Irrthume liebe; jener kannte ihn nicht, wußte seine Geschichte nicht, und er fühlte wieder denselben Drang, sich ihm ganz mitzutheilen, damit er versichert seyn könne, ob jener auch wahrhaft sein Freund sey. Dann hielten ihn wieder Bedenklichkeiten und die Furcht verabscheut zu werden, zurück. In manchen Stunden war er so sehr von seiner Nichtswürdigkeit überzeugt, daß er glaubte, kein Mensch könne ihn seiner Achtung würdigen, für den er nicht ein völliger Fremdling sey. Aber dennoch konnte er sich nicht widerstehn; auf einem einsamen Spazierritte entdeckte er seinem Freunde seine ganze Geschichte, und fragte ihn dann, ob er wohl einen Mörder lieben könne. Hugo war gerührt, und suchte ihn zu trösten; Eckbert folgte ihm mit leichterm Herzen zur Stadt.

Es schien aber seine Verdamniß zu seyn, gerade in der Stunde des Vertrauens Argwohn zu schöpfen, denn kaum waren sie in den Saal getreten, als ihm beim Schein der vielen Lichter die Mienen seines Freundes nicht gefielen. Er glaubte ein hämisches Lächeln zu bemerken, es fiel ihm auf, daß er nur wenig mit ihm spreche, daß er mit den Anwesenden viel rede, und seiner gar nicht zu achten scheine. Ein alter Ritter war in der Gesellschaft, der sich immer als den Gegner Eckberts gezeigt, und sich oft nach seinem Reichthum und seiner Frau auf eine eigne Weise erkundigt hatte; zu diesem gesellte sich Hugo, und beide sprachen eine Zeitlang heimlich, in dem sie nach Eckbert hindeuteten. Dieser sah jetzt seinen Argwohn bestätigt, er glaubte sich verrathen, und eine schreckliche Wuth bemeisterte sich seiner. Indem er noch immer hinstarrte, sah er plötzlich Walthers Gesicht, alle seine Minen, die ganze, ihm so wohl bekannte Gestalt, er sah noch immer hin und ward überzeugt, daß Niemand als *Walther* mit dem Alten spreche. – Sein Entsetzen war unbeschreiblich; außer sich stürzte er hinaus, verließ noch in der Nacht die Stadt, und kehrte nach vielen Irrwegen auf seine Burg zurück.

Wie ein unruhiger Geist eilte er jetzt von Gemach zu Gemach, kein Gedanke hielt ihm Stand, er verfiel von entsetzlichen Vorstellungen auf noch entsetzlichere, und kein Schlaf kam in seine Augen. Oft dachte er, daß er wahnsinnig sey, und sich nur selber durch seine Einbildung alles erschaffe; dann erinnerte er sich wieder der Züge Walthers, und alles ward ihm immer mehr ein Räthsel. Er beschloß eine Reise zu machen, um seine Vorstellungen wieder zu ordnen; den Gedanken an Freundschaft, den Wunsch nach Umgang hatte er nun auf ewig aufgegeben.

Er zog fort, ohne sich einen bestimmten Weg vorzusetzen, ja er betrachtete die Gegenden nur wenig, die vor ihm lagen. Als er im stärksten Trabe seines Pferdes einige Tage so fort geeilt war, sah er sich plötzlich in einem Gewinde von Felsen verirrt, in denen sich nirgend ein Ausweg entdecken ließ. Endlich traf er auf einen alten Bauer, der ihm einen Pfad, einem Wasserfall vorüber, zeigte: er wollte ihm zur Danksagung einige Münzen geben, der Bauer aber schlug sie aus. – Was gilts, sagte Eckbert zu sich selber, ich könnte mir wieder einbilden, daß dies Niemand anders als Walther sei? – Und indem sah er sich noch einmal um, und es war Niemand anders als Walther. – Eckbert spornte sein Roß so schnell es nur laufen konnte, durch Wiesen und Wälder, bis es erschöpft unter ihm zusammen stürzte. – Unbekümmert darüber setzte er nun seine Reise zu Fuß fort.

Er stieg träumend einen Hügel hinan; es war, als wenn er ein nahes munteres Bellen vernahm, Birken säuselten dazwischen, und er hörte mit wunderlichen Tönen ein Lied singen:

Waldeinsamkeit
Mich wieder freut,
Mir geschieht kein Leid,
Hier wohnt kein Neid,
Von neuem mich freut
Waldeinsamkeit.

Jetzt war es um das Bewußtseyn, um die Sinne Eckberts geschehn; er konnte sich nicht aus dem Räthsel heraus finden, ob er jetzt träume, oder ehemals von einem Weibe Bertha geträumt habe; das Wunderbarste vermischte sich mit dem Gewöhnlichsten, die Welt um ihn her war verzaubert, und er keines Gedankens, keiner Erinnerung mächtig.

Eine krummgebückte Alte schlich hustend mit einer Krücke den Hügel heran. Bringst du mir meinen Vogel? Meine Perlen? Meinen Hund? schrie sie ihm entgegen. Siehe, das Unrecht bestraft sich selbst: Niemand als ich war dein Freund Walther, dein Hugo. –

Gott im Himmel! sagte Eckbert stille vor sich hin, – in welcher entsetzlichen Einsamkeit hab' ich dann mein Leben hingebracht! –

Und Bertha war deine Schwester.

Eckbert fiel zu Boden.

Warum verließ sie mich tückisch? Sonst hätte sich alles gut und schön geendet, ihre Probezeit war ja schon vorüber. Sie war die Tochter eines Ritters, die er bei einem Hirten erziehn ließ, die Tochter deines Vaters.

Warum hab' ich diesen schrecklichen Gedanken immer geahndet? rief Eckbert aus.

Weil du in früher Jugend deinen Vater einst davon erzählen hörtest; er durfte seiner Frau wegen diese Tochter nicht bei sich erziehn lassen, denn sie war von einem andern Weibe. –

Eckbert lag wahnsinnig und verscheidend auf dem Boden; dumpf und verworren hörte er die Alte sprechen, den Hund bellen, und den Vogel sein Lied wiederholen.

Nach einer Pause sagte Clara: Sie sehn, lieber Anton, daß uns allen jene Thränen eines heimlichen Grauens in den Augen stehen, und ich denke, Sie haben großentheils das Versprechen Ihres Phantasus erfüllt. Aber erlauben Sie mir zu fragen: ist diese Erzählung Ihre eigene Erfindung, oder eine nachgeahmte?

Ich darf sie, antwortete Anton, wohl für meine Erfindung ausgeben, da ich mich nicht erinnere, eine ähnliche Geschichte anderswo gelesen zu haben, auch denke ich, ist es in der Aufgabe begriffen gewesen, daß nur selbst ersonnene Mährchen vorgetragen werden sollen, wenigstens habe ich es so verstanden, und ich hoffe, daß auch alle meine Freunde meinem Beispiele heute folgen werden.

Versprich dies nicht so im Allgemeinen, wandte Friedrich ein.

Wollte man freilich, fuhr Anton fort, genau erzählen, aus welchen Erinnerungen der Kindheit, aus welchen Bildern, die man im Lesen, oder oft aus ganz unbedeutenden mündlichen Erzählungen aufgreift, dergleichen sogenannte Erfindungen zusammengesetzt werden, so könnte man daraus wieder eine Art von seltsamer, mährchenartiger Geschichte bilden.

Es ist ängstlich, sagte Ernst, dergleichen Kleinigkeiten zu gründlich zu nehmen. Ich erinnere mich mancher Gesellschaft, in der spitz- und salzlose Anekdoten schlecht vorgetragen wurden, die man nachher eben so unwitzig kritisirte, mit Schrecken, und wenn auch etwas ähnliches hier nicht zu besorgen steht, so wünschte ich doch wohl, daß unsre schönen Richterinnen sich nicht zu eifrig um den Grund und Boden bekümmern möchten, auf welchen unsre Poesien gewachsen sind; ein wesenloser Traum büßt durch geringe Störung zu leicht seine ganze Wirkung ein.

Daß ich fragte, antwortete Clara, geschah nicht aus kritischem Interesse, sondern weil ich, was vielleicht Schwäche sein mag, auf die ursprüngliche Erfindung einer Dichtung sehr viel halte, denn die Kraft des Erfindens scheint mir, mit aller Ehrfurcht von der übrigen Kunst gesprochen, etwas so eigenthümliches, daß ich mich für denjenigen Dichter besonders interessire, welcher nicht nachahmt, sondern zum erstenmal ein Ding vorträgt, welches unsre Imagination ergreift. Beim dramatischen Dichter, wenn er es wahrhaft ist, tritt wohl eine andere Erfindungskunst ein, als beim erzählenden, denn freilich möchte ich lieber eine Scene in »Wie es Euch gefällt« geschrieben haben, als die Novelle erfunden, aus welcher dies Lustspiel entsprungen ist. Der Erzähler kann seinen Gegenstand, wenn dieser interessant ist, schmücken und erheben, seinen Geschmack und seine Kunst in der Umbildung beweisen, ich frage aber immer gern: wer hat diese Sache zuerst ersonnen, falls sie sich nicht wirklich zugetragen hat?

Ich gebe Ihnen gern Recht, sagte Ernst, und um so lieber, weil ich Ihnen mit meinem Gedichte dann etwas dreister nahen darf, weil ich es wenigstens für eigene Erfindung ausgeben kann. In sofern freilich nicht, als die Vorstellung vom verzauberten Berge der Venus im Mittelalter allgemein verbreitet war, aber das Gedicht vom Tannenhäuser hatte ich, damals so wie jetzt, noch nicht gelesen, eben so wenig kannte ich damals die Niebelungen, sondern nur das Heldenbuch, in dessen Vorrede ein getreuer Eckart erwähnt wird, der die jungen Harlungen beschützt, und der nachher beim Hans Sachs und andern Dichtern oftmals sprichwörtlich vorkömmt, und immer vor dem Berge der Venus Wache hält. Aus diesen allgemeinen, unbestimmten Vorstellungen in welche ich noch die Sage von dem berüchtigten Rattenfänger von Hameln aufgenommen und verkleidet habe, ist folgendes Gedicht entstanden.

Der getreue Eckart und der Tannenhäuser.

In zwei Abschnitten.

Erster Abschnitt.

Der edle Herzog groß
Von dem Burgunder Lande
Litt manchen Feindesstoß
Wohl auf dem ebnen Sande.

Er sprach: mich schlägt der Feind,
Mein Muth ist mir entwichen,
Die Freunde sind erblichen,
Die Knecht' geflohen seynd!

Ich kann mich nicht mehr regen,
Nicht Waffen führen kann:
Wo bleibt der edle Degen,
Eckart der treue Mann?

Er war mir sonst zur Seite
In jedem harten Strauß,
Doch leider blieb er heute
Daheim bei sich zu Haus.

Es mehren sich die Haufen,
Ich muß gefangen sein,
Mag nicht wie Knecht entlaufen,
Drum will ich sterben fein! –

So klagt der von Burgund,
Will sein Schwerdt in sich stechen:
Da kommt zur selben Stund
Eckart, den Feind zu brechen.

Geharnischt reit't der Degen
Keck in den Feind hinein,
Ihm folgt die Schaar verwegen
Und auch der Sohne sein.

Burgund erkennt die Zeichen,
Und ruft: Gott sei gelobt!
Die Feinde mußten weichen
Die wüthend erst getobt.

Da schlug mit treuem Muthe
Eckart ins Volk hinein,
Doch schwamm im rothen Blute
Sein zartes Söhnelein.

Als nun der Feind bezwungen,
Da sprach der Herzog laut:
Es ist dir wohl gelungen,
Doch so, daß es mir graut;

Du hast viel Mann geworben,
Zu retten Reich und Leben,
Dein Söhnlein liegt erstorben,
Kanns dir nicht wieder geben. –

Der Eckart weinet fast,
Bückt sich der starke Held,
Und nimmt die theure Last,
Den Sohn in Armen hält.

Wie starbst du, Heinz, so frühe,
Und warst noch kaum ein Mann?
Mich reut nicht meine Mühe,
Ich seh' dich gerne an,

Weil wir dich, Fürst, erlösten,
Aus deiner Feinde Hohn,
Und drum will ich mich trösten,
Ich schenke dir den Sohn.

Da ward dem Burgund trübe
Vor seiner Augen Licht,
Weil diese große Liebe
Sein edles Herze bricht.

Er weint die hellen Zähren
Und fällt ihm an die Brust:
Dich, Held, muß ich verehren,
Spricht er in Leid und Lust,

So treu bist du geblieben
Da alles von mir wich,
So will ich nun auch lieben
Wie meinen Bruder dich,

Und sollst in ganz Burgunde
So gelten wie der Herr,
Wenn ich mehr lohnen kunnte,
Ich gäbe gern noch mehr.

Als dies das Land erfahren,
So freut sich jedermann,
Man nennt den Held seit Jahren
Eckart den treuen Mann.

Die Stimme eines alten Landmannes klang über die Felsen herüber, der dieses Lied sang, und der getreue Eckart saß in seinem Unmuthe auf dem Berghang und weinte laut. Sein jüngstes Söhnlein stand neben ihm und fragte: Warum weinst du also laut, mein Vater Eckart? Wie bist du doch so groß und stark, höher und kräftiger, als alle übrige Männer, vor wem darfst du dich denn fürchten?

Indem zog die Jagd des Herzoges heim nach Hause. Burgund saß auf einem stattlichen, schön geschmückten Rosse, und Gold und Geschmeide des fürstlichen Herzogs flimmerte und blinkte in der Abendsonne, so daß der junge Conrad den herrlichen Aufzug nicht genug sehn, nicht genug preisen konnte. Der getreue Eckart erhob sich und schaute finster hinüber, und der junge Conrad sang, nachdem er die Jagd aus dem Gesichte verloren hatte:

Wenn du willt
Schwerdt und Schild,
Gutes Roß,
Speer und Geschoß
Führen:
Muß dein Mark
In Beinen stark,
Dir im Blut
Mannesmuth
Gar kräftiglich regieren!

Der Alte nahm den Sohn und herzte ihn, wobei er gerührt seine großen hellblauen Augen anschaute. Hast du das Lied jenes guten Mannes gehört? fragte er ihn dann.

Wie nicht? sprach der Sohn, hat er es doch laut genug gesungen, und bist du ja doch der getreue Eckart, so daß ich gern zuhörte.

Derselbe Herzog ist jetzt mein Feind, sprach der alte Vater; er hält mir meinen zweiten Sohn gefangen, ja hat ihn schon hingerichtet, wenn ich dem trauen darf, was die Leute im Lande sagen.

Nimm dein großes Schwerdt und duld' es nicht, sagte der Sohn, sie müssen ja alle vor Dir zittern, und alle Leute im ganzen Lande werden dir beistehn, denn du bist ihr größter Held im Lande.

Nicht also, mein Sohn, sprach jener, dann wäre ich der, für den mich meine Feinde ausgeben, ich darf nicht an meinem Landesherren ungetreu werden; nein, ich darf nicht den Frieden brechen, den ich ihm angelobt und in seine Hände versprochen.

Aber was will er von uns? fragte Conrad ungeduldig.

Der Eckart setzte sich wieder nieder und sagte: mein

Sohn, die ganze Erzählung davon würde zu umständlich lauten, und du würdest es dennoch kaum verstehn. Der Mächtige hat immer seinen größten Feind in seinem eigenen Herzen, den er so Tag wie Nacht fürchtet: so meint der Burgund nunmehr, er habe mir zu viel getraut, und in mir eine Schlange an seinem Busen auferzogen. Sie nennen mich im Land den kühnsten Degen, sie sagen laut, daß er mir Reich und Leben zu danken, ich heiße der getreue Eckart, und so wenden sich Bedrängte und Nothleidende zu mir, daß ich ihnen Hülfe schaffe; das kann er nicht leiden. So hat er Groll auf mich geworfen, und jeder, der bei ihm gelten möchte, vermehrt sein Mißtrauen zu mir: so hat sich endlich sein Herz von mir abgewendet.

Hierauf erzählte ihm der Held Eckart mit schlichten Worten, daß ihn der Herzog von seinem Angesichte verbannt habe, und daß sie sich ganz fremd geworden seyen, weil jener geargwohnt, er wolle ihm gar sein Herzogthum entreißen. In Betrübniß fuhr er fort, wie der Herzog ihm seinen Sohn gefangen genommen, und ihm selber, als einem Verräther, nach dem Leben stehe. Conrad sprach zu seinem Vater: so laß mich nun hingehn, mein alter Vater, und mit dem Herzoge reden, damit er verständig und dir gewogen werde; hat er meinen Bruder erwürgt, so ist er ein böser Mann, und du sollst ihn strafen, doch kann es nicht sein, weil er nicht so schnöde deiner großen Dienste vergessen kann.

Weißt du nicht den alten Spruch, sagte Eckart:

Wenn der Mächtge dein begehrt,
Bist du ihm als Freund was wehrt,
Wie die Noth von ihm gewichen,
Ist die Freundschaft auch erblichen.

Ja, mein ganzes Leben ist unnütz verschwendet: warum machte er mich groß, um mich dann desto tiefer hinab zu werfen? Die Freundschaft der Fürsten ist wie ein tödtendes Gift, das man nur gegen Feinde nützen kann, und womit sich der Eigner aus Unbedacht endlich selbst erwürgt.

Ich will zum Herzoge hin, rief Conrad aus, ich will ihm alles, was du gethan, was du für ihn gelitten, in die Seele zurück rufen, und er wird wieder seyn, wie ehemals.

Du hast vergessen, sagte Eckart, daß man uns für Verräther ausgerufen hat, darum laß uns mit einander flüchten, in ein fremdes Land, wo wir wohl ein besseres Glück antreffen mögen.

In deinem Alter, sagte Conrad, willst du deiner lieben Heimath noch den Rücken wenden? Nein, laß uns lieber alles andere versuchen. Ich will zum Burgunder, ihn versöhnen und zufrieden stellen; denn was kann er mir thun wollen, wenn er dich auch haßt und fürchtet?

Ich lasse dich sehr ungern, sagte Eckart, denn meine Seele weissagt mir nichts Gutes, und doch möcht' ich gern mit ihm versöhnt seyn, denn er ist mein alter Freund, auch deinen Bruder erretten, der in gefänglicher Haft bei ihm schmachtet.

Die Sonne warf ihre letzten milden Strahlen auf die grüne Erde, und Eckart setzte sich nachdenkend nieder, an einem Baumstamm gelehnt, er beschaute den Conrad lange Zeit und sagte dann: wenn du gehen willst, mein Sohn, so gehe jetzt, bevor die Nacht vollends herein bricht; die Fenster in der herzoglichen Burg glänzen schon von Lichtern, ich vernehme aus der Ferne Trompetentöne vom Feste, vielleicht ist die Gemahlin seines Sohnes schon angelangt und sein Gemüth freundlicher gegen uns.

Ungern ließ er den Sohn von sich, weil er seinem Glükke nicht mehr traute; der junge Conrad aber war um so muthiger, weil es ihm ein leichtes dünkte, das Gemüth des Herzoges umzuwenden, der noch vor weniger Zeit so freundlich mit ihm gespielt hatte. Kommst du mir gewiß zurück, mein liebstes Kind? klagte der Alte; wenn du mir verloren gehst, ist keiner mehr von meinem Stamme übrig.

Der Knabe tröstete ihn, und schmeichelte mit Liebkosungen dem Greise; sie trennten sich endlich.

Conrad klopfte an die Pforte der Burg und ward eingelassen, der alte Eckart blieb draußen in der Nacht allein. Auch diesen habe ich verloren, klagte er in der Einsamkeit, ich werde sein Angesicht nicht wieder sehn. Indem er so jammerte, wankte an einem Stabe ein Greis daher, der die Felsen hinab steigen wollte, und bei jedem Schritte zu fürchten schien, daß er in den Abgrund stürzen möchte. Wie Eckart die Gebrechlichkeit des Alten wahrnahm, reichte er ihm die Hand, daß er sicher herunter steigen möchte. Woher des Weges? fragte ihn Eckart.

Der Alte setzte sich nieder und fing an zu weinen, daß ihm die hellen Thränen die Wangen hinunter liefen. Eckart wollte ihn mit gelinden und vernünftigen Worten trösten, aber der sehr bekümmerte Greis schien auf seine wohlgemeinten Reden nicht zu achten, sondern sich seinen Schmerzen noch ungemäßigter zu ergeben. Welcher Gram kann euch denn so gar sehr niederbeugen, fragte er endlich, daß Ihr gänzlich davon überwältigt seid?

Ach meine Kinder! klagte der Alte. Da dachte Eckart an Conrad, Heinz und Dietrich, und war selbst alles Trostes verlustig; ja, wenn eure Kinder gestorben sind, sprach er, dann ist euer Elend wahrlich sehr groß.

Schlimmer als gestorben, versetzte hierauf der Alte, mit seiner jammernden Stimme, denn sie sind nicht todt, aber ewig für mich verloren. O wollte der Himmel, daß sie nur gestorben wären!

Der Held erschrack über diese seltsamen Worte, und bat den Greis, ihm dieses Räthsel aufzulösen, worauf jener sagte: Wir leben wahrlich in einer wunderbarlichen Zeit, die wohl die letzten Tage bald herbei führen wird, denn die erschrecklichsten Zeichen fallen dräuend in die Welt herein. Alles Unheil macht sich von den alten Ketten los, und streift nun frank und frei herum; die Furcht Gottes versiegt und verrinnt, und findet kein Strombett, in das sie sich sammeln möchte, und die bösen Kräfte stehn kecklich in ihren Winkeln auf, und feyern ihren Triumph. O mein lieber Herr, wir sind alt geworden, aber für dergleichen Wundergeschichten noch nicht alt genug. Ihr werdet ohne Zweifel den Cometen gesehen haben, dieses wunderbare Himmelslicht, das so prophetisch hernieder scheint; alle Welt weissagt Übles, und keiner denkt daran, mit sich selbst die Besserung anzufahn und so die Ruthe abzuwenden. Dies ist nicht genug, sondern aus der Erde thun sich Wunderwerke hervor und brechen geheimnißvoll von unten herauf, wie das Licht schrecklich von oben herniederscheint. Habt Ihr niemals von dem Berge gehört, den die Leute nur den Berg der Venus nennen?

Niemalen, sagte Eckart, so weit ich auch herum gekommen bin.

Darüber muß ich mich verwundern, sagte der Alte, denn die Sache ist jetzt eben so bekannt, als sie wahrhaftig ist. In diesen Berg haben sich die Teufel hinein geflüchtet und sich in den wüsten Mittelpunkt der Erde gerettet, als das aufwachsende heilige Christenthum den heidnischen Götzendienst stürzte. Hier, sagt man nun, solle vor allen Frau Venus Hof halten, und alle ihre höllischen Heerscharen der weltlichen Lüste und verbotenen Wünsche um sich versammeln, so daß das Gebirge auch verflucht seit undenklichen Zeiten gelegen hat.

Doch nach welcher Gegend liegt der Berg? fragte Ekkart.

Das ist das Geheimniß, sprach der Alte, daß dieses Niemand zu sagen weiß, als der sich schon dem Satan zu eigen gegeben, es fällt auch keinem Unschuldigen ein, ihn aufsuchen zu wollen. Ein Spielmann von wunderseltner Art ist plötzlich von unten hervor gekommen, den die Höllischen als ihren Abgesandten ausgeschickt haben, dieser durchzieht die Welt, und spielt und musizirt auf einer Pfeifen, daß die Töne weit in den Gegenden wieder klingen. Wer nun diese Klänge vernimmt, der wird von ihnen mit offenbarer, doch unerklärlicher Gewalt erfaßt, und fort, fort in die Wildniß getrieben, er sieht den Weg nicht, den er geht, er wandert und wandert und wird nicht müde, seine Kräfte nehmen zu wie seine Eile, keine Macht kann ihn aufhalten, so rennt er rasend in den Berg hinein, und findet ewig niemals den Rückweg wieder. Diese Macht ist der Hölle jetzt zurück gegeben, und von entgegengesetzter Richtung wandeln nun die unglückseligen verkehrten Pilgrimme hin, wo keine Rettung zu erwarten steht. Ich hatte an meinen beiden Söhnen schon seit lange keine Freude mehr erlebt, sie waren wüst und ohne Sitten, sie verachteten so Eltern wie Religion; nun hat sie der Klang ergriffen und angefaßt, sie sind davon und in die Weite, die Welt ist ihnen zu enge, und sie suchen in der Hölle Raum.

Und was denkt Ihr bei diesen Dingen zu thun? fragte Eckart.

Mit dieser Krücke habe ich mich aufgemacht, antwortete der Alte, um die Welt zu durchstreifen, sie wieder zu finden, oder vor Müdigkeit und Gram zu sterben.

Mit diesen Worten riß er sich mit großer Anstrengung aus seiner Ruhe auf, und eilte fort so schnell er nur konnte, als wenn er sein Liebstes auf der Welt versäumen möchte, und Eckart sah mit Bedauern seiner unnützen Bemühung nach, und achtete ihn in seinen Gedanken für wahnwitzig. –

Es war Nacht geworden und wurde Tag, und Conrad kam nicht zurück, da irrte Eckart durch das Gebirge und wandte seine sehnenden Augen nach dem Schlosse, aber er ersah ihn nicht. Ein Getümmel zog aus der Burg daher, da trachtete er nicht mehr, sich zu verbergen, sondern er bestieg sein Roß, das frei weidete, und ritt in die Schaar hinein, die frölich und guter Dinge über das Blachfeld zog. Als er unter ihnen war, erkannten sie ihn, aber keiner wagte Hand an ihn zu legen, oder ihm ein hartes Wort zu sagen, sondern sie wurden aus Ehrerbietung stumm, umgaben ihn in Verwunderung, und gingen dann ihres Weges. Einen von den Knechten rief er zurück, und fragte ihn: Wo ist mein Sohn Conrad? O fragt mich nicht, sagte der Knecht, denn es würde euch doch nur Jammer und Wehklagen erregen. Und Dietrich? rief der Vater. Nennt ihre Namen nicht mehr, sprach der alte Knecht, denn sie sind dahin, der Zorn des Herrn war gegen sie entbrannt, er gedachte Euch in ihnen zu strafen.

Ein heißer Zorn stieg in Eckarts Gemüth auf, und er war vor Schmerz und Wuth sein selber nicht mehr mächtig. Er spornte sein Roß mit aller Gewalt und ritt in das Burgthor hinein. Alle traten ihm mit scheuer Ehrfurcht aus dem Wege, und so ritt er vor den Pallast. Er schwang sich vom Rosse und ging mit wankenden Schritten die großen Stiegen hinan. Bin ich hier in der Wohnung des Mannes, sagte er zu sich selber, der sonst mein Freund war? Er wollte seine Gedanken sammeln, aber immer wildere Gestalten bewegten sich vor seinen Augen, und so trat er in das Gemach des Fürsten.

Der Herzog von Burgund war sich seiner nicht gewärtig, und erschrack heftig, als er den Eckart vor sich sah. Bist du der Herzog von Burgund? redete dieser ihn an. Worauf der Herzog mit Ja antwortete. Und du hast meinen Sohn Dietrichen hinrichten lassen? Der Herzog sagte Ja. Und auch mein jüngstes Söhnlein Conrad, rief Eckart im Schmerz, ist dir nicht zu gut gewesen, und du hast ihn auch umbringen lassen? Worauf der Herzog wieder mit Ja antwortete.

Hier ward Eckart übermannt und sprach in Thränen: O antworte mir nicht so, Burgund, denn diese Reden kann ich nicht aushalten, sprich nur, daß es dich gereut, daß du es jetzt ungeschehen wünschest, und ich will mich zu trösten suchen; aber so bist du meinem Herzen überall zuwider.

Der Herzog sagte: entferne dich von meinem Angesichte, ungetreuer Verräther, denn du bist mir der ärgerlichste Feind, den ich nur auf Erden haben kann.

Eckart sagte: Du hast mich wohl ehedem deinen Freund genannt, aber diese Gedanken sind dir nunmehr fremd; nie hab' ich dir zuwider gehandelt, stets hab' ich dich als meinen Fürsten geehrt und geliebt, und behüte mich Gott, daß ich nun, wie ich wohl könnte, die Hand an mein Schwerdt legen sollte, um mir Rache zu schaffen. Nein, ich will mich selbst von deinem Angesichte verbannen, und in der Einsamkeit sterben.

Mit diesen Worten ging er fort, und der Burgund war in seinem Gemüthe bewegt, doch erschienen auf seinen Ruf die Leibwächter mit den Lanzen, die ihn von allen Seiten umgaben, und den Eckart mit den Spießen aus dem Gemache treiben wollten.

Es schwang sich auf sein Pferd
Eckart, der edle Held,
Und sprach: in aller Welt
Ist mir nun nichts mehr werth.

Die Söhn' hab ich verloren,
So find' ich nirgends Trost,
Der Fürst ist mir erbost,
Hat meinen Tod geschworen.

Da reitet er zu Wald
Und klagt aus vollem Herzen
Die übergroßen Schmerzen,
Daß weit die Stimme schallt:

Die Menschen sind mir todt,
Ich muß mir Freunde suchen
In Eichen, wilden Buchen,
Ihn'n klagen meine Noth.

Kein Kind, das mich ergötzt,
Erwürgt vom schlimmen Leuen
Blieb keiner von den dreien,
Der Liebste starb zuletzt.

Wie Eckart also klagte
Verlor er Sinn und Muth,
Er reit't in Zorneswuth,
Als schon der Morgen tagte.

Das Roß, das treu geblieben
Stürzt hin im wilden Lauf,
Er achtet nicht darauf
Und will nun nichts mehr lieben.

Er thut die Rüstung abe,
Wirft sich zu Boden hin,
Auf Sterben steht sein Sinn,
Sein Wunsch nur nach dem Grabe.

Niemand in der Gegend wußte, wohin sich der Eckart gewendet, denn er hatte sich in die wüsten Waldungen hinein verirrt, und vor keinem Menschen ließ er sich sehen. Der Herzog fürchtete seinen Sinn, und es gereute ihn nun, daß er ihn von sich gelassen, ohne ihn zu fangen. Darum machte er sich an einem Morgen auf, mit einem großen Zuge von Jägern und anderm Gefolge, um die Wälder zu durchstreifen und den Eckart aufzusuchen, denn er meinte, daß dessen Tod nur ihn völlig sicher stellte. Alle waren unermüdet, und ließen sich den Eifer nicht verdrießen, aber die Sonne war schon untergegangen, ohne daß sie von Eckart eine Spur angetroffen hätten.

Ein Sturm brach herein, und große Wolken flogen sausend über dem Walde hin, der Donner rollte, und Blitze fuhren in die hohen Eichen; von einem ungestümen Schrecken wurden alle angefaßt, und einzeln in den Gebüschen und auf den Fluren zerstreut. Das Roß des Herzogs rannte in das Dickicht hinein, sein Knappe vermochte nicht, ihm zu folgen; das edle Roß stürzte nieder, und der Burgund rief im Gewitter vergeblich nach seinen Dienern, denn es war keiner, der ihn hören mochte.

Wie ein wildes Thier war Eckart umher geirrt, ohne von sich, von seinem Unglücke etwas zu wissen, er hatte sich selber verloren und in dumpfer Betäubung seinen Hunger mit Kräutern und Wurzeln gesättigt; unkenntlich wäre der Held jetzt jedem seiner Freunde gewesen, so hatten ihn die Tage seiner Verzweiflung entstellt. Wie der Sturm aufbrach, erwachte er aus seiner Betäubung, er fand sich in seinen Schmerzen wieder und erkannte sein Unglück. Da erhub er ein lautes Jammergeschrei um seine Kinder, er raufte seine weißen Haare und klagte im Brausen des Sturmes: Wohin, wohin seid Ihr gekommen, ihr Theile meines Herzens? Und wie ist mir denn so alle Macht genommen, daß ich euren Tod nicht mindestens rächen darf? Warum hielt ich denn meinen Arm zurück, und gab nicht dem den Tod, der meinem Herzen den tödtlichsten Stich zutheilte? Ha, du verdienst es, Wahnsinniger, daß der Tyrann dich verhöhnt, weil dein unmächtiger Arm, dein blödes Herz nicht dem Mörder widerstrebt! Jetzt, jetzt sollte er so vor mir stehn! Vergeblich wünsch' ich jetzt die Rache, da der Augenblick vorüber ist.

So kam die Nacht herauf, und Eckart irrte in seinem Jammer umher. Da hörte er aus der Ferne wie eine Stimme, die um Hülfe rief. Er richtete seine Schritte nach dem Schalle, und traf endlich in der Dunkelheit auf einen Mann, der an einen Baumstamm gelehnt, ihn wehmüthig bat, ihm wieder auf die rechte Straße zu helfen. Eckart erschrack vor der Stimme, denn sie schien ihm bekannt, und bald ermannte er sich und erkannte, daß der Verirrte der Herzog von Burgunden sey. Da erhub er seine Hand und wollte sein Schwerdt fassen, um den Mann nieder zu hauen, der der Mörder seiner Kinder war; es überfiel ihn die Wuth mit neuen Kräften, und er war des festen Willens, jenem den Garaus zu machen, als er plötzlich inne hielt, und seines Schwures und des gegebenen Wortes gedachte. Er faßte die Hand seines Feindes, und führte ihn nach der Gegend, wo er die Straße vermuthete.

Der Herzog sank darnieder
Im wilden dunkeln Hain,
Da nahm der Helde bieder
Ihn auf die Schultern sein.

Er sprach: gar viel Beschwerden
Mach' ich dir, guter Mann;
Der sagte: auf der Erden
Muß man gar viel bestahn.

Doch sollst du, sprach Burgund,
Dich freun, bei meinem Worte,
Komm ich nur erst gesund
Zu einem sichern Orte.

Der Held fühlt Thränen heiß
Auf seinen alten Wangen,
Er sprach: auf keine Weis'
Trag' ich nach Lohn Verlangen.

Es mehren sich die Plagen,
Sprach der Burgund in Noth;
Wohin willst du mich tragen?
Du bist wohl gar der Tod? –

Tod bin ich nicht genannt,
Sprach Eckart noch im Weinen,
Du stehst in Gottes Hand,
Sein Licht mag dich bescheinen.

Ach, wohl ist mir bewußt,
Sprach jener drauf in Reue,
Daß sündvoll meine Brust,
Drum zittr' ich, daß er dräue.

Ich hab' dem treusten Freunde
Die Kinder umgebracht,
Drum steht er mir zum Feinde
In dieser finstern Nacht.

Er war mir recht ergeben,
Als wie der treuste Knecht,
Und war im ganzen Leben
Mir niemals ungerecht.

Die Kindlein ließ ich tödten,
Das kann er nie verzeihn,
Ich fürcht', in diesen Nöthen
Treff' ich ihn hier im Hain:

Das sagt mir mein Gewissen
Mein Herze innerlich,
Die Kind hab ich zerrissen,
Dafür zerreißt er mich.

Der Eckart sprach: empfinden
Muß ich so schwere Last,
Weil du nicht rein von Sünden
Und schwer gesündigt hast,

Daß du den Mann wirst schauen
Ist auch gewißlich wahr,
Doch magst du mir vertrauen
So krümmt er dir kein Haar.

So gingen sie in Gesprächen fort, als ihnen im Walde eine andre Mannsgestalt begegnete, es war Wolfram, der Knappe des Herzogs, der seinen Herrn schon seit lange gesucht hatte. Die dunkle Nacht lag noch über ihnen, und kein Sternlein blickte zwischen den schwarzen Wolken hervor. Der Herzog fühlte sich schwächer, und wünschte eine Herberge zu erreichen, in der er die Nacht schlafen möchte, dabei zitterte er, auf den Eckart zu treffen, der wie ein Gespenst vor seiner Seele stand. Er glaubte nicht den Morgen zu erleben, und schauderte von neuem zusammen, wenn sich der Wind wieder in den hohen Bäumen regte, wenn der Sturm von unten herauf aus den Bergschluften kam und über ihren Häuptern hinweg ging. Besteige, Wolfram, rief der Herzog in seiner Angst, diese hohe Tanne, und schaue umher, ob du kein Lichtlein, kein Haus, oder keine Hütte erspähst, zu der wir uns wenden mögen.

Der Knappe kletterte mit Gefahr seines Lebens zum hohen Tannenbaum hinauf, den der Sturm von einer Seite zur andern warf, und je zuweilen fast bis zur Erde den Wipfel beugte, so daß der Knappe wie ein Eichkätzlein oben schwankte. Endlich hatte er den Gipfel erklommen und rief: Im Thal da unten seh' ich den Schein eines Lichtes, dorthin müssen wir uns wenden! Sogleich stieg er ab und zeigte den beiden den Weg, und nach einiger Zeit sahen alle den erfreulichen Schein, worüber der Herzog anfing, sich wieder wohl zu gehaben. Eckart blieb immer stumm und in sich gekehrt, er sprach kein Wort und schaute seinen innern Gedanken zu. Als sie vor der Hütte standen klopften sie an, und ein altes Mütterlein öffnete ihnen die Thür; so wie sie hinein traten, ließ der starke Eckart den Herzog von seinen Schultern nieder, der sich alsbald auf seine Knie warf und Gott in einem brünstigen Gebete für seine Rettung dankte. Eckart setzte sich in einen finstern Winkel nieder und traf dort den Greis schlafend, der ihm unlängst sein großes Unglück mit seinen Söhnen erzählt hatte, welche er aufzusuchen ging.

Als der Herzog sein Gebet vollendet, sprach er: Wunderbar ist mir in dieser Nacht zu Sinne geworden, und die Güte Gottes wie seine Allmacht haben sich meinem verstockten Herzen noch niemals so nahe gezeigt; auch daß ich bald sterbe, sagt mir mein Gemüth, und ich wünsche nichts so sehr, als daß Gott mir vorher meine vielen und schweren Sünden vergeben möge. Euch beide aber, die ihr mich hieher geführt habt, will ich vor meinem Ende noch belohnen, so viel ich kann. Dir, meinem Knappen, schenk' ich die beiden Schlösser, die hier auf den nächsten Bergen liegen, doch sollst du dich künftig, zum Gedächtniß dieser grauenvollen Nacht, den Tannenhäuser nennen. Und wer bist du, Mann, fuhr er fort, der sich dorten im Winkel gelagert hat? Komm hervor, damit ich auch dir für deine Mühe und Liebe lohnen möge.

Da stand der Eckart von der Erden
Und trat herfür ans helle Licht,
Er zeigt mit traurigen Gebehrden
Sein hochbekümmert Angesicht.

Da fehlt dem Burgund Kraft und Muth
Den Blick des Mannes auszuhalten,
Den Adern sein entweicht das Blut,
In Ohnmacht ist er festgehalten.

Es stürzen ihm die matten Glieder
Von neuem auf den Boden nieder.
Allmächt'ger Gott! so schreit er laut,
Du bist es, den mein Auge schaut?
Wohin soll ich vor dir entfliehn?
Mußt du mich aus dem Walde ziehn?
Dem ich die Kinder hab' erschlagen,
Der muß mich in den Armen tragen?

So fährt der Burgund fort zu sprechen,
Und fühlt das Herz im Busen brechen,
Er sinkt dem Eckart an die Brust,
Ist sich sein selber nicht bewußt. –
Der Eckart leise zu ihm spricht:
Der Schmach gedenk' ich fürder nicht,
Damit die Welt es sehe frei,
Der Eckart war dir stets getreu.

So verging die Nacht. Am andern Morgen kamen andre Diener, die den kranken Herzog fanden. Sie legten ihn auf Maulthiere und führten ihn in sein Schloß zurück. Eckart durfte nicht von seiner Seite kommen, oft aber nahm er seine Hand und drückte sie sich gegen seine Brust, und sah ihn mit einem flehenden Blicke an. Eckart umarmte ihn dann, und sprach einige liebevolle Worte, mit denen sich der Fürst beruhigte. Er versammelte alle seine Räthe um sich her, und sagte ihnen, daß er den Eckart, den getreuen Mann, zum Vormunde über seine Söhne setze, weil dieser sich als den edelsten erwiesen. So starb er.

Seitdem nahm sich Eckart der Regierung mit allem Fleiße an, und jedermann im Lande mußte seinen hohen männlichen Muth bewundern. Es währte nicht lange, so verbreitete sich in allen Gegenden das wunderbare Gerücht von dem Spielmanne, der aus dem Venusberge gekommen, das ganze Land durchziehe und mit seinen Tönen die Menschen entführe, welche verschwänden, ohne daß man eine Spur von ihnen wieder finden könne. Viele glaubten dem Gerüchte, andre nicht, und Eckart gedachte des unglücklichen Greises wieder.

Ich habe Euch zu meinen Söhnen angenommen, sprach er zu den unmündigen Jünglingen, als er sich einst mit ihnen auf dem Berge vor dem Schlosse befand; Euer Glück ist jetzt meine Nachkommenschaft, ich will in Eurer Freude nach meinem Tode fortleben. Sie lagerten sich auf dem Abhange, von wo sie weit in das schöne Land hinein sehn konnten, und Eckart unterdrückte das Andenken an seine Kinder, denn sie schienen ihm von den Bergen herüber zu schreiten, indem er aus der Ferne einen lieblichen Klang vernahm.

Kommt es nicht wie Träumen
Aus den grünen Räumen
Zu uns wallend nieder,
Wie Verstorbner Lieder?

So spricht er zu den jungen Herrn,
Vernimmt den Zauberklang von fern.
Wie sich die Tön herüberschwungen
Erwachet in den frommen Jungen
Ein seltsam böser Geist,
Der sie nach unbekannter Ferne reißt.

Wir wollen in die Berge, in die Felder,
Und rufen die Quellen, es locken die Wälder,
Gar heimliche Stimmen entgegen singen,
Ins irdische Paradies uns zu bringen!

Der Spielmann kommt in fremder Tracht
Den wilden Kindern ins Gesicht,
Und höher schwillt der Töne Macht,
Und heller glänzt der Sonne Licht,
Die Blumen scheinen trunken,
Ein Abendroth nieder gesunken,
Und zwischen Korn und Gräsern schweifen
Sanft irrend blau und goldne Streifen.

Wie ein Schatten ist hinweg gehoben
Was sonst den Sinn zur Erden zieht,
Gestillt ist alles ird'sche Toben,
Die Welt zu Einer Blum' erblüht,
Die Felsen schwanken lichterloh,
Die Triften jauchzen und sind froh,
Es wirrt und irrt alles in die Klänge hinein
Und will in der Freude heimisch sein
Des Menschen Seele reißen die Funken,
Sie ist im holden Wahnsinn ganz versunken.

So wurde Eckart rege
Und wundert sich dabei,
Er hört der Töne Schläge
Und fragt sich, was es sei.

Ihm dünkt die Welt erneuet,
In andern Farben blühn,
Er weiß nicht, was ihn freuet,
Fühlt sich in Wonne glühn.

Ha! bringen nicht die Töne,
So fragt er sich entzückt,
Mir Weib und liebe Söhne,
Und was mich sonst beglückt?

Doch faßt ein heimlich Grauen
Den Helden plötzlich an,
Er darf nur um sich schauen
Und fühlt sich bald ein Mann.

Da sieht er schon das Wüthen
Der ihm vertrauten Kind,
Die sich der Hölle bieten
Und unbezwinglich sind.

Sie werden fortgezogen
Und kennen ihn nicht mehr,
Sie toben wie die Wogen
Im wildempörten Meer.

Was soll er da beginnen?
Ihn ruft sein Wort und Pflicht,
Ihm wanken selbst die Sinnen,
Er kennt sich selber nicht.

Da kömmt die Todesstunde
Von seinem Freund zurück,
Er höret den Burgunde
Und sieht den letzten Blick.

So schirmt er sein Gemüthe
Und steht gewappnet da,
Indem kommt im Gewüthe
Der Spielmann selbst ihm nah.

Er will den Degen schwingen
Und schlagen jenes Haupt:
Er hört die Pfeife klingen,
Die Kraft ist ihm geraubt.

Es stürzen aus den Bergen
Gestalten wunderlich,
Ein wüstes Heer von Zwergen,
Sie nahen grauerlich.

Die Söhne sind gefangen
Und toben in dem Schwarm,
Umsonst ist sein Verlangen,
Gelähmt sein tapfrer Arm.

Es stürmt der Zug an Vesten,
An Schlössern wild vorbei,
Sie ziehn von Ost nach Westen
Mit jauchzendem Geschrei.

Eckart ist unter ihnen,
Es reißt die Macht ihn hin,
Er muß der Hölle dienen,
Bezwungen ist sein Sinn.

Da nahen sie dem Berge,
Aus dem Musik erschallt,
Und alsogleich die Zwerge
Stillstehn und machen Halt.

Der Fels springt von einander,
Ein bunt Gewimmel drein,
Man sieht Gestalten wandern
Im wunderlichen Schein.

Da faßt er seinen Degen
Und sprach: ich bleibe treu!
Und haut mit Kraft verwegen
In alle Schaaren frei.

Die Kinder sind errungen,
Sie fliehen durch das Thal,
Der Feind noch unbezwungen
Mehrt sich zu Eckarts Qual.

Die Zwerge sinken nieder,
Sie fassen neuen Muth,
Es kommen andre wieder,
Und jeder kämpft mit Wuth.

Da sieht der Held schon ferne
Die Kind in Sicherheit
Sprach: nun verlier' ich gerne
Mein Leben hier im Streit.

Sein tapfres Schwerdt thut blinken
Im hellen Sonnenstrahl,
Die Zwerge niedersinken
Zu Haufen dort im Thal.

Die Kinder sind entschwunden
Im allerfernsten Feld,
Da fühlt er seine Wunden,
Da stirbt der tapfre Held.

So fand er seine Stunde
Wild kämpfend wie der Leu,
Und blieb noch dem Burgunde
Im Tode selber treu.

Als nun der Held erschlagen
Regiert der ältste Sohn,
Dankbar hört man ihn sagen:
Eckart hat meinen Thron

Erkämpft mit vielen Wunden
Und seinem besten Blut,
Und alle Lebensstunden
Verdank' ich seinem Muth.

Bald hört man Wundersagen
Im ganzen Land umgehn,
Daß, wer es wolle wagen
Der Venus Berg zu sehn,

Der werde dorten schauen
Des treuen Eckart Geist,
Der jedem mit Vertrauen
Zurück vom Felsen weist.

Wo er nach seinem Sterben
Noch Schutz und Wache hält.
Es preisen alle Erben
Eckart den treuen Held.

Zweiter Abschnitt.

Es waren mehr als vier Jahrhunderte seit dem Tode des getreuen Eckart verflossen, als am Hofe ein edler Tannenhäuser als kaiserlicher Rath im großen Ansehen stand. Der Sohn dieses Ritters übertraf an Schönheit alle übrigen Edlen des Landes, weswegen er auch von jedermann geliebt und hochgeschätzt wurde. Plötzlich aber verschwand er, nachdem sich einige wunderbare Dinge mit ihm zugetragen hatten, und kein Mensch wußte zu sagen, wohin er gekommen sey. Seit der Zeit des getreuen Eckart gab es vom Venusberge eine Sage im Lande, und manche sprachen, daß er dorthin gewandert und also auf ewig verloren sey.

Einer von seinen Freunden, Friedrich von Wolfsburg, härmte sich von allen am meisten um den jungen Tannenhäuser. Sie waren mit einander erwachsen und ihre gegenseitige Freundschaft schien jedem ein Bedürfniß seines Lebens geworden zu sein. Tannenhäusers alter Vater war gestorben, Friedrich vermählte sich nach einigen Jahren, schon umgab ihn ein Kreis von frölichen Kindern, und immer noch hatte er keine Nachricht von seinem Jugendfreunde vernommen, so daß er ihn auch für gestorben halten mußte.

Er stand eines Abends unter dem Thor seiner Burg, als er aus der Ferne einen Pilgrim daher kommen sah, der sich seinem Schlosse näherte. Der fremde Mann war in seltsame Tracht gekleidet, und sein Gang wie seine Geberden erschienen dem Ritter wunderlich. Als jener näher gekommen, glaubte er ihn zu kennen, und endlich war er mit sich einig, daß der Fremde kein anderer als sein ehemaliger Freund der Tannenhäuser sein könne. Er erstaunte und ein heimlicher Schauer bemächtigte sich seiner, als er die durchaus veränderten Züge deutlich gewahr wurde.

Die beiden Freunde umarmten sich, und erschraken dann einer vor dem andern, sie staunten sich an, wie fremde Wesen. Der Fragen, der verworrenen Antworten gab es viele; Friedrich erbebte oft vor dem wilden Blicke seines Freundes, in dem ein unverständliches Feuer brannte. Nachdem sich der Tannenhäuser einige Tage erholt hatte, erfuhr Friedrich, daß er auf einer Wallfahrt nach Rom begriffen sey.

Die beiden Freunde erneuerten bald ihre ehemaligen Gespräche und erzählten sich die Geschichte ihrer Jugend, doch verschwieg der Tannenhäuser noch immer sorgfältig, wo er seitdem gewesen. Friedrich aber drang in ihn, nachdem sie sich in ihre sonstige Vertraulichkeit wieder hinein gefunden hatten, jener suchte sich lange den freundschaftlichen Bitten zu entziehen, doch endlich rief er aus: Nun, so mag dein Wille erfüllt werden, du sollst alles erfahren, mache mir aber nachher keine Vorwürfe, wenn dich die Geschichte mit Bekümmerniß und Grauen erfüllt.

Sie gingen ins Freie und wandelten durch einen grünen Lustwald, wo sie sich nieder setzten, worauf der Tannenhäuser sein Haupt im grünen Grase verbarg und unter lautem Schluchzen seinem Freunde abgewandt die rechte Hand reichte, die dieser zärtlich drückte. Der trübselige Pilgrim richtete sich wieder auf, und begann seine Erzählung auf folgende Weise:

Glaube mir, mein Theurer, daß manchem von uns ein böser Geist von seiner Geburt an mitgegeben wird, der ihn durch das Leben dahin ängstigt und ihn nicht ruhen läßt, bis er an das Ziel seiner schwarzen Bestimmung gelangt ist. So geschahe mir, und mein ganzer Lebenslauf ist nur ein dauerndes Geburtswehe, und mein Erwachen wird in der Hölle sein. Darum habe ich nun schon so viele mühselige Schritte gethan, und so manche stehn mir noch auf meiner Pilgerschaft bevor, ob ich vielleicht beim heiligen Vater zu Rom Vergebung erlangen möchte: vor ihm will ich die schwere Ladung meiner Sünden ablegen, oder im Druck erliegen und verzweifelnd sterben.

Friedrich wollte ihn trösten, doch schien der Tannenhäuser auf seine Reden nicht sonderlich Acht zu geben, sondern fuhr nach einer kleinen Weile mit folgenden Worten fort: Man hat ein altes Mährchen, daß vor vielen Jahrhunderten ein Ritter mit dem Namen des getreuen Eckart gelebt habe, man erzählt, wie damals aus einem seltsamen Berge ein Spielmann gekommen sei, dessen wunderbarliche Töne so tiefe Sehnsucht, so wilde Wünsche in den Herzen aller Hörenden auferweckt haben, daß sie unwiderstreblich den Klängen nachgerissen worden, um sich in jenem Gebirge zu verlieren. Die Hölle hat damals ihre Porten den armen Menschen weit aufgethan, und sie mit lieblicher Musik zu sich herein gespielt. Ich hörte als Knabe diese Erzählung oft und wurde nicht sonderlich davon gerührt, doch währte es nicht lange, so erinnerte mich die ganze Natur, jedweder Klang, jedwede Blume an die Sage von diesen herzergreifenden Tönen. Ich kann dir nicht ausdrücken, welche Wehmuth, welche unaussprechliche Sehnsucht mich plötzlich ergriff, und wie in Banden hielt und fortführen wollte, wenn ich dem Zug der Wolken nachsahe, die lichte herrliche Bläue erblickte, die zwischen ihnen hervordrang, welche Erinnerungen Wies' und Wald in meinem tiefsten Herzen erwecken wollten. Oft ergriff mich die Lieblichkeit und Fülle der herrlichen Natur, daß ich die Arme ausstreckte und wie mit Flügeln hineinstreben wollte, um mich wie der Geist der Natur über Berg und Thal auszugießen, und mich in Gras und Büschen allseitig zu regen und die Fülle des Seegens einzuathmen. Hatte mich am Tage die freie Landschaft entzückt, so ängstigten mich in der Nacht dunkle Traumbilder und stellten sich grauenhaft vor mich hin, als wenn sie mir den Weg zu allem Leben versperren wollten. Vor allen ließ ein Traum einen unauslöschlichen Eindruck in meinem Gemüthe zurück, ob ich gleich nicht die Bilder deutlich wieder in meine Phantasie zurück rufen konnte. Mir dünkte, als wäre ein großes Gewühl in den Gassen, ich vernahm undeutliche Gespräche durcheinander, darauf ging ich, es war dunkle Nacht, in das Haus meiner Eltern, und nur mein Vater war zugegen und krank. Am nächsten Morgen fiel ich meinen Eltern um den Hals, umarmte sie inbrünstig und drückte sie an meine Brust, als wenn uns eine feindliche Gewalt von einander reißen wollte. Sollt' ich dich verlieren? sprach ich zum theuren Vater, o wie unglücklich und einsam wäre ich ohne dich in dieser Welt! Sie trösteten mich, aber es gelang ihnen nicht, das dunkle Bild aus meinem Gedächtnisse zu entfernen.

Ich ward älter, indem ich mich stets von andern Knaben meines Alters entfernt hielt. Oft streifte ich einsam durch die Felder, und so geschah es an einem Morgen, daß ich meinen Weg verlor, und in einem dunkeln Walde, um Hülfe rufend, herum irrte. Nachdem ich so lange Zeit vergeblich nach einem Wege gesucht hatte, stand ich endlich plözlich vor einem eisernen Gatterwerk, welches einen Garten umschloß. Durch dasselbe sah ich schöne dunkle Gänge vor mir, Fruchtbäume und Blumen, voran standen Rosengebüsche, die im Schein der Sonne glänzten. Ein unnennbares Sehnen zu den Rosen ergriff mich, ich konnte mich nicht zurück halten, ich drängte mich mit Gewalt durch die eisernen Stäbe, und war nun im Garten. Alsbald fiel ich nieder, umfaßte mit meinen Armen die Gebüsche, küßte die Rosen auf ihren rothen Mund, und ergoß mich in Thränen. Als ich mich eine Zeit in dieser Entzückung verloren hatte, kamen zwei Mädchen durch die Baumgänge, die eine älter, die andre von meinen Jahren. Ich erwachte aus meiner Betäubung, um mich einer höheren Trunkenheit hinzugeben. Mein Auge fiel auf die jüngere, und mir war in diesem Augenblicke, als würde ich von allen meinen unbekannten Schmerzen geheilt. Man nahm mich im Hause auf, die Eltern der beiden Kinder erkundigten sich nach meinem Namen, und schickten meinem Vater Bothschaft, der mich gegen Abend selber wieder abholte.

Von diesem Tage hatte der ungewisse Lauf meines Lebens eine bestimmte Richtung gewonnen, meine Gedanken eilten immer wieder nach dem Schlosse und dem Mädchen zurück, denn hier schien mir die Heimath aller meiner Wünsche. Ich vergaß meiner gewohnten Freuden, ich vernachlässigte meine Gespielen, und besuchte oft den Garten, das Schloß und das Mädchen. Bald war ich dort wie ein Kind vom Hause, so daß man sich nicht mehr verwunderte, wenn ich zugegen war, und Emma ward mir mit jedem Tage lieber. So vergingen mir die Stunden, und eine Zärtlichkeit hatte mein Herz gefangen genommen, ohne daß ich es selber wußte. Meine ganze Bestimmung schien mir nun erfüllt, ich hatte keine andere Wünsche, als immer wieder zukommen, und wenn ich fortging, dieselbe Aussicht auf den künftigen Tag zu haben.

Um die Zeit ward ein junger Ritter in der Familie bekannt, der auch zugleich ein Freund meiner Eltern war, und sich bald eben so, wie ich, an Emma schloß. Ich haßte ihn von diesem Augenblicke wie meinen Todfeind. Unbeschreiblich aber waren meine Gefühle, als ich wahrzunehmen glaubte, daß Emma seine Gesellschaft der meinigen vorziehe. Von dieser Stunde an war es, als wenn die Musik, die mich bis dahin begleitet hatte, in meinem Busen unterginge. Ich dachte nur Tod und Haß, wilde Gedanken erwachten in meiner Brust, wenn Emma nun auf der Laute die bekannten Gesänge sang. Auch verbarg ich meinen Widerwillen nicht, und bezeigte mich gegen meine Eltern, die mir Vorwürfe machten, wild und widerspenstig.

Nun irrte ich in den Wäldern und zwischen Felsen umher, gegen mich selber wüthend: den Tod meines Gegners hatte ich beschlossen. Der junge Ritter hielt nach einigen

Monden bei den Eltern um meine Geliebte an, sie wurde ihm zugesagt. Was mich sonst wunderbar in der ganzen vollen Natur angezogen und gereizt hatte, hatte sich mir in Emmas Bilde vereiniget; ich wußte, kannte und wollte kein anderes Glück als sie, ja ich hatte mir willkührlich vorgesetzt, daß ihren Verlust und mein Verderben ein und derselbe Tag herbei führen solle.

Meine Eltern grämten sich über meine Verwilderung, meine Mutter war krank geworden, aber es rührte mich nicht, ich kümmerte mich wenig um ihren Zustand, und sah sie nur selten. Der Hochzeitstag meines Feindes rückte heran, und mit ihm wuchs meine Angst, die mich durch die Wälder und über die Berge trieb. Ich verwünschte Emma und mich mit den gräßlichsten Flüchen. Um die Zeit hatte ich keinen Freund, kein Mensch wollte sich meiner annehmen, weil mich alle verloren gaben.

Die schreckliche Nacht vor dem Vermählungstage brach heran. Ich hatte mich unter Klippen verirrt und hörte unter mir die Waldströme brausen, oft erschrack ich vor mir selber. Als es Morgen war, sah ich meinen Feind von den Bergen hernieder steigen, ich fiel ihn mit beschimpfenden Reden an, er vertheidigte sich, wir griffen zu den Schwerdtern, und bald sank er unter meinen wüthenden Hieben nieder.

Ich eilte fort, ich sah mich nicht nach ihm um, aber seine Begleiter trugen den Leichnam fort. Nachts schwärmte ich um die Wohnung, die meine Emma einschloß, und nach wenigen Tagen vernahm ich im benachbarten Kloster Todtengeläute und den Grabgesang der Nonnen. Ich fragte: man sagte mir, daß Fräulein Emma aus Gram über den Tod ihres Bräutigams gestorben sei.

Ich wußte nicht zu bleiben, ich zweifelte, ob ich lebe, ob alles Wahrheit sey. Ich eilte zurück zu meinen Eltern, und kam in der folgenden Nacht spät in die Stadt, in der sie wohnten. Alles war in Unruhe, Pferde und Rüstwagen erfüllten die Straßen, Lanzenknechte tummelten sich durcheinander und sprachen in verwirrten Reden: es war gerade an dem, daß der Kaiser einen Feldzug gegen seine Feinde unternehmen wollte. Ein einsames Licht brannte in der väterlichen Wohnung als ich herein trat; eine drükkende Beklemmung lag auf meiner Brust. Auf mein Anklopfen kommt mir mein Vater selbst mit leisem bedächtigen Schritte entgegen; sogleich erinnere ich mich des alten Traumes aus meinen Kinderjahren, und fühle mit innigster Bewegung, daß es dasselbe sey, was ich nun erlebe. Ich bin bestürzt, ich frage: Warum, Vater, seid Ihr so spät noch auf? Er führt mich hinein und spricht: Ich muß wohl wachen, denn deine Mutter ist ja nun auch todt.

Die Worte fielen wie Blitze in meine Seele. Er setzte sich bedächtig nieder, ich mich an seine Seite, die Leiche lag auf einem Bette und war mit Tüchern seltsam zugehängt. Mein Herz wollte zerspringen. Ich halte Wache, sprach der Alte, denn meine Gattin sitzt noch immer neben mir. Meine Sinne vergingen, ich heftete meine Augen in einen Winkel, und nach kurzer Weile regte es sich wie ein Dunst, es wallte und wogte, und die bekannte Bildung meiner Mutter zog sich sichtbarlich zusammen, die nach mir mit ernsten Mienen schaute. Ich wollte fort, ich konnte nicht, denn die mütterliche Gestalt winkte und mein Vater hielt mich fest in den Armen, welcher mir leise zuflüsterte: sie ist aus Gram um dich gestorben. Ich umfaßte ihn mit aller kindlichen Brünstigkeit, ich vergoß brennende Thränen an seiner Brust. Er küßte mich, und mir schauderte, als seine Lippen kalt wie die Lippen eines Todten mich berührten. Wie ist dir, Vater? rief ich mit Entsetzen aus. Er zuckte schmerzhaft in sich zusammen und antwortete nicht. In wenigen Augenblicken fühlte ich ihn kälter werden, ich suchte nach seinem Herzen, es stand still, und im wehmüthigen Wahnsinn hielt ich die Leiche in meiner Umarmung fest eingeklammert.

Wie ein Schein, gleich der ersten Morgenröthe, flog es durch das dunkle Gemach, da saß der Geist meines Vaters neben dem Bilde meiner Mutter, und beide sahen nach mir mitleidig hin, wie ich die theure Leiche festhielt. Seitdem war es um mein Bewußtsein geschehn, wahnsinnig und kraftlos fanden mich die Diener am Morgen in der Todtenkammer.

Bis hieher war der Tannenhäuser mit seiner Erzählung gekommen, indem ihm sein Freund Friedrich mit dem größten Erstaunen zuhörte, als er plötzlich abbrach und mit dem Ausdruck des größten Schmerzes inne hielt. Friedrich war verlegen und nachdenkend; die beiden Freunde gingen in die Burg zurück, doch blieben sie in einem Zimmer allein.

Nachdem der Tannenhäuser eine Weile geschwiegen hatte, fing er wieder an: Immer noch erschüttert mich das Andenken dieser Stunden tief, und ich begreife nicht, wie ich sie habe überleben können. Nunmehr schien mir die Erde und das Leben völlig ausgestorben und verwüstet, ich schleppte mich ohne Gedanken und Wunsch von einem Tage zum andern hinüber. Dann gerieth ich in eine Gesellschaft von wilden jungen Leuten, und in Trunk und Wollust suchte ich den pochenden bösen Geist in mir zu besänftigen. Die alte brennende Ungeduld erwachte in meiner Brust von neuem, und ich konnte mich und meine Wünsche selber nicht verstehn. Ein Wüstling, Rudolf genannt, war mein Vertrauter geworden, der aber immer meine Klagen wie meine Sehnsucht verlachte. So mochte ein Jahr verflossen sein, als meine Angst bis zur Verzweiflung stieg, es drängte mich weiter, weiter, hinein in eine unbekannte Ferne, ich hätte mich von den hohen Bergen hinab in den Glanz der Wiesenfarben, in das kühle Gebrause der Ströme stürzen mögen, um den glühenden Durst der Seele, die Unersättlichkeit zu löschen; ich sehnte mich nach der Vernichtung und wieder wie goldne Morgenwolken schwebten Hofnung und Lebenslust vor mir hin und lockten mich nach. Da kam ich auf den Gedanken, daß die Hölle nach mir lüstern sei, und mir so

Schmerzen wie Freuden entgegen sende, um mich zu verderben, daß ein tückischer Geist alle meine Seelenkräfte nach der dunkeln Behausung richte und mich hinunter zügle. Da gab ich mich gefangen, um der Qualen, der wechselnden Entzückungen los zu werden. In der dunkelsten Nacht bestieg ich einen hohen Berg und rief mit allen Herzenskräften den Feind Gottes und der Menschen zu mir, so daß ich fühlte, er würde mir gehorchen müssen. Meine Worte zogen ihn herbei, er stand plötzlich neben mir und ich empfand kein Grauen. Da ging im Gespräch mit ihm der Glaube an jenen wunderbaren Berg von neuem in mir auf, und er lehrte mich ein Lied, das mich von selbst auf die rechte Straße dahin führen würde. Er verschwand, und ich war zum erstenmal, seit ich lebte, mit mir allein, denn nun verstand ich meine abirrenden Gedanken, die aus dem Mittelpunkte heraus strebten, um eine neue Welt zu finden. Ich machte mich auf den Weg, und das Lied, das ich mit lauter Stimme sang, führte mich über wunderbare Einöden fort, und alles übrige in mir und außer mir hatte ich vergessen; es trug mich wie auf großen Flügeln der Sehnsucht nach meiner Heimath, ich wollte dem Schatten entfliehen, der uns auch aus dem Glanze noch dräut, den wilden Tönen, die noch in der zartesten Musik auf uns schelten. So kam ich in einer Nacht, als der Mond hinter dunkeln Wolken matt hervor schien, vor dem Berge an. Ich setzte mein Lied fort, und eine Riesengestalt stand da und winkte mich mit ihrem Stabe zurück. Ich ging näher. Ich bin der getreue Eckart, rief die übermenschliche Bildung, ich bin von Gottes Güte hieher zum Wächter gesetzt, um des Menschen bösen Fürwitz zurück zu halten. – Ich drang hindurch.

Wie in einem unterirdischen Bergwerke war nun mein Weg. Der Steg war so schmal, daß ich mich hindurch drängen mußte, ich vernahm den Klang der verborgenen wandernden Gewässer, ich hörte die Geister, die die Erze und Gold und Silber bildeten, um den Menschengeist zu locken, ich fand die tiefen Klänge und Töne hier einzeln und verborgen, aus denen die irdische Musik entsteht; je tiefer ich ging, je mehr fiel es wie ein Schleier vor meinem Angesichte hinweg.

Ich ruhte aus und sah andre Menschengestalten heran wanken, mein Freund Rudolf war unter ihnen; ich begriff gar nicht, wie sie mir vorbei kommen würden, da der Weg so sehr enge war, aber sie gingen mitten durch die Steine hindurch, ohne daß sie mich gewahr wurden.

Alsbald vernahm ich Musik, aber eine ganz andre, als bis dahin zu meinem Gehör gedrungen war, meine Geister in mir arbeiteten den Tönen entgegen; ich kam ins Freie, und wunderhelle Farben glänzten mich von allen Seiten an. Das war es, was ich immer gewünscht hatte. Dicht am Herzen fühlte ich die Gegenwart der gesuchten, endlich gefundenen Herrlichkeit, und in mich spielten die Entzückungen mit allen ihren Kräften hinein. So kam mir das Gewimmel der frohen heidnischen Götter entgegen, Frau Venus an ihrer Spitze, alle begrüßten mich; sie sind dorthin gebannt von der Gewalt des Allmächtigen, und ihr Dienst ist von der Erde vertilgt; nun wirken sie von dort in ihrer Heimlichkeit.

Alle Freuden, die die Erde beut, genoß und schmeckte ich hier in ihrer vollsten Blüthe, unersättlich war mein Busen und unendlich der Genuß. Die berühmten Schönheiten der alten Welt waren zugegen, was mein Gedanke wünschte war in meinem Besitz, eine Trunkenheit folgte der andern, mit jedem Tage schien um mich her die Welt in bunteren Farben zu brennen. Ströme des köstlichsten Weines löschten den grimmen Durst, und die holdseligsten Gestalten gaukelten dann in der Luft, ein Gewimmel von nackten Mädchen umgab mich einladend, Düfte schwangen sich bezaubernd um mein Haupt, wie aus dem innersten Herzen der seligsten Natur erklang eine Musik, und kühlte mit ihren frischen Wogen der Begierde wilde Lüsternheit, ein Grauen, das so heimlich über die Blumenfelder schlich, erhöhte den entzückenden Rausch. Wie viele Jahre so verschwunden sind, weiß ich nicht zu sagen, denn hier gab es keine Zeit und keine Unterschiede, in den Blumen brannte der Mädchen und der Lüste Reiz, in den Körpern der Weiber blühte der Zauber der Blumen, die Farben führten hier eine andre Sprache, die Töne sagten neue Worte, die ganze Sinnenwelt war hier in Einer Blüthe fest gebunden, und die Geister drinnen feyerten ewig einen brünstigen Triumph.

Doch wie es geschah kann ich so wenig sagen wie fassen, daß mich nun in aller Sündenherrlichkeit der Trieb nach der Ruhe, der Wunsch zur alten unschuldigen Erde mit ihren dürftigen Freuden eben so ergriff, wie mich vormals die Sehnsucht hieher gedrängt hatte. Es zog mich an, wieder jenes Leben zu leben, das die Menschen in aller Bewußtlosigkeit führen, mit Leiden und abwechselnden Freuden, ich war von dem Glanz gesättigt und suchte gern die vorige Heimath wieder. Eine unbegreifliche Gnade des Allmächtigen verschaffte mir die Rückkehr, ich befand mich plötzlich wieder in der Welt, und denke nun meinen sündigen Busen vor den Stuhl unsers allerheiligsten Vaters in Rom auszuschütten, daß er mir vergebe und ich den übrigen Menschen wieder zugezählt werde. –

Der Tannenhäuser schwieg still, und Friedrich betrachtete ihn lange mit einem prüfenden Blicke, dann nahm er die Hand seines Freundes und sagte: Immer noch kann ich nicht von meinem Erstaunen zurück kommen, auch kann ich deine Erzählung nicht begreifen, denn es ist nicht anders möglich, als daß alles, was du mir vorgetragen hast, nur eine Einbildung von dir sein muß. Denn noch lebt Emma, sie ist meine Gattin, und nie haben wir gekämpft, oder uns gehaßt, wie du glaubst, doch verschwandest du noch vor unsrer Hochzeit aus der Gegend, auch hast du mir damals nie mit einem einzigen Worte gesagt, daß Emma dir lieb sei.

Er nahm hierauf den verwirrten Tannenhäuser bei der Hand und führte ihn in ein anderes Zimmer zu seiner Gattin, die eben von einem Besuch ihrer Schwester, bei der sie einige Tage verweilt, auf das Schloß zurück gekommen war. Der Tannenhäuser war stumm und nachdenkend, er beschaute still die Bildung und das Antlitz der Frau, dann schüttelte er mit dem Kopfe und sagte: bei Gott, das ist noch die seltsamste von allen meinen Begebenheiten!

Friedrich erzählte ihm im Zusammenhange alles, was ihm seitdem zugestoßen war, und suchte seinem Freunde deutlich zu machen, daß ihn ein seltsamer Wahnsinn nur seit manchem Jahre beängstiget habe. Ich weiß recht gut wie es ist, rief der Tannenhäuser aus, jetzt bin ich getäuscht und wahnsinnig, die Hölle will mir dies Blendwerk vorgaukeln, damit ich nicht nach Rom gehn und meiner Sünden ledig werden soll.

Emma suchte ihn an seine Kindheit zu erinnern, aber der Tannenhäuser ließ sich nicht überreden. So reiste er schnell ab, um in kurzer Zeit in Rom vom Pabste Absolution zu erhalten.

Friedrich und Emma sprachen noch oft über den seltsamen Pilgrim. Einige Monden waren verflossen, als der Tannenhäuser bleich und abgezehrt, in zerrissenen Wallfahrtskleidern und barfuß in Friedrichs Gemach trat, indem dieser noch schlief. Er küßte ihn auf den Mund und sagte dann schnell die Worte: Der heilige Vater will und kann mir nicht vergeben, ich muß in meinen alten Wohnsitz zurück. Hierauf entfernte er sich eilig.

Friedrich ermunterte sich, der unglückliche Pilger war schon verschwunden. Er ging nach dem Zimmer seiner Gattin, und die Weiber stürzten ihm mit Geheul entgegen; der Tannenhäuser war hier früh am Tage herein gedrungen und hatte die Worte gesagt: diese soll mich nicht in meinem Laufe stören! Man fand Emma ermordet.

Noch konnte sich Friedrich nicht besinnen, als es ihn

wie Entsetzen befiel; er konnte nicht ruhn, er rannte ins Freie. Man wollte ihn zurück halten, aber er erzählte, wie ihm der Pilgrim einen Kuß auf die Lippen gegeben habe, und wie dieser Kuß ihn brenne, bis er jenen wieder gefunden. So rannte er in unbegreiflicher Eile fort, den wunderlichen Berg und den Tannenhäuser zu suchen, und man sah ihn seitdem nicht mehr. Die Leute sagten, wer einen Kuß von einem aus dem Berge bekommen, der könne der Lockung nicht widerstehn, die ihn auch mit Zauber-Gewalt in die unterirdischen Klüfte reiße. –

Alle waren nach geendigter Erzählung still und in sich gekehrt, worauf Manfred sagte: ohne alle Vorbereitung und einleitende Vorrede will ich sogleich die Vorlesung meines Werkes beginnen, das, wie ich wohl nicht erst zu versichern brauche, Original und eigne Erfindung ist. Da unsre schöne Clara auf die Originalität so viel giebt, so hoffe ich, daß sie auch diesem Mährchen ihren Beifall nicht wird versagen können. Er las hierauf folgende Erzählung.

Der Runenberg.

Ein junger Jäger saß im innersten Gebürge nachdenkend bei einem Vogelheerde, indem das Rauschen der Gewässer und des Waldes in der Einsamkeit tönte. Er bedachte sein Schicksal, wie er so jung sey, und Vater und Mutter, die wohlbekannte Heimath, und alle Befreundeten seines Dorfes verlassen hatte, um eine fremde Umgebung zu suchen, um sich aus dem Kreise der wiederkehrenden Gewöhnlichkeit zu entfernen, und er blickte mit einer Art von Verwunderung auf, daß er sich nun in diesem Thale, in dieser Beschäftigung wieder fand. Große Wolken zogen durch den Himmel und verloren sich hinter den Bergen, Vögel sangen aus den Gebüschen und ein Wiederschall antwortete ihnen. Er stieg langsam den Berg hinunter, und setzte sich an den Rand eines Baches nieder, der über vorragendes Gestein schäumend murmelte. Er hörte auf die wechselnde Melodie des Wassers, und es schien, als wenn ihm die Wogen in unverständlichen Worten tausend Dinge sagten, die ihm so wichtig waren, und er mußte sich innig betrüben, daß er ihre Reden nicht verstehen konnte. Wieder sah er dann umher und ihm dünkte, er sey froh und glücklich; so faßte er wieder neuen Muth und sang mit lauter Stimme einen Jägergesang.

Froh und lustig zwischen Steinen
Geht der Jüngling auf die Jagd,
Seine Beute muß erscheinen
In den grünlebendgen Hainen,
Sucht' er auch bis in die Nacht.

Seine treuen Hunde bellen
Durch die schöne Einsamkeit,
Durch den Wald die Hörner gellen,
Daß die Herzen muthig schwellen:
O du schöne Jägerzeit!

Seine Heimath sind die Klüfte,
Alle Bäume grüßen ihn,
Rauschen strenge Herbsteslüfte
Find't er Hirsch und Reh, die Schlüfte
Muß er jauchzend dann durchziehn.

Laß dem Landmann seine Mühen
Und dem Schiffer nur sein Meer
Keiner sieht in Morgens Frühen
So Aurora's Augen glühn,
Hängt der Thau am Grase schwer,

Als wer Jagd, Wild, Wälder kennet
und Diana lacht ihn an,
Einst das schönste Bild entbrennet
Die er seine Liebste nennet:
O beglückter Jägersmann!

Während dieses Gesanges war die Sonne tiefer gesunken und breite Schatten fielen durch das enge Thal. Eine kühlende Dämmerung schlich über den Boden weg, und nur noch die Wipfel der Bäume, wie die runden Bergspitzen waren vom Schein des Abends vergoldet. Christians Gemüth ward immer trübseliger, er mochte nicht nach seinem Vogelheerde zurück kehren, und dennoch mochte er nicht bleiben; es dünkte ihm so einsam und er sehnte sich nach Menschen. Jetzt wünschte er sich die alten Bücher, die er sonst bei seinem Vater gesehn, und die er niemals lesen mögen, so oft ihn auch der Vater dazu angetrieben hatte; es fielen ihm die Scenen seiner Kindheit ein, die Spiele mit der Jugend des Dorfes, seine Bekanntschaften unter den Kindern, die Schule, die ihm so drückend gewesen war, und er sehnte sich in alle diese Umgebungen zurück, die er freiwillig verlassen hatte, um sein Glück in unbekannten Gegenden, in Bergen, unter fremden Menschen, in einer neuen Beschäftigung zu finden. Indem es finstrer wurde, und der Bach lauter rauschte, und das Geflügel der Nacht seine irre Wanderung mit umschweifendem Fluge begann, saß er noch immer mißvergnügt und in sich versunken; er hätte weinen mögen, und er war durchaus unentschlossen, was er thun und vornehmen solle. Gedankenlos zog er eine hervorragende Wurzel aus der Erde, und plötzlich hörte er schreckend ein dumpfes Winseln im Boden, das sich unterirdisch in klagenden Tönen fortzog, und erst in der Ferne wehmüthig verscholl. Der Ton durchdrang sein innerstes Herz, er ergriff ihn, als wenn er unvermuthet die Wunde berührt habe, an der der sterbende Leichnam der Natur in Schmerzen verscheiden wolle. Er sprang auf und wollte entfliehen, denn er hatte wohl ehemals von der seltsamen Alrunenwurzel gehört, die beim Ausreißen so herzdurchschneidende Klagetöne von sich gebe, daß der Mensch von ihrem Gewinsel wahnsinnig werden müsse. Indem er fortgehen wollte, stand ein fremder Mann hinter ihm, welcher ihn freundlich ansah und fragte, wohin er wolle. Christian hatte sich Gesellschaft gewünscht, und doch erschrack er von neuem vor dieser freundlichen Gegenwart. Wohin so eilig? fragte der Fremde noch einmal. Der junge Jäger suchte sich zu sammeln und erzählte, wie ihm plötzlich die Einsamkeit so schrecklich vorgekommen sey, daß er sich habe retten wollen, der Abend sey so dunkel, die grünen Schatten des Waldes so traurig, der Bach spreche in lauter Klagen, die Wolken des Himmels zögen seine Sehnsucht jenseit den Bergen hinüber. Ihr seyd noch jung, sagte der Fremde, und könnt wohl die Strenge der Einsamkeit noch nicht ertragen, ich will euch begleiten, denn ihr findet doch kein Haus oder Dorf im Umkreis einer Meile, wir mögen unterwegs etwas sprechen und uns erzählen, so verliert ihr die trüben Gedanken; in einer Stunde kommt der Mond hinter den Bergen hervor, sein Licht wird dann wohl auch eure Seele lichter machen.

Sie gingen fort, und der Fremde dünkte dem Jünglinge bald ein alter Bekannter zu seyn. Wie seyd ihr in dieses Gebürge gekommen, fragte jener, ihr seid hier, eurer Sprache nach, nicht einheimisch. – Ach darüber, sagte der Jüngling, ließe sich viel sagen, und doch ist es wieder keiner Rede, keiner Erzählung werth; es hat mich wie mit fremder Gewalt aus dem Kreise meiner Eltern und Verwandten hinweg genommen, mein Geist war seiner selbst nicht mächtig, wie ein Vogel, der in einem Netz gefangen ist und sich vergeblich sträubt, so verstrickt war meine Seele in seltsamen Vorstellungen und Wünschen. Wir wohnten weit von hier in einer Ebene, in der man rund umher keinen Berg, kaum eine Anhöhe erblickte; wenige

Bäume schmückten den grünen Plan, aber Wiesen, fruchtbare Kornfelder und Gärten zogen sich hin, so weit das Auge reichen konnte, ein großer Fluß glänzte wie ein mächtiger Geist an den Wiesen und Feldern vorbei. Mein Vater war Gärtner im Schloß und hatte vor, mich ebenfalls zu seiner Beschäftigung zu erziehen; er liebte die Pflanzen und Blumen über alles und konnte sich tagelang unermüdet mit ihrer Wartung und Pflege abgeben. Ja er ging so weit, daß er behauptete, er könne fast mit ihnen sprechen; er lerne von ihrem Wachsthum und Gedeihen, so wie von der verschiedenen Gestalt und Farbe ihrer Blätter. Mir war die Gartenarbeit zuwider, um so mehr, als mein Vater mir zuredete, oder gar mit Drohungen mich zu zwingen versuchte. Ich wollte Fischer werden, und machte den Versuch, allein das Leben auf dem Wasser stand mir auch nicht an; ich wurde dann zu einem Handelsmann in die Stadt gegeben, und kam auch von ihm bald in das väterliche Haus zurück. Auf einmal hörte ich meinen Vater von Gebürgen erzählen, die er in seiner Jugend bereiset hatte, von den unterirdischen Bergwerken und ihren Arbeitern, von Jägern und ihrer Beschäftigung, und plötzlich erwachte in mir der bestimmteste Trieb, das Gefühl, daß ich nun die für mich bestimmte Lebensweise gefunden habe. Tag und Nacht sann ich und stellte mir hohe Berge, Klüfte und Tannenwälder vor; meine Einbildung erschuf sich ungeheure Felsen, ich hörte in Gedanken das Getöse der Jagd, die Hörner, und das Geschrei der Hunde und des Wildes; alle meine Träume waren damit angefüllt und darüber hatte ich nun weder Rast noch Ruhe mehr. Die Ebene, das Schloß, der kleine beschränkte Garten meines Vaters mit den geordneten Blumenbeeten, die enge Wohnung, der weite Himmel, der sich ringsum so traurig ausdehnte, und keine Höhe, keinen erhabenen Berg umarmte, alles ward mir noch betrübter und verhaßter. Es schien mir, als wenn alle Menschen um mich her in der bejammernswürdigsten Unwissenheit lebten, und daß alle eben so denken, und empfinden würden, wie ich, wenn ihnen dieses Gefühl ihres Elendes nur ein einziges mal in ihrer Seele aufginge. So trieb ich mich um, bis ich an einem Morgen den Entschluß faßte, das Haus meiner Eltern auf immer zu verlassen. Ich hatte in einem Buche Nachrichten vom nächsten großen Gebirge gefunden, Abbildungen einiger Gegenden, und darnach richtete ich meinen Weg ein. Es war im ersten Frühlinge und ich fühlte mich durchaus froh und leicht. Ich eilte, um nur recht bald das Ebene zu verlassen, und an einem Abende, sah ich in der Ferne die dunkeln Umrisse des Gebirges vor mir liegen. Ich konnte in der Herberge kaum schlafen, so ungeduldig war ich, die Gegend zu betreten, die ich für meine Heimath ansah; mit dem Frühesten war ich munter und wieder auf der Reise. Nachmittags befand ich mich schon unter den vielgeliebten Bergen, und wie ein Trunkner ging ich, stand dann eine Weile, schaute rückwärts, und berauschte mich in allen mir fremden und doch so wohlbekannten Gegenständen. Bald verlor ich die Ebene hinter mir aus dem Gesichte, die Waldströme rauschten mir entgegen, Buchen und Eichen brausten mit bewegtem Laube von steilen Abhängen herunter; mein Weg führte mich schwindlichten Abgründen vorüber, blaue Berge standen groß und ehrwürdig im Hintergrunde. Eine neue Welt war mir aufgeschlossen, ich wurde nicht müde. So kam ich nach einigen Tagen, indem ich einen großen Theil des Gebirges durchstreift hatte, zu einem alten Förster, der mich auf mein inständiges Bitten zu sich nahm, um mich in der Kunst der Jägerei zu unterrichten. Jetzt bin ich seit drei Monaten in seinen Diensten. Ich nahm von der Gegend, in der ich meinen Aufenthalt hatte, wie von einem Königreiche Besitz; ich lernte jede Klippe, jede Schluft des Gebirges kennen, ich war in meiner Beschäftigung, wenn wir am frühen Morgen nach dem Walde zogen, wenn wir Bäume im Forste fällten, wenn ich mein Auge und meine Büchse übte, und die treuen Gefährten, die Hunde zu ihren Geschicklichkeiten abrichtete, überaus glücklich. Jetzt sitze ich seit acht Tagen hier oben auf dem Vogelheerde, im einsamsten Gebirge, und am Abend wurde mir heut so traurig zu Sinne, wie noch niemals in meinem Leben, ich kam mir so verloren, so ganz unglückselig vor, und noch kann ich mich nicht von dieser trüben Stimmung erhohlen.

Der fremde Mann hatte aufmerksam zugehört, indem beide durch einen dunkeln Gang des Waldes gewandert waren. Jetzt traten sie ins Freie, und das Licht des Mondes, der oben mit seinen Hörnern über der Bergspitze stand, begrüßte sie freundlich: in unkenntlichen Formen und vielen gesonderten Massen, die der bleiche Schimmer wieder räthselhaft vereinigte, lag das gespaltene Gebirge vor ihnen, im Hintergrunde ein steiler Berg, auf welchem uralte verwitterte Ruinen schauerlich im weißen Lichte sich zeigten. Unser Weg trennt sich hier, sagte der Fremde, ich gehe in diese Tiefe hinunter, dort, bei jenem alten Schacht ist meine Wohnung: die Erze sind meine Nachbarn, die Berggewässer erzählen mir Wunderdinge in der Nacht, dahin kannst du mir doch nicht folgen. Aber siehe dort den Runenberg mit seinem schroffen Mauerwerke, wie schön und anlockend das alte Gestein zu uns herblickt! Bist du niemals dorten gewesen? Niemals, sagte der junge Christian, ich hörte einmal meinen alten Förster wundersame Dinge von diesem Berge erzählen, die ich thöricht genug wieder vergessen habe, aber ich erinnere mich, daß mir an jenem Abend grauenhaft zu Muthe war. Ich möchte wohl einmal die Höhe besteigen, denn die Lichter sind dort am schönsten, das Gras muß dorten recht grün seyn, die Welt umher recht seltsam, auch mag sichs wohl treffen, daß man noch manch Wunder aus der alten Zeit da oben fände.

Es kann fast nicht fehlen, sagte jener, wer nur zu suchen versteht, wessen Herz recht innerlich hingezogen wird, der findet uralte Freunde dort und Herrlichkeiten, alles, was er am eifrigsten wünscht. – Mit diesen Worten stieg der Fremde schnell hinunter, ohne seinem Gefährten Lebewohl zu sagen, bald war er im Dickicht des Gebüsches verschwunden, und kurz nachher verhallte auch der Tritt seiner Füße. Der junge Jäger war nicht verwundert, er verdoppelte nur seine Schritte nach dem Runenberge zu, alles winkte ihm dorthin, die Sterne schienen dorthin zu leuchten, der Mond wies mit einer hellen Straße nach den Trümmern, lichte Wolken zogen hinauf, und aus der Tiefe redeten ihm Gewässer und rauschende Wälder zu und sprachen ihm Muth ein. Seine Schritte waren wie beflügelt, sein Herz klopfte, er fühlte eine so große Freudigkeit in seinem Innern, daß sie zu einer Angst empor wuchs. – Er kam in Gegenden, in denen er nie gewesen war, die Felsen wurden steiler, das Grün verlor sich, die kahlen Wände riefen ihn wie mit zürnenden Stimmen an, und ein einsam klagender Wind jagte ihn vor sich her. So eilte er ohne Stillstand fort, und kam spät nach Mitternacht auf einen schmalen Fußsteig, der hart an einem Abgrunde hinlief. Er achtete nicht auf die Tiefe, die unter ihm gähnte und ihn zu verschlingen drohte, so sehr spornten ihn irre Vorstellungen und unverständliche Wünsche. Jetzt zog ihn der gefährliche Weg neben eine hohe Mauer hin, die sich in den Wolken zu verlieren schien; der Steig ward mit jedem Schritte schmaler, und der Jüngling mußte sich an vorragenden Steinen fest halten, um nicht hinunter zu stürzen. Endlich konnte er nicht weiter, der Pfad endigte unter einem Fenster, er mußte still stehen und wußte jetzt nicht, ob er umkehren, ob er bleiben solle. Plötzlich sah er ein Licht, das sich hinter dem alten Gemäuer zu bewegen schien. Er sah dem Scheine nach, und entdeckte, daß er in einen alten geräumigen Saal blicken konnte, der wunderlich verziert von mancherley Gesteinen und Krystallen in vielfältigen Schimmern funkelte, die sich geheimnißvoll von dem wandelnden Lichte durcheinander bewegten, welches eine große weibliche Gestalt trug, die sinnend im Gemache auf und nieder ging. Sie schien nicht den Sterblichen anzugehören, so groß, so mächtig waren ihre Glieder, so streng ihr Gesicht, aber doch dünkte dem entzückten Jünglinge, daß er noch niemals solche Schönheit gesehn oder geahndet habe. Er zitterte und wünschte doch heimlich, daß sie zum Fenster treten und ihn wahrnehmen möchte. Endlich stand sie still, setzte das Licht auf einen krystallenen Tisch nieder, schaute in die Höhe und sang mit durchdringlicher Stimme:

Wo die Alten weilen,
Daß sie nicht erscheinen?
Die Krystallen weinen,
Von demantnen Säulen
Fließen Thränenquellen,
Töne klingen drein;
In den klaren hellen
Schön durchsichtgen Wellen
Bildet sich der Schein,
Der die Seelen ziehet,
Dem das Herz erglühet.
Kommt ihr Geister alle
Zu der goldnen Halle,
Hebt aus tiefen Dunkeln
Häupter, welche funkeln!
Macht der Herzen und der Geister,
Die so durstig sind im Sehnen,
Mit den leuchtend schönen Thränen
Allgewaltig euch zum Meister!

Als sie geendigt hatte, fing sie an sich zu entkleiden, und ihre Gewänder in einen kostbaren Wandschrank zu legen. Erst nahm sie einen goldenen Schleyer vom Haupte, und ein langes schwarzes Haar floß in geringelter Fülle bis über die Hüften hinab; dann löste sie das Gewand des Busens, und der Jüngling vergaß sich und die Welt im Anschauen der überirdischen Schönheit. Er wagte kaum zu athmen, als sie nach und nach alle Hüllen löste; nackt schritt sie endlich im Saale auf und nieder, und ihre schweren schwebenden Locken bildeten um sie her ein dunkel wogendes Meer, aus dem wie Marmor die glänzenden Formen des reinen Leibes abwechselnd hervor strahlten. Nach geraumer Zeit näherte sie sich einem andern goldenen Schranke, nahm eine Tafel heraus, die von vielen eingelegten Steinen, Rubinen, Diamanten und allen Juwelen glänzte, und betrachtete sie lange prüfend. Die Tafel schien eine wunderliche unverständliche Figur mit ihren unterschiedlichen Farben und Linien zu bilden; zuweilen war, nachdem der Schimmer ihm entgegen spiegelte, der Jüngling schmerzhaft geblendet, dann wieder besänftigten grüne und blau spielende Scheine sein Auge: er aber stand, die Gegenstände mit seinen Blicken verschlingend, und zugleich tief in sich selbst versunken. In seinem Innern hatte sich ein Abgrund von Gestalten und Wohllaut, von Sehnsucht und Wollust aufgethan, Schaaren von beflügelten Tönen und wehmüthigen und freudigen Melodien zogen durch sein Gemüth, das bis auf den Grund bewegt war: er sah eine Welt von Schmerz und Hoffnung in sich aufgehen, mächtige Wunderfelsen von Vertrauen und trotzender Zuversicht, große Wasserströme, wie voll Wehmuth fließend. Er kannte sich nicht wieder, und erschrack, als die Schöne das Fenster öffnete, ihm die magische steinerne Tafel reichte und die wenigen Worte sprach: Nimm dieses zu meinem Angedenken! Er faßte die Tafel und fühlte die Figur, die unsichtbar sogleich in sein Inneres überging, und das Licht und die mächtige Schönheit und der seltsame Saal waren verschwunden. Wie eine dunkele Nacht mit Wolkenvorhängen fiel es in sein Inneres hinein, er suchte nach seinen vorigen Gefühlen, nach jener Begeisterung und unbegreiflichen Liebe, er beschaute die kostbare Tafel, in welcher sich der untersinkende Mond schwach und bläulich spiegelte.

Noch hielt er die Tafel fest in seine Hände gepreßt, als

der Morgen graute und er erschöpft, schwindelnd und halb schlafend die steile Höhe hinunter stürzte. –

Die Sonne schien dem betäubten Schläfer auf sein Gesicht, der sich erwachend auf einem anmuthigen Hügel wieder fand. Er sah umher, und erblickte weit hinter sich und kaum noch kennbar am äußersten Horizont die Trümmer des Runenberges: er suchte nach jener Tafel, und fand sie nirgend. Erstaunt und verwirrt wollte er sich sammeln und seine Erinnerungen anknüpfen, aber sein Gedächtniß war wie mit einem wüsten Nebel abgefüllt, in welchem sich formlose Gestalten wild und unkenntlich durch einander bewegten. Sein ganzes voriges Leben lag wie in einer tiefen Ferne hinter ihm: das Seltsamste und das Gewöhnliche war so in einander vermischt, daß er es unmöglich sondern konnte. Nach langem Streite mit sich selbst glaubte er endlich, ein Traum oder ein plötzlicher Wahnsinn habe ihn in dieser Nacht befallen, nur begriff er immer nicht, wie er sich so weit in eine fremde entlegene Gegend habe verirren können.

Noch fast schlaftrunken stieg er den Hügel hinab, und gerieth auf einen gebahnten Weg, der ihn vom Gebirge hinunter in das flache Land führte. Alles war ihm fremd, er glaubte anfangs, er würde in seine Heimath gelangen, aber er sah eine ganz verschiedene Gegend, und vermuthete endlich, daß er sich jenseit der südlichen Gränze des Gebirges befinden müsse, welches er im Frühling von Norden her betreten hatte. Gegen Mittag stand er über einem Dorfe, aus dessen Hütten ein friedlicher Rauch in die Höhe stieg, Kinder spielten auf einem grünen Platze festtäglich gepuzt, und aus der kleinen Kirche erscholl der Orgelklang und das Singen der Gemeine. Alles ergriff ihn mit unbeschreiblich süßer Wehmuth, alles rührte ihn so herzlich, daß er weinen mußte. Die engen Gärten, die kleinen Hütten mit ihren rauchenden Schornsteinen, die gerade abgetheilten Kornfelder erinnerten ihn an die Bedürftigkeit des armen Menschengeschlechts, an seine Abhängigkeit vom freundlichen Erdboden, dessen Milde es sich vertrauen muß; dabei erfüllte der Gesang und der Ton der Orgel sein Herz mit einer nie gefühlten Frömmigkeit. Seine Empfindungen und Wünsche der Nacht erschienen ihm ruchlos und frevelhaft, er wollte sich wieder kindlich, bedürftig und demüthig an die Menschen wie an seine Brüder anschließen, und sich von den gottlosen Gefühlen und Vorsätzen entfernen. Reizend und anlockend dünkte ihm die Ebene mit dem kleinen Fluß, der sich in mannigfaltigen Krümmungen um Wiesen und Gärten schmiegte; mit Furcht gedachte er an seinen Aufenthalt in dem einsamen Gebirge und zwischen den wüsten Steinen, er sehnte sich, in diesem friedlichen Dorfe wohnen zu dürfen, und trat mit diesen Empfindungen in die menschenerfüllte Kirche.

Der Gesang war eben beendigt und der Priester hatte seine Predigt begonnen, von den Wohlthaten Gottes in der Erndte: wie seine Güte alles speiset und sättiget was lebt, wie wunderbar im Getraide für die Erhaltung des Menschengeschlechtes gesorgt sey, wie die Liebe Gottes sich unaufhörlich im Brodte mittheile und der andächtige Christ so ein unvergängliches Abendmahl gerührt feyern könne. Die Gemeine war erbaut, des Jägers Blicke ruhten auf dem frommen Redner, und bemerkten dicht neben der Kanzel ein junges Mädchen, das vor allen andern der Andacht und Aufmerksamkeit hingegeben schien. Sie war schlank und blond, ihr blaues Auge glänzte von der durchdringendsten Sanftheit, ihr Antlitz war wie durchsichtig und in den zartesten Farben blühend. Der fremde Jüngling hatte sich und sein Herz noch niemals so empfunden, so voll Liebe und so beruhigt, so den stillsten und erquickendsten Gefühlen hingegeben. Er beugte sich weinend, als der Priester endlich den Seegen sprach, er fühlte sich bei den heiligen Worten wie von einer unsichtbaren Gewalt durchdrungen, und das Schattenbild der Nacht in die tiefste Entfernung wie ein Gespenst hinab gerückt. Er verließ die Kirche, verweilte unter einer großen Linde, und dankte Gott in einem inbrünstigen Gebete, daß er ihn ohne sein Verdienst wieder aus den Netzen des bösen Geistes befreyt habe.

Das Dorf feyerte an diesem Tage das Erndtefest und alle Menschen waren fröhlich gestimmt; die gepuzten Kinder freuten sich auf die Tänze und Kuchen, die jungen Burschen richteten auf dem Platze im Dorfe, der von jungen Bäumen umgeben war, alles zu ihrer herbstlichen Festlichkeit ein, die Musikanten saßen und probirten ihre Instrumente. Christian ging noch einmal in das Feld hinaus, um sein Gemüth zu sammeln und seinen Betrachtungen nachzuhängen, dann kam er in das Dorf zurück, als sich schon alles zur Fröhlichkeit und zur Begehung des Festes vereiniget hatte. Auch die blonde Elisabeth war mit ihren Eltern zugegen, und der Fremde mischte sich in den frohen Haufen. Elisabeth tanzte, und er hatte unterdeß bald mit dem Vater ein Gespräch angesponnen, der ein Pachter war und einer der reichsten Leute im Dorfe. Ihm schien die Jugend und das Gespräch des fremden Gastes zu gefallen, und so wurden sie in kurzer Zeit dahin einig, daß Christian als Gärtner bei ihm einziehen solle. Dieser konnte es unternehmen, denn er hoffte, daß ihm nun die Kenntnisse und Beschäftigungen zu statten kommen würden, die er in seiner Heimath so sehr verachtet hatte.

Jetzt begann ein neues Leben für ihn. Er zog bei dem Pachter ein und ward zu dessen Familie gerechnet; mit seinem Stande veränderte er auch seine Tracht. Er war so gut, so dienstfertig und immer freundlich, er stand seiner Arbeit so fleißig vor, daß ihm bald alle im Hause, vorzüglich aber die Tochter, gewogen wurden. So oft er sie am Sonntage zur Kirche gehn sah, hielt er ihr einen schönen Blumenstrauß in Bereitschaft, für den sie ihm mit erröthender Freundlichkeit dankte; er vermißte sie, wenn er sie an einem Tage nicht sah, dann erzählte sie ihm am Abend Mährchen und lustige Geschichten. Sie wurden sich immer nothwendiger, und die Alten, welche es bemerkten, schienen nichts dagegen zu haben, denn Christian war der fleißigste und schönste Bursche im Dorfe; sie selbst hatten vom ersten Augenblick einen Zug der Liebe und Freundschaft zu ihm gefühlt. Nach einem halben Jahre war Elisabeth seine Gattin. Es war wieder Frühling, die Schwalben und die Vögel des Gesanges kamen in das Land, der Garten stand in seinem schönsten Schmuck, die Hochzeit wurde mit aller Fröhlichkeit gefeyert, Braut und Bräutigam schienen trunken von ihrem Glücke. Am Abend spät, als sie in die Kammer gingen, sagte der junge Gatte zu seiner Geliebten: Nein, nicht jenes Bild bist du, welches mich einst im Traum entzückte und das ich niemals ganz vergessen kann, aber doch bin ich glücklich in deiner Nähe und seelig in deinen Armen.

Wie vergnügt war die Familie, als sie nach einem Jahre durch eine kleine Tochter vermehrt wurde, welche man Leonora nannte. Christian wurde zwar zuweilen etwas ernster, indem er das Kind betrachtete, aber doch kam seine jugendliche Heiterkeit immer wieder zurück. Er gedachte kaum noch seiner vorigen Lebensweise, denn er fühlte sich ganz einheimisch und befriedigt. Nach einigen Monaten fielen ihm aber seine Eltern in die Gedanken, und wie sehr sich besonders sein Vater über sein ruhiges Glück, über seinen Stand als Gärtner und Landmann freuen würde; es ängstigte ihn, daß er Vater und Mutter seit so langer Zeit ganz hatte vergessen können, sein eigenes Kind erinnerte ihn, welche Freude die Kinder den Eltern sind, und so beschloß er dann endlich, sich auf die Reise zu machen und seine Heimath wieder zu besuchen.

Ungern verließ er seine Gattin; alle wünschten ihm Glück, und er machte sich in der schönen Jahreszeit zu Fuß auf den Weg. Er fühlte schon nach wenigen Stunden, wie ihn das Scheiden peinige, zum erstenmal empfand er in seinem Leben die Schmerzen der Trennung; die fremden Gegenstände erschienen ihm fast wild, ihm war, als sey er in einer feindseligen Einsamkeit verloren. Da kam ihm der Gedanke, daß seine Jugend vorüber sey, daß er eine Heimath gefunden, zu der er gehöre, in die sein Herz Wurzel geschlagen habe; er war fast im Begriff den verlornen Leichtsinn der vorigen Jahre zu beklagen, und es war ihm äußerst trübselig zu Muthe, als er für die Nacht auf einem Dorfe in dem Wirthshause einkehren mußte. Er begriff nicht, warum er sich von seiner freundlichen Gattin und den erworbenen Eltern entfernt habe, und verdrießlich und murrend machte er sich am Morgen auf den Weg, um seine Reise fortzusetzen.

Seine Angst nahm zu, indem er sich dem Gebirge näherte, die fernen Ruinen wurden schon sichtbar und traten nach und nach kenntlicher hervor, viele Bergspitzen hoben sich abgerundet aus dem blauen Nebel. Sein Schritt wurde zaghaft, er blieb oft stehen und verwunderte sich über seine Furcht, über die Schauer, die ihm mit jedem Schritte gedrängter nahe kamen. Ich kenne dich Wahnsinn wohl, rief er aus, und dein gefährliches Locken, aber ich will dir männlich widerstehn! Elisabeth ist kein schnöder Traum, ich weiß, daß sie jetzt an mich denkt, daß sie auf mich wartet und liebevoll die Stunden meiner Abwesenheit zählt. Sehe ich nicht schon Wälder wie schwarze Haare vor mir? Schauen nicht aus dem Bache die blizzenden Augen nach mir her? Schreiten die großen Glieder nicht aus den Bergen auf mich zu? – Mit diesen Worten wollte er sich um auszuruhen unter einen Baum nieder werfen, als er im Schatten desselben einen alten Mann sitzen sah, der mit der größten Aufmerksamkeit eine Blume betrachtete, sie bald gegen die Sonne hielt, bald wieder mit seiner Hand beschattete, ihre Blätter zählte, und überhaupt sich bemühte, sie seinem Gedächtnisse genau einzuprägen. Als er näher ging, erschien ihm die Gestalt so bekannt, und bald blieb ihm kein Zweifel übrig, daß der Alte mit der Blume sein Vater sey. Er stürzte ihm mit dem Ausdruck der heftigsten Freude in die Arme; jener war vergnügt, aber nicht überrascht, ihn so plötzlich wieder zu sehen. Kömmst du mir schon entgegen, mein Sohn? sagte der Alte, ich wußte, daß ich dich bald finden würde, aber ich glaubte nicht, daß mir schon am heutigen Tage die Freude widerfahren sollte. – Woher wußtet Ihr, Vater, daß Ihr mich antreffen würdet? – An dieser Blume, sprach der alte Gärtner; seit ich lebe habe ich mir gewünscht, sie einmal sehen zu können, aber niemals ist es mir so gut geworden, weil sie sehr selten ist, und nur in Gebirgen wächst: ich machte mich auf dich zu suchen, weil deine Mutter gestorben ist und mir zu Hause die Einsamkeit zu drückend und trübselig war. Ich wußte nicht, wohin ich meinen Weg richten sollte, endlich wanderte ich durch das Gebirge, so traurig mir auch die Reise vorkam; ich suchte beiher nach der Blume, konnte sie aber nirgends entdecken, und nun finde ich sie ganz unvermuthet hier, wo schon die schöne Ebene sich ausstreckt, daraus wußte ich, daß ich dich bald finden mußte, und sieh, wie die liebe Blume mir geweissagt hat! Sie umarmten sich wieder, und Christian beweinte seine Mutter; der Alte aber faßte seine Hand und sagte: laß uns gehen, daß wir die Schatten des Gebirges bald aus den Augen verlieren, mir ist immer noch weh ums Herz von den steilen wilden Gestalten, von dem gräßlichen Geklüft, von den schluchzenden Wasserbächen; laß uns das gute, fromme, ebene Land besuchen.

Sie wanderten zurück, und Christian ward wieder froher. Er erzählte seinem Vater von seinem neuen Glücke, von seinem Kinde und seiner Heimath; sein Gespräch machte ihn selbst wie trunken, und er fühlte im Reden erst recht, wie nichts mehr zu seiner Zufriedenheit ermangle. So kamen sie unter Erzählungen, traurigen und fröhlichen, in dem Dorfe an. Alle waren über die frühe Beendigung der Reise vergnügt, am meisten Elisabeth. Der alte Vater zog zu ihnen, und gab sein kleines Vermögen in ihre Wirthschaft; sie bildeten den zufriedensten und einträchtigsten Kreis von Menschen. Der Acker gedieh, der Viehstand mehrte sich, Christians Haus wurde in wenigen Jahren eins der ansehnlichsten im Orte; und sah er sich bald als den Vater von mehreren Kindern.

Fünf Jahre waren auf diese Weise verflossen, als ein Fremder auf seiner Reise in ihrem Dorfe einkehrte, und in Christians Hause, weil es die ansehnlichste Wohnung war, seinen Aufenthalt nahm. Er war ein freundlicher, gesprächiger Mann, der vieles von seinen Reisen erzählte, der mit den Kindern spielte und ihnen Geschenke machte, und dem in kurzem alle gewogen waren. Es gefiel ihm so wohl in der Gegend, daß er sich einige Tage hier aufhalten wollte; aber aus den Tagen wurden Wochen, und endlich Monate. Keiner wunderte sich über die Verzögerung, denn alle hatten sich schon daran gewöhnt, ihn mit zur Familie zu zählen. Christian saß nur oft nachdenklich, denn es kam ihm vor, als kenne er den Reisenden schon von ehemals, und doch konnte er sich keiner Gelegenheit erinnern, bei welcher er ihn gesehen haben möchte. Nach dreien Monaten nahm der Fremde endlich Abschied und sagte: Lieben Freunde, ein wunderbares Schicksal und seltsame Erwartungen treiben mich in das nächste Gebirge hinein, ein zaubervolles Bild, dem ich nicht widerstehen kann, lockt mich; ich verlasse euch jetzt, und ich weiß nicht, ob ich wieder zu euch zurück kommen werde; ich habe eine Summe Geldes bei mir, die in euren Händen sicherer ist als in den meinigen, und deshalb bitte ich euch, sie zu verwahren, komme ich in Jahresfrist nicht zurück, so behaltet sie, und nehmet sie als einen Dank für eure mir bewiesene Freundschaft an.

So reiste der Fremde ab, und Christian nahm das Geld in Verwahrung. Er verschloß es sorgfältig und sah aus übertriebener Ängstlichkeit zuweilen wieder nach, zählte es über, ob nichts daran fehle, und machte sich viel damit zu thun. Diese Summe könnte uns recht glücklich machen, sagte er einmal zu seinem Vater, wenn der Fremde nicht zurück kommen sollte, für uns und unsre Kinder wäre auf immer gesorgt. Laß das Gold, sagte der Alte, darinne liegt das Glück nicht, uns hat bisher noch gottlob nichts gemangelt, und entschlage dich überhaupt dieser Gedanken.

Oft stand Christian in der Nacht auf, um die Knechte zur Arbeit zu wecken und selbst nach allem zu sehn; der Vater war besorgt, daß er durch übertriebenen Fleiß seiner Jugend und Gesundheit schaden möchte: daher machte er sich in einer Nacht auf, um ihn zu ermahnen, seine übertriebene Thätigkeit einzuschränken, als er ihn zu seinem Erstaunen bei einer kleinen Lampe am Tische sitzend fand, indem er wieder mit der größten Ämsigkeit die Goldstücke zählte. Mein Sohn, sagte der Alte mit Schmerzen, soll es dahin mit dir kommen, ist dieses verfluchte Metall nur zu unserm Unglück unter dieses Dach gebracht? Besinne dich, mein Lieber, so muß dir der böse Feind Blut und Leben verzehren. – Ja, sagte Christian, ich verstehe mich selber nicht mehr, weder bei Tage noch in der Nacht läßt es mir Ruhe; seht, wie es mich jetzt wieder anblickt, daß mir der rothe Glanz tief in mein Herz hinein geht! Horcht, wie es klingt, dies güldene Blut! das ruft mich, wenn ich schlafe, ich höre es, wenn Musik tönt, wenn der Wind bläst, wenn Leute auf der Gasse sprechen; scheint die Sonne, so sehe ich nur diese gelben Augen, wie es mir zublinzelt, und mir heimlich ein Liebeswort ins Ohr sagen will: so muß ich mich wohl nächtlicher Weise aufmachen, um nur seinem Liebesdrang genug zu thun, und dann fühle ich es innerlich jauchzen und frohlocken, wenn ich es mit meinen Fingern berühre, es wird vor Freuden immer röther und herrlicher; schaut nur selbst die Glut der Entzückung an! – Der Greis nahm schaudernd und weinend den Sohn in seine Arme, betete und sprach dann: Christel, du mußt dich wieder zum Worte Gottes wenden, du mußt fleißiger und andächtiger in die Kirche gehen, sonst wirst du verschmachten und im traurigsten Elende dich verzehren.

Das Geld wurde wieder weggeschlossen, Christian versprach sich zu ändern und in sich zu gehn, und der Alte ward beruhigt. Schon war ein Jahr und mehr vergangen, und man hatte von dem Fremden noch nichts wieder in Erfahrung bringen können; der Alte gab nun endlich den Bitten seines Sohnes nach, und das zurückgelassene Geld wurde in Ländereien und auf andere Weise angelegt. Im Dorfe wurde bald von dem Reichthum des jungen Pachters gesprochen, und Christian schien außerordentlich zufrieden und vergnügt, so daß der Vater sich glücklich pries, ihn so wohl und heiter zu sehn: alle Furcht war jetzt in seiner Seele verschwunden. Wie sehr mußte er daher erstaunen, als ihn an einem Abend Elisabeth beiseit nahm und unter Thränen erzählte, wie sie ihren Mann nicht mehr verstehe, er spreche so irre, vorzüglich des Nachts, er träume schwer, gehe oft im Schlafe lange in der Stube herum, ohne es zu wissen, und erzähle wunderbare Dinge, vor denen sie oft schaudern müsse. Am schrecklichsten sey ihr seine Lustigkeit am Tage, denn sein Lachen sey so wild und frech, sein Blick irre und fremd. Der Vater erschrack und die betrübte Gattin fuhr fort: Immer spricht er von dem Fremden, und behauptet, daß er ihn schon sonst gekannt habe, denn dieser fremde Mann sey eigentlich ein wunderschönes Weib; auch will er gar nicht mehr auf das Feld hinaus gehn oder im Garten arbeiten, denn er sagt, er höre ein unterirdisches fürchterliches Ächzen, so wie er nur eine Wurzel ausziehe; er fährt zusammen und scheint sich vor allen Pflanzen und Kräutern wie vor Gespenstern zu entsetzen. – Allgütiger Gott! rief der Vater aus, ist der fürchterliche Hunger in ihn schon so fest hinein gewachsen, daß es dahin hat kommen können? So ist sein verzaubertes Herz nicht menschlich mehr, sondern von kaltem Metall; wer keine Blume mehr liebt, dem ist alle Liebe und Gottesfurcht verloren.

Am folgenden Tage ging der Vater mit dem Sohne spatzieren, und sagte ihm manches wieder, was er von Elisabeth gehört hatte; er ermahnte ihn zur Frömmigkeit, und daß er seinen Geist heiligen Betrachtungen widmen solle. Christian sagte: gern, Vater, auch ist mir oft ganz wohl, und es gelingt mir alles gut; ich kann auf lange Zeit, auf Jahre, die wahre Gestalt meines Innern vergessen, und gleichsam ein fremdes Leben mit Leichtigkeit führen: dann geht aber plötzlich wie ein neuer Mond das regierende Gestirn, welches ich selber bin, in meinem Herzen auf, und besiegt die fremde Macht. Ich könnte ganz froh seyn, aber einmal, in einer seltsamen Nacht, ist mir durch die Hand ein geheimnißvolles Zeichen tief in mein Gemüth hinein geprägt; oft schläft und ruht die magische Figur, ich meine sie ist vergangen, aber dann quillt sie wie ein Gift plötzlich wieder hervor, und wegt sich in allen Linien. Dann kann ich sie nur denken und fühlen, und alles umher ist verwandelt, oder vielmehr von dieser Gestaltung verschlungen worden. Wie der Wahnsinnige beim Anblick des Wassers sich entsetzt, und das empfangene Gift noch giftiger in ihm wird, so geschieht es mir bei allen eckigen Figuren, bei jeder Linie, bei jedem Strahl, alles will dann die inwohnende Gestalt entbinden und zur Geburt befördern, und mein Geist und Körper fühlt die Angst; wie sie das Gemüth durch ein Gefühl von außen empfing, so will es sie dann wieder quälend und ringend zum äußern Gefühl hinaus arbeiten, um ihrer los und ruhig zu werden.

Ein unglückliches Gestirn war es, sprach der Alte, das dich von uns hinweg zog; du warst für ein stilles Leben geboren, dein Sinn neigte sich zur Ruhe und zu den Pflanzen, da führte dich deine Ungeduld hinweg, in die Gesellschaft der verwilderten Steine: die Felsen, die zerrissenen Klippen mit ihren schroffen Gestalten haben dein Gemüth zerrüttet, und den verwüstenden Hunger nach dem Metall in dich gepflanzt. Immer hättest du dich vor dem Anblick des Gebirges hüten und bewahren müssen, und so dachte ich dich auch zu erziehen, aber es hat nicht seyn sollen.

Deine Demuth, deine Ruhe, dein kindlicher Sinn ist von Trotz, Wildheit und Übermuth verschüttet.

Nein, sagte der Sohn, ich erinnere mich ganz deutlich, daß mir eine Pflanze zuerst das Unglück der ganzen Erde bekannt gemacht hat, seitdem verstehe ich erst die Seufzer und Klagen, die allenthalben in der ganzen Natur vernehmbar sind, wenn man nur darauf hören will; in den Pflanzen, Kräutern, Blumen und Bäumen regt und bewegt sich schmerzhaft nur eine große Wunde, sie sind der Leichnam vormaliger herrlicher Steinwelten, sie bieten unserm Auge die schrecklichste Verwesung dar. Jetzt verstehe ich es wohl, daß es dies war, was mir jene Wurzel mit ihrem tiefgeholten Ächzen sagen wollte, sie vergaß sich in ihrem Schmerze und verrieth mir alles. Darum sind alle grünen Gewächse so erzürnt auf mich, und stehn mir nach dem Leben; sie wollen jene geliebte Figur in meinem Herzen auslöschen, und in jedem Frühling mit ihrer verzerrten Leichenmiene meine Seele gewinnen. Unerlaubt und tückisch ist es, wie sie dich, alter Mann, hintergangen haben, denn von deiner Seele haben sie gänzlich Besitz genommen. Frage nur die Steine, du wirst erstaunen, wenn du sie reden hörst.

Der Vater sah ihn lange an, und konnte ihm nichts mehr antworten. Sie gingen schweigend zurück nach Hause, und der Alte mußte sich jetzt ebenfalls vor der Lustigkeit seines Sohnes entsetzen, denn sie dünkte ihm ganz fremdartig, und als wenn ein andres Wesen aus ihm, wie aus einer Maschine, unbeholfen und ungeschickt heraus spiele. –

Das Erndtefest sollte wieder gefeyert werden, die Gemeine ging in die Kirche, und auch Elisabeth zog sich mit den Kindern an, um dem Gottesdienste beizuwohnen; ihr Mann machte auch Anstalten, sie zu begleiten, aber noch vor der Kirchenthür kehrte er um, und ging tiefsinnend vor das Dorf hinaus. Er setzte sich auf die Anhöhe und sahe wieder die rauchenden Dächer unter sich, er hörte den Gesang und Orgelton von der Kirche her, geputzte Kinder tanzten und spielten auf dem grünen Rasen. Wie habe ich mein Leben in einem Traume verloren! sagte er zu sich selbst; Jahre sind verflossen, daß ich von hier hinunter stieg, unter die Kinder hinein; die damals hier spielten sind heute dort ernsthaft in der Kirche; ich trat auch in das Gebäude, aber heut ist Elisabeth nicht mehr ein blühendes kindliches Mädchen, ihre Jugend ist vorüber, ich kann nicht mit der Sehnsucht wie damals den Blick ihrer Augen aufsuchen: so habe ich muthwillig ein hohes ewiges Glück aus der Acht gelassen, um ein vergängliches und zeitliches zu gewinnen.

Er ging sehnsuchtsvoll nach dem benachbarten Walde, und vertiefte sich in seine dichtesten Schatten. Eine schauerliche Stille umgab ihn, keine Luft rührte sich in den Blättern. Indem sah er einen Mann von ferne auf sich zukommen, den er für den Fremden erkannte; er erschrack, und sein erster Gedanke war, jener würde sein Geld von ihm zurück fordern. Als die Gestalt etwas näher kam, sah er, wie sehr er sich geirrt hatte, denn die Umrisse, welche er wahrzunehmen gewähnt, zerbrachen wie in sich selber; ein altes Weib von der äußersten Häßlichkeit kam auf ihn zu, sie war in schmutzige Lumpen gekleidet, ein zerrissenes Tuch hielt einige greise Haare zusammen, sie hinkte an einer Krücke. Mit fürchterlicher Stimme redete sie Christian an, und fragte nach seinem Namen und Stande, er antwortete ihr umständlich und sagte darauf: aber wer bist du? Man nennt mich das Waldweib, sagte jene, und jedes Kind weiß von mir zu erzählen; hast du mich niemals gekannt? Mit den letzten Worten wandte sie sich um, und Christian glaubte zwischen den Bäumen den goldenen Schleier, den hohen Gang, den mächtigen Bau der Glieder wieder zu erkennen. Er wollte ihr nacheilen, aber seine Augen fanden sie nicht mehr.

Indem zog etwas Glänzendes seine Blicke in das grüne Gras nieder. Er hob es auf, und sahe die magische Tafel mit den farbigen Edelgesteinen, mit der seltsamen Figur wieder, die er vor so manchem Jahr verloren hatte. Die Gestalt und die bunten Lichter drückten mit der plötzlichsten Gewalt auf alle seine Sinne. Er faßte sie recht fest an, um sich zu überzeugen, daß er sie wieder in seinen Händen halte, und eilte dann damit nach dem Dorfe zurück. Der Vater begegnete ihm. Seht, rief er ihm zu, das, wovon ich euch so oft erzählt habe, was ich nur im Traum zu sehn glaubte, ist jetzt gewiß und wahrhaftig mein. Der Alte betrachtete die Tafel lange und sagte: mein Sohn, mir schaudert recht im Herzen, wenn ich die Lineamente dieser Steine betrachte und ahndend den Sinn dieser Wortfügung errathe; sieh her, wie kalt sie funkeln, welche grausame Blicke sie von sich geben, blutdürstig, wie das rothe Auge des Tiegers. Wirf diese Schrift weg, die dich kalt und grausam macht, die dein Herz versteinern muß:

Sieh die zarten Blüthen keimen,
Wie sie aus sich selbst erwachen,
Und wie Kinder aus den Träumen
Dir entgegen lieblich lachen.

Ihre Farbe ist im Spielen
Zugekehrt der goldnen Sonne,
Deren heißen Kuß zu fühlen,
Das ist ihre höchste Wonne,

An den Küssen zu verschmachten,
Zu vergehn in Lieb' und Wehmuth;
Also stehn die eben lachten
Bald verwelkt in stiller Demuth.

Das ist ihre höchste Freude,
Im Geliebten sich verzehren,
Sich im Tode zu verklären,
Zu vergehn in süßem Leide.

Dann ergießen sie die Düfte,
Ihre Geister, mit Entzücken,
Es berauschen sich die Lüfte
Im balsamischen Erquicken.

Liebe kommt zum Menschenherzen,
Regt die goldnen Saitenspiele,
Und die Seele spricht: ich fühle
Was das Schönste sey, wonach ich ziele
Wehmuth, Sehnsucht und der Liebe Schmerzen.

Wunderbare, unermeßliche Schätze, antwortete der Sohn, muß es noch in den Tiefen der Erde geben. Wer diese ergründen, heben und an sich reißen könnte! Wer die Erde so wie eine geliebte Braut an sich zu drücken vermöchte, daß sie ihm in Angst und Liebe gern ihr Kostbarstes gönnte! Das Waldweib hat mich gerufen, ich gehe sie zu suchen. Hier neben an ist ein alter verfallener Schacht, schon vor Jahrhunderten von einem Bergmanne aufgegraben; vielleicht, daß ich sie dort finde!

Er eilte fort. Vergeblich strebte der Alte, ihn zurück zu halten, jener war seinen Blicken bald entschwunden. Nach einigen Stunden, nach vieler Anstrengung gelangte der Vater an den alten Schacht; er sah die Fußstapfen im Sande am Eingange eingedrückt, und kehrte weinend um, in der Überzeugung, daß sein Sohn im Wahnsinn hinein gegangen, und in alte gesammelte Wässer und Untiefen versunken sey.

Seitdem war er unaufhörlich betrübt und in Thränen. Das ganze Dorf trauerte um den jungen Pachter, Elisabeth war untröstlich, die Kinder jammerten laut. Nach einem halben Jahre war der alte Vater gestorben, Elisabeths Eltern folgten ihm bald nach, und sie mußte die große Wirthschaft allein verwalten. Die angehäuften Geschäfte entfernten sie etwas von ihrem Kummer, die Erziehung der Kinder, die Bewirthschaftung des Gutes ließen ihr für

Sorge und Gram keine Zeit übrig. So entschloß sie sich nach zwei Jahren zu einer neuen Heirath, sie gab ihre Hand einem jungen heitern Manne, der sie von Jugend auf geliebt hatte. Aber bald gewann alles im Hause eine andre Gestalt. Das Vieh starb, Knechte und Mägde waren untreu, Scheuren mit Früchten wurden vom Feuer verzehrt, Leute in der Stadt, bei welchen Summen standen, entwichen mit dem Gelde. Bald sah sich der Wirth genöthigt, einige Äcker und Wiesen zu verkaufen; aber ein Mißwachs und theures Jahr brachten ihn nur in neue Verlegenheit. Es schien nicht anders, als wenn das so wunderbar erworbene Geld auf allen Wegen eine schleunige Flucht suchte; indessen mehrten sich die Kinder, und Elisabeth sowohl als ihr Mann wurden in der Verzweiflung unachtsam und saumselig; er suchte sich zu zerstreuen, und trank häufigen und starken Wein, der ihn verdrießlich und jähzornig machte, so daß oft Elisabeth mit heißen Zähren ihr Elend beweinte. So wie ihr Glück wich, zogen sich auch die Freunde im Dorfe von ihnen zurück, so daß sie sich nach einigen Jahren ganz verlassen sahn, und sich nur mit Mühe von einer Woche zur andern hinüber fristeten.

Es waren ihnen nur wenige Schafe und eine Kuh übrig geblieben, welche Elisabeth oft selber mit den Kindern hütete. So saß sie einst mit ihrer Arbeit auf dem Anger, Leonore zu ihrer Seite und ein säugendes Kind an der Brust, als sie von ferne herauf eine wunderbare Gestalt kommen sahen. Es war ein Mann in einem ganz zerrissenen Rocke, baarfüßig, sein Gesicht schwarzbraun von der Sonne verbrannt, von einem langen struppigen Bart noch mehr entstellt; er trug keine Bedeckung auf dem Kopf, hatte aber von grünem Laube einen Kranz durch sein Haar geflochten, welcher sein wildes Ansehn noch seltsamer und unbegreiflicher machte. Auf dem Rücken trug er in einem fest geschnürten Sack eine schwere Ladung, im Gehen stützte er sich auf eine junge Fichte.

Als er näher kam, setzte er seine Last nieder, und holte schwer Athem. Er bot der Frau guten Tag, die sich vor seinem Anblick entsetzte, das Mädchen schmiegte sich an ihre Mutter. Als er ein wenig geruht hatte, sagte er: nun komme ich von einer sehr beschwerlichen Wanderschaft aus dem rauhesten Gebirge auf Erden, aber ich habe dafür auch endlich die kostbarsten Schätze mitgebracht, die die Einbildung nur denken, oder das Herz sich wünschen kann. Seht hier, und erstaunt! – Er öffnete hierauf seinen Sack und schüttete ihn aus; dieser war voller Kiesel, unter denen große Stücke Quarz, nebst andern Steinen lagen. Es ist nur, fuhr er fort, daß diese Juwelen noch nicht polirt und geschliffen sind, darum fehlt es ihnen noch an Auge und Blick; das äußerliche Feuer mit seinem Glanze ist noch zu sehr in ihrem inwendigen Herzen begraben, aber man muß es nur herausschlagen, daß sie sich fürchten, daß keine Verstellung ihnen mehr nützt, so sieht man wohl, wes Geistes Kind sie sind. – Er nahm mit diesen Worten einen harten Stein und schlug ihn heftig gegen einen andern, so daß die rothen Funken heraussprangen. Habt ihr den Glanz gesehen? rief er aus; so sind sie ganz Feuer und Licht, sie erhellen das Dunkel mit ihrem Lachen, aber noch thun sie es nicht freiwillig. – Er packte hierauf alles wieder sorgfältig in seinen Sack, welchen er fest zusammen schnürte. Ich kenne dich recht gut, sagte er dann wehmüthig, du bist Elisabeth. – Die Frau erschrack. Wie ist dir doch mein Name bekannt? fragte sie mit ahndendem Zittern. – Ach, lieber Gott! sagte der Unglückselige, ich bin ja der Christian, der einst als Jäger zu euch kam, kennst du mich denn nicht mehr?

Sie wußte nicht, was sie im Erschrecken und tiefsten Mitleiden sagen sollte. Er fiel ihr um den Hals, und küßte sie. Elisabeth rief aus: O Gott! mein Mann kommt!

Sey ruhig, sagte er, ich bin dir so gut wie gestorben; dort im Walde wartet schon meine Schöne, die Gewaltige, auf mich, die mit dem goldenen Schleier geschmückt ist.

Dieses ist mein liebstes Kind, Leonore. Komm her, mein theures, liebes Herz, und gieb mir auch einen Kuß, nur einen einzigen, daß ich einmal wieder deinen Mund auf meinen Lippen fühle, dann will ich euch verlassen.

Leonore weinte; sie schmiegte sich an ihre Mutter, die in Schluchzen und Thränen sie halb zum Wandrer lenkte, halb zog sie dieser zu sich, nahm sie in die Arme, und drückte sie an seine Brust. – Dann ging er still fort, und im Walde sahen sie ihn mit dem entsetzlichen Waldweibe sprechen.

Was ist euch? fragte der Mann, als er Mutter und Tochter blaß und in Thränen aufgelöst fand. Keiner wollte ihm Antwort geben.

Der Unglückliche ward aber seitdem nicht wieder gesehen.

Manfred endigte und sah auf: ich merke, sagte er, meine Zuhörer, noch auffallender aber meine Zuhörerinnen, sind blaß geworden.

Gewiß, sagte Emilie, denn der Schluß ist zu schrecklich; es ist aber dem Vorleser nicht besser ergangen, denn er hat während seinem Vortrage mehr als einmal die Farbe gewechselt.

Vielleicht, sagte Lothar, kann die Erzählung, die ich Ihnen nun vorzutragen habe, durch ihr grelles Colorit jene zu trübe Empfindung unterbrechen, wenn auch nicht erheitern. Ich erbitte mir also einige Aufmerksamkeit für den Inhalt dieser Blätter.

Liebeszauber.

Tief denkend saß Emil an seinem Tische und erwartete seinen Freund Roderich. Das Licht brannte vor ihm, der Winterabend war kalt, und er wünschte heut seinen Reisegefährten herbei, so gern er wohl sonst dessen Gesellschaft vermied, denn an diesem Abend wollte er ihm ein Geheimniß entdecken und sich Rath von ihm erbitten. Der menschenscheue Emil fand bei allen Geschäften und Vorfällen des Lebens so viele Schwierigkeiten, so unübersteigliche Hindernisse, daß ihm das Schicksal fast in einer ironischen Laune diesen Roderich zugeführt zu haben schien, der in allen Dingen das Gegentheil seines Freundes zu nennen war. Unstät, flatterhaft, von jedem ersten Eindruck bestimmt und begeistert, unternahm er alles, wußte für alles Rath, war ihm keine Unternehmung zu schwierig, konnte ihn kein Hinderniß abschrecken: aber im Verlaufe eines Geschäftes ermüdete und erlahmte er eben so schnell, als er anfangs elastisch und begeistert gewesen war, alles was ihn dann hinderte, war für ihn kein Sporn, seinen Eifer zu vermehren, sondern es veranlaßte ihn nur, das zu verachten, was er so hitzig unternommen hatte, so daß Roderich alle seine Plane eben so ohne Ursach liegen ließ und saumselig vergaß, als er sie unbesonnen unternommen hatte. Daher verging kein Tag, daß beide Freunde nicht in Krieg geriethen, der ihrer Freundschaft den Tod zu drohen schien, doch war vielleicht dasjenige, was sie dem Anscheine nach trennte, nur das, was sie am innigsten verband; beide liebten sich herzlich, aber beide fanden eine große Genugthuung darin, daß einer über den andern die gegründetsten Klagen führen konnte.

Emil, ein reicher junger Mann von reizbarem und melankolischem Temperament war nach dem Tode seiner Eltern Herr seines Vermögens; er hatte eine Reise angetreten, um sich auszubilden, befand sich aber nun schon seit einigen Monaten in einer ansehnlichen Stadt, die Freuden des Carnevals zu genießen, um welche er sich niemals bemühte, um bedeutende Verabredungen über sein Vermögen mit Verwandten zu treffen, die er kaum noch besucht hatte. Unterwegs war er auf den unsteten allzubeweglichen Roderich gestoßen, der mit seinen Vormündern in Unfrieden lebte, und um sich ganz von diesen und ihren lästigen Vermahnungen los zu machen, begierig die Gelegenheit ergriff, welche ihm sein neuer Freund anbot, ihn als Gefährten auf seiner Reise mitzunehmen. Auf dem Wege hatten sie sich schon oft wieder trennen wollen, aber beide hatten in jeder Streitigkeit nur um so deutlicher gefühlt, wie unentbehrlich sie sich wären. Kaum waren sie in einer Stadt aus dem Wagen gestiegen, so hatte Roderich schon alle Merkwürdigkeiten des Orts gesehen, um sie am folgenden Tage zu vergessen, während Emil sich eine Woche aus Büchern gründlich vorbereitete, um nichts aus der Acht zu lassen, wovon er doch nachher aus Trägheit vieles seiner Aufmerksamkeit nicht würdigte; Roderich hatte gleich tausend Bekanntschaften gemacht und alle öffentlichen Örter besucht, führte auch nicht selten seine neu erworbenen Freunde auf Emils einsames Zimmer, wo er diesen dann mit ihnen allein ließ, wenn sie anfingen ihm Langeweile zu machen. Eben so oft brachte er den bescheidenen Emil in Verlegenheit, wenn er dessen Verdienste und Kenntnisse gegen Gelehrte und einsichtsvolle Männer über die Gebühr erhob, und diesen zu verstehn gab, wie vieles sie in Sprachen, Alterthümern, oder Kunstkenntnissen von seinem Freunde lernen könnten, ob er gleich selbst niemals die Zeit finden konnte, über diese Gegenstände seinen Gefährten anzuhören, wenn sich das Gespräch dahin lenkte. War nun Emil einmal zur Thätigkeit aufgelegt, so konnte er fast darauf rechnen, daß sein schwärmender Freund sich in der Nacht auf einem Balle, oder einer Schlittenfahrt erkältet habe, und das Bett hüten müsse, so daß Emil in Gesellschaft des lebendigsten, unruhigsten und mittheilsamsten aller Menschen in der größten Einsamkeit lebte.

Heute erwartete ihn Emil gewiß, weil er ihm das feyerliche Versprechen hatte geben müssen, den Abend mit ihm zuzubringen, um zu erfahren, was schon seit Wochen seinen tiefsinnigen Freund gedrückt und beängstigt habe. Emil schrieb indeß folgende Verse nieder.

Wie lieb und hold ist Frühlingsleben,
Wenn alle Nachtigallen singen,
Und wie die Tön' in Bäumen klingen
In Wonne Laub und Blüthen beben.

Wie schön im goldnen Mondenscheine
Das Spiel der lauen Abendlüfte,
Die, auf den Flügeln Lindendüfte,
Sich jagen durch die stillen Haine.

Wie herrlich glänzt die Rosenpracht,
Wenn Liebreiz rings die Felder schmücket,
Die Lieb' aus tausend Rosen blicket,
Aus Sternen ihrer Wonne-Nacht.

Doch schöner dünkt mir, holder, lieber,
Des kleinen Lichtleins blaß Geflimmer,
Wenn sie sich zeigt im engen Zimmer,
Späh' ich in Nacht zu ihr hinüber,

Wie sie die Flechten löst und bindet,
Wie sie im Schwung der weißen Hand
Anschmiegt dem Leibe hell Gewand,
Und Kränz' in braune Locken windet.

Wie sie die Laute läßt erklingen,
Und Töne, aufgejagt, erwachen,
Berührt von zarten Fingern lachen,
Und scherzend durch die Saiten springen;

Sie einzufangen schickt sie Klänge
Gesanges fort, da flieht mit Scherzen
Der Ton, sucht Schirm in meinem Herzen,
Dahin verfolgen die Gesänge.

O laßt mich doch, ihr Bösen frey!
Sie riegeln sich dort ein und sprechen:
Nicht weichen wir, bis dies wird brechen,
Damit du weißt, was Leben sey.

Emil stand ungeduldig auf. Es ward finsterer und Roderich kam nicht, dem er seine Liebe zu einer Unbekannten, die ihm gegen über wohnte und ihn tagelang zu Hause, und Nächte hindurch wachend erhielt, bekennen wollte. Jetzt schallten Fußtritte die Treppe herauf, die Thür, ohne daß man anklopfte, eröffnete sich, und herein traten zwei bunte Masken mit widrigen Angesichtern, der eine ein Türke, in rother und blauer Seide gekleidet, der andre ein Spanier, blaßgelb und röthlich, mit vielen schwankenden Federn auf dem Hute. Als Emil ungeduldig werden wollte, nahm Roderich die Maske ab, zeigte sein wohl bekanntes lachendes Gesicht und sagte: ei, mein Liebster, welche grämliche Miene! Sieht man so aus zur Carnevalszeit? Ich und unser lieber junger Offizier kommen dich abzuholen, heut ist großer Ball auf dem Maskensaale, und da ich weiß, daß du es verschworen hast, anders, als in deinen schwarzen Kleidern zu gehn, die du täglich trägst, so komm nur so mit, wie du da bist, denn es ist schon ziemlich spät.

Emil war erzürnt und sagte: du hast, wie es scheint, deiner Gewohnheit nach ganz unsre Abrede vergessen; sehr leid thut es mir, (indem er sich zum Fremden wandte) daß ich Sie unmöglich begleiten kann, mein Freund ist zu voreilig gewesen, es in meinem Namen zu versprechen; ich kann überhaupt nicht ausgehn, da ich etwas Wichtiges mit ihm abzureden habe.

Der Fremde, welcher bescheiden war und Emils Absicht verstand, entfernte sich; Roderich aber nahm höchst gleichgültig die Maske wieder vor, stellte sich vor den Spiegel und sagte: nicht wahr, man sieht eigentlich ganz scheußlich aus? Es ist im Grunde eine geschmacklose widerwärtige Erfindung.

Das ist gar keine Frage, erwiederte Emil im höchsten Unwillen. Dich zur Carikatur machen, und dich betäuben gehört eben zu den Vergnügungen, denen du am liebsten nachjagst.

Weil du nicht tanzen magst, sagte jener, und den Tanz für eine verderbliche Erfindung hältst, so soll auch Niemand anders lustig seyn. Wie verdrüßlich, wenn ein Mensch aus lauter Eigenheiten zusammen gesetzt ist.

Gewiß, erwiederte der erzürnte Freund, und ich habe Gelegenheit genug, dies an dir zu beobachten; ich glaubte, daß du mir nach unsrer Abrede diesen Abend schenken würdest, aber –

Aber es ist ja Carneval, fuhr jener fort, und alle meine Bekannten und einige Damen erwarten mich auf dem heutigen großen Balle. Bedenke nur, mein Lieber, daß es wahre Krankheit in dir ist; daß dir dergleichen Anstalten so unbillig zuwider sind.

Emil sagte: wer von uns beiden krank zu nennen ist, will ich nicht untersuchen, dein unbegreiflicher Leichtsinn, deine Sucht, dich zu zerstreuen, dein Jagen nach Vergnügungen, die dein Herz leer lassen, scheint mir wenigstens keine Seelengesundheit; auch in gewissen Dingen könntest du wohl meiner Schwachheit, wenn es denn einmal dergleichen sein soll, nachgeben, und es giebt nichts auf der Welt, was mich so durch und durch verstimmt, als ein Ball mit seiner fürchterlichen Musik. Man hat sonst wohl gesagt, die Tanzenden müsten einem Tauben, welcher die Musik nicht vernimmt, als Rasende erscheinen; ich aber meine, daß diese schreckliche Musik selbst, dies Umherwirbeln weniger Töne in widerlicher Schnelligkeit, in jenen vermaledeyten Melodien, die sich unserm Gedächtnisse, ja ich möchte sagen unserm Blut unmittelbar mittheilen, und die man nachher auf lange nicht wieder los werden kann, daß dies die Tollheit und Raserey selbst sey, denn wenn mir das Tanzen noch irgend erträglich seyn soll, so müste es ohne Musik geschehn.

Nun sieh, wie paradox! antwortete der Maskirte; du kömmst so weit, daß du das Natürlichste, Unschuldigste und Heiterste von der Welt unnatürlich, ja gräßlich finden willst.

Ich kann nicht für mein Gefühl, sagte der Ernste, daß mich diese Töne von Kindheit auf unglücklich gemacht, und oft bis zur Verzweiflung getrieben haben: in der Tonwelt sind sie für mich die Gespenster, Larven und Furien, und so flattern sie mir auch ums Haupt, und grinsen mich mit entsezlichem Lachen an.

Nervenschwäche, sagte jener, so wie dein übertriebener Abscheu gegen Spinnen und manch anderes unschuldiges Gewürm.

Unschuldig nennst du sie, sagte der Verstimmte, weil sie dir nicht zuwider sind. Für denjenigen aber, dem die Empfindung des Ekels und des Abscheus, dasselbe unnennbare Grauen, wie mir, bei ihrem Anblick in der Seele aufgeht und durch sein ganzes Wesen zuckt, sind diese gräßlichen Unthiere, wie Kröten und Spinnen, oder gar die widerwärtigste aller Creaturen, die Fledermaus, nicht gleichgültig und unbedeutend, sondern ihr Daseyn ist dem seinigen auf das feindlichste entgegen gesetzt. Wahrlich, man möchte über die Ungläubigen lächeln, mit deren Imagination sich Gespenster und grauenhafte Larven, sammt jenen Geburten der Nacht nicht vereinigen lassen, die wir in Krankheiten sehn, oder die uns Dantes Gemählde zeigen, da die gewöhnlichste Wirklichkeit um uns her die fürchterlichen verzerrten Musterbilder dieser Schrekken uns vorhält. Sollten wir in der That das Schöne lieben können, ohne uns vor diesen Fratzen zu entsetzen?

Warum entsetzen? fragte Roderich, warum soll uns das große Reich der Gewässer und der Meere gerade diese Furchtbarkeit vorhalten, an die sich deine Vorstellung gewöhnt hat, und nicht vielmehr seltsame, unterhaltende und poßirliche Verkleidungen, so daß das ganze Gebiet nicht anders, als etwa wie ein komischer Ballsaal anzusehn wäre? Deine Eigenheiten aber gehn noch weiter, denn so wie du die Rose mit einer gewissen Abgötterei liebst, so sind dir andre Blumen eben so lebhaft verhaßt; was hat dir nur die gute liebe Feuerlilie gethan, wie so manch andres Kind des Sommers? So sind dir manche Farben zuwider, manche Düfte und viele Gedanken, und du thust nichts dazu, dich gegen diese Stimmungen zu verhärten, sondern du giebst ihnen weichlich nach, und am Ende wird eine Sammlung von dergleichen Seltsamkeiten die Stelle einnehmen, die dein Ich besitzen sollte.

Emil war im tiefsten Herzen erzürnt und antwortete nicht. Er hatte es nun schon aufgegeben, sich jenem mitzutheilen, auch schien der leichtsinnige Freund gar keine Begier zu haben, das Geheimniß zu erfahren, welches ihm sein melankolischer Gefährte mit so wichtiger Miene angekündigt hatte; er saß gleichgültig im Lehnsessel, mit seiner Maske spielend, als er plötzlich ausrief: sey doch so gut, Emil, und leih mir deinen großen Mantel.

Wozu? fragte jener.

Ich höre drüben in der Kirche Musik, antwortete Roderich, und habe schon alle Abend diese Stunde versäumt, heut kömmt sie mir recht gelegen, unter deinem Mantel kann ich diese Kleidung verbergen, auch Maske und Turban darunter verstecken, und wenn sie geendigt ist, mich sogleich nach dem Balle begeben.

Murrend suchte Emil den Mantel aus dem Schranke, gab ihn dem Aufgestandenen, und zwang sich zu einem ironischen Lächeln. Da hast du meinen türkischen Dolch, den ich gestern gekauft habe, sagte Roderich, indem er sich einhüllte, heb' ihn auf; es taugt nicht, dergleichen ernsthaftes Zeug als Spielerei bei sich zu haben, man kann denn doch nicht wissen, wozu es gemißbraucht würde, wenn Zank oder anderer Unfug die Gelegenheit herbei führte; morgen sehn wir uns wieder, lebe wohl und bleibe vergnügt. Er wartete auf keine Erwiederung, sondern eilte die Treppe hinunter.

Als Emil allein war, suchte er seinen Zorn zu vergessen und das Betragen seines Freundes von der lächerlichen Seite zu nehmen. Er betrachtete den blanken schön gearbeiteten Dolch, und sagte: wie muß es doch dem Menschen seyn, der solch scharfes Eisen in die Brust des Gegners stößt, oder gar einen geliebten Gegenstand damit verlezt? Er schloß ihn ein, lehnte dann behutsam die Läden seines Fensters zurück und sah über die enge Gasse. Aber kein Licht regte sich, es war finster im Hause gegenüber; die theure Gestalt, die dort wohnte und sich um diese Zeit bei häuslicher Beschäftigung zu zeigen pflegte, schien entfernt. Vielleicht gar auf dem Balle! dachte Emil, so wenig es auch ihrer eingezogenen Lebensart ziemte. Plözlich aber zeigte sich ein Licht, und die Kleine, welche seine unbekannte Geliebte um sich hatte, und mit der sie sich am Tage wie am Abend vielfältig abgab, trug ein Licht durch das Zimmer und lehnte die Fensterläden an. Eine Spalte blieb hell, groß genug, um von Emils Standpunkt einen Theil des kleinen Zimmers zu überschauen, und dort stand oft der Glückliche bis nach Mitternacht wie bezaubert, und beobachtete jede Bewegung der Hand, jede Miene seiner Geliebten; er freute sich, wenn sie dem kleinen Kinde lesen lehrte, oder sie im Nähen und Stricken unterrichtete. Auf seine Erkundigung hatte er erfahren, daß die Kleine eine arme Waise sey, die das schöne Mädchen mitleidig zu sich genommen hatte, um sie zu erziehn. Emils Freunde begriffen nicht, warum er in dieser engen Gasse wohne, in einem unbequemen Hause, weshalb man ihn so wenig in Gesellschaften sehe, und womit er sich beschäftige. Unbeschäftigt, in der Einsamkeit, war er glücklich, nur unzufrieden mit sich und seinem menschenscheuen Charakter, daß er es nicht wage, die nähere Bekanntschaft dieses schönen Wesens zu suchen, so freundlich sie auch einigemal am Tage gegrüßt und gedankt hatte. Er wußte nicht, daß sie eben so trunken zu ihm hinüber spähte, und ahndete nicht, welche Wünsche sich in ihrem Herzen bildeten, welcher Anstrengung, welcher Opfer sie sich fähig fühlte, um nur zum Besitz seiner Liebe zu gelangen.

Nachdem er einigemal auf und nieder gegangen war, und das Licht sich mit dem Kinde wieder entfernt hatte, faßte er plötzlich den Entschluß, seiner Neigung und Natur zuwider, auf den Ball zu gehen, weil es ihm einfiel, daß seine Unbekannte eine Ausnahme von ihrer eingezogenen Lebensweise könne gemacht haben, um auch einmal die Welt und ihre Zerstreuungen zu genießen. Die Gassen waren hell erleuchtet, der Schnee knisterte unter seinen Füßen, Wagen rollten ihm vorüber, und Masken in den verschiedensten Trachten pfiffen und zwitscherten an ihm vorbei. Aus vielen Häusern ertönte die ihm so verhaßte Tanzmusik, und er konnte es nicht über sich gewinnen, auf dem kürzesten Wege nach dem Saale zu gehn, zu welchem aus allen Richtungen die Menschen strömten und drängten. Er ging um die alte Kirche, beschaute den hohen Thurm, der sich ernst in den nächtlichen Himmel erhub, und freute sich der Stille und Einsamkeit des abgelegenen Platzes. In der Vertiefung einer großen Kirchenthür, deren mannichfaltiges Bildwerk er immer mit Lust beschaut und sich dabei der alten Kunst und vergangener Zeiten erinnert hatte, nahm er auch jetzo Platz, um sich auf wenige Augenblicke seinen Betrachtungen zu überlassen. Er stand nicht lange, als eine Figur seine Aufmerksamkeit an sich zog, die unruhig auf und nieder ging, und jemand zu erwarten schien. Beim Schein einer Laterne, die vor einem Marienbilde brannte, unterschied er genau das Gesicht, so wie die wunderliche Kleidung. Es war ein altes Weib von der äußersten Häßlichkeit, die um so mehr in die Augen fiel, weil sie gegen ein scharlachrothes Leibchen, das mit Gold besetzt war, höchst abentheuerlich abstach; der Rock, den sie trug, war dunkel, und die Haube ihre Kopfes glänzte ebenfalls von Gold. Emil glaubte anfangs eine geschmacklose Maske zu sehn, die sich hieher verirrt habe, aber bald war er beim hellen Scheine überzeugt, daß das alte braune und runzlichte Gesicht ein wirkliches und kein nachgeahmtes sey. Es währte nicht lange, so erschienen zwei Männer, in Mänteln gehüllt, die sich dem Orte mit behutsamen Schritten zu nähern schienen, indem sie öfter von den Seiten schauten, ob ihnen Niemand folge. Die Alte ging auf sie zu. Habt ihr die Lichter? fragte sie hastig und mit einer rauhen Stimme. Hier sind sie, sagte der Eine, der Preis ist euch bekannt, macht die Sache gleich richtig. Die Alte schien Geld zu geben, welches der Mann unter seinem Mantel nachzählte. Ich verlasse mich darauf, fing die Alte wieder an, daß sie ganz nach der Vorschrift und Kunst gegossen sind, damit die Wirkung nicht ausbleibt. Seid ohne Sorgen, sagte jener, und entfernte sich schnell. Der andre, welcher zurück geblieben, war ein junger Mann, er nahm die Alte bei der Hand, und sagte: ist es möglich, Alexia, daß dergleichen Ceremonien und Formeln, diese seltsamen alten Sagen, an welche ich nie habe glauben können, den freien Willen des Menschen fesseln, und Liebe und Haß erregen könnten? So ist es, sprach das rothe Weib, aber einer muß zum andern kommen, nicht bloß diese Lichter, in der Mitternacht des Neumonden gegossen, mit Menschenblut getränkt, nicht die Zauberformeln und Anrufungen allein können es ausrichten, sondern noch manches andre gehört dazu, das der Kunstverständige wohl kennt. So verlaß ich mich auf dich, sagte der Fremde. Morgen nach Mitternacht bin ich euch zu Diensten, antwortete die Alte; ihr werdet ja nicht der erste seyn, der mit meiner Kundschaft unzufrieden ist; heute, wie ihr gehört habt, bin ich für jemand anders bestellt, auf dessen Sinn und Verstand unsere Kunst gewiß nachdrücklich wirken soll. Die letzten Worte sagte sie mit halbem Lachen, und beide gingen aus einander und entfernten sich nach verschiedenen Richtungen. Emil trat schaudernd aus der dunkeln Nische hervor und erhob seine Blicke zum Bilde der Jungfrau mit dem Kinde; vor deinen Augen, du Holdselige, sagte er halb laut, erfrechen sich die Greuel ihre Abrede zu treffen, um ihren abscheulichen Betrug zu verhandeln, doch so, wie du dein Kind in Liebe umfängst, so hält uns alle die unsichtbare Liebe in fühlbaren Armen, und unser armes Herz klopft in Freude wie in Angst einem grösseren entgegen, das uns niemals verlassen wird. Wolken zogen über die Spitze des Thurms und das schroffe Dach der Kirche hinweg, die ewigen Sterne schauten funkelnd und mit freundlichem Ernst hernieder, und Emil wandte sich entschlossen von diesen nächtlichen Schauern und gedachte der Schönheit seiner Unbekannten. Er betrat wieder die belebten Gassen, und lenkte nach dem hellerleuchteten Ballhause ein, von welchem ihm Stimmen, Wagengerassel, und in einzelnen Pausen die lärmende Musik entgegen schallten.

Im Saale verlor er sich sogleich im flutenden Getümmel, Tänzer umsprangen ihn, Masken schossen an ihm hin und her, Pauken und Trompeten betäubten sein Ohr, und ihm war, als sei das menschliche Leben selber nur ein Traum. Er ging durch die Reihen, und nur sein Auge blieb wach, um jene geliebten Augen und jenes schöne Haupt mit den braunen Locken aufzusuchen, nach dessen Anblick er sich heut inniger sehnte als sonst, und dem angebeteten Wesen doch innerlich Vorwürfe machte, daß es sich in diesem stürmenden Meer der Verwirrung und Thorheit untertauchen und verlieren könne. Nein, sprach er zu sich selbst, kein Herz welches liebt, wird sich diesem wüsten Brausen öffnen wollen, in welchem Sehnsucht und Thränen verhöhnt und mit dem schmetternden Gelächter wilder Trompeten verspottet werden. Das Säuseln der Bäume, das Rieseln der Quellen, Lautenschlag und edler Gesang, welcher voll aus dem bewegten Busen strömt, sind die Töne in welchen Liebe wohnt. So aber donnert und jubelt die Hölle in der Raserei ihrer Verzweiflung.

Er fand nicht, was er suchte, denn zu dem Glauben, daß sein geliebtes Angesicht sich vielleicht unter eine widrige Maske verborgen habe, konnte er sich unmöglich bequemen. Schon war er dreimal den Saal auf und abgewandert und hatte alle sitzenden und unmaskirten Damen vergeblich gemustert, als sich der Spanier zu ihm gesellte und sagte: schön, daß sie doch noch gekommen sind; Sie suchen vielleicht Ihren Freund?

Emil hatte ihn ganz vergessen; er sagte aber beschämt: in der That, ich wundre mich, ihn hier nicht zu treffen, denn seine Maske ist kenntlich genug.

Wissen Sie, was der wunderliche Mensch treibt? antwortete der junge Offizier; er hat weder getanzt noch sich lange im Saale aufgehalten, denn er fand sogleich seinen Freund Anderson, der vom Lande herein gekommen ist, ihr Gespräch fiel auf die Literatur, und da dieser das neulich herausgekommene Gedicht noch nicht kannte, so hat Roderich nicht eher geruht, bis man ihm eins der hintern Zimmer aufgeschlossen hat, dort sitzt er mit seinem Gefährten bei einer einsamen Kerze und liest ihm das ganze Werk vor.

Das sieht ihm ähnlich, sagte Emil, denn er besteht ganz aus Laune. Ich habe alles angewandt, und selbst freundschaftliche Zwistigkeiten nicht gescheut, um es ihm abzugewöhnen, immer ex tempore zu leben und sein ganzes Daseyn in Impromptüs auszuspielen: allein diese Thorheiten sind ihm so ans Herz gewachsen, daß er sich eher vom liebsten Freunde, als von ihnen trennen würde. Das nemliche Werk, welches er so liebt, daß er es immer bei sich trägt, hat er mir neulich vorlesen wollen, und ich hatte ihn sogar dringend darum gebeten, wir waren aber kaum über den Anfang, indeß ich ganz den Schönheiten hingegeben war, als er plötzlich aufsprang, mit der Küchenschürze umgethan zurück kehrte, mit vielen Umständen Feuer anschüren ließ, um mir Beefsteaks zu rösten, zu welchen ich kein Verlangen trug, und die er sich am besten in Europa zu machen einbildet, ob sie ihm gleich die meisten Male verunglücken.

Der Spanier lachte. Ist er nie verliebt gewesen? fragte er.

Auf seine Weise, erwiederte Emil sehr ernst; so, als wollte er über sich und die Liebe spotten, in viele zugleich, und nach seinen Worten bis zur Verzweiflung, die er aber ingesamt in acht Tagen wieder vergessen hatte.

Sie trennten sich im Getümmel, und Emil begab sich nach dem abgelegenen Zimmer, aus welchem er seinen Freund schon von fern laut deklamiren hörte. Ah, da bist du ja auch, rief ihm dieser entgegen: das trifft sich gut, ich bin nur eben über die Stelle hinüber, bei der wir neulich unterbrochen wurden, setze dich, so kannst du mit zuhören.

Ich bin jetzt nicht in der Stimmung, sagte Emil, auch scheint mir diese Stunde und dieser Ort wenig geschickt zu einer solchen Unterhaltung.

Warum nicht? antwortete Roderich; es muß sich alles nach unserm Willen bequemen, jede Zeit ist gut dazu, sich auf eine edle Weise zu beschäftigen. Oder willst du lieber tanzen? Es fehlt an Tänzern, und du kannst dich heut mit einigen Stunden Herumspringens und einem Paar ermüdender Beine bei vielen dankbaren Damen ziemlich beliebt machen.

Lebe wohl, rief jener schon in der Thür, ich gehe nach Hause.

Noch ein Wort! rief ihm Roderich nach: ich verreise morgen in aller Frühe mit diesem Herrn auf einige Tage über Land; ich spreche aber noch bei dir vor, um Abschied zu nehmen. Schläfst du, wie es wahrscheinlich ist, so bemühe dich nur nicht, aufzuwachen, denn in drei Tagen bin ich wieder bei dir. – Der wunderlichste aller Menschen, fuhr er fort, gegen seinen neuen Freund gewandt, so schwerfällig, mißlaunig, ernsthaft, daß er sich jede Freude verdirbt, oder vielmehr, daß es für ihn keine Freude giebt. Alles soll edel, groß, erhaben seyn, sein Herz soll an allem Antheil nehmen, und wenn er selbst vor einem Puppenspiele stände; wenn sich dergleichen nun nicht zu seinen Prätensionen verstehen will, die wahrlich ganz unsinnig sind, so wird er tragisch gestimmt, und findet die ganze Welt roh und barbarisch; da draußen verlangt er ohne Zweifel, daß unter den Masken einem Pantalon und Policinell das Herz voll Sehnsucht und überirdischer Triebe glühe, und daß der Arlechin über die Nichtigkeit der Welt tiefsinnig philosophiren soll, und wenn diese Erwartungen nicht eintreffen, so treten ihm gewiß die Thränen in die Augen, und er wendet dem bunten Schauspiel zerknirscht und verachtend den Rücken.

Er ist also melankolisch? fragte der Zuhörer.

Das eigentlich nicht, antwortete Roderich, sondern nur von zu zärtlichen Eltern und sich selbst verzogen. Er hatte sich angewöhnt, regelmäßig wie Ebbe und Fluth sein Herz bewegen zu lassen, und bleibt diese Rührung einmal aus, so schreit er Mirakel und möchte Prämien aussetzen, um Physiker aufzumuntern, diese Naturerscheinung genügend zu erklären. Er ist der beste Mensch unter der Sonne, aber alle meine Mühe, ihm diese Verkehrtheit abzugewöhnen, ist ganz umsonst und verloren, und wenn ich nicht für meine gute Meinung Undank davon tragen will, muß ich ihn gewähren lassen.

Er sollte vielleicht den Arzt gebrauchen, bemerkte jener.

Es gehört mit zu seinen Eigenheiten, antwortete Roderich, die Medizin durch und durch zu verachten, denn er meint, jede Krankheit sei in jeglichem Menschen ein Individuum, und könne nicht nach ältern Wahrnehmungen, oder gar nach sogenannten Theorien geheilt werden; er würde eher alte Weiber und sympathetische Kuren gebrauchen. Eben so verachtet er auch in andrer Hinsicht alle Vorsicht und alles was man Ordnung und Mäßigkeit nennt. Von Kindheit auf ist ein edler Mann sein Ideal gewesen, und sein höchstes Bestreben, das aus sich zu bilden, was er so nennt, das heißt hauptsächlich eine Person, die die Verachtung der Dinge mit der des Geldes anfängt; denn um nur nicht in den Verdacht zu gerathen, daß er haushälterisch sey, ungern ausgebe, oder irgend Rücksicht auf Geld nehme, so wirft er es höchst thöricht weg, ist bei seiner reichlichen Einnahme immer arm und in Verlegenheit, und wird der Thor von jedwedem, der nicht ganz in dem Sinne edel ist, in welchem er es sich zu seyn vorgesetzt hat. Sein Freund zu seyn, ist aber die Aufgabe aller Aufgaben, denn er ist so reizbar, daß man nur husten, nicht edel genug essen, oder gar die Zähne stochern darf, um ihn tödtlich zu beleidigen.

War er nie verliebt? fragte der Freund vom Lande.

Wen sollte er lieben? antwortete Roderich, er verachtete alle Töchter der Erde, und er dürfte nur bemerken, daß sein Ideal sich gern putzte, oder gar tanzte, so würde sein Herz brechen; noch schrecklicher, wenn sie das Unglück hätte, den Schnupfen zu bekommen.

Emil stand indessen wieder im Getümmel; aber plözlich überfiel ihn jene Angst, der Schreck, der so oft schon in solcher erregten Menschenmenge sein Herz ergriffen hatte, und jagte ihn aus dem Saale und Hause, über die öden Gassen hinweg, und erst auf seinem einsamen Zimmer fand er sich und seine ruhige Besinnung wieder. Das Nachtlicht war schon angezündet, er hieß dem Bedienten sich nieder legen; drüben war alles still und finster, und er setzte sich, um in einem Gedichte seine Empfindungen über den Ball auszuströmen. –

Im Herzen war es stille,
Der Wahnsinn lag an Ketten;
Da regt sich böser Wille,
Vom Kerker ihn zu retten,

Den Tollen los zu machen:
Da hört man Pauken klingen,
Da bricht hervor mit Lachen
Trommeten-Klang und Krachen,
Dazwischen Flöten singen,
Und Pfeifentöne springen
Mit gellendem Geschrei
Zwischen dröhnenden tönenden Geigen
In rasender Wuth herbei,
Das wilde Gemüth zu zeigen,
Und grimmig zu morden das stille kindliche
Schweigen. –

Wohin dreht sich der Reigen?
Was sucht die springende Menge
Im windenden Gedränge? –
Vorüber! Es glänzen die Lichter,
Wir tummeln uns näher und dichter,
Es jauchzt in uns das blöde Herz;
Lauter tönet
Grimmer dröhnet
Ihr Cymbeln, ihr Pfeifen! betäubet den Schmerz,
Er werde zum Scherz! –

Du winkst mir, holdes Angesicht?
Es lacht der Mund, der Augen Licht;
Herbei, daß ich dich fasse,
Im Schweben wieder lasse;
Ich weiß, die Schönheit bald zerbricht,
Der Mund verstummt, der lieblich spricht,
Dich faßt des Todes Arm.
Was winkst du, Schädel, freundlich mir?
Kein Kummer mir, nicht Angst und Harm,
Daß du so bald erbleichest hier,
Wohl heut, wohl morgen.
Was sollen die Sorgen?
Ich lebe und schwebe im Reigen vorüber vor dir. –

Heut lieb ich dich,
Jetzt meinst du mich;
Ach, Noth und Angst sie lauern
Schon hinter diesen Mauern,
Und Seufzer schwer und thränend Leid
Stehn schon bereit,
Dich zu umstricken;
Froh laß uns blicken
Vernichtung an und grausen Tod;
Was will die Angst, was will uns Noth?
Wir drücken
Im Taumel die Hand,
Mich rührt dein Gewand,
Du schwebest dahin, ich taumle zurück –
Auch Verzweiflung ist Glück.

Aus diesem Entzücken,
Und was wir heut lachten,
Entsprießt wohl Verachten
Und giftiger Neid;
O herrliche Zeit!
Wenn ich dich verhöhne,
Winkt dort mir die Schöne,
Und wird meine Braut;
Die andere schaut
Noch kühner darein;
Soll dies' es denn sein? –

So taumeln wir alle
Im Schwindel die Halle
Des Lebens hinab,
Kein Lieben, kein Leben,
Kein Seyn uns gegeben,
Nur Träumen und Grab:
Da unten bedecken
Wohl Blumen und Klee
Noch grimmere Schrecken,

Noch wilderes Weh;
Drum lauter ihr Cymbeln, du Paukenklang,
Noch schreiender gellender Hörnergesang!
Ermuthiget schwingt, dringt, springt ohne Ruh,
Weil Lieb uns nicht Leben
Kein Herz hat gegeben,
Mit Jauchzen dem greulichen Abgrunde zu! –

Er hatte geendigt und stand am Fenster. Da kam sie gegen über herein, so schön, wie er sie noch nie gesehn hatte, das braune Haar aufgelöst wogte und spielte in muthwilligen Locken um den weißesten Nacken; sie war nur leicht bekleidet und schien noch vor Schlafengehn zu später Nachtzeit einige häusliche Arbeiten verrichten zu wollen, denn sie stellte zwei Lichter in zwei Ecken des Zimmers, ordnete den Teppich auf dem Tische, und entfernte sich wieder. Noch war Emil in seinen süßen Träumereien versunken, und wiederholte sich in seiner Phantasie das Bild seiner Geliebten, als zu seinem Entsetzen die fürchterliche, die rothe Alte durch das Zimmer schritt; gräßlich leuchtete von ihrem Haupt und Busen das Gold im Widerschein der Lichter. Sie war wieder verschwunden. Sollte er seinen Augen trauen? War es kein Blendwerk der Nacht, welches ihm seine eigne Einbildung gespenstisch vorüber geführt hatte?

Aber nein, sie kehrte zurück, noch gräßlicher als zuvor, denn ein langes greises und schwarzes Haar flog wild und ungeordnet um Brust und Rücken; das schöne Mädchen folgte ihr, blaß, entstellt, die schönsten Brüste ohne Hülle, aber das ganze Bild einer Statue von Marmor ähnlich. Sie hatten zwischen sich das kleine liebliche Kind, welches weinte und sich an die Schöne bittend schmiegte, die nicht zu ihm hernieder sah. Das Kindlein hielt flehend die Händchen empor, streichelte Hals und Wange der blassen Schönen. Sie aber hielt es fest am Haar und mit der andern Hand ein silbernes Becken; die Alte zuckte murmelnd das

Messer und durchschnitt den weißen Hals der Kleinen. Da wand sich hinter ihnen etwas hervor, das beide nicht zu sehen schienen, sonst hätten sie sich wohl eben so inniglich wie Emil entsetzt. Ein scheußlicher Drachenhals wälzte sich schuppig länger und länger aus der Dunkelheit, neigte sich über das Kind hin, das mit aufgelösten Gliedern der Alten in den Armen hing, die schwarze Zunge leckte vom sprudelnden rothen Blut, und ein grün funkelndes Auge traf durch die Spalte hinüber in Emils Blick und Gehirn und Herz, daß er im selben Augenblick zu Boden stürzte.

Leblos traf ihn Roderich nach einigen Stunden.

Am heitersten Sommermorgen saß in grüner Laube eine Gesellschaft von Freunden um ein schmackhaftes Frühstück versammelt. Man lachte und scherzte, alle stießen freudig oft mit den Gläsern auf die Gesundheit des jungen Brautpaares an, und wünschten ihm Heil und Glück. Bräutigam und Braut waren nicht zugegen, denn die Schöne war noch mit ihrem Schmucke beschäftiget, und der junge Ehemann lustwandelte, seinem Glücke nachsinnend, einsam in einem entfernten Baumgange. Schade, sagte Anderson, daß wir keine Musik haben sollen; alle unsere Damen sind unzufrieden und haben noch nie so sehr zu tanzen gewünscht, als gerade heut, da es nicht geschehn kann; aber es ist ihm zu sehr zuwider.

Ich kann es euch wohl verrathen, sagte ein junger Offizier, daß wir dennoch einen Ball haben werden, und zwar einen recht tollen und geräuschigen; alles ist schon eingerichtet und die Musikanten sind schon heimlich angekommen und unsichtbar einquartirt. Roderich hat alle diese Einrichtungen getroffen, denn er sagt, man müsse ihm nicht zu viel nachgeben, und am wenigsten heut seine wunderlichen Launen anerkennen.

Er ist auch schon viel menschlicher und umgänglicher als ehemals, sagte ein anderer, und darum glaube ich, wird ihm diese Abänderung nicht einmal unangenehm auffallen. Ist doch diese ganze Heirath so plötzlich gegen unser aller Erwarten eingetreten.

Sein ganzes Leben, fuhr Anderson fort, ist so sonderbar, wie sein Charakter. Ihr wißt ja alle, wie er im vorigen Herbst auf einer Reise, die er machen wollte, in unsrer Stadt ankam, sich den Winter hier aufhielt, wie ein Melankolischer fast nur in seinem Zimmer lebte, und sich weder um unser Theater noch andre Vergnügungen kümmerte. Er war beinah mit Roderich, seinem vertrautesten Freunde, zerfallen, weil dieser ihn zu zerstreuen suchte, und nicht jeder seiner finstern Launen nachgeben wollte. Im Grunde war seine übertriebene Reizbarkeit und Verstimmung wohl Krankheit, die sich in seinem Körper zubereitete; denn, wie euch nicht unbekannt ist, wurde er vor vier Monaten vom heftigsten Nervenfieber befallen, so, daß wir ihn alle schon aufgeben mußten. Nachdem seine Phantasien ausgeraset hatten, und er wieder zu sich kam, hatte er sein Gedächtniß fast ganz eingebüßt, nur seine früheren Kinder- und Jugendjahre waren ihm gegenwärtig, und er konnte sich durchaus nicht erinnern, was während seiner Reise oder vor seiner Krankheit sich mit ihm zugetragen habe. Er mußte alle seine Freunde, selbst den Roderich, von neuem kennen lernen; nur nach und nach ward es lichter in seinem Innern, und die Vergangenheit und was ihm widerfahren trat wieder, jedoch immer nur schwach beleuchtet, in sein Gedächtniß zurück. Sein Oheim hatte ihn zu sich in das Haus genommen, um ihn besser zu verpflegen, und er war wie ein Kind, und ließ alles mit sich machen. Als er zum erstenmal ausfuhr, und bei der Frühlingswärme den Park besuchte, sah er abseits vom Wege ein Mädchen in tiefen Gedanken sitzen. Sie sah auf, ihr Blick traf den seinigen, und wie von einer unbegreiflichen Begeisterung ergriffen, ließ er anhalten, stieg aus, setzte sich zu ihr, faßte ihre Hände, und ergoß sich in einem Strom von Thränen. Man war von neuem für seinen

Verstand besorgt; aber er wurde ruhig, heiter und gesprächig, ließ sich bei den Eltern des Mädchens vorstellen, und hielt sogleich beim ersten Besuch um ihre Hand an, die sie ihm auch zusagte, da die Eltern ihre Einwilligung nicht verweigerten. Er war glücklich und ein neues Leben ging in ihm auf; mit jedem Tage ward er gesunder und zufriedener. So besuchte er mich vor acht Tagen auf meinem Landgute hier; es gefiel ihm über die Maßen, und zwar so, daß er nicht ruhte, bis ich es ihm verkaufen mußte. Es lag nur an mir, seine Leidenschaftlichkeit zu meinem Vortheil und seinem Schaden zu benutzen, denn was er will, will er heftig und plötzlich vollendet. Sogleich machte er seine Einrichtungen, ließ Geräthe herschaffen, um hier noch die Sommermonate zu wohnen, und so sind wir denn alle heut zu seiner Hochzeit in meinem ehemaligen Wohnsitze versammelt.

Das Haus war groß und lag in der schönsten Gegend. Die eine Seite sah nach einem Flusse und angenehmen Hügeln hinüber, rund um von mannichfaltigen Gebüschen und Bäumen umgeben, unmittelbar davor lag ein Garten mit duftenden Blumen. Hier waren die Orangen und Citronen-Bäume in einem großen offenen Saale aufgestellt, nur kleine Thüren führten zu Vorrathskammern, Kellern und Speisegewölben. Von der andern Seite breitete sich ein grünender Wiesenplan aus, an welchen ohne andre Verbindung ein Park gränzte; hier bildeten die beiden langen Flügel des Hauses einen geräumigen Hof, und auf dreien über einander stehenden Säulenreihen verbanden breite offene Gänge alle Zimmer und Säle des Gebäudes, wodurch der Wohnsitz von dieser Seite einen reizenden, ja wunderbaren Charakter erhielt, indem sich beständig Figuren in mannigfaltigen Geschäften in diesen geräumigeren Hallen bewegten; zwischen den Säulen und aus jedem Zimmer traten neue Gestalten hervor, und erschienen oben oder unten wieder, um sich in andern Thüren zu verlieren; auch versammelte sich Gesellschaft dort zum

Thee oder Spiel, und dadurch gewann von unten das Ganze das Ansehn eines Theaters, vor welchem jedermann mit Lust verweilte, und in Gedanken die seltsamsten und anziehendsten Begebenheiten oben erwartete.

Die Gesellschaft der jungen Leute wollte eben aufstehn, als die geschmückte Braut durch den Garten ging und zu ihnen trat. Sie war in violettem Sammet gekleidet, ein funkelnder Halsschmuck wiegte sich auf dem glänzenden Nacken, kostbare Spitzen liessen den weißen schwellenden Busen durchschimmern, das braune Haar ward durch den Myrthen- und Blumenkranz reizender gefärbt. Sie grüßte alle freundlich, und die Jünglinge waren von der hohen Schönheit überrascht. Sie hatte Blumen im Garten gepflückt, und wandte sich jetzt nach dem innern Hause, um nach der Ordnung des Mahles zu sehen. Man hatte in dem untern offnen Gange die Tafeln hingestellt: blendend schimmerten die Tische mit den weißen Gedecken und Kristallen, eine Fülle mannichfarbiger Blumen glänzte aus zierlichen Gefäßen herunter, duftende grüne und bunte Kränze schlangen sich um die Säulen, und reizend war der Anblick, als die Braut sich jetzt mit holdseliger Bewegung zwischen dem Schimmer der Blumen, neben den Tischen und Säulen wandelnd bewegte, das Ganze prüfend überschaute, und dann verschwand, und höher hinauf noch einmal wieder erschien, um ihr Zimmer zu öffnen. Sie ist das reizendste und schönste Mädchen, das ich je gekannt habe! rief Anderson aus: unser Freund ist glücklich!

Selbst ihre Blässe, nahm der Offizier das Wort, erhöht ihre Schönheit; die braunen Augen blitzen über den bleichen Wangen und unter den dunkeln Haaren so mächtiger hervor, und diese wunderbare, fast brennende Röthe der Lippen macht ihr Angesicht zu einem wahrhaft zauberischen Bilde.

Der Schein stiller Melankolie, sagte Anderson, welcher sie umgiebt, umfließt sie wie mit hoher Majestät.

Der Bräutigam trat zu ihnen, und fragte nach Roderich;

sie hatten ihn alle schon längst vermißt und konnten nicht begreifen, wo er sich aufhalten möchte. Alle gingen, um ihn zu suchen. Er ist unten im Saal, sagte endlich ein junger Mensch, den sie ebenfalls fragten, zwischen allen Bedienten und Kutschern, denen er Kartenkünste macht, die sie nicht genug bewundern können. Sie traten hinein und unterbrachen die schallende Verwunderung der Dienerschaft, indeß sich Roderich nicht stören ließ, sondern frei in seinen magischen Kunststücken fortfuhr. Als er geendigt hatte ging er mit den übrigen in den Garten und sagte: ich thue es nur, um diese Menschen im Glauben zu stärken, denn diese Künste bringen ihrer Kutscher-Freigeisterei auf lange einen Stoß bei, und helfen zu ihrer Bekehrung.

Ich sehe, sagte der Bräutigam, daß mein Freund unter seinen übrigen Talenten auch das eines Charlatans nicht zu geringe achtet, um es auszubilden.

Wir leben in einer wunderlichen Zeit, antwortete jener; man soll heut zu Tage nichts verachten, denn man weiß nicht, wozu es zu gebrauchen ist.

Als die beiden Freunde sich allein befanden, wandte sich Emil wieder in den dunkeln Baumgang und sagte: Warum bin ich an diesem Tage, welcher der glücklichste meines Lebens ist, so trübe gestimmt? Aber ich versichere dich, so wenig du es auch glauben willst, es paßt nicht für mich, mich in dieser Menge von Menschen zu bewegen, für jeden Aufmerksamkeit zu haben, keinen dieser Verwandten von ihrer und meiner Seite zu vernachlässigen, den Eltern Ehrfurcht zu beweisen, die Damen bekomplimentiren, die Ankommenden empfangen, und die Dienstboten und Pferde gehörig zu versorgen.

Das macht sich ja alles von selbst, sagte Roderich; sieh, dein Haus ist recht auf dergleichen eingerichtet, und dein Haushofmeister, der alle Hände voll zu thun und alle Beine voll zu laufen hat, ist recht wie dazu geschaffen, alles ordentlich zu betreiben, um die allergrößte Gesellschaft aus Verwirrung zu erretten und mit Anstand zu bewirthen. Überlaß das ihm und deiner schönen Braut.

Heute Morgen, noch vor Sonnenaufgang, sagte Emil, wandelte ich durch das Gehölz; mir war feierlich zu Muthe, ich fühlte recht im Innern, wie mein Leben nun bestimmt sey und ernst werde, wie diese Liebe mir Heimath und Beruf erschaffen hat. Ich kam dort der Laube vorüber; ich hörte Stimmen: es war meine Geliebte in einem traulichen Gespräch. Ist es nun, sagte eine fremde Stimme, nicht so gekommen, wie ich gesagt hatte? Gerade so, wie ich wußte, daß es geschehen würde? Ihr habt euren Wunsch, darum seid nun auch froh. Ich mochte nicht zu ihnen treten; nachher ging ich der Laube näher, doch hatten sich beide schon entfernt. Aber ich sinne und sinne: was wollen diese Worte bedeuten?

Roderich sagte: sie mag dich vielleicht schon längst geliebt haben, ohne daß du es wußtest; du bist desto glücklicher.

Eine späte Nachtigall erhub jezt ihren Gesang und schien dem Liebenden Heil und Wonne zuzurufen. Emil wurde tiefsinniger. Komm mit mir, um dich aufzuheitern, sagte Roderich, in das Dorf hinunter, da sollst du ein zweites Brautpaar sehn, denn du mußt dir nicht einbilden, daß du heut allein Hochzeit feyerst. Ein junger Knecht ist in Langeweile und Einsamkeit mit einer ältern garstigen Magd zu vertraut geworden, und der Pinsel hält sich nun für verpflichtet, sie zu seiner Frau zu machen. Jezt müssen sie beide schon geputzt seyn; diesen Anblick wollen wir nicht versäumen, denn er ist ohne Zweifel interessant.

Der Trauernde ließ sich von dem schwatzenden heitern Freunde fortziehn, und sie kamen bald zu der Hütte. Eben trat der Zug heraus, um sich nach der Kirche zu begeben. Der junge Knecht war in seinem gewöhnlichen leinenen Kittel, und prangte nur mit einem Paar ledernen Beinkleidern, die er so hell als möglich angestrichen hatte; er war von einfältiger Miene und schien verlegen. Die

Braut war von der Sonne verbrannt, nur wenige lezte Spuren der Jugend waren an ihr sichtbar; sie war grob und arm aber reinlich gekleidet, einige rothe und blaue seidne Bänder, schon etwas entfärbt, flatterten von ihrem Mieder, am meisten aber war sie dadurch entstellt, daß man ihr die Haare steif mit Fett, Mehl und Nadeln aus der Stirn gestrichen und oben zusammen geheftet hatte, auf dieser Spitze des aufgethürmten Haars stand der Kranz. Sie lächelte und schien frölich, doch war sie verschämt und blöde. Die alten Eltern folgten; der Vater war auch nur Knecht auf dem Hofe, und die Hütte, der Hausrath so wie die Kleidung, alles verrieth die äußerste Armuth. Ein schielender schmutziger Musikant folgte dem Zuge, der greinend auf einer Geige strich und dazu schrie, diese war halb aus Pappe und Holz zusammen geleimt, und statt der Saiten mit drei Bindfäden bezogen. Der Zug machte Halt, als der neue gnädige Herr zu den Leuten trat. Einige muthwillige Dienstboten, junge Bursche und Mägde, schäkerten und lachten, und verspotteten das Brautpaar, vorzüglich die Kammerjungfern, die sich schöner dünkten und sich unendlich besser gekleidet sahen. Ein Schauer erfaßte Emil; er blickte nach Roderich um, dieser war aber schon wieder entlaufen. Ein naseweiser Bursche mit einem Tituskopf, der Bedienter eines Fremden, drängte sich, um witzig zu erscheinen, an Emil und rief: Nun, gnädiger Herr, was sagen Sie zu dem glänzenden Brautpaar? Beide wissen noch nicht, wo sie morgen Brod hernehmen sollen; und heut Nachmittag werden sie doch einen Ball geben, der Virtuos dort ist schon bestellt. – Kein Brod? sagte Emil; giebt es so etwas? – Ihr ganzes Elend ist dem Volke bekannt, fuhr jener schwatzend fort, aber der Kerl sagt, er bleibe dem Wein dennoch gut, wenn sie auch nichts zubrächte; o ja freilich, die Liebe ist allgewaltig! das Lumpenpack hat nicht einmal Betten, sie müssen sogar diese Nacht auf der Streu schlafen; das Dünnbier haben sie sich zusammen gebettelt, worin sie sich besaufen wollen. Alle umher lachten laut, und die beiden verspotteten Unglücklichen schlugen die Augen nieder. Emil stieß zornig den Schwätzer von sich; nehmt! rief er aus, und warf in die Hand des erstarrten Bräutigams hundert Dukaten, welche er am Morgen eingenommen hatte. Die Alten und die Brautleute weinten laut, warfen sich ungeschickt auf die Kniee und küßten ihm Hände und Kleider. Er wollte sich losmachen. Haltet euch damit das Elend vom Leibe, so lange ihr könnt! rief er betäubt. O auf zeitlebens, mein gnädigster Herr, sind wir glücklich! schrien alle.

Er wußte nicht, wie er fort gekommen war; er fand sich allein, und eilte mit wankenden Schritten in den Wald. Die dichteste, einsamste Stelle suchte er auf, und warf sich auf einen Rasenhügel nieder, indem er den ausbrechenden Strom seiner Thränen nicht mehr zurückhielt. Mir ekelt das Leben! schluchzte er in tiefer Bewegung; ich kann nicht froh und glücklich seyn, ich will es nicht! Empfange mich bald du freundlicher Boden, verbirg mich in deinen kühlen Armen vor den wilden Thieren, die sich Menschen nennen! O Gott im Himmel! wie verdien' ich es, daß ich auf Daunen ruhe und Seide trage, daß mir die Traube ihr kostbarstes Blut spendet, und alles mir Ehre und Liebe dringend anbietet und darbringt? Dieser Arme ist besser und edler als ich, und das Elend ist seine Amme, und Hohn und giftiger Spott sein Glückwunsch. Sündlich dünkt mir jeder Leckerbissen, den ich genieße, jeder Trunk aus geschliffenem Glase, mein Ruhen auf weichen Betten, das Tragen von Gold und Geschmeide, da die Welt viel tausend mal tausend Unglückliche umher jagt, die nach dem weggeworfenen vertrockneten Brode hungern, die nicht wissen, was Labsal ist. O jetzt versteh ich euch, ihr frommen Heiligen, ihr Verschmähten, ihr Verhöhnten, die ihr Alles, bis auf euer Gewand der Armuth, ausstreuet, einen Sack um eure Lenden gürtetet, und selbst als Bettler die Schmähungen und Fußstöße erdulden wolltet, mit denen roher Übermuth und reiche Schwelgerei das Elend von ihren Tafeln weisen, um nur diese Sünde des Überflusses von euch zu werfen.

Alle Gebilde der Welt schwankten wie ein Nebel vor seinen Augen; er nahm sich vor, die Verstoßenen als seine Brüder anzusehn, und sich von den Glücklichen zu entfernen. Lange hatte man schon im Saale seiner zur Trauung gewartet, die Braut war besorgt, die Eltern suchten ihn im Garten und Park; endlich kam er ausgeweint und leichter zurück, und die feyerliche Handlung ward vollzogen.

Man begab sich aus dem untern Saal nach der offnen Halle, um sich zu Tische zu setzen. Braut und Bräutigam gingen voran, und die übrigen folgten im Zuge; Roderich bot seinen Arm einem jungen Mädchen, die munter und geschwätzig war. Warum nur die Bräute immer weinen und bei der Trauung so ernsthaft aussehn, sagte diese, indem sie zur Gallerie hinauf stiegen.

Weil sie in diesem Augenblick am lebhaftesten von der Wichtigkeit und dem Geheimnißvollen des Lebens durchdrungen werden, antwortete Roderich.

Aber unsre Braut, fuhr jene fort, übertrifft noch an Feierlichkeit alle, die ich jemals gesehn habe; sie ist überhaupt immer schwermüthig, man sieht sie nie recht heiter lachen.

Dies macht ihrem Herzen um so mehr Ehre, antwortete Roderich, gegen seine Gewohnheit verstimmt. Sie wissen vielleicht nicht, mein Fräulein, daß die Braut vor einigen Jahren ein allerliebstes verwaistes Kind, ein Mädchen, zu sich genommen hatte, um es zu erziehn. Dieser Kleinen widmete sie alle ihre Zeit, und die Liebe des zarten Geschöpfes war ihr süßester Lohn. Dieses Mädchen war sieben Jahr alt geworden, als sie sich auf einem Spaziergange in der Stadt verlor, und aller angewandten Mühe ohngeachtet, noch nicht wieder hat aufgefunden werden können. Diesen Unfall hat sich das edle Wesen so zu Gemüth gezogen, daß sie seitdem an einer stillen Melankolie leidet, und durch nichts von dieser Sehnsucht nach ihrer kleinen Gespielin kann abgezogen werden.

Wahrhaftig, recht interessant! sagte das Fräulein; das kann sich in der Zukunft recht romantisch entwickeln, und zum angenehmsten Gedichte Gelegenheit geben.

Man ordnete sich an der Tafel; Braut und Bräutigam nahmen die Mitte ein, und sahen in die heitere Landschaft hinaus. Man schwatzte und trank Gesundheiten, die munterste Laune herrschte; die Eltern der Braut waren ganz glücklich, nur der Bräutigam war still und in sich gekehrt, genoß nur wenig, und nahm an den Gesprächen keinen Antheil. Er erschrack, als sich musikalische Töne durch die Luft von oben hernieder warfen, doch beruhigte er sich wieder, da es sanfte Hörnertöne blieben, die angenehm über die Gebüsche hinweg rauschten, sich durch den Park zogen, und am fernen Berge verhallten. Roderich hatte sie auf die Gallerie über die Speisenden gestellt, und Emil war mit dieser Einrichtung zufrieden. Gegen das Ende der Mahlzeit ließ er seinen Haushofmeister kommen, und sagte zur Braut gewendet: liebe Freudin, laß auch die Armuth an unserm Überflusse Theil nehmen. Er befahl hierauf, eine Anzahl Flaschen Wein, Gebackenes, und verschiedene Gerichte in reichlichen Portionen dem armen Brautpaar hinüber zu senden, damit ihnen dieser Tag auch ein Freudentag sein könne, dessen sie sich nachher gern erinnern möchten. Sieh, Freund, rief Roderich aus, wie schön alles in der Welt zusammen hängt! Mein unnützes Umtreiben und Schwatzen, das du so oft an mir tadelst, hat doch nun diese gute Handlung veranlaßt. Viele wollten dem Wirthe über sein Mitleid und gutes Herz etwas Artiges sagen, und das Fräulein sprach von schöner Gesinnung und Edelmuth. O schweigen wir! rief Emil zornig: es ist keine gute Handlung, ja überhaupt keine Handlung, es ist nichts! Wenn Schwalben und Hänflinge sich von den weggeworfenen Brosamen dieses Überflusses nähren, und sie zu ihren Jungen in die Nester tragen, sollte ich nicht eines armen Mitbruders gedenken, der mein bedarf? Wenn ich meinem Herzen folgen dürfte, so würdet ihr mich eben so gut wie manchen andern verlachen und verspotten, der in die Wüste zog, um nichts mehr von der Welt und ihrem Edelmuth zu erfahren.

Man schwieg, und Roderich erkannte in den glühenden Augen seines Freundes den heftigsten Unwillen; er besorgte, daß er sich in seiner Verstimmung noch mehr vergessen möchte, und suchte schnell das Gespräch auf andre Gegenstände zu lenken. Doch Emil war unruhig und zerstreut geworden; hauptsächlich wendeten sich seine Blicke oft nach der obersten Gallerie, auf welcher die Bedienten, die das letzte Stockwerk bewohnten, vielerlei zu schaffen hatten. Wer ist die widerliche Alte, die dort so geschäftig ist, und so oft in ihrem grauen Mantel wieder kommt? fragte er endlich. Sie gehört zu meiner Bedienung, sagte die Braut; sie soll die Aufsicht über die Kammerjungfern und jüngeren Mägde führen. Wie kannst du solche Häßlichkeit in deiner Nähe dulden? erwiederte Emil. Laß sie, antwortete die junge Frau, wollen die Häßlichen doch auch leben, und da sie gut und redlich ist, kann sie uns von großem Nutzen seyn.

Man erhob sich von der Tafel, und alles umgab den neuen Gatten, wünschte nochmals Glück, und drängte dann mit Bitten um die Erlaubniß zum Ball. Die Braut umarmte ihn äußerst freundlich und sagte: meine erste Bitte, Geliebter, wirst du mir nicht abschlagen, denn wir haben uns alle darauf gefreut: Ich habe so lange nicht getanzt, und du selbst hast mich noch niemals tanzen sehn. Bist du denn gar nicht neugierig darauf, wie ich mich in dieser Bewegung ausnehme?

So heiter, sagte Emil, habe ich dich noch niemals gesehn. Ich will kein Störer eurer Freude seyn, macht, was ihr wollt; nur verlange keiner von mir, daß ich mich selbst mit linkischen Sprüngen lächerlich machen soll.

Wenn du ein schlechter Tänzer bist, sagte sie lachend,

so kannst du sicher seyn, daß dich jedermann gern in Ruhe lassen wird. Die Braut entfernte sich hierauf, um sich umzuziehn und ihr Ballkleid anzulegen.

Sie weiß es nicht, sagte Emil zu Roderich, mit dem er sich entfernte, daß ich aus einem andern Zimmer in das ihrige durch eine verborgene Thür kommen kann, ich werde sie beim Umkleiden überraschen.

Als Emil fortgegangen war, und viele der Damen sich auch entfernt hatten, um die zum Tanz nöthigen Veränderungen des Putzes zu treffen, nahm Roderich die jüngeren Leute beiseit und führte sie auf sein Zimmer. Es wird schon Abend, sagte er hier, bald ist es finster; jetzt geschwind jeder in seine Verkleidung, um diese Nacht recht bunt und toll zu verschwärmen. Was ihr nur ersinnen könnt, genirt euch nicht, je ärger, je besser! Je scheußlicher die Fratzen sind, die ihr aus euch hervor bringt, je mehr will ich euch loben. Da muß es keinen so widerlichen Höcker, keinen so ungestalten Bauch, keine so widersinnige Kleidung geben, die nicht heute paradirt. Eine Hochzeit ist eine so wundersame Begebenheit, ein ganz neuer ungewohnter Zustand wird den Verheiratheten so plötzlich wie ein Mährchen über den Hals geworfen, daß man dieses Fest nicht verwirrt und unklug genug anfangen kann, um nur irgend für die Eheleute die plötzliche Veränderung zu motiviren, so daß sie wie in einem phantastischen Traum in die neue Lage hinüber schwimmen, und darum laßt uns nur recht in diese Nacht hinein wüthen, und nehmt keine Einrede von denen an, die sich verständig stellen möchten.

Sey ohne Sorge, sagte Anderson, wir haben einen großen Koffer voll Masken und toller bunter Kleidungsstükke aus der Stadt mitgebracht, du wirst dich selbst darüber verwundern.

Aber seht her, sagte Roderich, was ich von meinem Schneider eingekauft habe, der diesen kostbaren Schatz schon in Läppchen verschneiden wollte! Er hat diese

Tracht von einer alten Gevatterinn erhandelt, die damit gewiß bei Lucifer auf dem Blocksberge Galla gemacht hat. Seht dieses scharlachrothe Mieder, mit diesen goldenen Tressen und Franzen, und diese goldglänzende Haube, die mir unendlich ehrwürdig stehn muß, dazu nehm ich diesen grünseidnen Rock mit safrangelbem Besatz und diese scheußliche Maske, und führe nachher als altes Weib den ganzen Chor der Carikaturen in das Schlafzimmer. Macht, daß ihr fertig werdet! wir wollen dann feierlich die junge Frau abholen.

Die Hörner musizirten noch, die Gesellschaft wandelte im Garten, oder saß vor dem Hause. Die Sonne war hinter trüben Wolken untergegangen, und die Gegend lag im grauen Dämmer, als plötzlich unter der Wolkendecke der scheidende Stral noch einmal hervor brach, und rings die Gegend, vorzüglich aber das Gebäude mit seinen Gängen, Säulen und Blumengewinden, wie mit rothem Blute besprengte. Da sahen die Eltern der Braut, und die übrigen Zuschauer den abentheuerlichsten Zug nach dem oberen Corredor schweben: Roderich als die rothe Alte voran, und ihr nachfolgend Bucklichte, dickbauchige Fratzen, ungeheure Perucken, Tartaglias, Policinells und gespenstische Pierrots, weibliche Figuren in ausgespannten Reifröcken und ellenhohen Frisuren, die widerwärtigsten Gestalten, alle wie aus einem ängstlichen Traum. Sie zogen gaukelnd und sich drehend und wackelnd, trippelnd und sich brüstend über den Gang, und verschwanden dann in eine der Thüren. Nur wenige der Zuschauer waren zum Lachen gekommen, so hatte sie der seltsamste Anblick überrascht. Plötzlich brach ein gellender Schrei aus den innern Zimmern, und hervor stürzte in das blutige Abendroth die bleiche Braut, im weißen kurzen Kleide, um welches Blumenranken flatterten, der schöne Busen ganz frei, die Fülle der Locken in Lüften schwebend. Wie wahnsinnig, die Augen rollend, das Gesicht entstellt, stürzte sie über die Gallerie, und fand in ihrer Angst verblindet keine Thür und Treppe, und gleich darauf, ihr nachrennend, Emil, den blanken türkischen Dolch in hoch erhobener Faust. Jetzt war sie am Ende des Ganges, sie konnte nicht weiter, er erreichte sie. Die maskirten Freunde und die graue Alte waren ihm nach gestürzt. Aber schon hatte er wüthend ihre Brust durchbohrt, und den weißen Hals durchschnitten, ihr Blut strömte im Glanz des Abends. Die Alte hatte sich mit ihm umfaßt, ihn zurück zu reißen; kämpfend schleuderte er sich mit ihr über das Geländer, und beide fielen zerschmettert zu den Füßen der Verwandten nieder, die mit stummem Entsetzen der blutigen Scene zugeschaut hatten. Oben und im Hofe, oder von den Gallerien und Treppen herunter eilend, standen und rannten die scheußlichen Larven in mannichfaltigen Gruppen, höllischen Dämonen ähnlich.

Roderich nahm den Sterbenden in seine Arme. Mit dem Dolche spielend hatte er ihn im Zimmer seiner Gattinn gefunden. Sie war fast angekleidet, bei seinem Eintreten; beim Anblick des rothen widrigen Kleides hatte sich seine Erinnerung belebt, das Schreckbild jener Nacht war vor seine Sinne getreten; knirschend war er auf die zitternde, fliehende Braut zugesprungen, um den Mord und ihr teuflisches Kunststück zu bestrafen. Die Alte bestätigte sterbend den verübten Frevel, und das ganze Haus war plötzlich in Leid, Trauer und Entsetzen verwandelt worden.

Alle Zuhörer waren bewegt, am meisten aber Clara, die schon früher Zeichen von Ungeduld gegeben hatte. Nein! rief sie aus und erhob sich: es ist nicht auszuhalten! Diese Geschichten gehn zu schneidend durch Mark und Bein, und ich weiß mich vor Schauder in keinen meiner Gedanken mehr zu retten. Es ist geradezu abscheulich, dergleichen zu erfinden. Ich zittre und ängste mich, und vermuthe, daß aus jedem Busche, aus jeder Laube ein Ungeheuer auf mich zutreten möchte, daß die theuersten bekanntesten Gestalten sich plötzlich in fremd gespenstische Wesen verwandeln dürften, und man ist und bleibt thöricht, und hört zu, läßt sich von den Worten immer weiter und weiter verlocken, bis das ungeheuerste Grauen uns plötzlich erfaßt, und alle vorigen Empfindungen wie in einen Strudel gewaltthätig verschlingt. Es fängt an Abend zu werden, laßt uns hinein gehn und aufhören.

Das ist aber ganz gegen die Abrede, sagte Manfred, wollt ihr Weiber einer Akademie vorstehn und die Talente aufmuntern, so müßt ihr auch mehr Muth und Ausdauer haben. Kannst du den guten Lothar mit dieser unbilligen Kritik so kränken? Habt ihr es denn nicht vorher gewußt, daß man euch würde zu fürchten machen? Worüber beklagt ihr euch also? Mir hat seine Erzählung so wohl gefallen, daß ich, in Nachahmung Alexanders, ausrufen könnte: ich möchte diesen Liebeszauber geschrieben haben, wenn ich nicht meinen Runenberg gedichtet hätte! Darum, ihr Besten, laßt die Narrheit fahren und bleibt hübsch thöricht und in der Ordnung.

Diese Geschichte und die deinige, Bruder Manfred, sagte Auguste, haben uns eben alle Lust genommen, noch etwas anzuhören, denn sie sind zu gräßlich.

Et tu, Brute? rief Manfred aus; Schwester, du bist ja meine Schwester, wir sind ja hoffentlich Ein Blut! nicht gegen die eigne Familie und das verwandte Fleisch richte dein Rezensenten-Wüthen. Und du, Clara, warum nicht deinen Zorn gegen unsern Anton wenden, der mit seinem Mährchen zuerst diesen Ton angegeben hat? Aber ich sehe wohl, wir Autoren stehen so wenig hier, wie irgend wo, vor einem unpartheiischen Richterstuhl, die Leidenschaften, Vorliebe und Haß regen sich bei jeder Rezensir-Anstalt. O wohin entfliehen aus dieser verderbten Welt? Ich werde von nun an gar kein Publikum mehr anerkennen!

Wir sollen also, sagte Rosalie sanft und erröthend, auch nicht einmal die kleine Genugthuung haben, zu schelten, wenn man uns durch die Mittel der Dichtkunst fast aus unsern Sinnen geängstigt hat?

Laßt es euch doch für diesmal so gefallen, sagte Manfred, wir wollen euch ein andermal einschläfern und Langeweile genug machen. Habt ihr aber was zu klagen, so klagt über Anton, den ihr selbst zum Könige dieses Tages erwählt habt, und der uns befohlen hat, dergleichen Zeug an den Tag zu fördern.

Es wäre unbillig, sagte Emilie, ihn zu schelten, der uns so anmuthig unterhalten hat, und der nur mit leisem Schreck, wie aus der Ferne, die Schilderung der stillen Einsamkeit wunderbarer und anziehender machte.

Wie ihr nun seid, fuhr Manfred fort, das eine ist vielleicht gut, und das andre darum noch nicht schlimm. Die Phantasie, die Dichtung also wollt ihr verklagen? Aber eure Wirklichkeit! Thut doch nur die Augen auf, angenehme Gegner und Widersacher, und seht, daß es dort, vor euren Augen, hinter eurem Rücken, wenn ihr euch nur erkundigt, weit schlimmer hergeht. Schlimmer und herber, und also, auch viel gräßlicher, weil das Schrecken hier durch nichts Poetisches gemildert wird. Soll ich euch dergleichen Dinge aus dem alltäglichsten Leben, oder aus der Geschichte erzählen? Ich bin nicht von den schwächsten Nerven, aber ich weiß noch wohl, daß ich einige Nächte nicht schlafen konnte, weil mich das Bild des armen gefolterten Grandier die Tage hindurch bei allen meinen Geschäften verfolgte, so daß ich selbst das Buch, worin ich sein Schicksal gelesen, mit Grauen betrachtete. Dieser Mann, ein Geistlicher, ward durch den gemeinsten abgeschmacktesten Neid der Zauberei beschuldigt, unkluge Nonnen stellten sich besessen und klagten ihn als den Urheber ihres Zustandes an; Richelieu, der sich irrigerweise von dem gebildeten und nicht unwitzigen Manne beleidigt glaubte, ging in die verächtliche Kabale ein. Grandier lachte anfangs, aber er ward vor Gericht gezogen, unmenschlich, bis zum Sterben fast, zermartert, und dann auf die grausamste Weise verbrannt. Alle seine Richter waren von seiner Unschuld überzeugt, sein hoher Verfolger am innigsten; eine aufgeklärte witzige Nation spottete über den Prozeß, man besuchte von Paris die besessenen Nonnen als eine unterhaltende Abentheuerlichkeit: und doch wurde diese Abscheulichkeit verübt, unsern Tagen ziemlich nahe, in den Tagen der Philosophie (nicht etwa im sogenannten barbarischen Mittel-Alter), die ehrwürdige Form der Gerechtigkeit wurde gemißbraucht und geschändet, die Religion verhöhnt, und alles dies, worüber unser Eingeweide entbrennt und Rache schreit, hatte weiter keine Folgen, als daß die Pariser den Zermarterten gutmüthig bedauerten. Soll ich euch aus den causes celebres diese ungeheure Begebenheit vorlesen? Oder jene Trauergeschichte, welche erzählt, wie ein Familien-Vater unschuldig auf die Galeeren gesandt wird und dort stirbt, sein Weib und seine unmündige Tochter aber lange im Kerker schmachten müssen, weil ein Prozeß über einen bedeutenden Diebstahl schlecht eingeleitet ward, und die Richter sich vom Stande des Klägers verleiten ließen, übereilt zu verfahren; der unschuldig Beklagte aber Vermögen, Ehre und Leben auf das schmächlichste einbüßte? Die Collekte die das junge Mädchen nachher für ihre Mutter und sich erhielt und erbettelte, konnte ihnen den Vater nicht wieder geben, noch den ungeheuren Jammer von ihrer Seele nehmen. Nicht wahr, diese sind die ächten Gespenstergeschichten? Und wer lebt denn wohl, der nicht dergleichen zu erzählen wüßte, von der Grausamkeit der Menschen, der Bestechlichkeit der Ämter, der Unterdrückung des Armen? Von dem Elend, welches große und kleine Tyrannen erschaffen? Hier könnt ihr euch nirgend trösten und euch sagen: es ist nur ersonnen! die Kunstform beruhigt euer Gemüth nicht mit der Nothwendigkeit, ja ihr könnt oft in diesem Jammer nicht einmal ein Schicksal sehn, sondern nur das Blinde, Schreckliche, das was sagt: so ist es nun einmal! In dergleichen mährchenhaften Erfindungen aber kann ja dieses Elend der Welt nur wie von vielen muntern Farben gebrochen hineinspielen, und ich dächte, auch ein nicht starkes Auge müßte es auf diese Weise ertragen können.

Und wenn du auch Recht hättest, sagte Clara, so bleibe ich doch unerbittlich!

Nun gut, sagte Manfred,

> Sey ganz ein Weib und gieb
> Dich hin dem Triebe, der dich zügellos
> Ergreift und dahin oder dorthin reißt.

Wie macht ihr Zarten, Weichen, Sanftgestimmten, es aber nur in unsern Theatern? Ich habe mich oft verwundern müssen, daß eure Nerven die Abscheulichkeiten aushalten können, die wir doch fast täglich dorten sehen und hören müssen. Ich rede nicht von jenen verfehlten Tragödien, die, um erhaben zu seyn, das Oberste im Menschen zu unterst kehren, denn über diese kann man lächeln und sich an ihnen unterhalten, immer wird doch irgend eine That, Begebenheit oder Schicksal dargestellt, welches mich beruhigt, auch ist hie und da wohl ein Zug oder eine Scene gelungen, die für das Ganze dann gut stehn müssen; sondern von jenem kleinlichen Zwitterschauspiele spreche ich, von jenen Familiengemählden und Hofrathsstücken, von den Hunger- und Elends-Festen, von der Noth und Angst, die bis in den fünften Akt die Seelen zerdrückt, und ein edles Mädchen fast dahin bringt, einen Lump zu heirathen und das brillanteste Herz sitzen zu lassen; oder wo ein hochstrebender Sohn den Vater bestiehlt und zur Verzweiflung bringt, oder Brüder mißhellig sind, Frauen den Schweiß des Gatten verschwenden, und so weiter: denn wer vermöchte die unendliche Variation des großen Einerlei auszusprechen? Bei diesen Jammer-Lustspielen, kann ich nicht läugnen, bin ich ein zu nervenschwacher Zuschauer, um nicht auf das Äußerste verstimmt und im

Innern unglücklich zu werden. Denn diese Dichter haben nicht daran genug, dergleichen Elend nach der Wahrheit zu schildern, wodurch ihre Compositionen bloß unkünstlich würden, sondern sie ziehn mit einem Handgriff, den sie sich alle zu eigen gemacht haben, das Edelste und Höchste der Menschheit, Kindes- und Elternliebe, Freundschaft, die theuersten Verhältnisse, die menschlichsten, natürlichsten und herzlichsten Rührungen in ihre Carikaturen hinein, und schlagen die Töne an, die immer anklingen müssen, wenn ein gutmüthiges Publikum kein heitres Kunstwerk, sondern nur eine prekaire Wahrheit verlangt, und erregen dadurch die Thränenschauer, auf welche sie in ihren Vorreden so stolz sind. Dieser Thränen (ich muß sie selbst vergießen, gesteh ich) sollten wir uns aber schämen, sie sollten uns gerade am meisten in Zorn gegen den Dichter entzünden, der das Höchste und Theuerste zum Niedrigsten macht, und auf dem Trödelmarkt ausbietet. Nicht wahr, es würde uns alle empören, ein Erbstück eines geliebten Vaters, das wir nur unserm kostbarsten Schranke anvertrauen, plötzlich in der schmuzigen Judengasse öffentlich ausstehn zu stehn? Gerade so empören mich jene Dinge, von denen sich unser Publikum so oft erhoben und gebessert fühlt, denn eben die unwürdigste Taschenspielerei jener Autoren ist es, an ihr Machwerk die Empfindungen zu knüpfen, die uns als Menschen ewig heilig und unverletzlich seyn sollen.

Ich verstehe jezt, sagte Emilie, ihren Zorn etwas mehr, der mir oft genug paradox erschien, indem ich sah, daß Sie sich einer gewissen Rührung nicht erwehren konnten.

Wie könnt ihr Weiber, fuhr Manfred in seinem Eifer fort, es nur dulden, daß man eure Mütterlichkeit, eure Liebe, euer zartes Hingeben, eure ehelichen Tugenden, eure Keuschheit, dort als verzerrte Bilder so öffentlich an den Pranger stellt? denn das ist es eigentlich, wie sehr sich alle diese Herrn auch die Miene geben wollen, euch und euren Beruf zu verherrlichen. Und eben so mit den Romanen. In mein Haus soll mir gewiß kein Buch für Mütter, oder Gattinnen, oder Weiber wie sie seyn sollen, und dergleichen Unkraut kommen, aus der Verkehrtheit unsers Treibens erwachsen und von der Eitelkeit des Zeitalters genährt. Und dieselben Herren, die dergleichen wahrhaft unmoralisches Zeug schreiben und preisen, wollen dem Bauer seinen Siegfried, Oktavian und Eulenspiegel nehmen, um die Moralität der niedern Stände nicht verderben zu lassen! Kann es etwas Tolleres und Verkehrteres geben?

Sollte denn aber, sagte Anton, meine Regierung gleich so verstümmelt beginnen, zum gefährlichen Beispiel aller meiner Thronfolger, und diese Abtheilung, die mir zugefallen ist, gar nicht vollendet werden? Was werden dazu unsre Freunde Friedrich, Wilibald und Theodor sagen? Wahrlich, wenn ich meiner Pflicht nur irgend nachleben will, darf ich es nicht zugeben. Die liebenswürdige Clara wird also hiemit für eine Rebellin erklärt, und ihr eine Minute Frist gestattet, sich zu besinnen, widrigenfalls sie sich der Strafe aussetzen wird, daß man ihr ganz allein in der Einsamkeit die Oktavia, oder Armuth und Edelsinn, oder irgend etwas dem Ähnliches, Großartiges vorlesen soll.

Ich ergebe mich, sagte Clara; der furchtbare Herrscher sehe ich, hat zu schreckliche Strafen in seiner Hand, er will uns zwar nicht mit Skorpionen, aber doch mit bösem Gewürm geißeln, und darum ziehe ich es vor, mich dem Lesen dieser Mährchen zu ergeben, wenn denn doch einmal gelesen werden soll. Nur lebe ich der Hofnung, daß die drei Erzählungen, welche noch zurückbleiben, nicht crescendo dieses Grauen erhöhen, sondern uns decrescendo wieder in den ersten Ton zurück führen werden.

Vor allem laßt uns in den Saal treten, sagte Emilie; es ist ungewöhnlich kühl geworden, und unser genesender Beherrscher dürfte von der Abendluft mehr, wie wir von der Poesie zu befürchten haben.

Als man den Garten verlassen und sich im offnen Saale wieder geordnet hatte, sagte Theodor: ich kann wenigstens versichern, daß dasjenige, was ich mitzutheilen habe, schwerlich Schrecken erregen kann.

Von meiner Erfindung kann ich das nehmliche zusagen, fügte Wilibald hinzu.

Wenn Friedrich uns dasselbe verspricht, sagte Clara, so möge denn also diese Mährchenwelt wieder erscheinen.

Nur mit Beschämung, sagte Friedrich, kann ich Ihnen diese Blätter mittheilen, da ich der einzige bin, der seine Erzählung nicht erfunden hat, sondern mich gezwungen sehe, Ihnen einen Jugendversuch vorzulegen, welcher nur eine alte Geschichte nacherzählt. Auch ist die Darstellung so gefaßt, daß ich fürchten muß, dem Gedicht das größte Unrecht gethan zu haben. Doch erlauben Sie mir ohne weitere Entschuldigung anzufangen.

Friedrich las: –

Liebesgeschichte der schönen Magelone und des Grafen Peter von Provence.

1.

Vorbericht.

Ist es dir wohl schon je, vielgeliebter Leser, so recht traurig in die Seele gefallen, wie betrübt es sey, daß das rauschende Rad der Zeit sich immer weiter dreht, und daß bald das zu unterst gekehrt wird, was ehemals hoch oben war? So fährt Ruhm, Glanz, Pracht und weltberühmte Schönheit hin, wie goldene Abendwolken, die hinter fernen Bergen nieder sinken, und nur auf kurze Zeit noch schwachen gelblichen Schimmer hinter sich lassen: die Nacht tritt ernst und feierlich herauf, die schwarzen Heere von Wolken ziehn unter Sternenglanz auf und ab, und der letzte Schein erlöscht furchtsam; Wind fährt durch den Eichenforst und kein Hüttenbewohner denkt an die Röthe des Abends zurück. Im Winkel sitzt wohl ein Knabe in sich versunken und sieht im dämmernden Widerschein der Lampe ein Bild der fröhlichen Morgenröthe; ihm dünkt, er höre schon die muntern Hähne krähen, und wie ein kühler Wind durch die Blätter rauscht und alle Blumen der Wiese aus ihrem stillen Schlafe weckt; er vergißt sich selbst und nickt nach und nach ein, indem das Feuer ausbrennt. Dann kommen Träume über ihn, dann sieht er alles im Glanze der Sonne vor sich: die wohlbekannte Heimath, über die wunderbare fremde Gestalten schreiten, Bäume wachsen hervor, die er nie gesehn, sie scheinen zu reden und menschlichen Sinn, Liebe und Vertrauen zu ihm ausdrücken zu wollen. Wie fühlt er sich der Welt befreundet, wie schaut ihn alles mit zärtlichem Wohlgefallen an! die Büsche flüstern ihm liebe Worte ins Ohr, indem er vorübergeht, fromme Lämmer drängen sich um ihn, die Quelle scheint mit lockendem Murmeln ihn fort führen zu wollen, das Gras unter seinen Füßen quillt frischer und grüner hervor.

Unter diesem Bilde mag dir, geliebter Leser, der Dichter erscheinen, und er bittet, daß du ihm vergönnen mögest, dir seinen Traum vorzuführen. Jene alte Geschichte, die manchen sonst ergötzte, die vergessen ward, und die er gern mit neuem Lichte bekleiden möchte.

Der Dichter sieht bemooste Leichensteine,
Die keiner seiner Freunde kennt,
Dann fühlt er daß beim Mondenscheine
Im Busen fromme Ahndung brennt;
Er steht und sinnt, es rauschen alle Halme,
Es flieht, was ihn von den Gestorbnen trennt,
Freudigen Schrecks er sie als alte Freunde kennt.

Gern wandl' ich in der stillen Ferne,
In unsrer Väter frommen Zeit,

Ich seh, wie jeder sich so gerne
Der alten guten Mährchen freut,
Oft wiederholt ergötzen sie noch immer,
Sie kehren wieder wie dasselbe Mahl,
Der Hörer fühlt des Lebens Lust und Quaal,
Der Liebe holden Frühlingsschimmer.

Ob Ihr die alten Töne gerne hört?
Das Lied aus längst verfloßnen Tagen?
Verzeiht dem Sänger, den es so bethört,
Daß er beginnt das Mährchen anzusagen.

2.

Wie ein fremder Sänger an den Hof des Grafen von Provence kam.

In der Provence herrschte vor langer Zeit ein Graf, der einen überaus schönen und herrlichen Sohn hatte, welcher als die Freude des Vaters und der Mutter erwuchs. Er war groß und stark, und glänzende blonde Haare flossen um seinen Nacken und beschatteten sein zartes jugendliches Gesicht; dabei war er in aller Waffenübung wohl erfahren, keiner führte im Lande und auch außerhalb die Lanze und das Schwerdt so wie er, so daß ihn Jung und Alt, Groß und Klein, Adel und Unadel bewunderte.

Er war oft gern in sich gekehrt, als wenn er irgend einem geheimen Wunsche nachhinge, und viele erfahrene Leute glaubten und schlossen daher, er sey in Liebe; es wollte ihn darum keiner aus seinen Träumen aufwecken, weil sie wohl wußten, daß die Liebe ein süßer Ton ist, der im Ohre schläft und wie aus einem Traume seine phantasiereiche Melodie fortredet, so daß ihn der Beherberger selbst nur wie ein dunkles Räthsel versteht, geschweige denn ein Fremder, und daß er oft nur allzuschnell entflieht, und seine Wohnung in dem Äther und goldenen Morgenwolken wieder sucht.

Aber der junge Graf Peter kannte seine eigenen Wünsche nicht; es war ihm, als wenn ferne Stimmen unvernehmlich durch einen Wald riefen, er wollte folgen, und Furcht hielt ihn zurück, doch Ahndung drängte ihn vor.

Sein Vater gab ein großes Turnier, zu welchem viele Ritter geladen wurden. Es war ein Wunder anzusehn, wie der zarte Jüngling die Erfahrensten aus dem Sattel hob, so daß es auch allen Zuschauern unbegreiflich schien. Er ward von allen gerühmt und für den besten und stärksten geachtet; aber kein Lob machte ihn stolz, sondern er schämte sich manchmal selber, daß er so alte und würdige Rittersmänner sollte überwunden haben.

Unter andern war auch ein Sänger mit herbei gekommen, der viele fremde Länder gesehen hatte, er war kein Ritter, aber an Einsicht und Erfahrung übertraf er manchen Edlen. Dieser gesellte sich zu Graf Peter und lobte ihn ungemein, schloß aber seine Rede mit diesen Worten: Ritter, wenn ich Euch rathen sollte, so müßt ihr nicht hier bleiben, sondern fremde Gegenden und Menschen sehn und wohl betrachten, auf daß sich eure Einsichten, die in der Heimath nur immer einheimisch bleiben, verbessern, und Ihr am Ende das Fremde mit dem Bekannten verbinden könnt.

Er nahm seine Laute und sang:

Keinen hat es noch gereut
Der daß Roß bestiegen,
Um in frischer Jugendzeit
Durch die Welt zu fliegen.

Berge und Auen,
Einsamer Wald,
Mädchen und Frauen
Prächtig im Kleide,
Golden Geschmeide,
Alles erfreut ihn mit schöner Gestalt.

Wunderlich fliehen
Gestalten dahin,
Schwärmerisch glühen
Wünsche im jugendlich trunkenen Sinn.

Ruhm streut ihm Rosen
Schnell in die Bahn,
Lieben und Kosen,
Lorbeer und Rosen
Führen ihn höher und höher hinan.

Rund um ihn Freuden,
Feinde beneiden,
Erliegend, den Held, –
Dann wählt er bescheiden
Das Fräulein das ihm nur vor allen gefällt.

Und Berge und Felder
Und einsame Wälder
Mißt er zurück.
Die Eltern in Thränen,
Ach alle ihr Sehnen, –
Sie alle vereinigt das lieblichste Glück.

Sind Jahre verschwunden,
Erzählt er dem Sohn
In traulichen Stunden,
Und zeigt seine Wunden,
Der Tapferkeit Lohn.
So bleibt das Alter selbst noch jung,
Ein Lichtstrahl in der Dämmerung.

Der Jüngling hörte still dem Gesange zu; als er geendigt war, blieb er eine Weile in sich gekehrt, dann sagte er: ja, nunmehr weiß ich, was mir fehlt, ich kenne nun alle meine Wünsche, in der Ferne wohnt mein Sinn, und mancherlei wechselnde buntfarbige Bilder ziehn durch mein Gemüth. Keine größere Wollust für den jungen Rittersmann, als durch Thal und über Feld dahin ziehn: hier liegt eine hoch erhabene Burg im Glanz der Morgensonne, dort tönt über die Wiese durch den dichten Wald des Schäfers Schallmey, ein edles Fräulein fliegt auf einem weißen Zelter vorüber, Ritter und Knappen begegnen mir in blanker Rüstung und Abentheuer drängen sich; ungekannt zieh ich durch die berühmten Städte, der wunderbarste Wechsel, ein ewig neues Leben umgiebt mich, und ich begreife mich selber kaum, wenn ich an die Heimath und den stets wieder kehrenden Kreis der hiesigen Begebenheiten zurück denke. O ich möchte schon auf meinem guten Rosse sitzen, ich möchte sogleich dem väterlichen Hause Lebewohl sagen.

Er war von diesen neuen Vorstellungen erhitzt, und ging sogleich in das Gemach seiner Mutter, wo er auch den Grafen seinen Vater traf. Peter ließ sich alsbald demüthig auf ein Knie nieder und trug seine Bitte vor, daß seine Eltern ihm erlauben möchten zu reisen und Abentheuer aufzusuchen; denn, so schloß er seine Rede: wer immer nur in der Heimath bleibt, behält auch für seine Lebenszeit nur einen einheimischen Sinn, aber in der Fremde lernt man das Niegesehene mit dem Wohlbekannten verbinden, darum versagt mir Eure Erlaubniß nicht.

Der alte Graf erschrack über den Antrag seines Sohnes, noch mehr aber die Mutter, denn sie hatten sich dessen am wenigsten versehn. Der Graf sagte: mein Sohn, deine Bitte kömmt mir ungelegen, denn du bist mein einziger Erbe; wenn ich nun während deiner Abwesenheit mit Tode abginge, was sollte da aus meinem Lande werden? Aber Peter blieb bei seinem Gesuch, worüber die Mutter anfing zu weinen und zu ihm sagte: Lieber, einziger Sohn, du hast noch kein Ungemach des Lebens gekostet und siehst nur deine schönen Hofnungen vor dir; allein bedenke, daß es gar wohl seyn kann, daß, wenn du abreisest, tausend Mühseligkeiten schon bereit stehn, um dir in den Weg zu treten; du hast dann vielleicht mit Elend zu kämpfen, und wünschest dich zu uns zurück.

Peter lag noch immer demüthig auf den Knien und antwortete: Vielgeliebte Eltern, ich kann nicht dafür, aber es ist jezt mein einziger Wunsch, in die weite fremde Welt zu reisen, um Freud und Mühseligkeit zu erleben, und dann als ein bekannter und geehrter Mann in die Heimath zurück zu kehren. Dazu seid ihr ja auch, mein Vater, in eurer Jugend in der Fremde gewesen, und habt euch weit und breit einen Namen gemacht; aus einem fremden Lande habt ihr euch meine Mutter zum Gemahl geholt, die damals für die größte Schönheit geachtet wurde; laßt mich ein gleiches Glück versuchen, seht, mit Thränen bitte ich euch darum.

Er nahm eine Laute, die er sehr schön zu spielen verstand, und sang das Lied, das er vom Harfenspieler gelernt hatte, und am Schlusse weinte er heftig. Die Eltern waren auch gerührt, besonders aber die Mutter; sie sagte: nun, so will ich dir meinerseits meinen Seegen geben, geliebter Sohn, denn es ist freilich alles wahr, was du da gesagt hast. Der Vater stand gleichfalls auf und seegnete ihn, und Peter war im Herzen vergnügt, daß er so die Einwilligung seiner Eltern erhalten hatte.

Es ward nun Befehl gegeben, alles zu seinem Zuge zu rüsten, und die Mutter ließ Petern heimlich zu sich kommen. Sie gab ihm drei kostbare Ringe und sagte: Siehe, mein Sohn, diese drei kostbaren Ringe habe ich von meiner Jugend an sorgfältig bewahrt; nimm sie mit dir und halte sie in Ehren, und so du ein Fräulein findest, daß du liebst und das dir wieder gewogen ist, so darfst du sie ihr schenken. Er küßte dankbar ihre Hand, und es kam der Morgen, an welchem er von dannen schied.

3.

Wie der Ritter Peter von seinen Eltern zog.

Als Peter sein Pferd besteigen wollte, seegnete ihn sein Vater noch einmal, und sagte zu ihm: mein Sohn, immer möge dich das Glück begleiten, so daß wir dich gesund und wohlbehalten wieder sehen; denke stets meiner Lehren, die ich deiner zarten Jugend einprägte: suche die gute und meide die böse Gesellschaft; halte immer die Gesetze des Ritterstandes in Ehren, und vergiß sie in keinem Augenblicke, denn sie sind das edelste, was die edelsten Männer in ihren besten Stunden erdacht haben; sei immer redlich, wenn du auch betrogen wirst, denn das ist der Probierstein des Wackern, daß er selten auf rechtliche Menschen trifft, und doch sich selber gleich bleibt. – Lebe wohl! –

Peter ritt fort, allein und ohne Knappen, denn er wollte allenthalben, wie es oft die jungen Ritter zu thun pflegten, unbekannt bleiben. Die Sonne war herrlich aufgegangen, und der frische Thau glänzte auf den Wiesen. Peter war frohen Muthes und spornte sein gutes Roß, daß es oft muthig aufsprang. Es lag ihm ein altes Lied im Sinne und er sang es laut:

Traun! Bogen und Pfeil
Sind gut für den Feind,
Hülflos alleweil
Der Elende weint;
Dem Edlen blüht Heil
Wo Sonne nur scheint,
Die Felsen sind steil,
Doch Glück ist sein Freund.

Er kam nach vielen Tagereisen in die edle und vornehme Stadt Neapolis. Schon unterwegs hatte er viel vom Könige und seiner überaus schönen Tochter Magelone reden hören, so daß er sehr begierig war, sie von Angesicht zu Angesicht zu sehn. Er stieg in einer Herberge ab, und erkundigte sich nach Neuigkeiten; da hörte er vom Wirthe, daß ein vornehmer Ritter, Herr Heinrich von Carpone angekommen sey, und daß ihm zu Ehren ein schönes Turnier gehalten werden solle. Er erfuhr zugleich, daß auch den Fremden der Zutritt erlaubt sey, wenn sie nach den Turniergesetzen geharnischt erschienen. Da nahm sich Peter sogleich vor, auch dabei zu seyn, und seine Geschicklichkeit und Stärke zu versuchen.

4.

Peter sieht die schöne Magelone.

Als der Tag des Turniers erschienen war, legte Peter seine Waffenrüstung an, und begab sich in die Schranken. Er hatte sich auf seinen Helm zwei schöne silberne Schlüssel setzen lassen, von ungemein feiner Arbeit, so war auch sein Schild mit Schlüsseln geziert, auch die Decke seines Pferdes. Dies hatte er seinem Namen zu Gefallen gethan und zu Ehren des Apostels Petrus, den er sehr liebte. Von Jugend auf hatte er sich ihm zum Schirm und Schutz empfohlen, und deswegen wählte er sich auch jetzt dieses Wahrzeichen, da er unbekannt bleiben wollte.

Unter Trompetenschall trat ein Herold auf, der das Turnier ausrief, das zu Ehren der schönen Magelone eröffnet wurde. Sie selbst saß auf einem erhabenen Söller und sah auf die Versammlung der Ritter hinab. Peter schaute hinauf, er konnte sie aber nicht genau betrachten, weil sie zu entfernt war.

Herr Heinrich von Carpone trat zuerst in die Schranken und gegen ihn stellte sich ein Ritter des Königes. Sie trafen auf einander und der Königsche wurde bügellos, aber er traf zufälligerweise mit seiner Lanze das Pferd des

Herrn Heinrich vorn an den Schienbeinen, so daß das Roß mit seinem Reuter zu Boden stürzte. Darüber wurde dem Diener des Königes der Sieg zugesprochen, als einem, der den Herrn Heinrich umgerennt hätte. Das verdroß Petern gar sehr, denn Herr Heinrich war ein nahmhafter Renner; dazu so berühmte sich der Diener laut und öffentlich seines Sieges, den er doch nur dem Zufall zu danken hatte. Peter stellte sich also gegen ihn in die Schranken und rannte ihn vom Pferde hinunter, daß sich alle über seine Kraft verwundern mußten; er that aber zu aller Erstaunen noch mehr, denn er machte auch bald die übrigen Sättel ledig, so daß sich in kurzer Zeit kein Gegner vor ihm mehr finden ließ. Darüber waren alle begierig, den Namen des fremden Ritters zu wissen, und der König von Neapel schickte selbst seinen Herold an ihn ab, um ihn zu erfahren; aber Peter bat in Demuth um die Erlaubniß, daß man ihm noch ferner erlauben möchte, unbekannt zu bleiben, denn sein Name sei dunkel und von keinen Thaten verherrlicht; dazu so sey er ein armer geringer Edelmann aus Frankreich, er wolle seinen Namen daher so lange verschweigen, bis er es durch Thaten werth geworden sey, sich nennen zu dürfen. Den König freute diese Antwort, weil sie ein Beweis von der Bescheidenheit des Ritters war.

Es währte nicht lange, so wurde ein zweites Turnier gehalten, und die schöne Magelone wünschte heimlich im Herzen, daß sie des Ritters mit den silbernen Schlüsseln wieder ansichtig werden möchte; denn sie war ihm zugethan, hatte es aber noch Niemand anvertraut, ja sich selber kaum, denn die erste Liebe ist zaghaft, und hält sich selbst für einen Verräther. Sie ward roth, als Peter wieder mit seiner kenntlichen Waffenrüstung in die Schranken trat, und nun die Trommeten schmetterten, und bald darauf die Spieße an den Schilden krachten. Unverwandt blickte sie auf Peter, und er blieb in jedem Kampfe Sieger; sie verwunderte sich endlich darüber nicht mehr, weil ihr war, als könne es nicht anders seyn. Die Feierlichkeit war geendigt, und Peter hatte von neuem großes Lob und große Ehre eingesammelt.

Der König ließ ihn an seine Tafel laden, wo Peter der Prinzessin gegenüber saß und über ihre Schönheit erstaunte, denn er sah sie jezt zum erstenmal in der Nähe. Sie blickte immer freundlich auf ihn hin, und dadurch kam er in große Verwirrung; sein Sprechen belustigte den König, und sein edler und kräftiger Anstand setzte das Hofgesinde in Erstaunen. Im Saale kam er nachher mit der Prinzessin allein zu sprechen, und sie lud ihn ein, öfter wieder zu kommen, worauf er Abschied nahm, und sie ihn noch zuletzt mit einem sehr freundlichen Blicke entließ.

Peter ging wie berauscht durch die Straßen, er eilte in einen schönen Garten, und wandelte mit verschränkten Armen auf und nieder, bald langsam, bald schnell, und die Zeit verfloß, ohne daß er begreifen konnte, wie die Stunden vorüber waren. Er hörte nichts um sich her, denn eine innerliche Musik übertönte das Flüstern der Bäume und das rieselnde Plätschern der Wasserkünste. Tausendmal sagte er sich in Gedanken den Namen Magelone vor, und erschrack dann plözlich, weil er glaubte, er habe ihn laut durch den Garten ausgerufen. Gegen Abend erscholl in der Gegend eine süße Musik, und nun setzte er sich ins frische Gras hinter einem Busche und weinte und schluchzte; es war ihm, als wenn sich der Himmel umgewendet und nun seine Schönheit und paradisische Seite zum erstenmal herausgekehrt hätte; und doch machte ihn diese Empfindung so unglücklich, unter allen Freuden fühlte er sich so gänzlich verlassen. Die Musik floß wie ein murmelnder Bach durch den stillen Garten, und er sah die Anmuth der Fürstin auf den silbernen Wellen hoch einher schwimmen, wie die Wogen der Musik den Saum ihres Gewandes küßten, und wetteiferten, ihr nachzufolgen; gleich einer Morgenröthe schien sie in die dämmernde Nacht hinein, und die Sterne standen in ihrem Laufe still, die Bäume hielten sich ruhig und die Winde schwiegen; die Musik war jezt die einzige Bewegung, das einzige Leben in der Natur, und alle Töne schlüpften so süß über die Grasspitzen und durch die Baumwipfel hin, als wenn sie die schlafende Liebe suchten und sie nicht wecken wollten, als wenn sie, so wie der weinende Jüngling, zitterten, bemerkt zu werden.

Jezt erklangen die lezten Accente, und wie ein blauer Lichtstrom versank der Ton, und die Bäume rauschten wieder, und Peter erwachte aus sich selber und fühlte, daß seine Wange von Thränen naß sey. Die Springbrunnen plätscherten stärker und führten von den entferntesten Gegenden des Gartens her laute Gespräche. Peter sang leise folgendes Lied:

Sind es Schmerzen, sind es Freuden,
Die durch meinen Busen ziehn?
Alle alten Wünsche scheiden,
Tausend neue Blumen blühn.

Durch die Dämmerung der Thränen
Seh ich ferne Sonnen stehn, –
Welches Schmachten! Welches Sehnen!
Wag ichs? soll ich näher gehn?

Ach, und fällt die Thräne nieder
Ist es dunkel um mich her,
Dennoch kömmt kein Wunsch mir wieder
Zukunft ist von Hofnung leer.

So schlage denn, strebendes Herz,
So fließet denn Thränen herab,
Ach Lust ist nur tieferer Schmerz,
Leben ist dunkeles Grab. –
Ohne Verschulden
Soll ich erdulden?

Wie ists, daß mir im Traum
  Alle Gedanken
  Auf und nieder schwanken!
Ich kenne mich noch kaum.

O hört mich ihr gütigen Sterne,
O höre mich, grünende Flur,
Du, Liebe, den heiligen Schwur:
  Bleib ich ihr ferne,
  Sterb ich gerne.
Ach! nur im Licht von ihrem Blick
Wohnt Leben und Hofnung und Glück!

Er hatte sich selber etwas getröstet, und schwur sich, Magelonens Liebe zu erwerben, oder unterzugehn. Spät in der Nacht ging er nach Hause und setzte sich in seinem Zimmer nieder, und sprach sich jedes Wort wieder vor, das sie ihm gesagt hatte; bald glaubte er Ursach zu finden, sich zu freuen, dann wurde er wieder betrübt, und war von neuem in Zweifel. Er wollte seinem Vater schreiben und richtete in Gedanken die Worte an Magelonen, und trauerte dann über seine Zerstreuung, daß er es wage, ihr zu schreiben, die er nicht kenne. Nun erschrack er vor dem Gedanken, daß ihm das Wesen fremd sey, welches er vor allen übrigen in der Welt so unaussprechlich theuer liebe.

Ein süßer Schlummer überraschte ihn endlich und durchstrich seine Zweifel und Schmerzen, und wunderbare Träume von Liebe und Entführungen, einsamen Wäldern und Stürmen auf dem Meere, tanzten in seinem Gemach auf und nieder, und bedeckten wie schöne bunte Tapeten die leeren Wände.

5.

Wie der Ritter der schönen Magelone Bothschaft sandte.

In derselben Nacht war Magelone eben so bewegt als ihr Ritter. Es däuchte ihr, als könne sie sich auf ihrem einsamen Zimmer nicht lassen; sie ging oft an das Fenster und sah nachdenklich in den Garten hinab, und alles war ihr trübe und schwermüthig; sie behorchte die Bäume, die gegen einander rauschten, dann sah sie nach den Sternen, die sich im Meere spiegelten; sie warf es dem Unbekannten vor, daß er nicht im Garten unter ihrem Fenster stehe, dann weinte sie, weil sie gedachte, daß es ihm unmöglich sey. Sie warf sich auf ihr Bett, aber sie konnte nur wenig schlafen, und wenn sie die Augen schloß, sah sie das Turnier und den geliebten Unbekannten, welcher Sieger ward und mit sehnsüchtiger Hofnung zu ihrem Altan hinauf blickte. Bald weidete sie sich an diesen Phantasien, bald schalt sie auf sich selber; erst gegen Morgen fiel sie in einen leichten Schlummer.

Sie beschloß, ihre Zuneigung ihrer geliebten Amme zu entdecken, vor der sie kein Geheimniß hatte. In einer traulichen Abendstunde sagte sie daher zu ihr: Liebe Amme, ich habe schon seit lange etwas auf dem Herzen, welches mir fast das Herz zerdrückt; ich muß es dir nur endlich sagen und du mußt mir mit deinem mütterlichen Rathe beistehn, denn ich weiß mir selber nicht mehr zu rathen. Die Amme antwortete: vertraue dich mir, geliebtes Kind, denn eben darum bin ich älter und liebe dich wie eine Mutter, daß ich dir guten Anschlag geben möge, denn freilich weiß sich die Jugend nie selber zu helfen.

Da die Prinzessin diese freundlichen Worte von ihrer Amme hörte, ward sie noch dreister und zutraulicher, und fuhr daher also fort: o Gertraud, hast du wohl den unbekannten Ritter mit den silbernen Schlüsseln bemerkt? Gewiß hast du ihn gesehn, denn er ist der einzige, der bemerkenswerth war, alle übrigen dienten nur, ihn zu verherrlichen, allen Sonnenschein des Ruhms auf ihn zu häufen, und selbst in dunkler einsamer Nacht zu wohnen. Er ist der einzige Mann, der schönste Jüngling, der tapferste Held. Seit ich ihn gesehn habe, sind meine Augen unnütz, denn ich sehe nur meine Gedanken, in denen er wohnt, wie er in aller seiner Herrlichkeit vor mir steht. Wüßte ich nur noch, daß er aus einem hohen Geschlechte sey, so wollte ich alle meine Hofnung auf ihn setzen. Aber er kann aus keinem unedlen Hause stammen, denn wer wäre alsdann edel zu nennen? O antworte mir, tröste mich, liebe Amme, und gieb mir nun Rath.

Die Amme erschrack sehr, als sie diese Rede verstanden hatte; sie antwortete: liebes Kind, schon seit lange waren meine Erwartungen so wie meine Neugier darauf gerichtet, daß du mir gestehn solltest, welchen von den Edlen des Königreichs, oder welchen Auswärtigen du liebtest, denn selbst die Höchsten und sogar Könige begehren dein. Aber warum hast du nun deine Neigung auf einen Unbekannten geworfen, von dem Niemand weiß, woher er gekommen? Ich zittre, wenn der König, dein Vater, deine Liebe bemerkt.

Nun und warum zitterst du? fiel ihr Magelone mit heftigem Weinen in die Rede. Wenn er sie bemerkt, so wird er zürnen, der fremde Ritter wird den Hof und das Land verlassen, und ich werde in treuer hofnungsloser Liebe sterben; und sterben muß ich, wenn der Unbekannte mich nicht wieder liebt, wenn ich auf ihn nicht die Hofnung der ganzen Zukunft setzen darf. Alsdann bin ich zur Ruhe, und weder mein Vater noch du, keiner wird mich je mehr verfolgen.

Da die Amme diese Worte hörte, ward sie sehr betrübt und weinte ebenfalls. Höre auf mit deinen Thränen, liebes Kind, so rief sie schluchzend aus; alles will ich ertragen, nur kann ich dich unmöglich weinen sehn, es ist mir, als müßte ich das größte Elend der Erden erdulden, wenn dein liebes Gesicht nicht freundlich ist.

Nicht wahr, man muß ihn lieben? sagte Magelone, und umarmte ihre Amme. Ich hätte nie einen Mann geliebt, wenn mein Auge ihn nicht gesehn hätte; wär es also nicht Sünde, ihn nicht zu lieben, da ich so glücklich gewesen bin, ihn zu finden? Gieb nur Acht auf ihn, wie alle Vortreflichkeiten, die sonst schon einzeln andre Ritter edel machen, in ihm vereinigt glänzen; wie einnehmend sein fremder Anstand ist, daß er die hiesige Italiänische Sitte nicht in seiner Gewalt hat, wie seine stille Bescheidenheit weit mehr wahre Höflichkeit ist, als die studirte und gewandte Galanterie der hiesigen Ritter. Er ist immer in Verlegenheit, daß er Niemand besseres ist, als er, und doch sollte er stolz darauf seyn, daß er niemand anders ist, denn so wie er ist, ist er das Schönste, was die Natur nur je hervor gebracht hat. O such ihn auf, Gertraud, und frage ihn nach seinem Stand und Namen, damit ich weiß, ob ich leben oder sterben muß; wenn ich ihn fragen lasse, wird er kein Geheimniß daraus machen, denn ich möchte vor ihm kein Geheimniß haben.

Als der Morgen kam ging die Amme in die Kirche und betete; sie sah den Ritter, der auch in einem andächtigen Gebete auf den Knien lag. Als er geendet hatte, näherte er sich der Amme und grüßte sie höflich, denn er kannte sie und hatte sie am Hofe gesehn. Die Amme richtete den Auftrag des Fräuleins aus, daß sie ihn um seinen Stand und Namen ersuche, weil es einem so edlen Manne nicht gezieme, sich verborgen zu halten.

Peter bekam eine große Freude und das Herz schlug ihm, denn er sah aus diesen Worten, daß ihn Magelone liebe; worauf er sagte: man erlaube mir, meinen Namen noch zu verschweigen, aber das könnt Ihr der Prinzessin sagen, daß ich aus einem hohen adelichen Geschlechte bin, und daß der Name meiner Ahnherrn in den Geschichtsbüchern rühmlich bekannt ist. Nehmt indeß dies zum Angedenken meiner, und laßt es einen kleinen Lohn seyn für die fröhliche Bothschaft, so Ihr mir wider alles Verhoffen gebracht habt.

Er gab hierauf der Amme einen von den dreien köstlichen Ringen, und Gertraud eilte sogleich zur Prinzessin, ihr die erhaltene Kundschaft anzusagen, auch zeigte sie ihr den köstlichen Ring, der allein schon bewies, daß der Ritter aus einem vornehmen Hause stammen müsse. Er hatte der Amme zugleich ein Pergamentblatt mitgegeben, in Hofnung, daß Magelone die Worte lesen würde, die er im Gefühl seiner Liebe niedergeschrieben hatte.

Liebe kam aus fernen Landen
Und kein Wesen folgte ihr,
Und die Göttin winkte mir,
Schlang mich ein mit süßen Banden.

Da begann ich Schmerz zu fühlen,
Thränen dämmerten den Blick:
Ach! was ist der Liebe Glück,
Klagt' ich, wozu dieses Spielen?

Keinen hab' ich weit gefunden,
Sagte lieblich die Gestalt,
Fühle du nun die Gewalt,
Die die Herzen sonst gebunden.

Alle meine Wünsche flogen
In der Lüfte blauen Raum,
Ruhm schien mir ein Morgentraum,
Nur ein Klang der Meereswogen.

Ach! wer löst nun meine Ketten?
Denn gefesselt ist der Arm,
Mich umfleugt der Sorgen Schwarm;
Keiner, keiner will mich retten?

Darf ich in den Spiegel schauen,
Den die Hofnung vor mir hält?
Ach, wie trügend ist die Welt!
Nein, ich kann ihr nicht vertrauen.

O und dennoch laß nicht wanken
Was dir nur noch Stärke giebt,
Wenn die Einzge dich nicht liebt,
Bleibt nur bittrer Tod dem Kranken.

Dieses Lied rührte Magelonen; sie las es und las es von neuem, es war ganz ihre eigene Empfindung, wie von einem Echo nachgesprochen. Sie betrachtete den köstlichen Ring, und bat die Amme flehentlich, ihr denselben gegen ein andres Kleinod auszutauschen; die Amme wurde betrübt, da sie sahe, daß das Herz der Prinzessin so ganz von Liebe eingenommen sey, sie sagte daher: mein Kind, es schmerzt mich innig, daß du dich einem Fremden gleich so willig und ganz hingeben willst. Magelone wurde sehr zornig, als sie diese Worte hörte. Fremd? rief sie aus; o wer ist dann meinem Herzen nahe, wenn er mir fremd ist? Wehe müsse dir deine Zunge auf lange thun, für diese Rede, denn sie hat mein Herz gespalten. Wie kann er mir denn fremd seyn, wenn ich selbst mein eigen bin, da er nichts ist, als was ich bin, da ich nur das seyn kann, was er mir zu seyn vergönnt? Die Luft, den Athem, das Leben, alles, alles darf ich ihm nur danken, mein Herz gehört mir selbst nicht mehr, seit ich ihn kenne; o, liebe Gertraud, was wär ich in der Welt, und was wäre die ganze unermeßliche Welt mir, wenn er mir fremd seyn müßte?

Gertraud tröstete sie, und die Prinzessin legte sich schlafen, vorher aber hing sie an einer feinen Perlenschnur den Ring um den Nacken, daß er ihr auf der Brust zu liegen kam. Im Schlafe sah sie sich in einem schönen und lustigen Garten, der hellste Sonnenschein flimmerte auf allen grünen Blättern, und wie von Harfensaiten tönte das

Lied ihres Geliebten aus dem blauen Himmel herunter, und goldbeschwingte Vögel staunten zum Himmel hinauf und merkten auf die Noten; lichte Wolken zogen unter der Melodie hinweg und wurden rosenroth gefärbt und tönten wieder. Dann kam der Unbekannte in aller Lieblichkeit aus einem dunkeln Gange, er umarmte Magelonen und steckte ihr einen noch köstlichern Ring an den Finger, und die Töne vom Himmel herunter schlangen sich um beide wie ein goldenes Netz, und die Lichtwolken umkleideten sie, und sie waren von der Welt getrennt nur bei sich selber und in ihrer Liebe wohnend, und wie ein fernes Klagegetön hörten sie Nachtigallen singen und Büsche flüstern, daß sie von der Wonne des Himmels ausgeschlossen waren.

Als Magelone von ihrem schönen Traume erwachte, erzählte sie alles der Amme, und diese sah jezt ein, daß sie ihren ganzen Sinn auf den Unbekannten gesetzt hätte, und daß er ihr Glück oder Unglück seyn müsse, worüber sie sehr nachdenklich wurde.

6.

Wie der Ritter Magelonen einen Ring übersandte.

Die Amme wandte vielen Fleiß an, den Ritter wieder anzutreffen, und es geschah, daß sie sich in derselben Kirche wieder fanden. Peter war froh, als er die Amme ansichtig wurde, und ging sogleich auf sie zu und erkundigte sich nach dem Fräulein. Sie erzählte ihm alles, wie sie für großer Liebe den Ring für sich behalten, und die geschriebenen Worte gelesen, und wie sie in der Nacht von ihm geträumt. Peter ward roth vor Freuden, als er diese Umstände erzählen hörte und sagte: Ach, liebe Amme, sagt ihr doch die Empfindungen meines Herzens, und daß ich vor Sehnsucht verschmachten muß, wenn ich sie nicht bald sprechen kann; spreche ich sie aber mündlich, so will ich ihr, wie ich sonst Niemand thue, meinen Stand und Namen entdecken; aber ich liebe sie mit einer Liebe, wie kein andres Herz es fähig ist, und alle meine Gebete zum Himmel sind nur der Wunsch, daß ich sie zum ehelichen Gemahl überkommen möchte, und daß ihre Gedanken nur etlichermaßen so nach mir gerichtet wären, wie die meinigen zu ihr. Gebt ihr auch diesen Ring, und bittet sie, ihn als ein geringes Andenken von mir zu tragen.

Die Amme eilte schnell zu Magelonen zurück, die vor übergroßer Liebe krank war und auf ihrem Ruhebette lag. Sie sprang auf, als sie ihre Kundschafterin erblickte, umarmte sie und fragte nach Neuigkeiten. Die Amme erzählte ihr alles und gab ihr auch den kostbaren Ring. Sieh! rief die Prinzessin aus, das ist eben der Ring, von dem ich geträumt habe; o! so muß auch das übrige in Erfüllung gehn. Ein Blatt enthielt dieses Lied:

Willst du des Armen
Dich gnädig erbarmen?
So ist es kein Traum?
Wie rieseln die Quellen,
Wie tönen die Wellen,
Wie rauschet der Baum!

Tief lag ich in bangen
Gemäuern gefangen,
Nun grüßt mich das Licht;
Wie spielen die Strahlen!
Sie blenden und mahlen
Mein schüchtern Gesicht.

Und soll ich es glauben?
Wird keiner mir rauben
Den köstlichen Wahn?
Doch Träume entschweben,
Nur lieben heißt leben:
Willkommene Bahn!

Wie frei und wie heiter!
Nicht eile nun weiter,
Den Pilgerstab fort!
Du hast überwunden,
Du hast ihn gefunden,
Den seligsten Ort!

Magelone sang das Lied, dann küßte sie den Ring, und dann auch den ersten, um ihn nicht zu kränken; dann las sie die Worte von neuem, und sprach sie laut, und so trieb sie es in der Einsamkeit bis spät in die Nacht.

7.

Wie der edle Ritter wieder eine Bothschaft empfing von der schönen Magelone.

Der Ritter befand sich am folgenden Morgen wieder in der Kirche, weil er hofte, von der Geliebten seiner Seele dort eine Nachricht zu überkommen. Die Amme fand ihn, und es traf sich, daß sie beide in der Kirche allein waren. Er erkundigte sich nach Magelonen und die Amme Gertraud erzählte ihm alles, worauf sie sagte: Wenn Ihr mir versichert, Herr Ritter, daß Ihr mein Fräulein in aller Zucht und Tugend lieben wollt, so will ich euch auch nunmehr sagen, wo Ihr sie sprechen könnt. Peter ließ sich auf ein Knie nieder und hob seine Finger in die Höhe. Ich schwöre, sagte er, daß meine reinsten Gedanken stets um Magelone sind; ich liebe sie in aller Zucht und Anständigkeit, wie es dem ehrbaren Ritter ziemt, und so dies nicht wahr ist, so verlasse mich Gott in meiner allergrößten Noth. Amen! Die Amme war mit diesem Schwure wohl zufrieden, sie vertraute ihm nun gänzlich und sagte: ich sehe, daß ihr nicht nur der tapferste, sondern auch der edelste Ritter seid auf Gottes weiter Erde; Ihr sollt euch daher auch alles Beistandes von mir gewärtiget seyn. Ihr seid glücklich in Magelonen und sie ist glücklich in euch; macht euch daher morgen Nachmittag fertig, durch die heimliche Pforte des Gartens zu gehn, und sie dann auf meiner Kammer zu sprechen. Ich will euch allein lassen, damit ihr ganz unverholen eure Herzensmeinungen ausreden könnt.

Sie nannte ihm die Stunde, und verließ ihn. Der Ritter stand noch lange und sah ihr im trunkenen Staunen nach, denn er vertraute dem nicht, was er gehört hatte. Das Glück, das er so sehnlichst erharrt, rückte ihm nun so unerwartet näher, daß er es im frohen Entsetzen nicht zu genießen wagte. Der Mensch erschrickt über den Zufall, selbst wenn er ihn glücklich macht; wenn unser Schicksal sich plötzlich zur Wonne umändert, so zweifeln wir in diesem Augenblicke gar zu leicht an der Wirklichkeit des Lebens. Dies dachte auch Peter bei sich, als er alle seine Sinne in trüber Verwirrung bemerkte. Wie bin ich so vom Glücke überschüttet, rief er aus, daß ich gar nicht zu mir selber kommen kann! Wie wohl würde mir jezt ein Besinnen auf meinen Zustand thun, aber es ist unmöglich! Wenn wir unsre kühnen Hofnungen in der Ferne sehn, so freuen wir uns an ihrem edlen Gange, an ihren goldnen Schwingen, aber jezt flattern sie mir plözlich so nahe ums Haupt, daß ich weder sie noch die übrige Welt wahrzunehmen vermag.

Er ging nach Hause, und glaubte in manchen Augenblicken, die Zeit stehe seit der Stunde still, in der er die treue Amme gesprochen hatte, denn es wollte nicht Abend werden; als es Abend war, saß er ohne Licht in seiner Kammer und betrachtete die Wolken und Sterne, und sein Herz schlug ihm ungestüm, wenn er dann plötzlich an sich und Magelonen dachte. Er glaubte nicht, daß es wieder Tag werden könne, und daß es die bezeichnete Stunde wagen werde, herauf zu kommen. Eingedämmert von Erwartungen, banger Sehnsucht und ängstlicher Hofnung, schlief er auf seinem Ruhebette ein, und erwachte, als muntre Sonnenstrahlen in seine Kammer herein spielten, und hell und fröhlich an den Wänden zuckten.

Er raffte sich auf, und dachte, was er ihr sagen wolle; er erschrack jezt vor dem Gedanken, daß er sie sprechen müsse; dennoch war es sein herzinniglichster Wunsch, er konnte sich nicht besänftigen, darum nahm er die Laute und sang:

Wie soll ich die Freude,
Die Wonne denn tragen?
Daß unter dem Schlagen
Des Herzens die Seele nicht scheide?

Und wenn nun die Stunden
Der Liebe verschwunden,
Wozu das Gelüste,
In trauriger Wüste
Noch weiter ein luftleeres Leben zu ziehn,
Wenn nirgend dem Ufer mehr Blumen entblühn?

Wie geht mit bleibehangnen Füßen
Die Zeit bedächtig Schritt vor Schritt!
Und wenn ich werde scheiden müssen,
Wie federleicht fliegt dann ihr Tritt!

Schlage, sehnsüchtige Gewalt,
In tiefer treuer Brust!
Wie Lautenton vorüber hallt,
Entflieht des Lebens schönste Lust.
Ach, wie bald
Bin ich der Wonne mich kaum mehr bewußt.

Rausche, rausche weiter fort,
Tiefer Strom der Zeit,
Wandelst bald aus Morgen Heut,
Gehst von Ort zu Ort;

Hast du mich bisher getragen,
Lustig bald; dann still,
Will es nun auch weiter wagen,
Wie es werden will.

Darf mich doch nicht elend achten,
Da die Einzge winkt,
Liebe läßt mich nicht verschmachten,
Bis dies Leben sinkt;
Nein, der Strom wird immer breiter,
Himmel bleibt mir immer heiter,
Fröhlichen Ruderschlags fahr ich hinab,
Bring Liebe und Leben zugleich an das Grab.

8.

Wie Peter die schöne Magelone besuchte.

Jezt war die Zeit da, und die Stunde gekommen, in welcher der Ritter seine geliebte Magelone besuchen sollte. Er ging heimlicherweise durch die Pforte des Gartens und auf die Kammer der Amme, wo er die Prinzessin fand. Magelone saß auf einem Ruhebett und wollte aufstehn, als sie den Ritter eintreten sah, und ihm um den Hals fallen, und ihn mit Thränen und Küssen in die Wette bedecken. Doch mäßigte sie sich und blieb sitzen, aber eine scharlachene Röthe überzog ihr ganzes Gesicht, so daß sie aussah wie eine Rose, die sich noch nicht entfaltet hat und die jezt der warme Sonnenschein badet, und ihre Blätter aus einander lockt. Eben so war auch der Ritter, der mit verschämtem Gesichte vor ihr stand, auf welchem holdselige Freude und Verwirrung sich wechselsweise ablösten.

Die Amme verließ das Gemach, und Peter warf sich ohne zu sprechen auf ein Knie nieder; Magelone reichte ihm die schöne Hand, hieß ihn aufstehn und sich neben sie nieder setzen. Peter that es, und zitterte an ihrer Seite;

seine Augen waren wie zwei glänzende Sterne, so trunken war er vor Entzückung, daß er nun die Geliebteste seiner Seele so dicht vor seinen Augen sah. Lange wollte kein Gespräch in den Gang kommen, ihre zärtlichen Blicke, die sich verstohlen begegneten, störten die Worte; aber endlich entdeckte sich ihr der Jüngling, und sagte, daß er sich ihr ganz zu eigen ergeben habe, seit er sie zuerst gesehn, daß ihr sein ganzes Leben gewidmet sey, und daß er sich durch ihre Liebe wie von Engelshänden berührt, aus einem tiefen Schlafe erwacht fühle.

Er schenkte ihr den dritten Ring, welcher der kostbarste von allen war, wobei er ihre lilienweiße Hand küßte. Sie war über seine Treue innig bewegt, stand auf und holte eine köstliche güldene Kette, die sie ihm um den Hals legte und sagte: hiemit erkenne ich euch für mein und mich für die eurige, nehmt dieses Andenken und tragt es immer, so lieb ihr mich habt. Dann nahm sie den erschrockenen Ritter in die Arme und küßte ihn herzlich auf den Mund, und er erwiederte den Kuß und drückte sie gegen sein Herz.

Sie mußten scheiden, und Peter eilte sogleich nach seinem Zimmer, als wenn er seinen Waffenstücken und seiner Laute sein Glück erzählen müsse; er war so froh, als er noch nie gewesen war. Er ging mit großen Schritten auf und ab und griff in die Saiten, küßte das Instrument und weinte heftig. Dann sang er mit großer Inbrunst:

War es dir, dem diese Lippen bebten,
Dir der dargebotne süße Kuß?
Giebt ein irdisch Leben so Genuß?
Ha! wie Licht und Glanz vor meinen Augen schwebten,
Alle Sinne nach den Lippen strebten!

In den klaren Augen blinkte
Sehnsucht, die mir zärtlich winkte,

Alles klang im Herzen wieder,
Meine Blicke sanken nieder,
Und die Lüfte tönten Liebeslieder!

Wie ein Sternenpaar
Glänzten die Augen, die Wangen
Wiegten das goldene Haar,
Blick und Lächeln schwangen
Flügel, und die süßen Worte gar
Weckten das tiefste Verlangen:
O Kuß! wie war dein Mund so brennend roth!
Da starb ich, fand ein Leben erst im schönsten Tod.

9.

Turnier zu Ehren der schönen Magelone.

Der König Magelon von Neapel wünschte jezt, daß seine schöne Tochter in kurzer Zeit mit Herrn Heinrich von Carpone vermählt würde, der sich in dieser Absicht schon seit lange am Hofe aufhielt. Es ward daher wieder ein glänzendes Turnier ausgeschrieben, welches alle vorhergehenden an Pracht übertreffen sollte, und viele berühmte Ritter aus Italien und Frankreich versammelten sich. Ein Oheim Peters kam auch aus der Provence, um dem Turniere beizuwohnen: es war derselbe, der den jungen Grafen zum Ritter geschlagen hatte.

Das Kampfspiel nahm seinen Anfang, und alle die großen Ritter zogen auf den Plan, und hielten sich männlich. Peter war ungeduldig und einer der ersten, welche aufzogen. Er hielt sich so wacker, daß er viele Ritter, von ihren Rossen stach, unter andern auch den Herrn Heinrich. Magelone stand oben auf dem Altane, und wurde vor Furcht und herzinnigen Wünschen bald roth und bald blaß. Gegen Peter stellte sich endlich sein Oheim, der ihn nicht kannte; aber Peter kannte ihn gar wohl, er rief deshalb den

Herold zu sich, und schickte ihn mit diesen Worten an seinen Vetter: er habe ihm einst in der Ritterschaft einen großen Dienst erwiesen, deshalb möchte er nicht gegen ihn rennen, sondern er erkenne ihn ohnedies für den besseren Ritter. Aber der alte Rittersmann ward über den Antrag zornig, und sagte: habe ich ihm je einen Dienst erwiesen, so sollte er um so lieber eine Lanze mit mir brechen, um auch mir zu Gefallen zu leben; meint er denn, daß ich seiner nicht werth sey. Denn er wird hier für einen überaus tapfern Ritter geachtet, wie auch seine Thaten genugsam an den Tag legen, daß dem wirklich so sey. Blieb also mit seinem Rosse auf der Bahn stehn, und dem jungen Ritter ward vom Herolde die zornige Antwort überbracht. Sie rannten gegen einander, aber Peter trug seine Lanze in der Quere, um seinen Verwandten nicht zu verletzen. Jener, Herr Jakob genannt, rannte den Peter so an, daß die Lanze zersplitterte, und er selber fast bügellos wurde. Alle verwunderten sich und die beiden Gegner maßen noch einmal die Bahn zurück, dann ritten sie wieder gegen einander, und Peter trug seine Lanze wie das erstemal; alle waren in Erstaunen, nur Magelone sah die Ursach ein, und wußte wohl warum es geschah. Herr Jakob rannte wieder mit heftiger Gewalt auf seinen Gegner, seine Lanze traf auf Peters Brustharnisch, aber der junge Ritter blieb unbeweglich im Sattel sitzen, und der Stoß war so gewaltig, daß Herr Jakob dadurch von sich selber vom Pferde abfiel. Da das Jakob merkte, zog er sich zurück, und hatte keine Lust mehr mit dem jungen Ritter zu stechen. Peter besiegte auch die übrigen Ritter, so daß ihm der Preis mußte zuerkannt werden; der König und alle vom Hofe waren in Erstaunen, und die übrigen Herren zogen ergrimmt nach ihrer Heimath zurück, da sie den Namen des unbekannten Siegers durchaus nicht erfahren konnten. –

Peter hatte seine Geliebte indessen schon zum öftern heimlich besucht, und so nahm er sich einmal vor, ihre

Liebe auf die Probe zu stellen. Als er sie daher wieder sah, that er sehr betrübt, und sagte mit kläglicher Stimme, daß er bald scheiden müsse, denn seine Eltern würden seinetwegen in der größten Betrübniß leben, da sie ihn so lange nicht gesehn, auch keine Nachricht von ihm bekommen hätten. Als Magelone diese Worte hörte, ward sie blaß, dann fing sie heftig an zu weinen, und sank in den Sessel zurück. Ja, reiset nur ab, sagte sie, und alle meine traurigen Ahndungen sind dann im Erfüllung gegangen, ich sehe euch nicht wieder und mein Tod ist gewiß. Was kümmert er euch? Nun also, was kümmert er mich? – O verzeiht, mein Geliebter, nein, es ist wahr, Ihr müßt eure Eltern wieder sehn, ihr habt euch meinetwegen schon zu lange hier aufgehalten; wie werden sie um euch trauern, wie sehr nach eurer Anwesenheit seufzen. Ja, lebt dann wohl, auf ewig wohl!

Peter sagte: nein, meine theuerste Magelone, ich bleibe; wie könnte ich fortziehn, und dich nicht mehr sehn, nicht mehr diese theuren Augen erblicken und Hofnung und Stärke in ihnen finden, diese liebe Stimme nicht mehr hören, die wie ein Gesang aus dem Paradiese in mein Ohr dringt? Nein, ich bleibe; kein Gedanke nach meiner Heimath und meinen Eltern, denn alle meine Gedanken wohnen hier.

Magelone wurde wieder fröhlicher, dann besann sie sich eine Weile. Wenn ihr mich liebt, fing sie wieder an, so sollt ihr dennoch reisen. Eure Worte haben einen Gedanken in mir erweckt, der schon seit lange in meiner Seele schlummert, denn ich muß euch sagen, es ist jetzt an dem, daß mich mein Vater mit dem Herrn Heinrich von Carpone vermählen will. Darum flieht von hier, und nehmt mich mit euch, denn ich traue eurem Edelmuthe; haltet morgen in der Nacht mit zwei starken Pferden vor der Gartenpforte, aber laßt es Pferde seyn, die eine weite und schnelle Reise wohl vertragen können, denn so man uns einholte, wären wir alle elend.

Der Jüngling hörte mit frohem Erstaunen diese Worte. Ja, rief er aus, wir fliehen schnell zu meinem Vater, und das schönste Band soll uns dann auf ewig verbinden.

Er eilte sogleich fort, um die nöthigen Anstalten schnell und heimlich zu treffen. Magelone besorgte ihrerseits auch das Nöthige, sagte aber ihrer Amme kein Wort von ihrem Entschlusse, aus Furcht, daß sie alles verrathen möchte.

Peter nahm Abschied von seiner Kammer, von den Gegenden der Stadt, durch die er so oft in seliger Trunkenheit gewandelt war, und die er alle als Zeugen seiner Liebe betrachtete. Es war ihm rührend, als er die getreue Laute auf seinem Tische liegen sah, die so oft von seinen Fingern gerührt die Gefühle seines Herzens ausgesprochen hatte, die eine Mitwisserin des süßen Geheimnisses war. Er nahm sie noch einmal und sang:

Wir müssen uns trennen,
Geliebtes Saitenspiel,
Zeit ist es, zu rennen
Nach dem fernen erwünschten Ziel.

Ich ziehe zum Streite
Zum Raube hinaus,
Und hab ich die Beute
Dann flieg ich nach Haus.

Im röthlichen Glanze
Entflieh ich mit ihr,
Es schützt uns die Lanze,
Der Stahlharnisch hier.

Kommt, liebe Waffenstücke,
Zum Scherz oft angethan,
Beschirmet jezt mein Glücke,
Auf dieser neuen Bahn.

Ich werfe mich rasch in die Wogen,
Ich grüße den herrlichen Lauf,
Schon mancher ward nieder gezogen,
Der tapfere Schwimmer bleibt oben auf.

Ha! Luft zu vergeuden
Das edele Blut!
Zu schützen die Freuden,
Mein köstlichstes Gut!
Nicht Hohn zu erleiden,
Wem fehlt es an Muth?

Senke die Zügel,
Glückliche Nacht!
Eil deine Flügel,
Daß über ferne Hügel
Uns schon der Morgen lacht!

10.

Wie Magelone mit ihrem Ritter entfloh.

Die Nacht war gekommen. Magelone schlich mit einigen Kostbarkeiten durch den Garten; der Himmel war mit Wolken bedeckt, und ein sparsames Mondlicht drang durch die Finsterniß. Sie ging mit wehmüthigen Empfindungen ihren lieben Blumen vorüber, die sie nun auf immer verlassen wollte. Ein feuchter Wind wehte durch den Garten und ihr war, als wenn die Gesträuche winselten und klagten, und ihr ein zärtliches Lebewohl nachriefen.

Vor der Pforte hielt Peter mit drei Pferden, darunter war ein Zelter von einem leichten und bequemen Gange für das Fräulein, auf einem andern Pferde waren Lebensmittel, damit sie auf der Flucht nicht nöthig hätten in Herbergen einzukehren. Peter hob das Fräulein auf den Zelter, und so flohen sie heimlicherweise und unter dem Schutze der Nacht davon.

Die Amme vermißte am Morgen die Prinzessin, und so fand sich auch bald, daß der Ritter in der Nacht abgereiset sey; der König merkte daraus, daß er seine Tochter entführt habe. Er schickte daher viele Leutc aus, um sie aufzusuchen; diesc forschten fleißig nach, aber alle kamen nach verschiedenen Tagen unverrichteter Sache zurück.

Peter hatte die Vorsicht gebraucht, daß er nach den Wäldern zugeritten war, die in der Nähe des Meeres lagen; dort waren die Wege am einsamsten und fast gar nicht besucht, hier floh er mit seiner Geliebten sicher unter dem dichten Schutze der Nacht hinweg. Der Tritt von den Pferden hallte im Forste weit hinab, die Wipfel der Bäume rauschten furchtbar in der Dunkelheit, aber Magelonens Herz war frei und fröhlich, denn sie hatte immer ihren Geliebten neben sich. Sie weidete sich an seinem Antlitze, wenn sie über einen freien Platz trabten; sie fragte ihn mancherlei von seinen Eltern und seiner Heimath, und so verging ihnen unter banger Erwartung, Gespräch und schönen Hofnungen die langwierige Nacht.

Beim Anbruch des Morgens zogen dichte weiße Nebel durch den Wald, wie Gottes Seegen, der seine Reise antrat und durch unwegsame Büsche den Saatfeldern zueilte, wo er als Thau niederregnete. Sie zogen durch den Flug des Nebels weiter, und durch den Morgenwind, der die ganze Natur aus ihrem tiefen Schlafe wach schüttelte. Magelone klagte über keine Beschwer, denn sie empfand keine.

Jetzt brach die liebliche Sonne hervor, und äugelte mit glühendem Funkeln durch den dichten Wald; das grüne Gras schien am Boden zu brennen, und der wankende Thau erbebte mit tausend blendenden Strahlen. Die Roße wieherten, die Vögel erwachten und sprangen mit ihren Liedern von Zweig zu Zweig, gelbbeschwingte badeten sich im Thau der Wiesen und flatterten im Glanz des jungen Lichtes dicht über dem Boden hinweg; durch den blauen Himmel zogen goldene Streifen herauf und bahnten der aufgegangenen Sonne den Weg; Gesänge ertönten aus allen Büschen, die muntern Lerchen flogen empor und sangen von oben in die rothdämmernde Welt hinein.

Auch Peter stimmte ein fröhliches Lied an, und der schönen Magelone ging darüber das Herz vor Freuden auf. Seine Stimme zitterte durch alle Bäume hinab, und ein ferner Widerhall sang ihm nach. Die beiden Reisenden sahen in der Gluth des Himmels, im Glanz des frischen Waldes nur einen Widerschein ihrer Liebe; jeder Ton rief ihr Herz an, und erfüllte es mit wehmüthiger Freude.

Die Sonne stieg höher hinauf, und gegen Mittag fühlte Magelone eine große Müdigkeit; beide stiegen daher an einer schönen kühlen Stelle des Waldes von ihren Pferden. Weiches Gras und Moos war auf einer kleinen Anhöhe zart empor geschossen, hier sezte sich Peter nieder und breitete seinen Mantel aus, auf diesen lagerte sich Magelone und ihr Haupt ruhte in dem Schooße des Ritters. Sie blickten sich beide mit zärtlichen Augen an, und Magelone sagte: Wie wohl ist mir hier, mein Geliebter, wie sicher ruht sichs hier unter dem Schirmdach dieses grünen Baums, der mit allen seinen Blättern, wie mit eben so vielen Zungen, ein liebliches Geschwätze macht, dem ich gerne zuhöre; aus dem dichten Walde schallt Vogelgesang herauf, und vermischt sich mit den rieselnden Quellen; es ist hier so einsam und tönt so wunderbar aus den Thälern unter uns, als wenn sich mancherlei Geister durch die Einsamkeit zuriefen und Antwort gäben; wenn ich dir ins Auge sehe, ergreift mich ein freudiges Erschrecken, daß wir nun hier sind, von den Menschen fern und einer dem andern ganz eigen. Laß noch deine süße Stimme durch dieses harmonische Gewirr ertönen, damit die schöne Musik vollständig sey, ich will versuchen ein wenig zu schlafen; aber wecke mich ja zur rechten Zeit, damit wir bald bei deinen lieben Eltern anlangen können.

Peter lächelte, er sah wie ihr die schönen Augen zufielen, und die langen schwarzen Wimper einen lieblichen Schatten auf dem holden Angesichte bildeten; er sang:

Ruhe, Süßliebchen im Schatten
Der grünen dämmernden Nacht,
Es säuselt das Gras auf den Matten
Es fächelt und kühlt dich der Schatten,
Und treue Liebe wacht.
Schlafe, schlaf ein,
Leiser rauschet der Hain, –
Ewig bin ich dein.

Schweigt, ihr versteckten Gesänge,
Und stört nicht die süßeste Ruh!
Es lauscht der Vögel Gedränge,
Es ruhen die lauten Gesänge,
Schließ, Liebchen, dein Auge zu.
Schlafe, schlaf ein,
Im dämmernden Schein, –
Ich will dein Wächtern seyn.

Murmelt fort ihr Melodien,
Rausche nur, du stiller Bach,
Schöne Liebesphantasien
Sprechen in den Melodien,
Zarte Träume schwimmen nach.
Durch den flüsternden Hain
Schwärmen goldene Bienelein,
Und sumsen zum Schlummer dich ein.

11.

Wie Peter die schöne Magelone verließ.

Peter war durch seinen Gesang beinahe auch eingeschläfert, aber er ermunterte sich wieder, und betrachtete das holdselige Angesicht der schönen Magelone, die im Schlafe süß lächelte. Dann sah er über sich und bemerkte, wie eine Menge schöner und zarter Vögel oben in den Zweigen sich versammelten, die nicht scheu thaten, sondern hin und her hüpften, auch jezuweilen auf den kleinen Grasplatz zu ihm herunter kamen. Es ergötzte ihn, daß diese unvernünftigen Creaturen an der schönen Magelone ein Wohlgefallen zu bezeigen schienen. Da sah er aber in dem Baume einen schwarzen Raben sitzen, und dachte bei sich: wie kommt doch dieser häßliche Vogel in die Gesellschaft dieser bunten Thierchen, es dünkt mir nicht anders, als wenn sich ein grober ungeschliffener Knecht unter edle Ritter eindrängen wollte.

Ihm däuchte, als wenn Magelone mit Bangigkeit Athem holte, er schnürte sie daher etwas auf, und ihr weißer schöner Busen trat aus den verhüllenden Gewändern hervor. Peter war über die unaussprechliche Schönheit entzückt, er glaubte im Himmel zu seyn und alle seine Sinne wandten sich um; er konnte nicht aufhören, seine Augen zu weiden und sich an dem Glanze zu berauschen. Mit jedem Athemzuge hob sich die zarte Brust und sank wieder. Der Ritter fühlte, daß er Magelonen noch nie so geliebt habe, daß er noch niemals so glücklich gewesen sey. Zwischen den Brüsten versteckt bemerkte er einen rothen Zindel; er war neugierig zu erfahren, was es seyn möchte, er nahm ihn und wickelte ihn aus einander. Da fand er die drei kostbaren Ringe, die er seiner Geliebten geschenkt hatte, und er war innig gerührt, daß sie sie so liebevoll und sorgfältig bewahrte. Er wickelte sie wieder ein, und legte sie neben sich in das Gras; aber plötzlich flog der Rabe vom Baume hernieder und führte den Zindel hinweg, den er für ein Stück Fleisch ansehn mochte. Peter erschrack sehr und besorgte, daß Magelone unwillig werden möchte, wenn ihr beim Erwachen die Ringe fehlten. Er legte ihr also sorgfältig seinen Mantel unter das Haupt zusammen, und stand leise auf, um zu sehn, wo der Vogel mit den Ringen bleiben würde. Der Rabe flog vor ihm her, und Peter warf nach ihm mit Steinen, in der Meinung ihn zu tödten, oder ihn wenigstens zu zwingen, seinen Raub wieder fallen zu lassen. Aber der Vogel flog immer weiter, und Peter verfolgte ihn unermüdet, doch keiner von den Steinwürfen wollte den Raben treffen. So war ihm Peter schon eine ziemliche Weile gefolgt, und kam jetzt an das Meerufer. Nicht weit vom Ufer stand im Meere eine spitzige Klippe, auf diese setzte sich der Rabe, und Peter warf von neuem nach ihm mit Steinen; der Vogel ließ endlich den Zindel fallen, und flog mit großem Geschrei davon. Peter sah im Meere nicht weit vom Ufer roth den Zindel schwimmen; er ging am Lande hin und her, um etwas zu finden, worauf er die wenigen Schritte in das Wasser hinein fahren könne. Er fand auch endlich einen kleinen, alten, verwitterten Kahn, den die Fischer hier hatten stehen lassen, weil er ihnen nichts mehr nützte. Peter stieg rasch hinein, nahm einen Zweig, und ruderte damit, so gut er nur konnte, nach dem Zindel hin.

Aber plötzlich erhob sich vom Lande her ein starker Wind, die Wellen jagten sich über einander und ergriffen den kleinen Kahn, in welchem Peter stand. Peter sezte sich mit allen Kräften dagegen, aber das Schiff ward dennoch der Klippe vorüber, ins Meer hinein getrieben, und weiter und immer weiter. Peter sah zurück, und kaum bemerkte er noch den rothen Flecken, den der Zindel im Meere machte, und jetzt verschwand er völlig, auch das Land lag schon ziemlich entfernt. Nun gedachte Peter an seine Magelone zurück, die er im wüsten Holze schlafend verlassen hatte; das Schiff trug ihn wider Willen immer weiter in die See hinein, und er kam in Angst und Verzweiflung. Er war im Begriff, sich in das Meer zu stürzen, er schrie und klagte, und alle seine Töne gab ein Echo zurück, und die Wellen plätscherten laut dazwischen.

Das Land lag nun schon weit zurück in einer unkenntlichen Ferne, die Dämmerung des Abends brach herein. Ach theuerste Magelone! rief Peter in der höchsten Betrübniß seiner Seelen heftig aus: wie wunderlich werden wir von einander geschieden! Eine schwarze Hand treibt mich von deiner Seite in das wüste Meer hinaus, und du bist allein und ohne Hülfe. Was willst du Unglückselige im wüsten Walde beginnen? Ach! ich bin Schuld an deinem Tode! Mußte ich dich darum, dich Königstochter, von deinen Eltern entführen, um dich der härtesten Noth Preis zu geben? Bist zu darum so zart und edel erzogen, daß du nun vielleicht eine Beute der wilden Thiere werden mußt? Was wird sie nun machen, wenn sie erwacht, und den vermißt, den sie für den Getreuesten auf der ganzen Erde hielt? Warum mußte mein Vorwitz nur die Ringe hervor suchen, konnte ich sie nicht an ihrem schönsten Platze lassen, wo sie so sicher waren? O weh mir, nun ist alles verloren und ich muß mich in mein Verderben finden!

Solche Klagen trieb er, und gebehrdete sich auf dem wüsten Meere äußerst trübselig. Er verlor alle Hofnung, und gab sein Leben auf. Der Mond schien vom Himmel herab und erfüllte die Welt mit goldener Dämmerung; alles war still, nur die Wellen seufzten und plätscherten, und Vögel flatterten zu Zeiten mit seltsamen Tönen über ihn dahin. Die Sterne standen ernst am Himmel und die Wölbung spiegelte sich in der wogenden Fluth. Peter warf sich nieder, und sang mit lauter Stimme:

So tönet dann, schäumende Wellen,
Und windet euch rund um mich her!
Mag Unglück doch laut um mich bellen,
Erbost seyn das grausame Meer!

Ich lache den stürmenden Wettern,
Verachte den Zorngrimm der Fluth,
O mögen mich Felsen zerschmettern!
Denn nimmer wird es gut.

Nicht klag ich, und mag ich nun scheitern,
In wäßrigen Tiefen vergehn!
Mein Blick wird sich nie mehr erheitern,
Den Stern meiner Liebe zu sehn.

So wälzt euch bergab mit Gewittern,
Und raset ihr Stürme mich an,
Daß Felsen an Felsen zersplittern!
Ich bin ein verlorener Mann.

Er lag im Kahne ausgestreckt, und eine dumpfe Betäubung ergriff ihn; er wußte vor Übermaß des Schmerzes nicht mehr, wo er war, und ließ sich gleichgültig von Wind und Wellen weiter treiben; endlich verfiel er in einen Zustand, der fast einem Schlafe glich.

12.

Die Klagen der schönen Magelone.

Magelone erwachte, nachdem sie sich durch einen süßen Schlaf erquickt hatte, und meinte, daß ihr Geliebter noch bei ihr säße. Sie erschrack, als sie sich aufrichtete und ihn nicht mehr fand; sie wartete erst eine Weile, ob er nicht wieder kommen möchte, dann ging sie hin und her, und rief seinen Namen mit lauter Stimme aus. Da sie keine Antwort vernahm, fing sie an zu weinen und zu schluchzen, wandte sich dann im Holze nach allen Orten hin, und rief so lange, bis sie heiser war, aber sie erhielt keine Antwort. Da wurde sie so betrübt, daß sie einen heftigen Schmerz im Haupte empfand, sie sank auf den Boden nieder, und lag eine Weile in einer schmerzlichen Ohnmacht. Als sie wieder zu sich erwachte, däuchte ihr, daß es ein Leichtes seyn müsse, jetzt gar zu sterben; nun sah sie nicht mehr auf die Vögel, die scherzend um sie hüpften, denn wenn sie die Augen aufschlug, war es ihr zu Sinne, daß jede Kreatur, die sich regte und bewegte, glücklicher sey, als sie.

Mit vieler Mühe stieg sie auf einen Baum, um sich in der Gegend umzusehn, ob sie nichts entdecken könne, aber sie sah nichts als Wälder auf der einen Seite, keine

Wohnung, kein Dorf, so weit ihr Auge reichte; auf der andern Seite das wüste unabsehliche Meer. Trostlos stieg sie wieder herab, und weinte und klagte von neuem: O ungetreuer Ritter, rief sie aus, warum hast du deine unschuldige Geliebte verlassen? Hast du mich darum meinen Eltern geraubt, damit ich hier in der Wüstenei verschmachten soll? Was hab ich dir gethan? Hab ich dich zu sehr geliebt? Bist du mein überdrüßig, weil ich dir mein schwaches Herz zu früh zu erkennen gab? O, so bist du der Elendeste unter den Menschen!

Sie ging wie wahnsinnig im Walde hin und her; da traf sie die Rosse, die noch so angebunden standen, wie Peter sie fest gemacht hatte. O vergieb mir, mein Geliebter! rief sie aus, jetzt werde ich wohl gewahr, daß du unschuldig bist und daß du mich nicht vorsätzlicherweise verlassen hast. Welches Abentheuer hat uns denn von einander getrennt?

Die Finsterniß brach mit der Nacht herein, und der Mond warf gebrochene Strahlen durch den Wald; seltsame fremde Stimmen ließen sich in der Ferne hören, und Magelone fürchtete, daß es das Geschrei wilder Thiere sey. Mühsam stieg sie wieder auf einen Baum. Die Wolken wechselten am Himmel wunderlich vom Monde beglänzt, und jagten sich durch einander; bald sah sie in diesen Lufterscheinungen ihren Ritter, der mit Ungeheuern kämpfte und sie besiegte; dann verwandelte sich im Zuge das Wolkengebilde in ein andres; ihr dämmerndes Auge glaubte dann am Himmel Städte mit hohen Thürmen zu erblicken, oder Berge, auf denen feurige Castelle brannten, Reuter, die in Geschwadern auszogen, und dem Feinde im Thale begegneten. Wie Blitze flatterte es dann durch die Landschaft, und die hellgrüne Himmelsebene lag prächtig zwischen den getrennten Wolkenbildern; dann fühlte sie, daß sie nur geschwärmt habe, und mit bangem Grauen warf sie den Blick auf die Wälder unter sich, die schwarz in ernsten unbeweglichen Gestalten ruhten; sie sah nach der See hinab, die in unermeßlicher Fläche vor ihren Augen bebte und dämmerte. In der stillen Nacht kam das Plätschern der Wellen zu ihrem Ohre, das bald wie Gewinsel, bald wie zürnende Scheltworte klang; dann glaubte sie die Stimme ihres Vaters und ihrer Mutter zu hören, und so trieb sich ihr Gemüth unter Phantasien auf und ab, bis der Morgen empor kam. Wie verschieden war diese Morgenröthe von der gestrigen! Wie weit stand jetzt die Hofnung weg, die gestern noch mit leichten Flügeln wie ein blauer Schmetterling vor ihr hintanzte, die ihr den Weg nach einer lieben Heimath wies, und alle Blumen am Wege aufsuchte und auf sie hindeutete.

Das Waldgeflügel ließ seine Gesänge wieder klingen, das frühe Roth arbeitete sich durch den dichten Wald, schlich gebückt und wundersam durch die niedrigen Gesträuche, und weckte Gras und Blumen auf; der Wald brannte in dunkelrothen Flammen und der Nebel wand sich in goldenen Säulen um die Baumstämme. Magelone hatte in der Nacht beschlossen, nicht zu ihrem Vater zurückzukehren, denn sie fürchtete seinen Zorn, sie wollte irgend eine stille Wohnung aufsuchen, von den Menschen abgesondert, dort immer an ihren Geliebten denken und so in Frömmigkeit und Treue hinsterben. Sie stieg daher vom Baum herunter und ging wieder zu den treuen Pferden, die noch angebunden standen, und den Kopf betrübt zur Erde senkten. Sie löste ihre Zügel, so daß sie gehn konnten, wohin sie wollten, indem sie sagte: so wandert nun auch hin durch die weite traurige Welt, und suchet euren Herren wieder, so wie ich ihn suchen will. Die Rosse gingen betrübt fort, jedes einen andern Weg.

Magelone wanderte durch die dichten Wälder, sie hatte einige Nahrung mit sich genommen. Um sich unkenntlich zu machen, verbarg sie ihre langen goldenen Haare und zog einen Schleier über ihr Gesicht; sie suchte auch ihre Kleidung zu verändern. So kam sie durch manche Dörfer und Städte und blieb immer betrübt.

Nach einer Wanderung von vielen Tagen stand sie gegen Abend auf einer freundlichen stillen Wiese, gegenüber lag eine kleine Hütte, und Vieh weidete auf den nahen Hügeln, das mit seinen Klocken ein angenehmes Getöne durch die Ruhe des Abends machte; auf der andern Seite lag ein Wald, und Magelonens Seele wurde hier zum erstenmale noch langer Zeit ruhig und heiter. Sie faßte daher den Wunsch, in dieser friedlichen Gegend zu wohnen. Sie ging auf die Hütte zu, aus der ihr ein alter Schäfer entgegen trat, der hier mit seiner Frau sich angesiedelt hatte, und fern von der Welt und den Menschen fromme Lämmer groß zog, und einen kleinen Acker baute. Sie redete ihn an, und flehte als eine Unglückliche um Schutz und Hülfe. Er nahm sie gerne auf, und sie unterzog sich den Diensten willig, die sie leisten konnte, dabei aber verschwieg sie ihrem Wirthe ihre Geschichte. Es geschah manchmal, daß sie einem Unglücklichen beistehn konnten, wenn ihn der Schiffbruch an die nahgelegene Küste trieb, und dann zeigte sich besonders Magelone hülfreich und thätig. Wenn die Alten ausgingen, bewachte sie das Haus, und sang dann manchmal in der Einsamkeit mit der Spindel vor der Thüre sitzend:

Wie schnell verschwindet
So Licht als Glanz,
Der Morgen findet
Verwelkt den Kranz,

Der gestern glühte
In aller Pracht,
Denn er verblühte
In dunkler Nacht.

Es schwimmt die Welle
Des Lebens hin,
Und färbt sich helle,
Hats nicht Gewinn;

Die Sonne neiget,
Die Röthe flieht,
Der Schatten steiget
Und Dunkel zieht:

So schwimmt die Liebe
Zu Wüsten ab,
Ach! daß sie bliebe
Bis an das Grab!

Doch wir erwachen
Zu tiefer Qual;
Es bricht der Nachen,
Es löscht der Strahl,

Vom schönen Lande
Weit weggebracht
Zum öden Strande,
Wo um uns Nacht.

13.

Peter unter den Heiden.

Peter erholte sich aus seiner Betäubung, als die Sonne eben in aller Majestät über die große Meeresfluth herauf stieg. Ein furchtbarer Glanz schwang sich durch den Himmel und löschte Mond und Sterne mit glühenden Strahlen aus; die Wasser erklangen und verwandelten sich in Purpur, Wolkenzüge trieben vor der Sonne her und segelten, wie von der Majestät geschreckt, über das Meer hinweg, und ein sprühender Regen von Funken verbreitete sich weit umher, und ergoß sich in Bogen über die Fluth. Peter fühlte wieder männlichen Muth in seiner Brust, die Qualen des Lebens so wie seine Freuden zu erdulden.

Ein großes Schiff segelte auf ihn zu, das von Mohren

und Heiden besetzt war; sie nahmen ihn ein und freuten sich über diese Beute, denn Peter war gar schön und herrlich von Gestalt, dazu gab ihm seine Jugend ein zartes und einnehmendes Wesen, so daß niemand sein Feind seyn konnte. Der Anführer des Schiffes beschloß, ihn dem Sultan als ein Geschenk mitzubringen.

Man landete, und Peter ward sogleich dem Sultan vorgestellt, der einen großen Gefallen an ihm fand, und ihn bei der Tafel aufwarten ließ, ihm auch die Aufsicht über einen schönen Garten anvertraute. Peter war allgemein beliebt, weil er vom Sultan so gnädig angesehn wurde. Oft ging er einsam zwischen den Blumen des Gartens, und dachte an seine geliebte Magelone, oft nahm er auch in der Abendstunde eine Zither und sang:

Muß es eine Trennung geben,
Die das treue Herz zerbricht?
Nein, dies nenne ich nicht leben,
Sterben ist so bitter nicht.

Hör ich eines Schäfers Flöte,
Härme ich mich inniglich,
Seh ich in die Abendröthe,
Denk ich brünstiglich an dich.

Giebt es denn kein wahres Lieben?
Muß denn Schmerz und Trauer seyn?
Wär ich ungeliebt geblieben,
Hätt ich doch noch Hofnungsschein.

Aber so muß ich nun klagen:
Wo ist Hofnung, als das Grab?
Fern muß ich mein Elend tragen,
Heimlich stirbt das Herz mir ab.

14.

Die Heidin Sulima liebt den Ritter.

Peter mochte hier vergnügt leben, wenn die Liebe nicht seine Jugend verzehrt hätte. Er war nun schon seit lange am Hofe des Sultans und von ihm und den übrigen geschätzt; er hatte viele Freiheit und ward von manchem Hofdiener beneidet, aber er verdiente diesen Neid nicht, denn er ward von seiner Unruhe hin und her getrieben, er seufzte und klagte laut, wenn er sich im Garten allein befand.

So verstrich eine Woche nach der andern und er war nun beinahe zwei Jahr unter den Heiden, ohne daß er Hofnung hatte, jemals in sein geliebtes Vaterland zurück zu kehren, denn der Sultan liebte ihn so sehr, daß er ihn durchaus nicht von sich entfernen wollte. Dies zog sich Peter auch zu Sinne und ward darüber mit jedem Tage betrübter, denn er dachte unaufhörlich an seine Eltern und seine Geliebte. Nichts machte ihm Freude, und da der Frühling wieder kam, weinte er bei seiner Ankunft, und trauerte tief, indem die ganze Natur ihr holdseligstes Fest beging.

Der Sultan hatte eine Tochter, die im ganzen Lande ihrer Schönheit wegen berühmt war, mit Namen Sulima. Sie fand oft Gelegenheit den Fremden zu sehn, und ohne daß sie es anfangs wußte, hatte sich eine heftige Liebe zu ihm in ihr Herz geschlichen. Die Traurigkeit des Ritters zog sie vorzüglich an, sie wünschte, ihn trösten zu können, ihm näher zu kommen, und mit ihm zu reden. Die Gelegenheit dazu fand sich bald. Eine vertraute Sklavin führte den Jüngling heimlich in einen Saal des Gartens zu ihr. Peter war erstaunt und in Verlegenheit; er verwunderte sich über die Schönheit der Sulima, aber sein Herz hing an Magelonen fest.

Doch der süße Trieb, sein Vaterland wieder zu sehn, bemeisterte sich bald aller seiner Sinnen so sehr, daß er einem kühnen Anschlage nachdachte. Er sah das Heidenmädchen öfter, und sie sagte ihm, daß sie aus Liebe zu ihm mit ihm entfliehen wolle, erst zu einem Verwandten, der ein Schiff segelfertig liegen habe, das auf ihren Wink sogleich die Anker lichten würde; sie wolle ihm in der bestimmten Nacht durch eine Laute und ein kleines Lied ein Zeichen geben, wann er kommen und sie abholen solle. Peter überlegte diesen Vorschlag und willigte endlich ein, denn er überzeugte sich, daß Magelone gewiß gestorben sey, und er komme doch so in die Christenheit und zu seinen Eltern zurück.

Der Garten des Sultans lag am Ufer des Meeres, und die bestimmte Nacht war jetzt herbei gekommen. Gegen Abend hatte Peter ein wenig unter den kühlen Bäumen geschlummert, und Magelone war ihm in aller Herrlichkeit, aber mit einer drohenden Gebehrde, im Traum erschienen. Die ganze Vergangenheit zog mit den lebhaftesten Bildern durch seinen Busen, jede Stunde seiner glücklichen Liebe kam mit allen seeligen Empfindungen zurück, und als er nun erwachte, erschrack er vor sich selber und seinem Vorsatze. Er hätte sich selber entfliehen mögen, und das Andenken an sich und sein Bewußtseyn aus seinem Busen vertilgen.

Die Nacht brach indeß herein, und alle Sterne glänzten schon am Himmel; der Mond ging auf und warf sein goldenes Netz über das Meer hin, als Peter nachdenklich am Ufer auf und nieder ging. Ein frischer Wind blies vom Lande her durch den Garten, und die Bäume rauschten munter und fröhlich, aber Peter ward dadurch nur desto betrübter.

O ich Treuloser! ich Undankbarer, rief er aus, will ich so ihre Liebe belohnen, will ich als ein Meineidiger in mein Vaterland zurück kehren? Das wäre mir ein schlechter Ruhm unter meinen Verwandten und der ganzen Ritterschaft; und wie sollte ich gegen Magelonen die Augen aufschlagen dürfen, wenn sie noch lebt? Und warum sollte sie nicht leben, da ich so wunderbar erhalten bin? O ich bin ein feiger Sklave, daß ich für mich selber noch nichts gewagt habe! Warum überlaß ich mich nicht dem gütigen Schicksal, und fahre in einem dieser Nachen in das Meer hinein? Überließ ich mich nicht auf einem zerbrochenen Brette der empörten Fluth, und kam an dies Gestade? Soll ich nicht auf Gott vertraun, wenn von Vaterland, wenn von meiner Liebe die Rede ist?

Er stieg beherzt in ein kleines Boot, das er vom Lande ablöste, dann nahm er ein Ruder und arbeitete sich in die See hinein. Es war die schönste Sommernacht; alle Gestirne sahen freundlich in die mondbeglänzte Welt hinein, das Meer war eine stille ebene Fläche, und warme Lüfte spielten über dem ruhigen Spiegel hin. Peters Herz ward groß von Sehnsucht, er überließ sich dem Zufall und den Sternen, und ruderte muthig weiter; da hörte er das verabredete Zeichen, eine Zither erklang aus dem Garten her, und eine liebliche Stimme sang dazu:

Geliebter, wo zaudert
Dein irrender Fuß?
Die Nachtigall plaudert
Von Sehnsucht und Kuß.

Es flüstern die Bäume
Im goldenen Schein,
Es schlüpfen mir Träume
Zum Fenster herein.

Ach! kennst du das Schmachten
Der klopfenden Brust?
Dies Sinnen und Trachten
Voll Qual und voll Lust?

Beflügle die Eile
Und rette mich dir,

Bei nächtlicher Weile
Entfliehn wir von hier.

Die Seegel sie schwellen,
Die Furcht ist nur Tand:
Dort, jenseit den Wellen,
Ist väterlich Land.

Die Heimath entfliehet; –
So fahre sie hin!
Die Liebe sie ziehet
Gewaltig den Sinn.

Horch! wollüstig klingen
Die Wellen im Meer,
Sie hüpfen und springen
Muthwillig einher,

Und sollten sie klagen?
Sie rufen nach dir!
Sie wissen, sie tragen
Die Liebe von hier.

Peter erschrack im Herzen, als er diesen Gesang vernahm; das Lied rief ihm seine Untreue und seinen Wankelmuth nach. Er ruderte stärker, um sich vom Lande zu entfernen und dem Kreise zu entfliehen, den die lieblich lockenden Töne in der stillen Abendluft bildeten. Der Geist der Liebe schwang sich durch den goldenen Himmel; Liebe wollte ihn rückwärts ziehn, Liebe trieb ihn vorwärts, die Wellen murmelten melodisch dazwischen, und klangen wie ein Lied in fremder Sprache, dessen Sinn man aber dennoch erräth.

Der Gesang vom Ufer her ward immer schwächer. Schon sah Peter die Bäume am Gestade nicht mehr; es war, als wenn sich ihm die Musik über das Meer nacharbeitete, und endlich matt und kraftlos nicht weiter zu schwimmen wagte, sondern zum einheimischen Ufer zurück schlich; denn jetzt hörte er den Gesang nur noch wie ein leises Wehen des Windes, und jetzt erlosch auch die letzte Spur, und die Wellen rieselten nur, und der Ruderschlag ertönte durch die einsame Stille.

15.

Wie Peter wieder zu Christen kam.

Wie der Gesang verschollen war, faßte Peter wieder frischen Muth; er ließ das Schifflein vom Winde hintreiben, setzte sich nieder und sang:

Wie froh und frisch mein Sinn sich hebt,
Zurückbleibt alles Bangen,
Die Brust mit neuem Muthe strebt,
Erwacht ein neu Verlangen.

Die Sterne spiegeln sich im Meer,
Und golden glänzt die Fluth. –
Ich rannte taumelnd hin und her,
Und war nicht schlimm, nicht gut.

Doch niedergezogen
Sind Zweifel und wankender Sinn,
O tragt mich, ihr schaukelnden Wogen,
Zur längst ersehnten Heimath hin.

In lieber dämmernder Ferne,
Dort rufen einheimische Lieder,
Aus jeglichem Sterne
Blickt sie mit sanftem Auge nieder.

Ebne dich, du treue Welle,
Führe mich auf fernen Wegen
Zu der vielgeliebten Schwelle,
Endlich meinem Glück entgegen!

Als das Morgenroth aufging, sah er das Land nur noch wie eine unkenntliche blaue Wolke weit hinunter liegen, und er erschrack beinah, als ihn das allmächtige Meer und der gewölbte Himmel so unermeßlich umgab. In der Ferne seegelte ein Schiff auf ihn zu, und er hätte beinah geglaubt, daß er sein ehemaliges Unglück nur von neuem träume; aber als es näher gekommen, sah er, daß die Schiffer Christen waren, die ihn sogleich willig aufnahmen. Er freute sich, als er hörte, daß sie nach Frankreich segelten.

16.

Der Ritter auf der Reise.

Um die Zeit war der Graf von der Provence nebst seiner Gemahlin sehr betrübt, weil sie noch gar keine Nachrichten von ihrem geliebten Sohne bekommen hatten. Besonders aber war die Mutter in Angst, denn sie hatte eine große Sehnsucht, ihren einzigen Sohn nach so langer Zeit wieder zu sehn. Sie sprach oft mit dem Grafen von ihrem Kummer, und daß ihr schöner Sohn wahrscheinlich umgekommen sey. Da sollte ein Fest gegeben werden, und ein Fischer brachte einen großen Fisch in die gräfliche Küche; als ihn der Koch aufschnitt, fand er drei Ringe in dessen Bauche, die er der Gräfin überbrachte. Die Gräfin verwunderte sich über die Maßen, denn sie erkannte sie für eben diejenigen, die sie ihrem Sohne gegeben hatte. Sie sagte daher zu ihrem Gemahl: jetzt bin ich getröstet, denn da ich so unvermuthet und auf so wunderbare Weise Kundschaft von meinem Sohn bekommen habe, so bin ich auch überzeugt, daß Gott ihn nicht verlassen hat, sondern daß er ihn nach vielen überstandenen Mühseligkeiten in unsre Arme zurück führen wird. –

Peter stand im Schiffe und sah immer nach der Gegend hin, wo die erwünschte Heimath lag. Die Fahrt war glücklich, und man landete an einer kleinen unbewohnten

Insel, um süßes Wasser einzunehmen. Alles Schiffsvolk stieg an das Land, und auch Peter. Er ging durch ein anmuthiges Thal und verlor sich hinter einigen Hügeln in das Land hinein; da setzte er sich nieder und sah viele schöne Blumen um sich stehn. Alle blickten ihn wie mit freundlichen, lieblichen Augen an, und er dachte innig an Magelonen, und wie sie ihn geliebt hatte. Wie kann der Liebende, rief er aus, sich nur jemals einsam fühlen? Erinnern mich nicht diese blauen Kelche an ihre holdseligen Augen, dieses goldene Blatt an ihr Haar, die Pracht dieser Lilie und Rose neben einander, an ihre zarten Wangen? Ist es doch, als wenn der Wind in den Blumen sich bewegt, und es, wie auf Saiten versuchen will, ihren süßen Namen auszusprechen; Quellen und Bäume nennen ihn, für die übrigen Menschen unverständlich, aber mir laut und vernehmlich.

Er erinnerte sich eines Gesanges, den er vor langer Zeit gedichtet hatte, und wiederholte ihn jetzt:

Süß ists, mit Gedanken gehn,
Die uns zur Geliebten leiten,
Wo von blumbewachsnen Höhn,
Sonnenstrahlen sich verbreiten.

Lilien sagen: unser Licht
Ist es, was die Wange schmücket;
Unsern Schein die Liebste blicket:
So das blaue Veilchen spricht.

Und mit sanfter Röthe lächeln
Rosen ob dem Übermuth,
Kühle Abendwinde fächeln
Durch die liebevolle Gluth.

All ihr süßen Blümelein,
Sei es Farbe, seis Gestalt,
Mahlt mit liebender Gewalt

Meiner Liebsten hellen Schein,
Zankt nicht, zarte Blümelein.

Rosen, duftende Narzissen,
Alle Blumen schöner prangen,
Wenn sie ihren Busen küssen
Oder in den Locken hangen,
Blaue Veilchen, bunte Nelken,
Wenn sie sie zur Zierde pflückt,
Müssen gern als Putz verwelken,
Durch den süßen Tod beglückt.

Lehrer sind mir diese Blüthen,
Und ich thue wie sie thun,
Folge ihnen, wie sie riethen,
Ach! ich will gern alles bieten,
Kann ich ihr am Busen ruhn.

Nicht auf Jahre sie erwerben,
Nein, nur kurze, kleine Zeit,
Dann in ihren Armen sterben,
Sterben ohne Wunsch und Neid.

Ach! wie manche Blume klaget
Einsam hier im stillen Thal,
Sie verwelket eh es taget,
Stirbt beim ersten Sonnenstrahl:
Ach, so bitter herzlich naget
Auch an mir die scharfe Qual,
Daß ich sie und all mein Glücke,
Nimmer, nimmermehr erblicke.

Er weinte heftig, indem er die letzten Worte sang, denn er glaubte sein Herz zu verstehn, das ihm ein Unglück vorhersagte. Er betrachtete mit thränenden Blicken das Blumenlabyrinth um sich her, und es war ihm ein Ergötzen, die Blumen in seiner Einbildung so zu ordnen, daß sie den Namenszug Magelonens ausdrückten. Dann horchte er auf das lispelnde Gras, das ihm etwas zu sagen schien, auf die Blüten, die sich oft zärtlich zu einander neigten, als wenn sie ein herzliches Gespräch von Liebe führen wollten. In der ganzen Natur sah er liebevolle Eintracht, und jedes Geräusch klang seinem Ohre wie ein melodischer Gesang. Darüber verlor er sich immer mehr in Träumen; von den Thränen ermüdet schlief er endlich unter den Blumen ein, und es war ihm im Traum, als wenn er laut den Namen Magelone ausrufen hörte; darüber ging ihm sein Herz wie eine zugeschlossene Knospe auf, und er fühlte eine übergroße Freude.

17.

Peter wird von Fischern aufgefunden.

Aber der Wind blies indeß lustig in die Seegel, und das Schiffsvolk eilte wieder in das Schiff, um abzufahren, nur Peter blieb aus; man rief ihn, aber da er nicht kam, fuhren die übrigen fort.

Als sie schon weit vom Ufer entfernt waren, erwachte Peter aus seinem erquickenden Schlafe; er erschrack, als er gewahr ward, daß er geschlafen hatte. Er eilte an das Ufer, aber Niemand war da, und das Schiff nirgend zu sehn. Da senkte sich eine große Traurigkeit in sein Herz, alle seine Hofnungen waren wieder verschwunden: er stürzte nieder und lag am Ufer des Meeres ohne Besinnung und in tiefer Ohnmacht, so daß es finstre Nacht wurde und er es nicht bemerkte.

Als es nach Mitternacht kam, ging der Mond auf, und einige Fischer fuhren mit einem Kahne an die Insel, um ihre Arbeit hier vorzunehmen; sie fanden den Jüngling, der für todt auf der Erde ausgestreckt lag. Das feste Land war nicht weit von dieser Insel, sie luden ihn daher in ihr kleines Schiff, und fuhren wieder ab, um ihn ins Leben zurück zu bringen. Schon unterwegs erwachte Peter; es dünkte ihm seltsam, als ihm der Mond ins Angesicht schien und er die Ruder seufzen hörte, und wie er vernahm, daß zwei fremde Männer mit einander verabredeten, wie sie ihn zu einem alten Schäfer bringen wollten, der sein pflegen würde. Oft kam es ihm vor wie ein Traum, oft wieder wie Wahrheit, und er zweifelte so lange, bis sie endlich mit dem Aufgang der Sonne landeten.

Als Peter eine Weile in den erquickenden Sonnenstrahlen gelegen hatte, ward er wieder munter und richtete sich auf; er dankte in einem Gebete Gott, daß er ihm wieder von der menschenleeren Insel geholfen habe, dann gab er den guten Fischern eine Menge Goldes, und ließ sich den Weg nach der Hütte des Schäfers beschreiben.

Er ging durch einen dichten, angenehmen Wald, durch dessen dunkle Schatten der Morgen noch dämmerte. Er folgte einem geschlängelten Fußpfade, und überdachte schwermüthig sein Schicksal; alles Ungemach, das er erlitten, kam frisch in seine Seele, und er ward darüber so unmuthig, daß er von Herzen wünschte, endlich zu sterben.

Mit diesen Gedanken trat er aus dem Walde und stand vor einer schönen grünen Wiese, die im Morgenlicht glänzte; gegenüber lag eine kleine einsame Hütte, und Schaafe wurden von einem alten Manne einen Hügel hinan getrieben. Alles schimmerte roth und freundlich, und die stille Ruhe umher brachte auch in Peters Seele Ruhe zurück. Er merkte, daß dies die Hütte sey, die ihm die Fischer bezeichnet hatten, und er wünschte, hier einige Tage zu rasten und sich zu erquicken. Er ging daher über die Wiese, auf der viele wilde Blumen roth und gelb und himmelblau blühten, der kleinen Hütte näher. Vor der Thüre saß ein schlankes schönes Mägdlein, zu deren Füßen ein Lamm im Grase spielte, diese sang, indem er über die Wiese schritt:

Beglückt, wer vom Getümmel
Der Welt sein Leben schließt,
Das dorten im Gewimmel
Verworren abwärts fließt.

Hier sind wir all befreundet,
Mensch, Thier und Blumenreich,
Von keinem angefeindet
Macht uns die Liebe gleich.

Die zarten Lämmer springen
Vergnügt um meinen Fuß,
Die Turteltauben singen
Und girren Morgengruß.

Der Rosenstrauch mit Grüßen
Beut seine Kinder dar,
Im Thale dort der süßen
Violen blaue Schaar.

Und wenn ich Kränze winde
Ertönt und rauscht der Hain,
Es duftet mir die Linde
Im goldnen Mondenschein.

Die Zwietracht bleibt dahinten,
Und Stolz, Verfolgung, Neid,
Kann nicht die Wege finden
Hieher zur goldnen Zeit.

Vor mir stehn holde Scherze
Und trübe Sorge weicht;
Allein mein innres Herze
Wird darum doch nicht leicht.

Weil ich die Liebe kannte
Und Blick und Kuß verstand,
So bin ich nun Verbannte
Weit ab im fernen Land.

Die Freude macht mich trübe,
Dunkelt den stillen Sinn,
Denn meine zarte Liebe
Ist nun auf ewig hin. –

Erinnre und erquicke
Dich an vergangner Lust,
Am schwermuthsvollen Glücke,
Denn sonst zerspringt die Brust.

Die Morgenröthe lächelt
Mir zwar noch ofte zu,
Und matte Hofnung fächelt
Mich dann in schönre Ruh:

Daß ich ihn wieder finde,
Den ich wohl sonst gekannt,
Und daß nun uns sich winde
Ein glückgewirktes Band.

Wer weiß, durch welche Schatten
Sein Fuß schon heute geht,
Dann kömmt er über Matten
Und alles ist verweht,

Die Seufzer und die Thränen,
Sie löscht das neue Glück,
Und Hoffen, Fürchten, Sehnen
Verschmilzt in Einen Blick.

18.

Beschluß.

Peter fühlte sich von dem Gesange wie von einer lieblichen Gewalt nach der Hütte hingezogen. Die Schäferin, welche vor der Thür saß, nahm ihn freundlich auf, und ließ ihn in der Hütte ausruhn und sich erquicken. Die beiden Alten kamen auch bald zurück, und hießen ihren edlen Gast von Herzen willkommen.

Magelone ging indessen im Felde nachdenklich auf und ab, denn sie hatte auf den ersten Blick den Ritter erkannt; alle ihre Sorgen waren nun wie Schnee vor der Frühlingssonne hinweg geschmolzen, und ihr Lebenslauf lag grün und erfrischt vor ihr, so weit nur ihr Auge reichte. Sie ging in die Hütte zurück, und gab sich noch nicht zu erkennen.

Nach zweien Tagen war Peter wieder ganz zu Kräften gekommen. Er saß mit Magelonen, ohne daß er sie kannte, vor der Thür der Hütte. Bienen und Schmetterlinge schwärmten um sie, und Peter faßte ein Zutrauen zu seiner Verpflegerin, so daß er ihr seine Geschichte und sein ganzes Unglück erzählte. Magelone stand plötzlich auf und ging in ihre Kammer, da löste sie ihre goldenen Lokken auf, und machte sie von den Banden frei, die sie bisher gehalten hatten, dann zog sie ihre köstliche Kleidung an, die sie eingeschlossen hielt, und so kam sie plötzlich wieder vor die Augen Peters. Er war vor Erstaunen außer sich, er umarmte die wiedergefundene Geliebte, dann erzählten sie sich ihre Geschichte wieder, und weinten und küßten sich, so daß man hätte ungewiß seyn sollen, ob sie vor Jammer oder übergroßer Freude so herzbrechend schluchzten. So verging ihnen der Tag.

Dann reiste Peter mit Magelonen zu seinen Eltern, sie wurden vermählt, und alles war in der größten Freude; auch der König von Neapel versöhnte sich mit seinem neuen Sohne, und war mit der Heirath wohl zufrieden.

Auf dem Orte, wo Peter seine Magelone wieder gefunden hatte, ließ er einen prächtigen Sommerpallast bauen, und setzte den Schäfer zum Aufseher hinein, den er mit vielem Lohne überhäufte. Vor dem Pallast pflanzte er mit seiner jungen Gattin einen Baum; dann sangen sie folgendes Lied, welches sie nachher auf derselben Stelle in jedem Frühjahre wiederholten:

Treue Liebe dauert lange,
Überlebet manche Stund,
Und kein Zweifel macht sie bange,
Immer bleibt ihr Muth gesund.

Dräuen gleich in dichten Schaaren,
Fodern gleich zum Wankelmuth
Sturm und Tod, setzt den Gefahren
Lied entgegen treues Blut.

Und wie Nebel stürzt zurücke
Was den Sinn gefangen hält,
Und dem heitern Frühlingsblicke
Öffnet sich die weite Welt.

Errungen
Bezwungen
Von Lied ist das Glück,
Verschwunden
Die Stunden
Sie fliehen zurück;
Und seelige Lust
Sie stillet
Erfüllet
Die trunkene wonneklopfende Brust,
Sie scheide
Von Leide
Auf immer,
Und nimmer
Entschwinde die liebliche, seelige, himmlische Lust!

Es war indessen finster geworden. Rosalie klingelte, um Lichter bringen zu lassen, worauf sie sich gegen Friedrich wandte und sagte: Mir ist seit meiner frühen Jugend schon diese Geschichte bekannt, aber ich danke Ihnen dafür, daß

Sie das Spital und die Verpflegung der Kranken auf diese Weise unnöthig gemacht haben; das ländliche Gemählde der heitern Wiese und stillen Einsamkeit sind der Imagination weit angenehmer.

Ich dachte vor Jahren eben so, antwortete Friedrich, und habe mir deshalb diese Umänderung erlaubt, mit der ich jetzt aber um so unzufriedener bin; auch hoffe ich, daß ich Sie wohl noch einmal zu meiner Meinung, und zur alten Erzählung zurück führen werde.

Wenn es aber gar nicht erlaubt seyn sollte, wandte Auguste ein, alte bekannte Geschichten nach Gutdünken und Laune abzuändern, und sie unserm Geschmack zuzubereiten, so würden wir ohne Zweifel viel verlieren, denn manches ginge ganz unter, das uns so erhalten bleibt. Sind dergleichen Erfindungen schon ehemals umgeschrieben und neu erzählt worden, so begreife ich nicht, warum diese Freiheit nicht jedem neuern Dichter ebenfalls vergönnt seyn sollte. In Arabien, wo sie so viele Mährchen erzählen, bleibt man gewiß nicht immer der Sache treu, denn in jedem Erzähler regt sich die Lust, die Umstände anders zu wenden, sie wunderbarer oder anmuthiger zu machen, und sich dadurch die fremde Erfindung anzueignen.

Sie mögen nicht Unrecht haben, antwortete Friedrich; wenn aber eine alte Erzählung einen so herzlichen Mittelpunkt hat, der der Geschichte einen großen und rührenden Charakter giebt, so ist es doch wohl nur die Verwöhnung einer neuern Zeit und ihre Beschränktheit, diese Schönheit ganz zu verkennen, und sie mit einer willkührlichen Abänderung verbessern zu wollen, durch welche das Ganze eben so wohl Mittelpunkt als Zweck verliert.

Ich bin Ihrer Meinung, sagte Clara. Giebt es etwas Rührenderes (und zwar nicht von der Art des Rührenden, welches man gewöhnlich so nennt), als daß sie sich in treuer Liebe und Hofnungslosigkeit dem Dienst der Kranken fromm und andächtig widmet? Lange hat sie dem selbstgewählten Berufe mit edler Treue vorgestanden, da kommt er selbst, von Liebe und Sehnsucht ermattet, an der Trennung sterbend, in ihre Pflege (nicht, wie hier erzählt wird, halb ungetreu); sie kennt ihn nicht, sie nimmt ihn auf wie jeden Kranken; da fängt er an zu genesen, er faßt ein Zutrauen zu der guten, alt scheinenden Wärterin und erzählt ihr seine Geschichte; sie, vor Schrecken und Wonne wie vernichtet, geht in die Kammer, löst die rollenden goldgelben Locken auf, wirft das Gewand der Büßenden ab, und tritt so im Jugendglanz dem wieder vor Augen, der mit dem Frühling der Gesundheit den Lenz der Liebe von neuem aufblühen sieht. Das alte Gedicht ist eine Verherrlichung der Liebe und frommen Demuth, die neuere Erzählung ist süß freigeisterisch und ungläubig.

Lope de Vega hat unter den Namen der drei Diamanten die Geschichte für das Theater bearbeitet, bemerkte Lothar, und sie in seiner etwas lockern Manier ausgeführt; auf dasjenige, was nach unserer Meinung der Hauptpunkt seyn sollte, hat er auch nur wenig Gewicht gelegt. Die Sage selbst scheint mir aber auch völlig undramatisch.

Mir nicht, erwiederte Friedrich. Wissen wir doch überhaupt noch nicht recht, was wir dramatisch oder undramatisch nennen sollen. Nach unsern gewöhnlichen Ansichten gehn die Novelle und Erzählung oft von selbst in das Drama über, und viele Novellen sind Comödien nach dieser Meinung, so wie wir auch nicht wenige Comödien besitzen, selbst berühmte, die durchaus nur dialogisirte Novellen sind. Diese können sehr geistreich und witzig seyn, wie die des Machiavell zum Beispiel, sind aber darum doch noch keine Schauspiele. Damit Erzählung oder Sage Schauspiel werde, muß ein neues Element hinzu treten, welches das Ganze allseitig durchdringt, und im Mittelpunkte des Gedichtes seine Beglaubigung findet: dazu Individualität und scheinbare Willkühr, zugleich eine Aufopferung alles dessen, was die Novelle reizend macht, so daß es dem ungeübten Auge sogar scheint, als sey eine gute Novelle im Drama nur verdorben worden. Nicht selten hat man Shakspears Lustspiele so angesehn und beurtheilt. Häufig aber, wenn wir vom Dramatischen sprechen, verwechseln wir dieses mit dem Theatralischen, und wiederum ein mögliches besseres Theater mit unserm gegenwärtigen und seiner ungeschickten Form; und in dieser Verwirrung verwerfen wir viele Gegenstände und Gedichte als unschicklich, weil sie sich freilich auf unsrer Bühne nicht ausnehmen würden. Sehn wir also ein, daß ein neues Element erst das dramatische Werk als ein solches beurkundet, so ist wohl ohne Zweifel eine Art der Poesie erlaubt, welche auch das beste Theater nicht brauchen kann, sondern in der Phantasie eine Bühne für die Phantasie erbaut, und Compositionen versucht, die vielleicht zugleich lyrisch, episch und dramatisch sind, die einen Umfang gewinnen, welcher gewissermaßen dem Roman untersagt ist, und sich Kühnheiten aneignen, die keinem andern dramatischen Gedichte ziemen. Diese Bühne der Phantasie eröffnet der romantischen Dichtkunst ein großes Feld, und auf ihr dürfte diese Magelone und manche alte anmuthige Tradition sich wohl zu zeigen wagen.

Ernst sagte hierauf: unter den gelehrten Italiänern ist es eine alte hergebrachte Meinung, daß diese Geschichte, so wie wir sie jetzt als Volksbuch besitzen, die früheste Übung des Petrarka gewesen sey, der sie so nach einem Manuskript aus dem zwölften Jahrhundert umgearbeitet habe. Die Erzählung ist so schön und einfach, daß die Sache an sich selbst nicht unwahrscheinlich ist.

Manfred schlug ein lautes Gelächter auf, und sagte nach einiger Zeit: O vortreflich! Die Autoren, die uns den Oktavian und die Heymonskinder in ihrer alten treuherzigen Gestalt gaben, waren gewiß auch keine Stümper, und wer weiß, ob nicht einst entdeckt wird, daß unser Eulenspiegel nichts als eine Umwandlung des berühmten verlohrenen Margites ist. Wie recht hat Wilhelm Schlegel, wenn er einmal sagt: die gebildeten Stände in Deutschland haben noch keine Literatur, aber der Bauer hat sie. Denn wohl sind in diesen unscheinbaren schlecht gedruckten Schriften fast alle Elemente der Poesie, vom Heroischen bis zum Zärtlichen und hinab zum kräftig Komischen, ausgesprochen. Ich muß hier auf meine Verwunderung zurück kommen: was meinen nehmlich nur die Herren, die mit fanatischer Vernünftigkeit und Mangel alles poetischen Sinnes diese Bücher verfolgen, sie dem Bauer nehmen und Strafen auf ihre Verbreitung setzen? Wenn ich nicht irre, war vor einigen und dreißig Jahren, der gute alte Büsching der erste, welcher auf diesen Krieg antrug; seine Stimme wurde damals nicht gehört, jetzt aber dringt seine gut gemeinte Thorheit durch, zu einer Zeit, wo man sich doch zugleich bemüht, Patriotismus und die alten verstorbenen Tugenden, die den Aufgeklärteren ja auch nur Aberglaube waren, wieder aufzupflanzen. Ich möchte mir doch nur das Böse nennen und aufzeigen lassen, welches diese unschuldigen Poesien schon hervorgebracht haben. Oder hätten diese Herren diese Bücher vielleicht gar nicht gelesen? Der Druck ist nicht der beste, die Vignetten sind nicht in punktirter Manier, auch hat sich weder Petrarka noch ein andrer berühmter Name bei ihrer Herausgabe genannt, und das ist freilich verdächtig genug. Sollten denn wirklich etwa die paar freien Späße im Eulenspiegel und den Schildbürgern die Nation verderben können? Wird man denn die Schenken verschließen, oder einen Polizeiwächter hinein setzen, der jeden nicht sittlichen Spaß eines lustigen Bruders aufzeichnet und der Behörde einreicht? Oder hofft man wirklich durch das alberne moralische Gewäsch, welches sie jetzt als Volksbücher drucken lassen, von gutgearteten Gatten und saubern Kindern, Birnenmost, Giftkräutern und Wohlthätigkeit, die niederen Stände so tief in die edle Gesinnung hinein und unterzutauchen, daß keiner mehr eine Zwei- oder Eindeutigkeit spricht und denkt? O der glorreichen Aussicht in das künftige Jahrhundert!

Suchte man nur etwa, sagte Wilibald, die astrologischen

und Zauberbücher, deren es noch hie und da, aber auch nur selten giebt, zu verbannen, so hätte die Sache Sinn, aber so ist sie freilich eine Erscheinung, die im grellsten Widerspruche mit der Zeit steht, die dieselben verfolgten Bücher zu achten und zu studiren anfängt.

Im Gegentheil, fuhr Ernst fort, sollten wir dem gemeinen Manne nicht nur diese Poesien lassen, sondern ihm auch eine ihm verständliche Bearbeitung der Niebelungen und der Heldenbücher in die Hände zu spielen suchen, damit er sich vor der weichlichen leeren Leserei bewahre, die auch ihn zu ergreifen und auszuhöhlen droht. Der Spanier hat, zu unsrer Beschämung, eine höchst wohlfeile Ausgabe seines vortrefflichen Don Quixote, mit schlechten Holzschnitten und auf grobem Papier. Aber bei uns ist es keinem, auch in der ersten Begeisterung eingefallen, dem deutschen Bauer etwa den Götz von Berlichingen so anzubieten. Ließe man doch überhaupt das Bewachen des Volks, und lernte es erst kennen, wäre dann selber erzogen, um andre zu erziehn, und suchte nicht eine falsche, schwächliche Bildung Nationen aufzuprägen.

Mit Verlaub, sagte Theodor, daß ich diesen Diskurs unterbreche, es wird sonst Mitternacht, ehe wir unsre Vorlesungen geendigt haben.

Er fing an.

Die Elfen.

Wo ist denn die Marie, unser Kind? fragte der Vater.

Sie spielt draußen auf dem grünen Platze, antwortete die Mutter, mit dem Sohne unsers Nachbars.

Daß sie sich nicht verlaufen, sagte der Vater besorgt; sie sind unbesonnen.

Die Mutter sah nach den Kleinen und brachte ihnen ihr Vesperbrodt. Es ist heiß! sagte der Bursche, und das kleine Mädchen langte begierig nach den rothen Kirschen. Seid nur vorsichtig, Kinder, sprach die Mutter, lauft nicht zu weit vom Hause, oder in den Wald hinein, ich und der Vater gehn aufs Feld hinaus. Der junge Andres antwortete: o, sey ohne Sorge, denn vor dem Walde fürchten wir uns, wir bleiben hier beim Hause sitzen, wo Menschen in der Nähe sind.

Die Mutter ging und kam bald mit dem Vater wieder heraus. Sie verschlossen ihre Wohnung und wandten sich nach dem Felde, um nach den Knechten und zugleich auf der Wiese nach der Heuernte zu sehn. Ihr Haus lag auf einer kleinen grünen Anhöhe, von einem zierlichen Stakete umgeben, welches auch ihren Frucht- und Blumengarten umschloß; das Dorf zog sich etwas tiefer hinunter, und jenseit erhob sich das gräfliche Schloß. Martin hatte von der Herrschaft das große Gut gepachtet, und lebte mit seiner Frau und seinem einzigen Kinde vergnügt, denn er legte jährlich zurück, und hatte die Aussicht durch Thätigkeit ein vermögender Mann zu werden, da der Boden ergiebig war und der Graf ihn nicht drückte.

Indem er mit seiner Frau nach seinen Feldern ging, schaute er frölich um sich, und sagte: wie ist doch die Gegend hier so ganz anders, Brigitte, als diejenige, in der wir sonst wohnten. Hier ist es so grün, das ganze Dorf prangt von dichtgedrängten Obstbäumen, der Boden ist voll schöner Kräuter und Blumen, alle Häuser sind munter und reinlich, die Einwohner wohlhabend, ja mir dünkt, die Wälder hier sind schöner und der Himmel blauer, und so weit nur das Auge reicht, sieht man seine Lust und Freude an der freigebigen Natur.

So wie man nur, sagte Brigitte, dort jenseit des Flusses ist, so befindet man sich wie auf einer andern Erde, alles so traurig und dürr; jeder Reisende behauptet aber auch, daß unser Dorf weit und breit in der Runde das schönste sey.

Bis auf jenen Tannengrund, erwiederte der Mann, schau einmal dorthin zurück, wie schwarz und traurig der abgelegene Fleck in der ganzen heitern Umgebung liegt; hinter den dunkeln Tannenbäumen die rauchige Hütte, die verfallenen Ställe, der schwermüthig vorüber fließende Bach.

Es ist wahr, sagte die Frau, indem beide still standen, so oft man sich jenem Platze nur nähert, wird man traurig und beängstigt, man weiß selbst nicht warum. Wer nur die Menschen eigentlich seyn mögen, die dort wohnen, und warum sie sich doch nur so von allen in der Gemeinde entfernt halten, als wenn sie kein gutes Gewissen hätten.

Armes Gesindel, erwiederte der junge Pachter, dem Anschein nach Zigeunervolk, die in der Ferne rauben und betrügen, und hier vielleicht ihren Schlupfwinkel haben. Mich wundert nur, daß die gnädige Herrschaft sie duldet.

Es können auch wohl, sagte die Frau weichmüthig, arme Leute seyn, die sich ihrer Armuth schämen, denn man kann ihnen doch eben nichts Böses nachsagen, nur ist es bedenklich, daß sie sich nicht zur Kirche halten, und man auch eigentlich nicht weiß wovon sie leben, denn der kleine Garten, der noch dazu ganz wüst zu liegen scheint, kann sie unmöglich erhalten, und Felder haben sie nicht.

Weiß der liebe Gott, fuhr Martin fort, indem sie weiter gingen, was sie treiben mögen, kommt doch auch kein Mensch zu ihnen, denn der Ort wo sie wohnen ist ja wie verbannt und verhext, so daß sich auch die vorwitzigsten Bursche nicht hingetrauen.

Dieses Gespräch setzten sie fort, indem sie sich in das Feld wandten. Jene finstre Gegend, von welcher sie sprachen, lag abseits vom Dorfe. In einer Vertiefung, welche Tannen umgaben, zeigte sich eine Hütte und verschiedene fast zertrümmerte Wirthschaftsgebäude, nur selten sah man Rauch dort aufsteigen, noch seltener wurde man Menschen gewahr; jezuweilen hatten Neugierige, die sich etwas näher gewagt, auf der Bank vor der Hütte einige abscheuliche Weiber in zerlumptem Anzuge wahrgenommen, auf deren Schooß eben so häßliche und schmutzige Kinder sich wälzten; schwarze Hunde liefen vor dem Reviere, in Abendstunden ging wohl ein ungeheurer Mann, den Niemand kannte, über den Steg des Baches und verlor sich in die Hütte hinein; dann sah man in der Finsterniß sich verschiedene Gestalten, wie Schatten um ein ländliches Feuer bewegen. Dieser Grund, die Tannen und die verfallene Hütte machten wirklich in der heitern grünen Landschaft, gegen die weißen Häuser des Dorfes und gegen das prächtige neue Schloß den sonderbarsten Abstich.

Die beiden Kinder hatten jetzt die Früchte verzehrt; sie verfielen darauf, in die Wette zu laufen, und die kleine behende Marie gewann dem langsameren Andres immer den Vorsprung ab. So ist es keine Kunst! rief dieser endlich aus; aber laß es uns einmal in die Weite versuchen, dann wollen wir sehen, wer gewinnt! Wie du willst, sagte die Kleine, nur nach dem Strome dürfen wir nicht laufen. Nein, erwiederte Andres, aber dort auf jenem Hügel steht der große Birnbaum, eine Viertelstunde von hier, ich laufe hier links um den Tannengrund vorbei, du kannst rechts in das Feld hinein rennen, daß wir nicht eher als oben wieder zusammen kommen, so sehn wir dann, wer der beste ist.

Gut, sagte Marie, und fing schon an zu laufen, so hindern wir uns auch nicht auf demselben Wege, und der Vater sagt ja, es sei zum Hügel hinauf gleich weit, ob man diesseits, ob man jenseits der Zigeunerwohnung geht.

Andres war schon vorangesprungen und Marie, die sich rechts wandte, sah ihn nicht mehr. Er ist eigentlich dumm, sagte sie zu sich selbst, denn ich dürfte nur den Muth fassen, über den Steg, bei der Hütte vorbei, und drüben wieder über den Hof hinaus zu laufen, so käme ich gewiß viel früher an. Schon stand sie vor dem Bache und dem Tannenhügel. Soll ich? Nein, es ist doch zu schrecklich, sagte sie. Ein kleines weißes Hündchen stand jenseit und bellte aus Leibeskräften. Im Erschrecken kam das Thier ihr wie ein Ungeheuer vor, und sie sprang zurück. O weh! sagte sie, nun ist der Bengel weit voraus, weil ich hier steh und überlege. Das Hündchen bellte immer fort, und da sie es genauer betrachtete, kam es ihr nicht mehr fürchterlich, sondern im Gegentheil ganz allerliebst vor: es hatte ein rothes Halsband um, mit einer glänzenden Schelle, und so wie es den Kopf hob und sich im Bellen schüttelte, erklang die Schelle äußerst lieblich. Ei! es will nur gewagt seyn! rief die kleine Marie, ich renne was ich kann, und bin schnell, schnell jenseit wieder hinaus, sie können mich doch eben nicht gleich von der Erde weg auffressen! Somit sprang das muntere muthige Kind auf den Steg, rasch an den kleinen Hund vorüber, der still ward und sich an ihr schmeichelte, und nun stand sie im Grunde, und rund umher verdeckten die schwarzen Tannen die Aussicht nach ihrem elterlichen Hause und der übrigen Landschaft.

Aber wie war sie verwundert. Der bunteste, fröhlichste Blumengarten umgab sie, in welchem Tulpen, Rosen und Lilien mit den herrlichsten Farben leuchteten, blaue und goldrothe Schmetterlinge wiegten sich in den Blüten, in Käfigen aus glänzendem Drath hingen an den Spalieren vielfarbige Vögel, die herzliche Lieder sangen, und Kinder in weißen kurzen Röckchen, mit gelockten gelben Haaren und hellen Augen, sprangen umher, einige spielten mit kleinen Lämmern, andere fütterten die Vögel, oder sie sammelten Blumen und schenkten sie einander, andere wieder aßen Kirschen, Weintrauben und röthliche Aprikosen. Keine Hütte war zu sehn, aber wohl stand ein großes schönes Haus mit eherner Thür und erhabenem Bildwerk leuchtend in der Mitte des Raumes. Marie war vor Erstaunen außer sich und wußte sich nicht zu finden, da sie aber nicht blöde war, ging sie gleich zum ersten Kinde, reichte ihm die Hand und bot ihm guten Tag. Kommst du uns auch einmal zu besuchen? sagte das glänzende Kind; ich habe dich draußen rennen und springen sehn, aber vor unserm Hündchen hast du dich gefürchtet. – So seid ihr wohl keine Zigeuner und Spitzbuben, sagte Marie, wie Andres immer spricht? O freilich ist der nur dumm, und redet viel in den Tag hinein. – Bleib nur bei uns, sagte die wunderbare Kleine, es soll dir schon gefallen. – Aber wir laufen ja in die Wette. – Zu ihm kommst du noch früh genug zurück. Da nimm, und iß! – Marie aß, und fand die Früchte so süß, wie sie noch keine geschmeckt hatte, und Andres, der Wettlauf, und das Verbot ihrer Eltern waren gänzlich vergessen.

Eine große Frau in glänzendem Kleide trat herzu, und fragte nach dem fremden Kinde. Schönste Dame, sagte Marie, von ohngefähr bin ich herein gelaufen, und da wollen sie mich hier behalten. Du weißt, Zerina, sagte die Schöne, daß es ihr nur kurze Zeit erlaubt ist, auch hättest du mich erst fragen sollen. Ich dachte, sagte das glänzende Kind, weil sie doch schon über die Brücke gelassen war, könnt ich es thun; auch haben wir sie ja oft im Felde laufen sehn, und du hast dich selber über ihr muntres Wesen gefreut; wird sie uns doch früh genug verlassen müssen.

Nein, ich will hier bleiben, sagte die Fremde, denn hier ist es schön, auch finde ich hier das beste Spielzeug und dazu Erdbeeren und Kirschen, draußen ist es nicht so herrlich.

Die goldbekleidete Frau entfernte sich lächelnd, und viele von den Kindern sprangen jetzt um die fröhliche Marie mit Lachen her, neckten sie und ermunterten sie zu Tänzen, andre brachten ihr Lämmer oder wunderbares Spielgeräth, andre machten auf Instrumenten Musik und sangen dazu. Am liebsten aber hielt sie sich zu der Gespielin, die ihr zuerst entgegen gegangen war, denn sie war die freundlichste und holdseligste von allen. Die kleine Marie rief einmal über das andre: ich will immer bei euch bleiben und ihr sollt meine Schwestern seyn, worüber alle Kinder lachten und sie umarmten. Jetzt wollen wir ein schönes Spiel machen, sagte Zerina. Sie lief eilig in den Pallast und kam mit einem goldenen Schächtelchen zurück, in welchem sich glänzender Saamenstaub befand. Sie faßte mit den kleinen Fingern, und streute einige Körner auf den grünen Boden. Alsbald sah man das Gras wie in Wogen rauschen, und nach wenigen Augenblicken schlugen glänzende Rosengebüsche aus der Erde, wuchsen schnell empor und entfalteten sich plötzlich, indem der süßeste Wohlgeruch den Raum erfüllte. Auch Marie faßte von dem Staube, und als sie ihn ausgestreut hatte, tauchten weiße Lilien und die buntesten Nelken hervor. Auf einen Wink Zerinas verschwanden die Blumen wieder und andre erschienen an ihrer Stelle. Jetzt, sagte Zerina, mache dich auf etwas Größeres gefaßt. Sie legte zwei Pinienkörper in den Boden und stampfte sie heftig mit dem Fuße ein. Zwei grüne Sträucher standen vor ihnen. Fasse dich fest mit mir, sagte sie, und Marie schlang die Arme um den zarten Leib. Da fühlte sie sich empor gehoben, denn die Bäume wuchsen unter ihnen mit der größten Schnelligkeit; die hohen Pinien bewegten sich und die beiden Kinder hielten sich hin und wieder schwebend in den rothen Abendwolken umarmt und küßten sich; die andern Kleinen kletterten mit behender Geschicklichkeit an den Stämmen der Bäume auf und nieder, und stießen und neckten sich, wenn sie sich begegneten, unter lautem Gelächter. Stürzte eins der Kinder im Gedränge hinunter, so flog es durch die Luft und senkte sich langsam und sicher zur Erde hinab. Endlich fürchtete sich Marie; die andre Kleine sang einige laute Töne, und die Bäume versenkten sich wieder eben so allgemach in den Boden, und setzten sie nieder, als sie sich erst in die Wolken gehoben hatten.

Sie gingen durch die erzene Thür des Pallastes. Da saßen viele schöne Frauen umher, ältere und junge, im runden Saal, sie genossen die lieblichsten Früchte, und eine herrliche unsichtbare Musik erklang. In der Wölbung der Decke waren Palmen, Blumen und Laubwerk gemahlt, zwischen denen Kinderfiguren in den anmuthigsten Stellungen kletterten und schaukelten; nach den Tönen der Musik verwandelten sich die Bildnisse und glühten in den brennendsten Farben, bald war das Grüne und Blaue wie helles Licht funkelnd, dann sank die Farbe erblassend zurück, der Purpur flammte auf und das Gold entzündete sich; dann schienen die nackten Kinder in den Blumengewinden zu leben, und mit den rubinrothen Lippen den Athem einzuziehn und auszuhauchen, so daß man wechselnd den Glanz der weißen Zähnchen wahrnahm, so wie das Aufleuchten der himmelblauen Augen.

Aus dem Saale führten eherne Stufen in ein großes unterirdisches Gemach. Hier lag viel Gold und Silber, und Edelsteine von allen Farben funkelten dazwischen. Wundersame Gefäße standen an den Wänden umher, alle schienen mit Kostbarkeiten angefüllt. Das Gold war in mannichfaltigen Gestalten gearbeitet und schimmerte mit der freundlichsten Röthe. Viele kleine Zwerge waren beschäftigt, die Stücke auseinander zu suchen und sie in die Gefäße zu legen; andre, höckricht und krummbeinicht, mit langen rothen Nasen, trugen schwer und vorn über gebückt Säcke herein, so wie die Müller Getraide, und schütteten die Goldkörner keuchend auf dem Boden aus. Dann sprangen sie ungeschickt rechts und links, und griffen die rollenden Kugeln, die sich verlaufen wollten, und es geschah nicht selten, daß einer den andern im Eifer umstieß, so daß sie schwer und tölpisch zur Erde fielen. Sie machten verdrüßliche Gesichter und sahen scheel, als Marie über ihre Geberden und Häßlichkeit lachte. Hinten saß ein alter eingeschrumpfter kleiner Mann, welchen Zerina ehrerbietig grüßte, und der nur mit ernstem Kopfnicken dankte. Er hielt ein Zepter in der Hand und trug eine Krone auf dem Haupte, alle übrigen Zwerge schienen ihn für ihren Herren anzuerkennen und seinen Winken zu gehorchen. Was giebts wieder? fragte er mürrisch, als die Kinder ihm etwas näher kamen. Marie schwieg furchtsam, aber ihre Gespielin antwortete, daß sie nur gekommen seyen, sich in den Kammern umzuschauen. Immer die alten Kindereien! sagte der Alte; wird der Müßiggang nie aufhören? Darauf wandte er sich wieder an sein Geschäft und ließ die Goldstücke wägen und aussuchen; andre Zwerge schickte er fort, manchen schalt er zornig. Wer ist der Herr? fragte Marie; unser Metallfürst, sagte die Kleine, indem sie weiter gingen.

Sie schienen sich wieder im Freien zu befinden, denn sie standen an einem großen Teiche, aber doch schien keine Sonne, und sie sahen keinen Himmel über sich. Ein kleiner Nachen empfing sie, und Zerina ruderte sehr ämsig. Die Fahrt ging schnell. Als sie in die Mitte des Teiches gekommen waren, sah Marie, daß tausend Röhren, Canäle und Bäche sich aus dem kleinen See nach allen Richtungen verbreiteten. Diese Wasser rechts, sagte das glänzende Kind, fließen unter euren Garten hinab, davon blüht dort alles so frisch; von hier kömmt man in den großen Strom hinunter. Plötzlich kamen aus allen Canälen und aus dem See unendlich viele Kinder auftauchend angeschwommen, viele trugen Kränze von Schilf und Wasserlilien, andre hielten rothe Corallenzacken, und wieder andre bliesen auf krummen Muscheln; ein verworrenes Getöse schallte lustig von den dunkeln Ufern wieder; zwischen den Kleinen bewegten sich schwimmend die schönsten Frauen, und oft sprangen viele Kinder zu der einen oder der andern, und hingen ihnen mit Küssen um Hals und Nacken. Alle begrüßten die Fremde; zwischen diesem Getümmel hindurch fuhren sie aus dem See in einen kleinen Fluß hinein, der immer enger und enger ward. Endlich stand der Nachen. Man nahm Abschied und Zerina klopfte an den Felsen. Wie eine Thür that sich dieser von einander, und eine ganz rothe weibliche Gestalt half ihnen aussteigen. Geht es recht lustig zu? fragte Zerina. Sie sind eben in Thätigkeit, antwortete jene, und so freudig, wie man sie nur sehn kann, aber die Wärme ist auch äußerst angenehm.

Sie stiegen eine Wendeltreppe hinauf, und plötzlich sah sich Marie in dem glänzendsten Saal, so daß beim Eintreten ihre Augen vom hellen Lichte geblendet waren. Feuerrothe Tapeten bedeckten mit Purpurgluth die Wände, und als sich das Auge etwas gewöhnt hatte, sah sie zu ihrem Erstaunen, wie im Teppich sich Figuren tanzend auf und nieder in der größten Freude bewegten, die so lieblich gebaut und von so schönen Verhältnissen waren, daß man nichts Anmuthigeres sehn konnte; ihr Körper war wie von röthlichem Kristall, so daß es schien, als flösse und spielte in ihnen sichtbar das bewegte Blut. Sie lachten das fremde Kind an, und begrüßten es mit verschiedenen Beugungen; aber als Marie näher gehen wollte, hielt sie Zerina plötzlich mit Gewalt zurück, und rief: du verbrennst dich, Mariechen, denn alles ist Feuer!

Marie fühlte die Hitze. Warum kommen nur, sagte sie, die allerliebsten Creaturen nicht zu uns heraus, und spielen mit uns? Wie du in der Luft lebst, sagte jene, so müssen sie immer im Feuer bleiben, und würden hier draußen verschmachten. Sieh nur, wie ihnen wohl ist, wie sie lachen und kreischen; jene dort unten verbreiten die Feuerflüsse von allen Seiten unter der Erde hin, davon wachsen nun die Blumen, die Früchte und der Wein; die rothen Ströme gehn neben den Wasserbächen, und so sind die flammigen Wesen immer thätig und freudig. Aber dir ist es hier zu heiß, wir wollen wieder hinaus in den Garten gehn.

Hier hatte sich die Scene verwandelt. Der Mondschein lag auf allen Blumen, die Vögel waren still und die Kinder schliefen in mannigfaltigen Gruppen in den grünen Lauben. Marie und ihre Freundin fühlten aber keine Müdigkeit, sondern lustwandelten in der warmen Sommernacht unter vielerlei Gesprächen bis zum Morgen.

Als der Tag anbrach, erquickten sie sich an Früchten und Milch, und Marie sagte: laß uns doch zur Abwechselung einmal nach den Tannen hinaus gehn, wie es dort aussehen mag. Gern, sagte Zerina, so kannst du auch zugleich dorten unsre Schildwachen besuchen, die dir gewiß gefallen werden, sie stehn oben auf dem Walle zwischen den Bäumen. Sie gingen durch die Blumengärten, durch anmuthige Haine voller Nachtigallen, dann stiegen sie über Rebenhügel, und kamen endlich, nachdem sie lange den Windungen eines klaren Baches nachgefolgt waren, zu den Tannen und der Erhöhung, welche das Gebiet begränzte. Wie kommt es nur, fragte Marie, daß wir hier innerhalb so weit zu gehn haben, da doch draußen der Umkreis nur so klein ist? Ich weiß nicht, antwortete die Freundin, wie es zugeht, aber es ist so. Sie stiegen zu den finstern Tannen hinauf, und ein kalter Wind wehte ihnen von draußen entgegen; ein Nebel schien weit umher auf der Landschaft zu liegen. Oben standen wunderliche Gestalten, mit mehligen bestäubten Angesichtern, den widerlichen Häuptern der weißen Eulen nicht unähnlich; sie waren in faltigen Mänteln von zottiger Wolle gekleidet, und hielten Regenschirme von seltsamen Häuten ausgespannt über sich; mit Fledermausflügeln, die abentheuerlich neben dem Rockelor hervor starrten, wehten und fächelten sie unablässig. Ich möchte lachen und mir graut, sagte Marie. Diese sind unsre guten fleißigen Wächter, sagte die kleine Gespielin, sie stehen hier und wehen, damit jeden kalte Angst und wundersames Fürchten befällt, der sich uns nähern will; sie sind aber so bedeckt, weil es jetzt draußen regnet und friert, was sie nicht vertragen können. Hier unten kommt niemals Schnee und Wind, noch kalte Luft her, hier ist ein ewiger Sommer und Frühling, doch wenn die da oben nicht oft abgelöst würden, so vergingen sie gar.

Aber wer seid ihr denn, fragte Marie, indem sie wieder in die Blumendüfte hinunter stiegen, oder habt ihr keinen Namen, woran man euch erkennt?

Wir heißen Elfen, sagte das freundliche Kind, man spricht auch wohl in der Welt von uns, wie ich gehört habe.

Sie hörten auf der Wiese ein großes Getümmel. Der schöne Vogel ist angekommen! riefen ihnen die Kinder entgegen; alles eilte in den Saal. Sie sahen indem schon, wie Jung und Alt sich über die Schwelle drängte, alle jauchzten und von innen scholl eine jubilirende Musik heraus. Als sie hinein getreten waren, sahen sie die große Rundung von den mannigfaltigsten Gestalten angefüllt, und alle schauten nach einem großen Vogel hinauf, der in der Kuppel mit glänzendem Gefieder langsam fliegend vielfache Kreise beschrieb. Die Musik klang fröhlicher als sonst, die Farben und Lichter wechselten schneller. Endlich schwieg die Musik, und der Vogel schwang sich rauschend auf eine glänzende Krone, die unter dem hohen Fenster schwebte, welches von oben die Wölbung erleuchtete. Sein Gefieder war purpurn und grün, durch welches sich die glänzendsten goldenen Streifen zogen, auf seinem Haupte bewegte sich ein Diadem von so hellleuchtenden kleinen Federn, daß sie wie Edelgesteine blitzten. Der Schnabel war roth und die Beine glänzend blau. Wie er sich regte, schimmerten alle Farben durcheinander, und das Auge war entzückt. Seine Größe war die eines Adlers. Aber jetzt eröffnete er den leuchtenden Schnabel, und so süße Melodie quoll aus seiner bewegten Brust, in schönern Tönen, als die der liebesbrünstigen Nachtigall; mächtiger zog der Gesang und goß sich wie Lichtstrahlen aus, so daß alle, bis auf die kleinsten Kinder selbst, vor Freuden und Entzückungen weinen mußten. Als er geendigt hatte, neigten sich alle vor ihm, er umflog wieder in Kreisen die Wölbung, schoß dann durch die Thür und schwang sich in den lichten Himmel, wo er oben bald nur noch wie ein rother Punkt erglänzte und sich den Augen dann schnell verlor.

Warum seid ihr alle so in Freude? fragte Marie, und neigte sich zum schönen Kinde, das ihr kleiner als gestern vorkam. Der König kommt! sagte die Kleine, den haben viele von uns noch gar nicht gesehn, und wo er sich hinwendet ist Glück und Fröhlichkeit; wir haben schon lange auf ihn gehofft, sehnlicher, als ihr nach langem Winter auf den Frühling wartet, und nun hat er durch diesen schönen

Bothschafter seine Ankunft melden lassen. Dieser herrliche und verständige Vogel, der im Dienst des Königes gesandt wird, heißt Phönix, er wohnt fern in Arabien auf einem Baum, der nur einmal in der Welt ist, so wie es auch keinen zweiten Phönix giebt. Wenn er sich alt fühlt, trägt er aus Balsam und Weihrauch ein Nest zusammen, zündet es an und verbrennt sich selbst, so stirbt er singend, und aus der duftenden Asche schwingt sich dann der verjüngte Phönix mit neuer Schönheit wieder auf. Selten nur nimmt er seinen Flug so, daß ihn die Menschen sehn, und geschieht es einmal in Jahrhunderten, so zeichnen sie es in ihre Denkbücher auf, und erwarten wundervolle Begebenheiten. Aber nun, meine Freundin, wirst du auch scheiden müssen, den der Anblick des Königes ist dir nicht vergönnt.

Da wandelte die goldbekleidete schöne Frau durch das Gedränge, winkte Marien zu sich und ging mit ihr unter einen einsamen Laubengang; du mußt uns verlassen, mein geliebtes Kind, sagte sie; der König will auf zwanzig Jahre, und vielleicht auf länger, sein Hoflager hier halten, nun wird sich Fruchtbarkeit und Seegen weit in die Landschaft verbreiten, am meisten hier in der Nähe; alle Brunnen und Bäche werden ergiebiger, alle Äcker und Gärten reicher, der Wein edler, die Wiese fetter und der Wald frischer und grüner; mildere Luft weht, kein Hagel schadet, keine Überschwemmung droht. Nimm diesen Ring und gedenke unser, doch hüte dich, irgend wem von uns zu erzählen, sonst müssen wir diese Gegend fliehen, und alle umher so wie du selbst entbehren dann das Glück und die Seegnung unsrer Nähe: noch einmal küsse deine Gespielin und lebe wohl. Sie traten heraus, Zerina weinte, Marie bückte sich, sie zu umarmen, sie trennten sich. Schon stand sie auf der schmalen Brücke, die kalte Luft wehte hinter ihr aus den Tannen, das Hündchen bellte auf das herzhafteste und ließ sein Glöckchen ertönen; sie sah zurück und eilte in das Freie, weil die Dunkelheit der Tannen, die Schwärze der verfallenen Hütten, die dämmernden Schatten sie mit ängstlicher Furcht befielen.

Wie werden sich meine Eltern meinethalb in dieser Nacht geängstigt haben! sagte sie zu sich selbst, als sie auf dem Felde stand, und ich darf ihnen doch nicht erzählen, wo ich gewesen bin und was ich gesehn habe, auch würden sie mir nimmermehr glauben. Zwei Männer gingen an ihr vorüber, die sie grüßten, und sie hörte hinter sich sagen: das ist ein schönes Mädchen! Wo mag sie nur her seyn? Mit eiligeren Schritten näherte sie sich dem elterlichen Hause, aber die Bäume, die gestern voller Früchte hingen, standen heute dürr und ohne Laub, das Haus war anders angestrichen, und eine neue Scheune daneben erbaut. Marie war in Verwunderung, und dachte, sie sey im Traum; in dieser Verwirrung öffnete sie die Thür des Hauses, und hinter dem Tische saß ihr Vater zwischen einer unbekannten Frau und einem fremden Jüngling. Mein Gott, Vater! rief sie aus, wo ist denn die Mutter? – die Mutter? sprach die Frau ahndend, und stürzte hervor; ei, du bist doch wohl nicht, – ja freilich, freilich bist du die verlorene, die todt geglaubte, die liebe einzige Marie! Sie hatte sie gleich an einem kleinen braunen Mahle unter dem Kinn, an den Augen und der Gestalt erkannt. Alle umarmten sie, alle waren freudig bewegt, und die Eltern vergossen Thränen. Marie verwunderte sich, daß sie fast zum Vater hinauf reichte, sie begriff nicht, wie die Mutter so verändert und gealtert seyn konnte, sie fragte nach dem Namen des jungen Menschen. Es ist ja unsers Nachbars Andres, sagte Martin, wie kommst du nur nach sieben langen Jahren so unvermuthet wieder? Wo bist du gewesen? Warum hast du denn gar nichts von dir hören lassen? – Sieben Jahr? sagte Marie, und konnte sich in ihren Vorstellungen und Erinnerungen nicht wieder zurecht finden; sieben ganzer Jahre? Ja, ja, sagte Andres lachend, und schüttelte ihr treuherzig die Hand; ich habe gewonnen, Mariechen, ich bin schon vor sieben Jahren an dem Birnbaum und wieder hieher zurück gewesen, und du Langsame, kommst nun heut erst an!

Man fragte von neuem, man drang in sie, doch sie des Verbotes eingedenk, konnte keine Antwort geben. Man legte ihr fast die Erzählung in den Mund, daß sie sich verirrt habe, auf einen vorbeifahrenden Wagen genommen, und an einen fremden fernen Ort gebracht sey, wo sie den Leuten den Wohnsitz ihrer Eltern nicht habe bezeichnen können; wie man sie nachher nach einer weit entlegenen Stadt gebracht habe, wo gute Menschen sie erzogen und geliebt; wie diese nun gestorben, und sie sich endlich wieder auf ihre Geburtsgegend besonnen, eine Gelegenheit zur Reise ergriffen habe und so zurück gekehrt sey. Laßt alles gut seyn, rief die Mutter; genug, daß wir dich nur wieder haben, mein Töchterchen, du meine Einzige, mein Alles!

Andres blieb bis zum Abendbrod, und Marie konnte sich noch in nichts finden. Das Haus dünkte ihr klein und finster, sie verwunderte sich über ihre Tracht, die reinlich und einfach, aber ganz fremd erschien; sie betrachtete den Ring am Finger, dessen Gold wundersam glänzte und einen roth brennenden Stein künstlich einfaßte. Auf die Frage des Vaters antwortete sie, daß der Ring ebenfalls ein Geschenk ihrer Wohlthäter sey.

Sie freute sich auf die Schlafenszeit, und eilte zur Ruhe. Am andern Morgen fühlte sie sich besonnener, sie hatte ihre Vorstellungen mehr geordnet, und konnte den Leuten aus dem Dorfe, die alle sie zu begrüßen kamen, besser Red und Antwort geben. Andres war schon mit dem Frühesten wieder da, und zeigte sich äußerst geschäftig, erfreut und dienstfertig. Das funfzehnjährige aufgeblühte Mädchen hatte ihm einen tiefen Eindruck gemacht, und die Nacht war ihm ohne Schlaf vergangen. Die Herrschaft ließ Marien auf das Schloß fordern, sie mußte hier wieder ihre Geschichte erzählen, die ihr nun schon geläufig geworden war; der alte Herr und die gnädige Frau bewunderten ihre gute Erziehung, denn sie war bescheiden, ohne verlegen zu seyn, sie antwortete höflich und in guten Redensarten auf alle vorgelegten Fragen; die Furcht vor den vornehmen Menschen und ihrer Umgebung hatte sich bei ihr verloren, denn wenn sie diese Säle und Gestalten mit den Wundern und der hohen Schönheit maß, die sie bei den Elfen im heimlichen Aufenthalt gesehen hatte, so erschien ihr dieser irdische Glanz nur dunkel, die Gegenwart der Menschen fast geringe. Die jungen Herren waren vorzüglich über ihre Schönheit entzückt.

Es war im Februar. Die Bäume belaubten sich früher als je, so zeitig hatte sich die Nachtigall noch niemals eingestellt, der Frühling kam schöner in das Land, als ihn sich die ältesten Greise erinnern konnten. Aller Orten thaten sich Bächlein hervor und tränkten die Wiesen und Auen; die Hügel schienen zu wachsen, die Rebengeländer erhuben sich höher, die Obstbäume blühten wie niemals, und ein schwellender duftender Seegen hing schwer in Blüthenwolken über der Landschaft. Alles gedieh über Erwarten, kein rauher Tag, kein Sturm beschädigte die Frucht; der Wein quoll erröthend in ungeheuern Trauben, und die Einwohner des Ortes staunten sich an, und waren wie in einem süßen Traum befangen. Das folgende Jahr war eben so, aber man war schon an das Wundersame mehr gewöhnt. Im Herbst gab Marie den dringenden Bitten Andres und ihrer Eltern nach: sie ward seine Braut und im Winter mit ihm verheirathet.

Oft dachte sie mit inniger Sehnsucht an ihren Aufenthalt hinter den Tannenbäumen zurück; sie blieb still und ernst. So schön auch alles war, was sie umgab, so kannte sie doch etwas noch Schöneres, wodurch eine leise Trauer ihr Wesen zu einer sanften Schwermuth stimmte. Schmerzhaft traf es sie, wenn der Vater oder ihr Mann von den Zigeunern und Schelmen sprachen, die im finstern Grunde wohnten; oft wollte sie sie vertheidigen, die sie als die Wohlthäter der Gegend kannte, vorzüglich gegen

Andres, der eine Lust im eifrigen Schelten zu finden schien, aber sie zwang das Wort jedesmal in ihre Brust zurück. So verlebte sie das Jahr, und im folgenden ward sie durch eine junge Tochter erfreut, welche sie Elfriede nannte, indem sie dabei an den Namen der Elfen dachte.

Die jungen Leute wohnten mit Martin und Brigitte in demselben Hause, welches geräumig genug war, und halfen den Eltern die ausgebreitete Wirthschaft führen. Die kleine Elfriede zeigte bald besondere Fähigkeiten und Anlagen, denn sie lief sehr früh, und konnte alles sprechen, als sie noch kein Jahr alt war; nach einigen Jahren aber war sie so klug und sinnig, und von so wunderbarer Schönheit, daß alle Menschen sie mit Erstaunen betrachteten, und ihre Mutter sich nicht der Meinung erwehren konnte, sie sehe jenen glänzenden Kindern im Tannengrunde ähnlich. Elfriede hielt sich nicht gern zu andern Kindern, sondern vermied bis zur Ängstlichkeit ihre geräuschvollen Spiele, und war am liebsten allein. Dann zog sie sich in eine Ecke des Gartens zurück, und las oder arbeitete eifrig am kleinen Nähzeuge; oft sah man sie auch wie tief in sich versunken sitzen, oder daß sie in den Gängen heftig auf und nieder ging und mit sich selber sprach. Die beiden Eltern ließen sie gern gewähren, weil sie gesund war und gedieh, nur machten sie die seltsamen verständigen Antworten oder Bemerkungen oft besorgt. So kluge Kinder, sagte die Großmutter Brigitte vielmals, werden nicht alt, sie sind zu gut für diese Welt, auch ist das Kind über die Natur schön, und wird sich auf Erden nicht zurecht finden können.

Die Kleine hatte die Eigenheit, daß sie sich höchst ungern bedienen ließ, alles wollte sie selber machen. Sie war fast die früheste auf im Hause, und wusch sich sorgfältig und kleidete sich selber an; eben so sorgsam war sie am Abend, sie achtete sehr darauf, Kleider und Wäsche selbst einzupacken, und durchaus Niemand, auch die Mutter nicht, über ihre Sachen kommen zu lassen. Die Mutter sah ihr in diesem Eigensinne nach, weil sie sich nichts weiter dabei dachte, aber wie erstaunte sie, als sie sie an einem Feiertage, zu einem Besuch auf dem Schlosse, mit Gewalt umkleidete, so sehr sich auch die Kleine mit Geschrei und Thränen dagegen wehrte, und auf ihrer Brust an einen Faden hängend, ein Goldstück von seltsamer Form antraf, welches sie sogleich für eines von jenen erkannte, deren sie so viele in dem unterirdischen Gewölbe gesehn hatte. Die Kleine war sehr erschrocken, und gestand endlich, sie habe es im Garten gefunden, und da es ihr sehr wohlgefallen, habe sie es so ämsig aufbewahrt; sie bat auch so dringend und herzlich, es ihr zu lassen, daß Marie es wieder auf derselben Stelle befestigte und voller Gedanken mit ihr stillschweigend zum Schlosse hinauf ging.

Seitwärts vom Hause der Pachterfamilie lagen einige Wirthschaftsgebäude zur Aufbewahrung der Früchte und des Feldgeräthes, und hinter diesen befand sich ein Grasplatz mit einer alten Laube die aber kein Mensch jetzt besuchte, weil sie nach der neuen Einrichtung der Gebäude zu entfernt vom Garten war. In dieser Einsamkeit hielt sich Elfriede am liebsten auf, und es fiel Niemanden ein, sie hier zu stören, so daß die Eltern oft in halben Tagen ihrer nicht ansichtig wurden. An einem Nachmittage befand sich die Mutter in den Gebäuden, um aufzuräumen und eine verlorene Sache wieder zu finden, als sie wahrnahm, daß durch eine Ritze der Mauer ein Lichtstrahl in das Gemach falle. Es kam ihr der Gedanke, hindurch zu sehn, um ihr Kind zu beobachten, und es fand sich, daß ein locker gewordener Stein sich von der Seite schieben ließ, wodurch sie den Blick gerade hinein in die Laube gewann. Elfriede saß drinnen auf einem Bänkchen, und neben ihr die wohlbekannte Zerina, und beide Kinder spielten und ergötzten sich in holdseliger Eintracht. Die Elfe umarmte das schöne Kind und sagte traurig: Ach, du liebes Wesen, so wie mit dir habe ich schon mit deiner Mutter gespielt, als sie klein war und uns besuchte, aber ihr

Menschen wachst zu bald auf und werdet so schnell groß und vernünftig; das ist recht betrübt: bliebest du doch so lange ein Kind wie ich!

Gern thät ich dir den Gefallen, sagte Elfriede, aber sie meinen ja alle, ich würde bald zu Verstande kommen, und gar nicht mehr spielen, denn ich hätte rechte Anlagen, altklug zu werden. Ach! und dann seh ich dich auch nicht wieder, du liebes Zerinchen! Ja, es geht wie mit den Baumblüten: wie herrlich der blühende Apfelbaum mit seinen röthlichen aufgequollenen Knospen! der Baum thut so groß und breit, und jedermann, der drunter weg geht, meint auch, es müsse recht was Besonderes werden; dann kommt die Sonne, die Blüte geht so leutselig auf, und da steckt schon der böse Kern drunter, der nachher den bunten Putz verdrängt und hinunter wirft; nun kann er sich geängstigt und aufwachsend nicht mehr helfen, er muß im Herbst zur Frucht werden. Wohl ist ein Apfel auch lieb und erfreulich, aber doch nichts gegen die Frühlingsblüte: so geht es mit uns Menschen auch; ich kann mich nicht darauf freuen, ein großes Mädchen zu werden. Ach, könnt' ich euch doch nur einmal besuchen!

Seit der König bei uns wohnt, sagte Zerina, ist es ganz unmöglich, aber ich komme ja so oft zu dir, Liebchen, und keiner sieht mich, keiner weiß es, weder hier noch dort; ungesehn geh ich durch die Luft, oder fliege als Vogel herüber; o wir wollen noch recht viel beisammen seyn, so lange du klein bist. Was kann ich dir nur zu Gefallen thun?

Recht lieb sollst du mich haben, sagte Elfriede, so lieb, wie ich dich in meinem Herzen trage; doch laß uns auch einmal wieder eine Rose machen.

Zerina nahm das bekannte Schächtelchen aus dem Busen, warf zwei Körner hin, und plötzlich stand ein grünender Busch mit zweien hochrothen Rosen vor ihnen, welche sich zu einander neigten, und sich zu küssen schienen. Die Kinder brachen die Rosen lächelnd ab, und das

Gebüsch war wieder verschwunden. O müßte es nur nicht wieder so schnell sterben, sagte Elfriede, das rothe Kind, das Wunder der Erde. Gieb! sagte die kleine Elfe, hauchte dreimal die aufknospende Rose an, und küßte sie dreimal; nun, sprach sie, indem sie die Blume zurück gab, bleibt sie frisch und blühend bis zum Winter. Ich will sie wie ein Bild von dir aufheben, sagte Elfriede, sie in meinem Kämmerchen wohl bewahren, und sie Morgens und Abends küssen, als wenn du es wärst. Die Sonne geht schon unter, sagte jene, ich muß jetzt nach Hause. Sie umarmten sich noch einmal, dann war Zerina verschwunden.

Am Abend nahm Marie ihr Kind mit einem Gefühl von Beängstigung und Ehrfurcht in die Arme; sie ließ dem holden Mädchen nun noch mehr Freiheit als sonst, und beruhigte oft ihren Gatten, wenn er, um das Kind aufzusuchen, kam, was er seit einiger Zeit wohl that, weil ihm ihre Zurückgezogenheit nicht gefiel, und er fürchtete, sie könne darüber einfältig, oder gar unklug werden. Die Mutter schlich öfter nach der Spalte der Mauer, und fast immer fand sie die kleine glänzende Elfe neben ihrem Kinde sitzen, mit Spielen beschäftigt, oder in ernsthaften Gesprächen. Möchtest du fliegen können? fragte Zerina einmal ihre Freundin. Wie gerne! rief Elfriede aus. Sogleich umfaßte die Fee die Sterbliche, und schwebte mit ihr vom Boden empor, so daß sie zur Höhe der Laube stiegen. Die besorgte Mutter vergaß ihre Vorsicht, und lehnte sich erschreckend mit dem Kopfe hinaus, um ihnen nachzusehn, da erhob aus der Luft Zerina den Finger und drohte lächelnd, ließ sich mit dem Kinde wieder nieder, herzte sie und war verschwunden. Es geschah nachher noch öfter, daß Marie von dem wunderbaren Kinde gesehen wurde, welches jedesmal mit dem Kopfe schüttelte oder drohte, aber mit freundlicher Geberde.

Oftmals schon hatte bei vorgefallenem Streite Marie im Eifer zu ihrem Manne gesagt: du thust den armen Leuten in der Hütte Unrecht! Wenn Andres dann in sie drang, ihm zu erklären, warum sie der Meinung aller Leute im Dorfe, ja der Herrschaft selber entgegen sey und es besser wissen wolle, brach sie ab, und schwieg verlegen. Heftiger als je ward Andres eines Tages nach Tische und behauptete, das Gesindel müsse als landesverderblich durchaus fortgeschafft werden; da rief sie im Unwillen aus: schweig, denn sie sind deine und unser aller Wohlthäter! Wohlthäter? fragte Andres erstaunt; die Landstreicher? In ihrem Zorne ließ sie sich verleiten, ihm unter dem Versprechen der tiefsten Verschwiegenheit die Geschichte ihrer Jugend zu erzählen, und da er bei jedem ihrer Worte ungläubiger wurde und verhöhnend den Kopf schüttelte, nahm sie ihn bei der Hand und führte ihn in das Gemach, von wo er zu seinem Erstaunen die leuchtende Elfe mit seinem Kinde in die Laube spielen, und es liebkosen sah. Er wußte kein Wort zu sagen; ein Ausruf der Verwunderung entfuhr ihm, und Zerina erhob den Blick. Sie wurde plötzlich bleich und zitterte heftig, nicht freundlich, sondern mit zorniger Miene machte sie die drohende Geberde, und sagte dann zu Elfrieden: du kannst nichts dafür, geliebtes Herz, aber sie werden niemals klug, so verständig sie sich auch dünken. Sie umarmte die Kleine mit stürmender Eil, und flog dann als Rabe mit heiserem Geschrei über den Garten hinweg, den Tannenbäumen zu.

Am Abend war die Kleine sehr still und küßte weinend die Rose, Marien war ängstlich zu Sinne, Andres sprach wenig. Es wurde Nacht. Plötzlich rauschten die Bäume, Vögel flogen mit ängstlichem Geschrei umher, man hörte den Donner rollen, die Erde zitterte und Klagetöne winselten in der Luft. Marie und Andres hatten nicht den Muth aufzustehn; sie hüllten sich in die Decken und erwarteten mit Furcht und Zittern den Tag. Gegen Morgen ward es ruhiger, und alles war still, als die Sonne mit ihrem heitern Lichte über den Wald hervor drang.

Andres kleidete sich an, und Marie bemerkte, daß der Stein des Ringes an ihrem Finger verblaßt war. Als sie die

Thür öffneten, schien ihnen die Sonne klar entgegen, aber die Landschaft umher kannten sie kaum wieder. Die Frische des Waldes war verschwunden, die Hügel hatten sich gesenkt, die Bäche flossen matt mit wenigem Wasser, der Himmel schien grau, und als man den Blick nach den Tannen hinüber wandte, standen sie nicht finstrer oder trauriger da, als die übrigen Bäume; die Hütten hinter ihnen hatten nichts Abschreckendes, und mehrere Einwohner des Dorfes kamen und erzählten von der seltsamen Nacht, und daß sie über den Hof gegangen seyen, wo die Zigeuner gewohnt, die wohl fortgegangen seyn müßten, weil die Hütten leer ständen, und im Innern ganz gewöhnlich wie die Wohnungen andrer armen Leute aussähen; einiges vom Hausrath wäre zurück geblieben. Elfriede sagte zu ihre Mutter heimlich: als ich in der Nacht nicht schlafen konnte, und in der Angst bei dem Getümmel von Herzen betete, da öffnete sich plötzlich meine Thür, und herein trat meine Gespielin, um Abschied von mir zu nehmen. Sie hatte eine Reisetasche um, einen Hut auf ihren Kopf, und einen großen Wanderstab in der Hand. Sie war sehr böse auf dich, weil sie deinetwegen nun die größten und schmerzhaftesten Strafen aushalten müsse, da sie dich doch immer so geliebt habe; denn alle, so wie sie sagte, verließen nur sehr ungern diese Gegend.

Marie verbot ihr, davon zu sprechen, und indem kam auch der Fährmann vom Strome herüber, welcher Wunderdinge erzählte. Mit einbrechender Nacht war ein großer fremder Mann zu ihm gekommen, welcher ihm bis zu Sonnen-Aufgang die Fähre abgemiethet habe, doch mit dem Bedingniß, daß er sich still zu Hause halten und schlafen, wenigstens nicht aus der Thür treten solle. Ich fürchtete mich, fuhr der Alte fort, aber der seltsame Handel ließ mich nicht schlafen. Sacht schlich ich mich ans Fenster und schaute nach dem Strome. Große Wolken trieben unruhig durch den Himmel und die fernen Wälder rauschten bange; es war als wenn meine Hütte bebte und

Klagen und Winseln um das Haus schlich. Da sah ich plötzlich ein weißströmendes Licht, das breiter und immer breiter wurde, wie viele tausend nieder gefallene Sterne, funkelnd und wogend bewegte es sich von dem finstern Tannengrunde her, zog über das Feld, und verbreitete sich nach dem Flusse hin. Da hörte ich ein Trappeln, ein Klirren, ein Flüstern und Säuseln näher und näher; es ging nach meiner Fähre hin, hinein stiegen alle, große und kleine leuchtende Gestalten, Männer und Frauen, wie es schien, und Kinder, und der große fremde Mann fuhr sie alle hinüber; im Strome schwammen neben dem Fahrzeuge viel tausend helle Gebilde, in der Luft flatterten Lichter und weiße Nebel, und alles klagte und jammerte, daß sie so weit, weit reisen müßten, aus der geliebten angewöhnten Gegend fort. Der Ruderschlag und das Wasser rauschten dazwischen, und dann war wieder plötzlich eine Stille. Oft stieß die Fähre an, und kam zurück und ward von neuem beladen, auch viele schwere Gefäße nahmen sie mit, die gräßliche kleine Gesellen trugen und rollten; waren es Teufel, waren es Kobolde, ich weiß es nicht. Dann kam im wogenden Glanz ein stattlicher Zug. Ein Greis schien es, auf einem weißen kleinen Rosse, um den sich alles drängte, ich sah aber nur den Kopf des Pferdes, denn es war über und über mit kostbaren glänzenden Decken verhangen; auf dem Haupt trug der Alte eine Krone, so daß ich dachte, als er hinüber gefahren, die Sonne wolle von dorten aufgehn, und das Morgenroth funkle mir entgegen. So währte es die ganze Nacht; ich schlief endlich in dem Gewirre ein, zum Theil in Freude, zum Theil in Schauder. Am Morgen war alles ruhig, aber der Fluß ist wie weg gelaufen, so daß ich Noth haben werde mein Fahrzeug zu regieren.

Noch in dermselben Jahre war ein Mißwachs, die Wälder starben ab, die Quellen vertrockneten, und dieselbe Gegend, die sonst die Freude jedes Durchreisenden gewesen war, stand im Herbst verödet, nackt und kahl, und zeigte kaum hie und da noch im Meere von Sand ein Plätzchen, wo Gras mit fahlem Grün empor wuchs. Die Obstbäume gingen alle aus, die Weinberge verdarben, und der Anblick der Landschaft war so traurig, daß der Graf im folgenden Jahre mit seiner Familie das Schloß verließ, welches nachher verfiel und zur Ruine wurde.

Elfriede betrachtete Tag und Nacht mit der größten Sehnsucht ihre Rose und gedachte ihrer Gespielin, und so wie die Blume sich neigte und welkte, so senkte sie auch das Köpfchen, und war schon vor dem Frühlinge verschmachtet. Marie stand oft auf dem Platze vor der Hütte und beweinte das entschwundene Glück. Sie verzehrte sich, wie ihr Kind, und folgte ihm in einigen Jahren. Der alte Martin zog mit seinem Schwiegersohne nach der Gegend, in der er sonst gelebt hatte.

Die Damen waren mit dieser Erzählung zufrieden. Wilibald war noch übrig, um sein Mährchen vorzutragen, und er fing sogleich ohne Einleitung an.

Der Pokal.

Vom großen Dom erscholl das vormittägige Geläute. Über den weiten Platz wandelten in verschiedenen Richtungen Männer und Weiber, Wagen fuhren vorüber und Priester gingen nach ihren Kirchen. Ferdinand stand auf der breiten Treppe, den Wandelnden nachsehend und diejenigen betrachtend, welche herauf stiegen, um dem Hochamte beizuwohnen. Der Sonnenschein glänzte auf den weißen Steinen, alles suchte den Schatten gegen die Hitze; nur er stand schon seit lange sinnend an einen Pfeiler gelehnt, in den brennenden Stralen, ohne sie zu fühlen, denn er verlor sich in den Erinnerungen, die in seinem Gedächtnisse aufstiegen. Er dachte seinem Leben nach, und begeisterte sich an dem Gefühl, welches sein Leben durchdrungen und alle andern Wünsche in ihm ausgelöscht hatte. In derselben Stunde stand er hier im vorigen Jahre, um Frauen und Mädchen zur Messe kommen zu sehn; mit gleichgültigem Herzen und lächelndem Auge hatte er die mannichfaltigen Gestalten betrachtet, mancher holde Blick war ihm schalkhaft begegnet und manche jungfräuliche Wange war erröthet; sein spähendes Auge sah den niedlichen Füßchen nach, wie sie die Stufen herauf schritten und wie sich das schwebende Gewand mehr oder weniger verschob, um die feinen Knöchel zu enthüllen. Da kam über den Markt eine jugendliche Gestalt, in Schwarz, schlank und edel, die Augen sittsam vor sich hin geheftet, unbefangen schwebte sie die Erhöhung hinauf mit lieblicher Anmuth, das seidene Gewand legte sich um den schönsten Körper und wiegte sich wie in Musik um die bewegten Glieder; jetzt wollte sie den letzten Schritt thun, und von ohngefähr erhob sie das Auge und traf mit dem blauesten Strale in seinen Blick. Er ward wie von einem Blitz durchdrungen. Sie strauchelte, und so schnell er auch hinzu sprang, konnte er doch nicht verhindern, daß sie nicht kurze Zeit in der reizendsten Stellung knieend vor seinen Füßen lag. Er hob sie auf, sie sah ihn nicht an, sondern war ganz Röthe, antwortete auch nicht auf seine Frage, ob sie sich beschädiget habe. Er folgte ihr in die Kirche und sah nur das Bildniß, wie sie vor ihm gekniet, und der schönste Busen ihm entgegen gewogt. Am folgenden Tage besuchte er die Schwelle des Tempels wieder; die Stätte war ihm geweiht. Er hatte abreisen wollen, seine Freunde erwarteten ihn ungeduldig in seiner Heimath; aber von nun an war hier sein Vaterland, sein Herz war umgewendet. Er sah sie öfter, sie vermied ihn nicht, doch waren es nur einzelne und gestohlene Augenblicke; denn ihre reiche Familie bewachte sie genau, noch mehr ein angesehener eifersüchtiger Bräutigam. Sie gestanden sich ihre Liebe, wußten aber keinen Rath in ihrer Lage; denn er war fremd, und konnte seiner Geliebten kein so großes Glück anbieten, als sie zu erwarten berechtiget war. Da fühlte er seine Armuth, doch wenn er an seine vorige Lebensweise dachte, dünkte er sich überschwänglich reich, denn sein Daseyn war geheiligt, sein Herz schwebte immerdar in der schönsten Rührung; jetzt war ihm die Natur befreundet und ihre Schönheit seinen Sinnen offenbar, er fühlte sich der Andacht und Religion nicht mehr fremd, und betrat dieselbe Schwelle, das geheimnißvolle Dunkel des Tempels jetzt mit ganz andern Gefühlen, als in jenen Tagen des Leichtsinns. Er zog sich von seinen Bekanntschaften zurück und lebte nur der Liebe. Wenn er durch ihre Straße ging und sie nur am Fenster sah, war er für diesen Tag glücklich; er hatte sie in der Dämmerung des Abends oftmals gesprochen, ihr Garten stieß an den eines Freundes, der aber sein Geheimniß nicht wußte. So war ein Jahr vorüber gegangen.

Alle diese Scenen seines neuen Lebens zogen wieder durch sein Gedächtniß. Er erhob seinen Blick, da schwebte die edle Gestalt schon über den Platz, sie leuchtete ihm wie eine Sonne aus der verworrenen Menge hervor. Ein lieblicher Gesang ertönte in seinem sehnsüchtigen Herzen, und er trat, wie sie sich annäherte, in die Kirche zurück. Er hielt ihr das geweihte Wasser entgegen, ihre weißen Finger zitterten, als sie die seinigen berührte, sie neigte sich holdselig. Er folgte ihr nach, und kniete in ihrer Nähe. Sein ganzes Herz zerschmolz in Wehmuth und Liebe, es dünkte ihm, als wenn aus den Wunden der Sehnsucht sein Wesen in andächtigen Gebeten dahin blutete; jedes Wort des Priesters durchschauerte ihn, jeder Ton der Musik goß Andacht in seinen Busen; seine Lippen bebten, als die Schöne das Crucifix ihres Rosenkranzes an den brünstigen rothen Mund drückte. Wie hatte er ehemals diesen Glauben und diese Liebe so gar nicht begreifen können. Da erhob der Priester die Hostie und die Glocke schallte, sie neigte sich demüthiger und bekreuzte ihre Brust; und wie ein Blitz schlug es durch alle seine Kräfte und Gefühle, und das Altarbild dünkte ihm lebendig und die farbige Dämmerung der Fenster wie ein Licht des Paradieses; Thränen strömten reichlich aus seinen Augen und linderten die verzehrende Inbrunst seines Herzens.

Der Gottesdienst war geendigt. Er bot ihr wieder den Weihbrunnen, sie sprachen einige Worte und sie entfernte sich. Er blieb zurück, um keine Aufmerksamkeit zu erregen; er sah ihr nach, bis der Saum ihres Kleides um die Ecke verschwand. Da war ihm wie dem müden verirrten Wanderer, dem im dichten Walde der letzte Schein der untergehenden Sonne erlischt. Er erwachte aus seiner Träumerei, als ihm eine alte dürre Hand auf die Schulter schlug, und ihn jemand bei Namen nannte.

Er fuhr zurück, und erkannte seinen Freund, den mürrischen Albert, der von allen Menschen sich zurück zog und dessen einsames Haus nur dem jungen Ferdinand geöffnet war. Seid ihr unsrer Abrede noch eingedenk? fragte die heisere Stimme. O ja, antwortete Ferdinand, und werdet Ihr euer Versprechen heut noch halten? Noch in dieser Stunde, antwortete jener, wenn ihr mir folgen wollt.

Sie gingen durch die Stadt und in einer abgelegenen Straße in ein großes Gebäude. Heute, sagte der Alte, müßt ihr euch schon mit mir in das Hinterhaus bemühn, in mein einsamstes Zimmer, damit wir nicht etwa gestört werden. Sie gingen durch viele Gemächer, dann über einige Treppen; Gänge empfingen sie, und Ferdinand, der das Haus zu kennen glaubte, mußte sich über die Menge der Zimmer, so wie über die seltsame Einrichtung des weitläufigen Gebäudes verwundern, noch mehr aber darüber, daß der Alte, welcher unverheirathet war, und der auch keine Familie hatte, es allein mit einem einzigen Bedienten bewohne, und niemals an Fremde von dem überflüßigen Raume hatte vermiethen wollen. Albert schloß endlich auf und sagte: nun sind wir zur Stelle. Ein großes hohes Zimmer empfing sie, das mit rothem Damast ausgeschlagen war, den goldene Leisten einfaßten, die Sessel waren von dem nehmlichen Zeuge, und durch rothe schwerseidene Vorhänge, welche nieder gelassen waren, schimmerte ein purpurnes Licht. Verweilt einen Augenblick, sagte der Alte, indem er in ein anderes Gemach ging. Ferdinand betrachtete indeß einige Bücher, in welchen er fremde unverständliche Charaktere, Kreise und Linien, nebst vielen wunderlichen Zeichnungen fand, und nach dem wenigen, was er lesen konnte, schienen es alchemistische Schriften; er wußte auch, daß der Alte im Rufe eines Goldmachers stand. Eine Laute lag auf dem Tische, welche seltsam mit Perlmutter und farbigen Hölzern ausgelegt war und in glänzenden Gestalten Vögel und Blumen darstellte; der Stern in der Mitte war ein großes Stück Perlmutter, auf das kunstreichste in vielen durchbrochenen Zirkelfiguren, fast wie die Fensterrose einer gothischen Kirche, ausgearbeitet. Ihr betrachtet da mein Instrument, sagte Albert, welcher zurück kehrte, es ist schon zweihundert Jahr alt, und ich habe es als ein Andenken meiner Reise aus Spanien mitgebracht. Doch laßt das alles, und setzt euch jetzt.

Sie setzten sich an den Tisch, der ebenfalls mit einem rothen Teppiche bedeckt war, und der Alte stellte etwas Verhülltes auf die Tafel. Aus Mitleid gegen eure Jugend, fing er an, habe ich euch neulich versprochen, euch zu wahrsagen, ob ihr glücklich werden könnt oder nicht, und dieses Versprechen will ich in gegenwärtiger Stunde lösen, ob ihr gleich die Sache neulich nur für einen Scherz halten wolltet. Ihr dürft euch nicht entsetzen, denn was ich vorhabe, kann ohne Gefahr geschehn, und weder furchtbare Citationen sollen von mir vorgenommen werden, noch soll euch eine gräßliche Erscheinung erschrecken. Die Sache, die ich versuchen will, kann in zweien Fällen mißlingen: wenn ihr nehmlich nicht so wahrhaft liebt, als ihr mich habt wollen glauben machen, denn alsdann ist meine

Bemühung umsonst und es zeigt sich gar nichts; oder daß ihr das Orakel stört und durch eine unnütze Frage oder ein hastiges Auffahren vernichtet, indem ihr euren Sitz verlaßt und das Bild zertrümmert; ihr müßt mir also versprechen, euch ganz ruhig zu verhalten.

Ferdinand gab das Wort, und der Alte wickelte aus den Tüchern das, was er mitgebracht hatte. Es war ein goldener Pokal von sehr künstlicher und schöner Arbeit. Um den breiten Fuß lief ein Blumenkranz mit Myrthen und verschiedenem Laube und Früchten gemischt, erhaben ausgeführt mit mattem oder klarem Golde. Ein ähnliches Band, aber reicher, mit kleinen Figuren und fliehenden wilden Thierchen, die sich vor den Kindern fürchteten oder mit ihnen spielten, zog sich um die Mitte des Bechers. Der Kelch war schön gewunden, er bog sich oben zurück, den Lippen entgegen, und inwendig funkelte das Gold mit rother Gluth. Der Alte stellte den Becher zwischen sich und den Jüngling, und winkte ihn näher. Fühlt ihr nicht etwas, sprach er, wenn euer Auge sich in diesem Glanz verliert? Ja, sagte Ferdinand, dieser Schein spiegelt in mein Innres hinein, ich möchte sagen, ich fühle ihn wie einen Kuß in meinem sehnsüchtigen Busen. So ist es recht! sagte der Alte; nun laßt eure Augen nicht mehr herum schweifen, sondern haltet sie fest auf den Glanz dieses Goldes, und denkt so lebhaft wie möglich an eure Geliebte.

Beide saßen eine Weile ruhig, und schauten vertieft den leuchtenden Becher an. Bald aber fuhr der Alte mit stummer Geberde, erst langsam, dann schneller, endlich in eilender Bewegung mit streichendem Finger um die Glut des Pokals in ebenmäßigen Kreisen hin. Dann hielt er wieder inne und legte die Kreise von der andern Seite. Als er eine Welle dies Beginnen fortgesetzt hatte, glaubte Ferdinand Musik zu hören, aber es klang wie draußen, in einer fernen Gasse; doch bald kamen die Töne näher, sie schlugen lauter und lauter an, sie zitterten bestimmter durch die Luft, und es blieb ihm endlich kein Zweifel, daß sie aus dem Innern des Bechers hervor quollen. Immer stärker ward die Musik, und von so durchdringender Kraft, daß des Jünglings Herz erzitterte und ihm die Thränen in die Augen stiegen. Eifrig fuhr die Hand des Alten in verschiedenen Richtungen über die Mündung des Bechers, und es schien, als wenn Funken aus seinen Fingern fuhren und zuckend gegen das Gold leuchtend und klingend zersprangen. Bald mehrten sich die glänzenden Punkte und folgten, wie auf einen Faden gereiht, der Bewegung seines Fingers hin und wieder; sie glänzten von verschiedenen Farben, und drängten sich allgemach dichter und dichter an einander, bis sie in Linien zusammenschossen. Nun schien es, als wenn der Alte in der rothen Dämmerung ein wundersames Netz über das leuchtende Gold legte, denn er zog nach Willkühr die Stralen hin und wieder, und verwebte mit ihnen die Öffnung des Pokales; sie gehorchten ihm und blieben, einer Bedeckung ähnlich, liegen, indem sie hin und wieder webten und in sich selber schwankten. Als sie so gefesselt waren, beschrieb er wieder die Kreise um den Rand, die Musik sank wieder zurück und wurde leiser und leiser, bis sie nicht mehr zu vernehmen war, das leuchtende Netz zitterte wie beängstiget. Es brach im zunehmenden Schwanken, und die Stralen regneten tropfend in den Kelch, doch aus den niedertropfenden erhob sich wie eine röthliche Wolke, die sich in sich selbst in vielfachen Kreisen bewegte, und wie Schaum über der Mündung schwebte. Ein hellerer Punkt schwang sich mit der größten Schnelligkeit durch die wolkigen Kreise. Da stand das Gebild, und wie ein Auge schaute es plötzlich aus dem Duft, wie goldene Locken floß und ringelte es oben, und alsbald ging ein saftes Erröthen in dem wankenden Schatten auf und ab, und Ferdinand erkannte das lächelnde Angesicht seiner Geliebten, die blauen Augen, die zarten Wangen, den lieblich rothen Mund. Das Haupt schwankte hin und her, hob sich deutlicher und sichtbarer auf dem schlanken weißen Halse hervor und neigte sich zu dem entzückten Jünglinge hin. Der Alte beschrieb immer noch die Kreise um den Becher, und heraus traten die glänzenden Schultern, und so wie sich die liebliche Bildung aus dem goldenen Bett mehr hervor drängte und holdselig hin und wieder wiegte, so erschienen nun die beiden zarten, gewölbten und getrennten Brüste, auf deren Spitze die feinste Rosenknospe mit süß verhüllter Röthe schimmerte. Ferdinand glaubte den Athem zu fühlen, indem das geliebte Bild wogend zu ihm neigte, und ihn fast mit den brennenden Lippen berührte; er konnte sich im Taumel nicht mehr bewältigen, sondern drängte sich mit einem Kusse an den Mund, und wähnte, die schönen Arme zu fassen, um die nackte Gestalt ganz aus dem goldenen Gefängniß zu heben. Alsbald durchfuhr ein starkes Zittern das liebliche Bild, wie in tausend Linien brach das Haupt und der Leib zusammen, und eine Rose lag am Fuß des Pokales, aus deren Röthe noch das süße Lächeln schien. Sehnsüchtig ergriff sie Ferdinand, drückte sie an seinen Mund, und an seinem brennenden Verlangen verwelkte sie, und war in Luft zerflossen.

Du hast schlecht dein Wort gehalten, sagte der Alte verdrüßlich, du kannst dir nur selber die Schuld beimessen. Er verhüllte seinen Pokal wieder, zog die Vorhänge auf und eröffnete ein Fenster, das helle Tageslicht brach herein, und Ferdinand verließ wehmüthig und mit vielen Entschuldigungen den murrenden Alten.

Er eilte bewegt durch die Straßen der Stadt. Vor dem Thore setzte er sich unter den Bäumen nieder. Sie hatte ihm am Morgen gesagt, daß sie mit einigen Verwandten Abends über Land fahren müsse. Bald saß, bald wanderte er liebetrunken im Walde; immer sah er das holdselige Bild, wie es mehr und mehr aus dem glühenden Golde quoll, jetzt erwartete er, sie heraus schreiten zu sehn im Glanze ihrer Schönheit, und dann zerbrach die schönste Form vor seinen Augen, und er zürnte mit sich, daß er durch seine rastlose Liebe und die Verwirrung seiner Sinne das Bildniß und vielleicht sein Glück zerstört habe.

Als nach der Mittagsstunde der Spaziergang sich allgemach mit Menschen füllte, zog er sich tiefer in das Gebüsch zurück; spähend behielt er aber die ferne Landstraße im Auge, und jeder Wagen, der durch das Thor kam, wurde aufmerksam von ihm geprüft.

Es näherte sich dem Abende. Rothe Schimmer warf die untergehende Sonne, da flog aus dem Thor der reiche vergoldete Wagen, der feurig im Abendglanze leuchtete. Er eilte hinzu. Ihr Auge hatte das seinige schon gesucht. Freundlich und lächelnd lehnte sie den glänzenden Busen aus dem Schlage, er fing ihren liebevollen Gruß und Wink auf; jetzt stand er neben dem Wagen, ihr voller Blick fiel auf ihn, und indem sie sich weiter fahrend wieder zurück zog, flog die Rose, welche ihren Busen zierte, heraus, und lag zu seinen Füßen. Er hob sie auf und küßte sie, und ihm war, als weissage sie ihm, daß er seine Geliebte nicht wieder sehn würde, daß nun sein Glück auf immer zerbrochen sey.

Auf und ab lief man die Treppen, das ganze Haus war in Bewegung, alles machte Geschrei und Lärmen zum morgenden großen Feste. Die Mutter war am thätigsten so wie am freudigsten; die Braut ließ alles geschehn, und zog sich, ihrem Schicksal nachsinnend, in ihr Zimmer zurück. Man erwartete noch den Sohn, den Hauptmann mit seiner Frau und zwei ältere Töchter mit ihren Männern; Leopold, ein jüngerer Sohn, war muthwillig beschäftigt, die Unordnung zu vermehren, den Lärmen zu vergrößern, und alles zu verwirren, indem er alles zu betreiben schien. Agathe, seine noch unverheirathete Schwester, wollte ihn zur Vernunft bringen und dahin bewegen, daß er sich um nichts kümmere, und nur die andern in Ruhe lasse; aber die Mutter sagte: störe ihn nicht in seiner Thorheit, denn heute kommt es auf etwas mehr oder weniger nicht an;

nur darum bitte ich euch alle, da ich schon auf so viel zu denken habe, daß ihr mich nicht mit irgend etwas behelligt, was ich nicht höchst nöthig erfahren muß; ob sie Porzellan zerbrechen, ob einige silberne Löffel fehlen, ob das Gesinde der Fremden Scheiben entzwei schlägt, mit solchen Possen ärgert mich nicht, daß ihr sie mir wieder erzählt. Sind diese Tage der Unruhe vorüber, dann wollen wir Rechnung halten.

Recht so, Mutter! sagte Leopold, das sind Gesinnungen, eines Regenten würdig! Wenn auch einige Mägde den Hals brechen, der Koch sich betrinkt und den Schornstein anzündet, der Kellermeister vor Freude den Malvasier auslaufen oder aussaufen läßt, Sie sollen von dergleichen Kindereyen nichts erfahren. Es müßte denn seyn, daß ein Erdbeben das Haus umwürfe; Liebste, das ließe sich unmöglich verhelen.

Wann wird er doch einmal klüger werden! sagte die Mutter; was werden nur deine Geschwister denken, wenn sie dich eben so unklug wieder finden, als sie dich vor zwei Jahren verlassen haben.

Sie müssen meinem Charakter Gerechtigkeit widerfahren lassen, antwortete der lebhafte Jüngling, daß ich nicht so wandelbar bin wie sie oder ihre Männer, die sich in wenigen Jahren so sehr, und zwar nicht zu ihrem Vortheile verändert haben.

Jetzt trat der Bräutigam zu ihnen, und fragte nach der Braut. Die Kammerjungfer ward geschickt, sie zu rufen. Hat Leopold Ihnen, liebe Mutter, meine Bitte vorgetragen? fragte der Verlobte.

Daß ich nicht wüßte, sagte diese; in der Unordnung hier im Hause kann man keinen vernünftigen Gedanken fassen.

Die Braut trat herzu, und die jungen Leute begrüßten sich mit Freuden. Die Bitte, deren ich erwähnte, fuhr dann der Bräutigam fort, ist diese, daß Sie es nicht übel deuten mögen, wenn ich Ihnen noch einen Gast in Ihr Haus führe, das für diese Tage nur schon zu sehr besetzt ist.

Sie wissen es selbst, sagte die Mutter, daß, so geräumig es auch ist, sich schwerlich noch Zimmer einrichten lassen.

Doch, rief Leopold, ich habe schon zum Theil dafür gesorgt, ich habe die große Stube im Hinterhause aufräumen lassen.

Ei, die ist nicht anständig genug, sagte die Mutter, seit Jahren ist sie ja fast nur zur Polterkammer gebraucht.

Prächtig ist sie hergestellt, sagte Leopold, und der Freund, für den sie bestimmt ist, sieht auch auf dergleichen nicht, dem ist es nur um unsre Liebe zu thun; auch hat er keine Frau und befindet sich gern in der Einsamkeit, so daß sie ihm gerade recht sein wird. Wir haben Mühe genug gehabt, ihm zuzureden und ihn wieder unter Menschen zu bringen.

Doch wohl nicht euer trauriger Goldmacher und Geisterbanner? fragte Agathe.

Kein andrer als der, erwiederte der Bräutigam, wenn Sie ihn einmal so nennen wollen.

Dann erlauben Sie es nur nicht, liebe Mutter, fuhr die Schwester fort; was soll ein solcher Mann in unserm Hause? Ich habe ihn einigemal mit Leopold über die Straße gehen sehn, und mir ist vor seinem Gesicht bange geworden; auch besucht der alte Sünder fast niemals die Kirche, er liebt weder Gott noch Menschen, und es bringt keinen Seegen, dergleichen Ungläubige bei so feierlicher Gelegenheit unter das Dach einzuführen. Wer weiß, was daraus entstehn kann!

Wie du nun sprichst! sagte Leopold erzürnt, weil du ihn nicht kennst so verurtheilst du ihn, und weil dir seine Nase nicht gefällt, und er auch nicht mehr jung und reizend ist, so muß er, deinem Sinne nach, ein Geisterbanner und verruchter Mensch seyn.

Gewähren Sie, theure Mutter, sagte der Bräutigam, unserm alten Freunde ein Plätzchen in ihrem Hause, und lassen Sie ihn an unserer allgemeinen Freude Theil nehmen. Er scheint, liebe Schwester Agathe, viel Unglück erlebt zu haben, welches ihn mißtrauisch und menschenfeindlich gemacht hat, er vermeidet alle Gesellschaft, und macht nur eine Ausnahme mit mir und Leopold; ich habe ihm viel zu danken, er hat zuerst meinem Geiste eine bessere Richtung gegeben, ja ich kann sagen, er allein hat mich vielleicht der Liebe meiner Julie würdig gemacht.

Mir borgt er alle Bücher fuhr Leopold fort, und, was mehr sagen will, alte Manuskripte, und was noch mehr sagen will, Geld, auf mein bloßes Wort; er hat die christlichste Gesinnung, Schwesterchen, und wer weiß, wenn du ihn näher kennen lernst, ob du nicht deine Sprödigkeit fahren lässest, und dich in ihn verliebst, so häßlich er dir auch jetzt vorkommt.

Nun so bringen Sie ihn uns, sagte die Mutter, ich habe schon sonst so viel aus Leopolds Munde von ihm hören müssen, daß ich neugierig bin, seine Bekanntschaft zu machen. Nur müssen Sie es verantworten, daß wir ihm keine bessere Wohnung geben können.

Indem kamen Reisende an. Es waren die Mitglieder der Familie; die verheiratheten Töchter, so wie der Offizier, brachten ihre Kinder mit. Die gute Alte freute sich, ihre Enkel zu sehn; alles war Bewillkommnung und frohes Gespräch, und als der Bräutigam und Leopold auch ihre Grüße empfangen und abgelegt hatten, entfernten sie sich, um ihren alten mürrischen Freund aufzusuchen.

Dieser wohnte die meiste Zeit des Jahres auf dem Lande, eine Meile von der Stadt, aber eine kleine Wohnung behielt er sich auch in einem Garten, vor dem Thore. Hier hatten ihn zufälligerweise die beiden jungen Leute kennen gelernt. Sie trafen ihn jetzt auf einem Caffehause, wohin sie sich bestellt hatten. Da es schon Abend geworden war, begaben sie sich nach einigen Gesprächen in das Haus zurück.

Die Mutter nahm den Fremden sehr freundschaftlich auf; die Töchter hielten sich etwas entfernt, besonders war Agathe schüchtern und vermied seine Blicke sorgfältig. Nach den ersten allgemeinen Gesprächen war das Auge des Alten aber unverwandt auf die Braut gerichtet, welche später zur Gesellschaft getreten war; er schien entzückt und man bemerkte, daß er eine Thräne heimlich abzutrocknen suchte. Der Bräutigam freute sich an seiner Freude, und als sie nach einiger Zeit abseits am Fenster standen, nahm er seine Hand und fragte ihn: Was sagen Sie von meiner geliebten Julie? Ist sie nicht ein Engel? – O mein Freund, erwiederte der Alte gerührt, eine solche Schönheit und Anmuth habe ich noch niemals gesehn; oder ich sollte vielmehr sagen, (denn dieser Ausdruck ist unrichtig) sie ist so schön, so bezaubernd, so himmlisch, daß mir ist, als hätte ich sie längst gekannt, als wäre sie, so fremd sie mir ist, das vertrauteste Bild meiner Imagination, das meinem Herzen stets einheimisch gewesen.

Ich verstehe Sie, sagte der Jüngling; ja das wahrhaft Schöne, Große und Erhabene, so wie es uns in Erstaunen und Verwunderung setzt, überrascht uns doch nicht als etwas Fremdes, Unerhörtes und Niegesehenes, sondern unser eigenstes Wesen wird uns in solchen Augenblicken klar, unsre tiefsten Erinnerungen werden erweckt, und unsre nächsten Empfindungen lebendig gemacht.

Beim Abendessen nahm der Fremde an den Gesprächen nur wenigen Antheil; sein Blick war unverwandt auf die Braut geheftet, so daß diese endlich verlegen und ängstlich wurde. Der Offizier erzählte von einem Feldzuge, dem er beigewohnt hatte, der reiche Kaufmann sprach von seinen Geschäften und der schlechten Zeit, und der Gutsbesitzer von den Verbesserungen, welche er in seiner Landwirthschaft angefangen hatte.

Nach Tische empfahl sich der Bräutigam, um zum letztenmal in seine einsame Wohnung zurück zu kehren, denn künftig sollte er mit seiner jungen Frau im Hause der

Mutter wohnen, ihre Zimmer waren schon eingerichtet. Die Gesellschaft zerstreute sich, und Leopold führte den Fremden nach seinem Gemach. Ihr entschuldigt es wohl, fing er auf dem Gange an, daß ihr etwas entfernt hausen müßt, und nicht so bequem, als die Mutter wünscht; aber Ihr seht selbst, wie zahlreich unsre Familie ist, und morgen kommen noch andre Verwandte. Wenigstens werdet ihr uns nicht entlaufen können, denn Ihr findet gewiß nicht aus dem weitläufigen Gebäude heraus.

Sie gingen noch durch einige Gänge; endlich entfernte sich Leopold und wünschte gute Nacht. Der Bediente stellte zwei Wachskerzen hin, fragte, ob er den Fremden entkleiden solle, und da dieser jede Bedienung verbat, zog sich jener zurück, und er befand sich allein. Wie muß es mir denn begegnen, sagte er, indem er auf und nieder ging, daß jenes Bildniß so lebhaft heut aus meinem Herzen quillt? Ich vergaß die ganze Vergangenheit und glaubte sie selbst zu sehn. Ich war wieder jung und ihr Ton erklang wie damals, mir dünkte, ich sey aus einem schweren Traum erwacht; aber nein, jetzt bin ich erwacht, und die holde Täuschung war nur ein süßer Traum.

Er war zu unruhig, um zu schlafen, er betrachtete einige Zeichnungen an den Wänden und dann das Zimmer. Heut ist mir alles so bekannt, rief er aus, könnt' ich mich doch fast so täuschen, daß ich mir einbildete, dieses Haus und dieses Gemach seyen mir nicht fremd. Er suchte seine Erinnerungen anzuknüpfen, und hob einige große Bücher auf, welche in der Ecke standen. Als er sie durchblättert hatte, schüttelte er mit dem Kopfe. Ein Lautenfutteral lehnte an der Mauer; er eröffnete es und nahm ein altes seltsames Instrument heraus, das beschädigt war und dem die Saiten fehlten. Nein, ich irre mich nicht, rief er bestürzt: diese Laute ist zu kenntlich, es ist die Spanische meines längst verstorbenen Freundes Albert; dort stehn seine magischen Bücher, dies ist das Zimmer, in welchem er mir jenes holdselige Orakel erwecken wollte; verblichen ist die Röthe des Teppichs, die goldene Einfassung ermattet, aber wundersam lebhaft ist alles, alles aus jenen Stunden in meinem Gemüth; darum schauerte mir, als ich hieher ging, auf jenen langen verwickelten Gängen, welche mich Leopold führte; o Himmel, hier auf diesem Tische stieg das Bildniß quellend hervor, und wuchs auf wie von der Röthe des Goldes getränkt und erfrischt; dasselbe Bild lachte hier mich an, welches mich heut Abend dorten im Saale fast wahnsinnig gemacht hat, in jenem Saale, in welchem ich so oft mit Albert in vertrauten Gesprächen auf und nieder wandelte.

Er entkleidete sich, schlief aber nur wenig. Am Morgen stand er früh wieder auf, und betrachtete das Zimmer von neuem; er eröffnete das Fenster, und sah dieselben Gärten und Gebäude vor sich, wie damals, nur waren indeß viele neue Häuser hinzu gebaut worden. Vierzig Jahre sind seitdem verschwunden, seufzte er, und jeder Tag von damals enthielt längeres Leben als der ganze übrige Zeitraum.

Er ward wieder zur Gesellschaft gerufen. Der Morgen verging unter mannigfaltigen Gesprächen, endlich trat die Braut in ihrem Schmucke herein. So wie der Alte ihrer ansichtig ward, gerieth er wie außer sich, so daß keinem in der Gesellschaft seine Bewegung entging. Man begab sich zur Kirche und die Trauung ward vollzogen. Als sich alle wieder im Haus befanden, fragte Leopold seine Mutter: nun, wie gefällt Ihnen unser Freund, der gute mürrische Alte?

Ich habe ihn mir, antwortete diese, nach euren Beschreibungen viel abschreckender gedacht, er ist ja mild und theilnehmend, man könnte ein rechtes Zutrauen zu ihm gewinnen.

Zutrauen? rief Agathe aus, zu diesen fürchterlich brennenden Augen, diesen tausendfachen Runzeln, dem blassen eingekniffenen Mund, und diesem seltsamen Lachen, das so höhnisch klingt und aussieht? Nein, Gott bewahr mich vor solchem Freunde! Wenn böse Geister sich in

Menschen verkleiden wollen, müssen sie eine solche Gestalt annehmen.

Wahrscheinlich doch eine jüngere und reizendere, antwortete die Mutter; aber ich kenne auch diesen guten Alten in deiner Beschreibung nicht wieder. Man sieht, daß er von heftigem Temperament ist, und sich gewöhnt hat alle seine Empfindungen in sich zu verschließen; er mag, wie Leopold sagt, viel Unglück erlebt haben, daher ist er mißtrauisch geworden, und hat jene einfache Offenheit verloren, die haupsächlich nur den Glücklichen eigen ist.

Ihr Gespräch wurde unterbrochen, weil die übrige Gesellschaft hinzu trat. Man ging zur Tafel, und der Fremde saß neben Agathe und dem reichen Kaufmanne. Als man anfing die Gesundheiten zu trinken, rief Leopold: haltet noch inne, meine werthen Freunde, dazu müssen wir unsern Festpokal hier haben, der dann rundum gehn soll! Er wollte aufstehen, aber die Mutter winkte ihm, sitzen zu bleiben; du findest ihn doch nicht, sagte sie, denn ich habe alles Silberzeug anders gepackt. Sie ging schnell hinaus, um ihn selber zu suchen. Was unsere Alte heut geschäftig und munter ist, sagte der Kaufmann, so dick und breit sie ist, so behende kann sie sich doch noch bewegen, obgleich sie schon sechzig zählt; ihr Gesicht sieht immer heiter und freudig aus, und heut ist sie besonders glücklich, weil sie sich in der Schönheit ihrer Tochter wieder verjüngt. Der Fremde gab ihm Beifall, und die Mutter kam mit dem Pokal zurück. Man schenkte ihn voll Weins, und oben vom Tisch fing er an herum zu gehn, indem jeder die Gesundheit dessen ausbrachte, was ihm das liebste und erwünschteste war. Die Braut trank das Wohlseyn ihres Gatten, dieser die Liebe seiner schönen Julie, und so that jeder nach der Reihe. Die Mutter zögerte, als der Becher zu ihr kam. Nur dreist! sagte der Offizier etwas rauh und voreilig, wir wissen ja doch, daß sie alle Männer für ungetreu und keinen einzigen der Liebe einer Frau würdig halten; was ist Ihnen also das Liebste? Die Mutter sah ihn an, indem sich über die Milde ihres Antlitzes plötzlich ein zürnender Ernst verbreitete. Da mein Sohn, sagte sie, mich so genau kennt, und so strenge meine Gemüthsart tadelt, so sey es mir auch erlaubt, nicht auszusprechen, was ich jetzt eben dachte, und suche er nur dasjenige, was er als meine Überzeugung kennen will, durch seine ungefälschte Liebe unwahr zu machen. Sie gab den Becher, ohne zu trinken, weiter, und die Gesellschaft war auf einige Zeit verstimmt.

Man erzählt sich, sagte der Kaufmann leise, indem er sich zum Fremden neigte, daß sie ihren Mann nicht geliebt habe, sondern einen andern, der ihr aber ungetreu geworden ist; damals soll sie das schönste Mädchen in der Stadt gewesen seyn.

Als der Becher zu Ferdinand kam, betrachtete ihn dieser mit Erstaunen, denn es war derselbe, aus welchem ihm Albert ehemals das schöne Bildniß hervorgerufen hatte. Er schaute in das Gold hinein und in die Welle des Weines, seine Hand zitterte; es würde ihn nicht verwundert haben, wenn aus dem leuchtenden Zaubergefäße jetzt wieder jene Gestalt hervor geblüht wäre und mit ihr seine entschwundene Jugend. Nein, sagte er nach einiger Zeit halblaut, es ist Wein, was hier glüht! Was soll es anders seyn? sagte der Kaufmann lachend, trinken Sie getrost! Ein Zucken des Schrecks durchfuhr den Alten, er sprach den Namen Franziska heftig aus, und setzte den Pokal an die brünstigen Lippen. Die Mutter warf einen fragenden und verwundernden Blick hinüber. Woher dieser schöne Becher? sagte Ferdinand, der sich seiner Zerstreuung schämte. Vor vielen Jahren schon, antwortete Leopold, noch ehe ich geboren war, hat ihn mein Vater zugleich mit diesem Hause und allen Mobilien von einem einsamen Hagestolz gekauft, einem stillen Menschen, den die Nachbarschaft umher für einen Zauberer hielt. Ferdinand mochte nicht sagen, daß er jenen gekannt hatte, denn sein Daseyn war ihm zu sehr zum seltsamen Traum verwirrt, um auch nur aus der Ferne die übrigen in sein Gemüth schauen zu lassen.

Nach aufgehobener Tafel war er mit der Mutter allein, weil die jungen Leute sich zurück gezogen hatten, um Anstalten zum Balle zu treffen. Setzen Sie sich neben mich, sagte die Mutter, wir wollen ausruhen, denn wir sind über die Jahre des Tanzes hinweg, und, wenn es nicht unbescheiden ist zu fragen, so sagen Sie mir doch, ob Sie unsern Pokal schon sonst wo gesehn haben, oder was es war, was Sie so innerlichst bewegte.

O gnädige Frau, sagte der Alte, verzeihen Sie meiner thörichten Heftigkeit und Rührung, aber seit ich in Ihrem Hause bin, ist es, als gehöre ich mir nicht mehr an, denn in jedem Augenblicke vergesse ich es, daß mein Haar grau ist, daß meine Geliebten gestorben sind. Ihre schöne Tochter, die heute den frohesten Tag ihres Lebens feyert, ist einem Mädchen, das ich in meiner Jugend kannte und anbetete, so ähnlich, daß ich es für ein Wunder halten muß; nicht ähnlich, nein, der Ausdruck sagt zu wenig, sie ist es selbst! Auch hier im Hause bin ich viel gewesen, und einmal mit diesem Pokal auf die seltsamste Weise bekannt geworden. Er erzählte ihr hierauf sein Abentheuer. An dem Abend dieses Tages, so beschloß er, sah ich draußen im Park meine Geliebte zum letzten mal, indem sie über Land fuhr. Eine Rose entfiel ihr, diese habe ich aufbewahrt; sie selbst ging mir verloren, denn sie ward mir ungetreu und bald darauf vermählt.

Gott im Himmel! rief die Alte und sprang heftig bewegt aus, du bist doch nicht Ferdinand?

So ist mein Name, sagte jener.

Ich bin Franziska, antwortete die Mutter.

Sie wollten sich umarmen, und fuhren schnell zurück. Beide betrachteten sich mit prüfenden Blicken, beide suchten aus dem Ruin der Zeit jene Lineamente wieder zu entwickeln, die sie ehemals an einander gekannt und geliebt hatten, und wie in dunkeln Gewitternächten unter dem Fluge schwarzer Wolken einzeln in flüchtigen Momenten die Sterne räthselhaft schimmern, um schnell wieder zu erlöschen, so schien ihnen aus den Augen, von Stirn und Mund jezuweilen der wohlbekannte Zug vorüberblitzend an, und es war, als wenn ihre Jugend in der Ferne lächelnd weinte. Er bog sich nieder und küßte ihre Hand, indem zwei große Thränen herab stürzten, dann umarmten sie sich herzlich.

Ist deine Frau gestorben? fragte die Mutter.

Ich war nie verheirathet, schluchzte Ferdinand.

Himmel! sagte die Alte, die Hände ringend, so bin ich die Ungetreue gewesen! Doch nein, nicht ungetreu. Als ich vom Lande zurück kam, wo ich zwei Monden gewesen war, hörte ich von allen Menschen, auch von deinen Freunden, nicht bloß den meinigen, du seyst längst abgereist und in deinem Vaterlande verheirathet; man zeigte mir die glaubwürdigsten Briefe, man drang heftig in mich, man benutzte meine Trostlosigkeit, meinen Zorn, und so geschah es, daß ich meine Hand dem verdienstvollen Manne gab, mein Herz, meine Gedanken blieben dir immer gewidmet.

Ich habe mich nicht von hier entfernt, sagte Ferdinand, aber nach einiger Zeit vernahm ich deine Vermählung. Man wollte uns trennen, und es ist ihnen gelungen. Du bist glückliche Mutter, ich lebe in der Vergangenheit, und alle deine Kinder will ich wie die meinigen lieben. Aber wie wunderbar, daß wir uns seitdem nie wieder gesehen haben.

Ich ging wenig aus, sagte die Mutter, und mein Mann, der bald darauf einer Erbschaft wegen einen andern Namen annahm, hat dir auch jeden Verdacht dadurch entfernt, daß wir in derselben Stadt wohnen könnten.

Ich vermied die Menschen, sagte Ferdinand, und lebte nur der Einsamkeit; Leopold ist beinah der einzige, der mich wieder anzog und unter Menschen führte. O geliebte Freundin, es ist wie eine schauerliche Geistergeschichte, wie wir uns verloren und wieder gefunden haben.

Die jungen Leute fanden die Alten in Thränen aufgelöst und in tiefster Bewegung. Keines sagte, was vorgefallen war, das Geheimniß schien ihnen zu heilig. Aber seitdem war der Greis der Freund des Hauses, und der Tod nur schied die beiden Wesen, die sich so sonderbar wieder gefunden hatten, um sie kurze Zeit nachher wieder zu vereinigen.

Es war über dem Vorlesen dieser Mährchen viele Zeit verflossen, und man setzte sich sehr spät zu Tische. Der Abend war wieder so warm, daß man die Flügel des Saales eröffnen konnte, um die anmuthige Luft zu genießen. Man sprach noch vielerlei über die vorgetragenen Erzählungen, und es schien, daß die übrigen Frauen der Meinung Claras beitraten, welche die Geschichte vom blonden Eckbert allen übrigen vorzog. Emilie wollte im getreuen Eckart eine Disharmonie bemerken, Rosalie nahm die Magelone in Schutz und Wilibalds Erzählung, Auguste lobte die Elfen; nur in Ansehung des Runenberges und Liebeszaubers blieben alle bei ihrer vorgefaßten Meinung, und verwarfen sie gänzlich. Mein theurer Freund, sagte Manfred, zu Lothar gewandt, trösten wir uns darüber, daß die gegenwärtige Zeit uns nicht versteht, ich apellire an eine bessere Nachwelt, die mich dankbar anerkennen wird.

Wo ist die? fragte Lothar lachend.

Dorten schläft sie schon, sagte Manfred, nach der Kinderstube hinauf deutend, meine beiden Jungen meine ich; so wie sie nur ein weniges bei Kräften sind, lese ich ihnen meine Werke vor, und belohne ihren Beifall mit Zuckerwerk, und ich will sehn, ob sie mich nicht auf lange für den ersten aller Dichter halten sollen.

Wir sind aber unserm Freunde Lothar eine Vergütigung schuldig, sagte Clara, und da er heute als Autor so wenig Glück gemacht hat, so versuche er es einmal mit der Königswürde, er übernehme die nächste Abtheilung und bestimme sie nach seiner Willkühr.

Lothar verneigte sich, und nahm aus dem Blumenkorbe eine Lilie, um sie als Scepter zu gebrauchen. So befehle ich denn, sprach er, daß wir diese Mährchenwelt noch nicht verlassen, nur wollen wir den Dichtern die Mühe der Erfindung schenken; mögen sie allgemein bekannte Geschichten nehmen, wo möglich ganz kindische und alberne, und damit den Versuch machen, diesen durch ihre Darstellung ein neues Interesse zu geben; jedes dieser Mährchen soll aber ein Drama seyn.

Wilibald hustete und Auguste sagte: nur bitten wir Mädchen, daß es auch hie und da etwas lustig darinn zugehn möge, und nicht allzu poetisch.

Mir erlaube man auch eine Bitte, fügte Emilie hinzu, und zwar diejenige, daß wir mit der Zeit etwas ökonomischer umgehn und berechnen mögen, was sich vortragen und von den Zuhörern erdulden läßt, denn heute haben wir uns offenbar übersättigt, und der Genuß ist fast zur Pein geworden; Sie müssen bedenken, daß wir Frauen nicht so an das Verschlingen der Bücher gewöhnt sind, wie die Männer.

Auch dieses ist gewährt, sagte Lothar, ich werde mit meinen Räthen eine billige und zweckmäßige Einrichtung treffen, besonders bei diesen Dramen, von denen einige länger ausfallen dürften, als die meisten der heutigen Erzählungen.

Gute Nacht, sagte Manfred, ich bin so müde, und durch Beifall so wenig aufgemuntert, daß ich am besten thun werde, mich in die Dunkelheit meines Bettes zurück zu ziehn.

Als er sich entfernt hatte, sprach man noch über die seltsame Erscheinung, daß im Schrecklichen eine gewisse Lieblichkeit wohnen könne, die dem Reiz des Grauenhaften eine Art von Rührung und Wehmuth beigeselle. Die letzte der heutigen Erzählungen, sagte Emilie, hat zwar nichts Furchtbares, kommt man aber darin überein, wie doch die meisten Menschen zu glauben scheinen, daß die

Liebe die Blüte des Lebens sey, so ist sie vielleicht die traurigste und rührendste von allen, weil die erzählte Begebenheit fast durchaus möglich ist und sich an das Alltägliche knüpft.

Anton bemerkte, daß die stille Lieblichkeit an sich leicht ermüde und einschläfre, wie die meisten neueren Idyllen, und daß man ihnen wohl einen Zusatz wünschen müsse, entweder von Schreck, oder Bosheit, oder irgend einem andern Ingrediens, um durch diese Würze den Geschmack des Lieblichen selber hervor zu heben, wie durch den Firniß die Farben mancher Gemählde.

Darum, sagte Lothar, hat man in Frankreich mit Recht etwas Wolf in manche Schäfereien hinein gewünscht. Die reine Unschuld, als solche, verträgt keine Darstellung, denn sie liegt außer der Natur, oder falls sie natürlich ist, ist sie höchst unpoetisch; ich meine nemlich jene hohe, sentimentale, die uns die Dichter so oft haben mahlen wollen. Ich sah einmal eine französische Operette, zwar nur von einem, aber desto längeren Akte, in welcher ein junger Mensch von Anfang bis zu Ende nichts weiter in der Welt wollte, als seinen Papa lieben, den er bekränzte, als er schlief, und Früchte vorsetzte, als er erwachte, worauf beide sich umarmten und gerührt waren. Ich will nicht sagen, daß dergleichen nicht löblich seyn könnte; aber was in aller Welt ging es denn die Zuschauer an, die unten standen, und höchst überflüßige Zeugen dieser Zärtlichkeit waren?

Die Idyllen der Neueren, sagte Ernst, sind früh sentimental geworden, oder allegorisch, in der letzten Zeit bei Franzosen und Deutschen meist fade und süßlich. Zwei Gedichte eines Deutschen aber sind mir bekannt, die ich vielen der schönsten Poesien an die Seite setzen möchte, den Satyr Mopsus nemlich und Bacchidon und Milon vom Mahler Müller; die frische sinnliche Natur, der lyrische Schwung der Gesänge, die schön gewählten und kräftig ausgeführten Bilder haben mich jedesmal bis zur Entzückung hingerissen. Trefflich, wenn gleich nicht von dieser Vollendung, ist seine Schaafschur, reicher als dieses Gemählde aus unserer Zeit, sein Nußkernen. In dem Gedicht »Adams erstes Erwachen« befindet er sich freilich auch zuweilen in jener Leere, die sich nicht poetisch bevölkern läßt, aber einzelne Stellen sind von großer Schönheit, und in der Darstellung der Thiere scheint er mir einzig; ich weiß wenigstens keinen Dichter, der sie uns mit dieser geistigen Lebendigkeit vor die Augen führte. Wie Schade, daß dieses wahre Genie, welches sich so glänzend ankündigte, nicht nachher das Studium der Poesie fortgesetzt hat! Sein Geist scheint mir mit dem des Julio Romano innig verwandt; dieselbe Fülle und Lieblichkeit, das Scharfe und Bizarre der Gedanken, und dieselbe Sucht zur Übertreibung.

Nach einigen Wendungen des Gespräches kam man auf die Seltsamkeit der Träume, und wie wunderbar sich das Ahndungsvermögen des Menschen oftmals in ihnen offenbare, und nachdem einige Beispiele erzählt waren sagte Anton: mir ist eine Geschichte dieser Art bekannt, die mir glaubwürdige Freunde als eine unbezweifelt wahre mitgetheilt haben, und die ich Ihnen noch vortragen will, da sie uns nicht lange aufhalten wird. Ein Landedelmann ruhte neben seiner Frau in einem Zimmer des Schlosses. Mitternacht war schon vorüber, als er plötzlich aus dem Schlafe auffuhr, und seine Gattin weckte. Was ist dir, mein Lieber? fragte diese verwundert. Mich hat ein seltsamer Traum auf eine eigne Art bewegt, antwortete der Mann. Mir war, als ginge ich auf den Saal hinaus, und wie ich mich umsah, stand dein Kammermädchen vor mir, aber so geputzt und aufgeschmückt, wie ich sie niemals gesehn habe, auch trug sie einen grünen Kranz in den Haaren; sie warf sich vor mir nieder, umfaßte meine Knie, und beschwor mich, ich solle ihr beistehn, denn ihr Leben schwebe in der größten Gefahr. Ich habe sie so deutlich vor mir gesehn, und bin von ihren Thränen und Bitten so gerührt, daß ich nicht weiß, was ich davon denken soll. Wer wird, sagte die Frau, über einen zufälligen Traum grübeln! Schlafe wohl und störe mich nicht wieder. Beide schliefen ein. Nach einer halben Stunde erwachte der Mann in noch größerer Beängstigung; er rief seiner Gattin und sagte ihr, daß der nemliche Traum mit denselben Umständen ihm wieder vorgekommen sey, und das Mädchen habe noch dringender gefleht, noch schmerzlicher geweint. Die Frau schalt dieses Wichtignehmen eines leeren Traumes, Grille, fand die Widerholung der nemlichen Scene sehr natürlich und begreiflich; nach einem kurzen Gespräche war auch der Mann derselben Meinung, und beide hatten sich wieder dem Schlafe überlassen. Sie erstaunte, als sie nach einiger Zeit von dem Geräusch erwachte, welches der Mann erregte, den sie angekleidet, und mit einem Lichte, welches er angezündet hatte, vor dem Bette stehen sah. Was ist dir nur heut? fragte sie halb unwillig. Sey es wie es sey, antwortete ihr Gatte, ich will diesesmal einem Traume glauben, wenn auch sonst nie wieder, denn das Mädchen ist mir jetzt zum dritten male eben so erschienen, hat ihre Bitte wiederholt und mit ängstlichem Schreien hinzu gefügt: nun ist es die höchste Zeit, in einigen Minuten ist es zu spät! Ich will jetzt hinauf gehn, und sehn was sie macht. Ohne eine Antwort zu erwarten verließ er das Schlafzimmer. Wie erstaunte er, indem er sich die Treppe hinauf begeben wollte, daß die breiten Stiegen herunter das Mädchen ihm gerade so entgegen schritt, wie er sie im Traume gesehen hatte, im seidenen Kleide, welches ihr nur vor wenigen Tagen die gnädige Frau geschenkt hatte: mit Myrthen und Blumen in den Haaren, eine kleine Laterne in der Hand; das Licht, welches er trug, warf einen vollen Schein über die erschrockene Gestalt, die auf die Anrede, wohin sie gehe, und was sie vorhabe, anfangs in ihrer Verwirrung nichts zu antworten wußte. Endlich sammelte sie sich etwas und fiel ihrem Gebieter zu Fuß, dessen Knie sie mit Thränen umfaßte. O Vergebung, mein gnädiger Herr! rief sie aus, vergeben Sie, und machen Sie, daß die gnädige Frau mir verzeiht: in dieser Stunde wollte ich draußen im Garten hinter der Lindenallée den Gärtner treffen, der mir schon seit lange die Ehe versprochen hat, und mit dem ich verlobt bin; heute Nacht wollten wir uns heimlich in der Capelle hier neben an trauen lassen, denn ich Unglückliche bin seit fünf Monden von ihm guter Hofnung. Gehe ruhig in dein Zimmer zurück, sagte der Herr; ich will den Gärtner selber aufsuchen, ich habe gegen eure Verbindung nichts, nur diese Heimlichkeit ist mir anstößig. Er hat es durchaus so gewollt, antwortete sie, weil er der Überzeugung war, daß Sie uns beide nicht in Ihren Diensten behalten würden, wenn Sie die Sache erführen. Gieb dich für heut zufrieden, sagte der Herr; morgen wollen wir vernünftig darüber sprechen. O Gott, schluchzte sie, so habe ich doch heute mein Brautkleid umsonst angelegt! Mit diesen Worten ging sie die Treppe hinauf. Der Baron ließ im Saale die Kerze stehn, und begab sich in den Garten. Die Nacht war finster und ohne Sterne, ein feuchter Herbstwind schlug ihm entgegen, die Bäume sausten winterlich. Er schritt durch die bekannten Gänge, und hinter den Linden, an der einsamsten und entferntesten Stelle des Gartens sah er aus dem Boden ein Lichtlein schimmern. Als er näher ging, sah er, daß sein Gärtner in einer ausgehölten Grube stand, und beim Schein einer kleinen Blendlaterne eifrig die Höle wie zu einem Grabe erweiterte. Ein Beil lag neben ihm. Ein Schauder ergriff den Herrn. Was macht ihr da? rief er ihn plötzlich an. Der Gärtner erschrack und ließ den Spaten fallen, indem er die Gestalt seines Gebieters gerade über sich erblickte. Ich will hier Früchte für den Winter einlegen, stotterte er verwirrt. Kommt mit mir in mein Zimmer, sagte der Baron, ich habe mit euch zu sprechen. Sogleich, gnädiger Herr, erwiederte der Gärtner. Er hob die Laterne auf, und stieg aus der Grube; aber statt sich nach dem Schlosse zu wenden, blies er plötzlich das Licht aus, sprang über die Gartenhecke, und lief in den nahen Wald hinein. Seitdem hatte ihn Niemand in der dortigen Gegend wieder gesehn. –

O weh! rief Clara, die schrecklichen Geschichten fangen von neuem an, und nun ist es gar Nacht und finster! Sie faßte ein Licht, und dasselbe thaten die übrigen Frauen, um sich auf ihre Zimmer zu begeben, als ein ungeheurer Schlag plötzlich gegen die Thüre erklang. Alle sahen sich schweigend an, und herein trat mit zentnerschwerem Schritt die Gestalt des steinernen Gastes. Er begab sich bis in die Mitte des Saales, indem noch keiner ein Wort auszusprechen wagte.

Ich bin es ja, ihr Narren, rief plötzlich Manfreds bekannte Stimme, indem er mit seinem natürlichen Gange näher kam. O er ist unerträglich, sagte Rosalie; glaubst du denn, daß ich nicht eben so stark schaudre, wenn ich gleich erkenne, daß das Gespenst nur eine weiße Maske ist, gerade deshalb, weil du, der Bekannte der Befreundete, mir so grauenvoll erscheinst? Diese Vermischung dessen, was uns lieb und entsetzlich ist, ist gerade das Widerwärtigste. So will er auch immer nicht begreifen, daß ich mich vor ihm fürchte, wenn er, wandelt ihn einmal die Laune an, den Betrunkenen so natürlich spielt, und daß ich eben so gern einen wirklich Berauschten oder Wahnsinnigen vor mir sehen möchte. Geh, du Ungezogener, und wische dir den Puder aus dem Gesichte.

Nicht eher, sagte Manfred, bis du, und Auguste, und Clara, mir jede einen Kuß gegeben haben. Er ging auf sie zu, die drei Frauen aber flohen mit den Lichtern, die sie in den Händen hielten, durch den offenen Saal in den Garten, und die weiße behelmte Gestalt rannte ihnen nach. Man hörte sie kreischen, und sah die drei Lichter und schlanken Gestalten durch den Buchengang schweben, dann um die Laube biegen, und dem Springbrunnen vorüber sich in den großen Baumgang verlieren. Plötzlich vernahm man ein lautes Aufrauschen im größten Brunnen, wie wenn eine große Wucht hinein stürzte, und das Wasser klatschend darüber zusammen schlüge. Die Geängstigten stürzten mit ihren Lichtern herzu, und Manfred, welcher hinein gesprungen war, gab der zunächst stehenden Clara einen flüchtigen Kuß, dann seiner Gattin, und auch Auguste durfte sich nicht weigern, weil er schwur, widrigenfalls die ganze Nacht im Bassin zu verharren. Nun habe ich meinen Willen gehabt, sagte Manfred ruhig, und nun wird es wohl an der Zeit seyn, mich umzukleiden oder vielmehr zu entkleiden, und mich im Bett zu erwärmen.

Man schalt und lachte, und Emilie war besonders unzufrieden. Die Frauen und Manfred gingen hinauf. Die übrigen Freunde blieben noch im Garten, wo sie nach einiger Zeit von dem obern Zimmer Gesang ertönen hörten, der lieblich durch den Garten scholl. Es war ein Singestück von Palestrina, welches die drei Frauen ohne Begleitung eines Instruments ausführten.

Friedrich sagte: alle Empfindungen, schöne wie unangenehme, verschütten sie jetzt in diese Wogen des Wohllauts. So wird der Tag am schönsten beschlossen, und die Nacht am würdigsten gefeyert.

Ich halte es für ein Glück meines Lebens, sagte Ernst, daß ich zeitig genug nach Rom kam, um noch oftmals den Gesang der päpstlichen Capelle hören zu können. Die Musik, die man Weihnachten in Maria Maggiore und in der Charwoche im Vatikan hörte, vielmals auch im päpstlichen Pallast auf Monte Cavallo, war eben so einzig, als es das jüngste Gericht von Michael Angelo, oder die Stanzen Rafaels sind; man konnte diesen Genuß auch nur in dem einzigen Rom haben, und wie diese Hauptstadt der Welt, der Mittelpunkt der Mahlerei und Skulptur war, so war sie auch die wahre hohe Schule der Musik. Diese Herrlichkeit ist nun auch zertrümmert, und man kann davon nur wie von einer alten wunderbaren Sage erzählen. Schon früher war es für mich eine Epoche meines Lebens gewesen, diesen alten wahren Gesang kennen zu lernen: ich hatte immer nach Musik, nach der höchsten, gedürstet, und geglaubt, keinen Sinn für diese Kunst zu besitzen, als mit der Kenntniß des Palestrina, Leo, Allegri, und jener Alten, die man jetzt von den Liebhabern selten oder nie nennen hört, mein Gehör und mein Geist erwachte. Seitdem weiß ich wohl, was ich vorher suchte, und warum ehemals mich nichts befriedigen wollte. Seitdem glaube ich eingesehen zu haben, daß nur dieses die wahre Musik sey, und daß der Strom, den man in den weltlichen Luxus unserer Oper hinein geleitet hat, um ihn mit Zorn, Rache und allen Leidenschaften zu versetzen, trübe und unlauter geworden ist: denn unter den Künsten ist die Musik die religiöseste, sie ist ganz Andacht, Sehnsucht, Demuth, Liebe; sie kann nicht pathetisch seyn, und auf ihre Stärke und Kraft pochen, oder sich in Verzweiflung austoben wollen, hier verliert sie ihren Geist, und wird nur eine schwache Nachahmerin der Rede und Poesie.

Du scheinst mir jetzt zu einseitig, sagte Lothar; erinnere ich mich doch der Zeit recht gut, wo du den Mozart hoch verehrtest.

Ich müßte ohne Gefühl seyn, antwortete Ernst, wenn ich den wundersamen, reichen und tiefen Geist dieses Künstlers nicht ehren und lieben sollte, wenn ich mich nicht von seinen Werken hingerissen fühlte. Nur muß man mich kein Requiem von ihm wollen hören lassen, oder mich zu überzeugen suchen, daß er, so wie die meisten Neueren, wirklich eine geistliche Musik habe setzen können. Aber er ist einzig in seiner Kunst. Als die Musik ihre himmlische Unschuld verloren, und sich schon längst zu den kleinlichen Leidenschaften der Menschen erniedrigt hatte, fand er sie in ihrer Entartung, und lehrte ihr aus bewegtem Herzen das Wundersamste, Fremdeste, ihr Unnatürlichste austönen; zugleich jene tiefe Leidenschaft der Seele, jenes Ringen aller Kräfte in unaussprechlicher Sehnsucht, nicht fremd sogar blieb ihr das gespenstische Grauen und Entsetzen. Ich sehe hierinn die Geschichte des Orpheus und der Eurydice. Sie ist gestorben; bei den Schatten, in der dunkeln Unterwelt weilt die Geliebte; er fühlt Kraft und Muth genug, das Licht der Sonne zu verlassen, sich der schwarzen Flut und Dämmerung anzuvertrauen; sein Zauberspiel rührt den ernsten, sonst unerbittlichen Gott, die Larven und Verdammten genießen in seinen Tönen einer schnell vorüber fliehenden Seeligkeit; Eurydice folgt seinem Saitenspiel, aber nicht rückwärts soll er blikken, ihr nicht ins Angesicht schauen, sie nur im Glauben besitzen; sie lockt, sie ruft, sie weint, da wendet sich sein Auge, und blasser und blasser zittert die geliebte Gestalt in den gähnenden Orkus zurück. Der Sänger tritt mit der Kraft seiner Töne wieder in die Oberwelt, sein Lied singt und klagt die Verlorene, alle Melodien suchen sie, aber er hat aus dem tiefen Abgrund, den kein Sänger vor ihm besucht, das schwermüthige Rollen der unterirdischen Wässer, das Ächzen der Gemarterten, das Stöhnen der Geängstigten und das Hohnlachen der Furien, samt allen Gräueln der dunkeln Reiche mit herauf gebracht, und alles klingt in vielfach verschlungener Kunst in der Lieblichkeit seiner Lieder. Himmel und Hölle, die durch unermeßliche Klüfte getrennt waren, sind zauberhaft und zum Erschrecken in der Kunst vereinigt, die ursprünglich reines Licht, stille Liebe und lobpreisende Andacht war. So erscheint mir Mozarts Musik.

Es war den neusten Zeiten vorbehalten, fuhr Lothar fort, den wundervollen Reichthum des menschlichen Sinnes in dieser Kunst, vorzüglich in der Instrumental-Musik auszusprechen. In diesen vielstimmigen Compositionen und in den Symphonien vernehmen wir aus dem tiefsten Grunde heraus das unersättliche, aus sich verirrende und in sich zurück kehrende Sehnen, jenes unaussprechliche Verlangen, das nirgend Erfüllung findet und in verzehrender Leidenschaft sich in den Strom des Wahnsinns wirft, nun mit allen Tönen kämpft, bald überwältigt bald siegend aus den Wogen ruft, und Rettung suchend tiefer und tiefer versinkt. Und wie es dem Menschen allenthalben geschieht, wenn er alle Schranken überfliegen und das Letzte und Höchste erringen will, daß die Leidenschaft in sich selbst zerbricht und zersplittert, das Gegentheil ihrer ursprünglichen Größe, so geschieht es auch wohl in dieser Kunst großen Talenten. Wenn wir Mozart wahnsinnig nennen dürfen, so ist der genialische Beethoven oft nicht vom Rasenden zu unterscheiden, der selten einen musikalischen Gedanken verfolgt und sich in ihm beruhigt, sondern durch die gewaltthätigsten Übergänge springt und der Phantasie gleichsam selbst im rastlosen Kampfe zu entfliehen sucht.

Alle diese neuen tiefsinnigen Bestrebungen, sagte Anton, sind meinem Gemüthe nicht fremd, sie tönen wie das Rauschen des Lebensstromes zwischen Felsufern, der über Klippen und hemmendem Gestein in romantischer Wildniß musikalisch braust; nur das ist mir unbegreiflich geblieben, wie die Schöpfung und die Tageszeiten unsers Haydn fast allenthalben haben Glück machen können, deren kindische Mahlerey gegen allen höheren Sinn streitet. Seine Symphonien und Instrumental-Compositionen sind meist so vortreflich, daß man ihm diese Verirrung niemals hätte zutrauen sollen.

Friedrich wandte sich zu Ernst und sagte: Lieber, ehe wir jetzt scheiden, sage uns noch die drei Sonette vor, welche du dichtetest, als dir jene alte große Singe-Musik zuerst bekannt wurde. Diese Verse sind mir immer vorzüglich lieb gewesen, weil sie mir nicht so wohl gedichtet als eingegeben scheinen.

Ich kann wenigstens sagen, erwiederte Ernst, daß ich sie damals niederschreiben mußte, und daß ich von den oft besprochenen Schwierigkeiten des Sonetts nichts erlitt. Von dreierlei Art kann die geistliche Musik hauptsächlich seyn. Entweder ist es der Ton selbst, der durch seine Reinheit und Heiligkeit die Andacht erweckt, durch jene einfache edle Sympathie, welche harmonisch die befreundeten Klänge verbindet und miteinander ausstralen läßt, wodurch jene hohe Musik entsteht, welche sinnige Alte dem Umschwung der Gestirne ebenfalls zuschreiben wollten. Dieser Gesang, ausgehalten, ohne rasche Bewegung, sich selbst genügend, ruft in unsre Seele das Bild der Ewigkeit, so wie der Schöpfung und der entstehenden Zeit: Palestrina ist der würdigste Repräsentant dieser Periode. Oder die Musik ist mit dem Menschen und der Schöpfung schon von dieser heiligen reinen Bahn gewichen: alles verstummt; da ergreift die Sehnsucht aus dem Innersten hervor den Ton, und will in jene alte Unschuld zurück stürmen und das Paradies wieder erobern. Leo, und vielleicht Marcello, so wie viele andre, charakterisiren diese Epoche. An diese schon mehr leidenschaftliche Kunst schlossen sich nachher die weltlichen Musiker. Drittens kann die geistliche Musik ganz wie ein unschuldiges Kind spielen und tändeln, arglos in der Süßigkeit der Töne wühlen und plätschern, und auf gelinde Weise Schmerz und Freude vermischt in den lieblichsten Melodien ausgießen. Der oft von den Gelehrteren verkannte Pergolese scheint mir hierin das Höchste erreicht zu haben, den seine Nachahmer wohl eben so wenig verstanden, als Correggio von denen gefaßt wurde, die sich nach ihm bilden wollten. Das ähnliche sagen folgende Sonette, welche die Musik selber spricht.

Im Anfang war das Wort. Die ewgen Tiefen
  Entzündeten sich brünstig im Verlangen,
  Die Liebe nahm das Wort in Lust gefangen,
  Aufschlugen hell die Augen, welche schliefen,

Sehnsüchtge Angst, das Freudezittern, riefen
  Die seelgen Thränen auf die heilgen Wangen,
  Daß alle Kräfte wollustreich erklangen,
  Begierig, in sich selbst sich zu vertiefen.

Da brachen sich die Leiden an den Freuden,
Die Wonne suchte sich im stillen Innern,
Das Wort empfand die Engel, welche schufen;

Sie gingen aus, entzückend war ihr Scheiden.
Auf, Gottes Bildniß, deß dich zu erinnern
Vernimm, wie meine heilgen Töne rufen.

Nacht, Furcht, Tod, Stummheit, Quaal war eingebrochen,
Ihr Banner wehte auf besiegten Reichen,
Erschrocken flohen vor dem giftgen Zeichen
Mit stummer Zunge, welche erst gesprochen.

So ist denn ganz das Liebeswort zerbrochen?
Es sucht im Wasserfall, will sich erreichen,
Aus Bäumen strebt es, Quellen, grünen Sträuchen,
In Wogen klagt es: was hab ich verbrochen?

Die Wasser gehn und finden keine Zungen,
Dem Wald, dem Fels ist wohl der Laut gebunden,
Die Angst entzündet sich im Thiere schreiend.

In Menschenstimme ist es ihm gelungen,
Nun hat das ewge Wort sich wieder funden,
Klagt, betet, weint, jauchzt laut sich selbst befreiend.

Ich bin ein Engel, Menschenkind, das wisse,
Mein Flügelpaar klingt in dem Morgenlichte,
Den grünen Wald erfreut mein Angesichte,
Das Nachtigallen-Chor giebt seine Grüße.

Wem ich der Sterblichen die Lippen küsse,
Dem tönt die Welt ein göttliches Gedichte,
Wald, Wasser, Feld und Luft spricht ihm
Geschichte,
Im Herzen rinnen Paradieses-Flüsse.

Die ewge Liebe, welche nie vergangen,
Erscheint ihm im Triumph auf allen Wogen,
Er nimmt den Tönen ihre dunkle Hülle,

Da regt sich, schlägt im Jubel auf die Stille,
Zur spielnden Glorie wird der Himmelsbogen,
Der Trunkne hört, was alle Engel sangen.

Anhang

Zu dieser Ausgabe

Die vorliegende Edition aus dem ersten Band von Tiecks Sammlung *Phantasus* umfaßt die »Erste Abtheilung« des Werkes nach dem Text des Erstdrucks von 1812 (unter Berücksichtigung der Errata-Liste nach: Ludwig Tieck, *Phantasus*, hrsg. von Manfred Frank, Frankfurt a. M. 1985):

> Phantasus. Eine Sammlung von Mährchen, Erzählungen, Schauspielen. Herausgegeben von Ludwig Tieck. Bd. 1. Berlin: In der Realschulbuchhandlung, 1812. S. 135–474. [Zit. als: Tieck, *Phantasus*, Bd. 1.]

Der edierte Text gibt Orthographie und Interpunktion des Erstdrucks unverändert wieder, auch da, wo diese in stärkerem Maße von heutigen Konventionen abweichen. Die Eigenheiten des Erstdrucks wurden auch dann beibehalten, wenn innerhalb des Textes keine einheitliche Schreibweise festzustellen war.

Vom Prinzip des zeichengenauen Abdrucks ausgenommen wurden folgende offensichtlichen Fehler und Druckversehen:

10,17	welches] welche
22,5 f.	den Buchenhain / Vom Plane ab den Weg] der Buchenhain / Vom Plane ab den Weg
25,4	Des] Das
27,25	ihrem] ihren
41,18 f.	wahrscheinlich] wahrscheilich
43,18	Walther] Walter
49,32	allen jene] alle jenen
60,7 f.	entgegengesetzter] entgegenesetzter
61,25	mein] meinen
91,5	einem] meinem
99,27	eigenes] einziges
111,31	tiefsten] tiefstem
127,10	jedwedem] jedweden
131,36	ein anderer] der Offizier
194,35	ganzen] ganze
210,34	Aussicht] Ausscht

213,4	wahr,] wahr
213,12	Schlupfwinkel] Schlumpfwinkel
219,18	Corallenzacken] Carallenzacken
220,34	Schildwachen] Schildwachten
239,11	klarem] klaren
243,30	diese] dieser
251,31	Mutter] Muter
253,13	welche] welchen

Auszeichnungen im Erstdruck werden einheitlich kursiv wiedergegeben. Die Namen der fiktionalen Personen der Konversationsrunde im Rahmenteil, die im Erstdruck ebenfalls (wenn auch keinesfalls durchgängig konsequent) hervorgehoben sind, werden in der vorliegenden Ausgabe nicht ausgezeichnet. In der Druckvorlage sind einige wenige fremdsprachige Ausdrücke in Antiqua gesetzt und dadurch vom deutschen, in Fraktur gesetzten Text abgehoben. Diese Differenzierung konnte nicht beibehalten werden.

Folgende Abkürzungen und Siglen werden in den Anmerkungen und im Nachwort benutzt:

E	Erstdruck
D	Druckvorlage
DWB	Jacob und Wilhelm Grimm, *Deutsches Wörterbuch*, 33 Bde., München 1984–1991 [Fotomechanischer Nachdr. der Erstausg.]

Anmerkungen

Märchen aus dem »Phantasus«

Tiecks Sammlung *Phantasus* ist Fragment geblieben. Dem ursprünglichen Plane nach sollten von den sieben Erzählern je sieben Märchen oder Dramen vorgelesen werden, so daß sich zusammen mit dem Eingangsgedicht fünfzig Texte ergeben hätten. Die Rahmenhandlung »sollte ursprünglich selbst ein kleiner Roman werden, durch Liebe, Entführung, Zwist und Verlegenheit mancherlei Art und mit endlicher Versöhnung und Vermählung verschiedener Anwesenden schließen.« (Ludwig Tieck, *Schriften*, Bd. 1, Berlin 1828, S. XL.) Ausgangssituation ist der einem freundlichen Landhaus einbeschriebene gesellige Mikrokosmos im Makrokosmos unruhiger Zeiten, wie die europäische Literatur ihn seit Boccaccios *Decamerone* immer wieder als Schauplatz gewählt hat. Unmittelbares Vorbild war die in Ziebingen geübte Gastlichkeit von Tiecks adeligem Gönner, Friedrich Ludwig Karl Graf Finck von Finckenstein, die mit Klarnamen zu Beginn von Tiecks im Jahre 1803 spielender Novelle *Eine Sommerreise* (1834) gewürdigt wird (Tieck, *Schriften*, Bd. 23, Berlin 1853, S. 3–156). Die umfangreiche »Einleitung« gilt der allgemeinen Charakteristik der Akteure, die, unbeschadet im einzelnen gelungener biographischer Deutungsversuche, im Sinne des Verfassers räsonieren und argumentieren.
Der Konversationsteil, mit dem unsere Auswahl beginnt, ist, bezogen auf die in der Sammlung enthaltenen Prosatexte und ihnen vorgeschaltet, eine Art zweite Einleitung, die im ersten Band des *Phantasus* auf einen zweiseitigen Widmungstext an August Wilhelm Schlegel und die 134 Seiten umfassende Einleitung folgt (Tieck, *Phantasus*, Bd. 1, S. 135–164).

7,21 *Hamiltonschen:* Antoine Comte de Hamilton (1646–1720), französischer Schriftsteller schottischer Abstammung, kämpfte auf der Seite Jakobs II. von England, dem er ins französische Exil folgte. Neben seinem Hauptwerk, den *Mémoires de la vie du Comte de Grammont* (1713), stehen unter anderem Märchen, die sich, dem Zeitgeschmack entsprechend, an orientalische Stoffe anlehnen.

7,22 f. *dahlenden:* dahlen: kindische Dinge reden und tun, verliebt tändeln (vgl. DWB 2, Sp. 696).

7,25 *Musäus:* Carl August Musäus (1735–1787) gab 1782–1786 die *Volksmährchen der Deutschen* heraus und war einer von Tiecks Vorgängern in der Redaktion der von Friedrich Nicolai verlegten *Straußenfedern*. Tiecks *Volksmährchen, herausgegeben von Peter Leberecht*, deren wichtigste Texte in den *Phantasus* eingegangen sind, spielen auf Musäus' Sammeltitel direkt an und liefern gleichzeitig ein Kontrastprogramm. Vgl. hierzu Tiecks Vorbericht zur dritten Lieferung der *Schriften* (Bd. 11, S. XXXff.) und vor allem Rudolf Köpkes Erinnerungen, denen zufolge Tieck der durch Musäus praktizierten »Ironie einer höherstehenden Bildung« eine »Ironie gegen die Besserwissenden, gegen die Aufgeklärten selbst« entgegensetzte. Das Walten des Schicksals in der Dichtung als »ein Räthselhaftes und Unerklärliches, das aller Definitionen spottet«, desavouiert nicht nur die ironische Weltklugheit, sondern ist dem Tieckschen Ironiebegriff verwandt, der auf dem den menschlichen Plänen disparaten Walten der Vorsehung beruht (vgl. Rudolf Köpke, *Ludwig Tieck: Erinnerungen aus dem Leben des Dichters nach dessen mündlichen und schriftlichen Mittheilungen*, Leipzig 1855, Bd. 1, S. 209; Bd. 2, S. 214ff., 238ff.).

7,30 *Arabischen:* Die hier vermutlich gemeinten Märchen aus Tausendundeiner Nacht waren in Europa zur Entstehungszeit des *Phantasus* nur durch die Übersetzung Jean-Antoine Gallands (1646–1725) bekannt, die 1704–1717 erschienen war.

8,4 *das Göthische Mährchen:* Goethes Prosatext *Das Märchen* erschien 1795 als Schlußteil in den *Unterhaltungen deutscher Ausgewanderten* und soll, wie die ebendort aufgenommene *Novelle* als Paradigma einer Literaturgattung dienen. Der bis heute vielen widersprüchlichen Deutungen unterworfene Text zeitigte alsbald nach seinem Erscheinen Wirkungen auf das romantische Kunstverständnis, vor allem in August Wilhelm Schlegels Rezension des 1. Jahrgangs der *Horen* in der *Allgemeinen Literaturzeitung* 6 (1796) sowie in Novalis' Fragmenten.

8,11 f. *Mährchen von Novalis:* In Novalis' Erzählwerk sind zwei Märchentexte enthalten. Die hier erfolgte Anspielung gilt angesichts des Argumentationszusammenhangs wahrscheinlich nicht dem Märchen von Hyazinth und Rosenblüte, dem Kernstück des Fragments *Die Lehrlinge zu Sais*, sondern dem Märchen

Klingsohrs, das den ersten Teil des Romans *Heinrich von Ofterdingen* beschließt.

8,17 *Ariost:* Ludovico Ariostos (1474–1533) in endgültiger Fassung 1532 gedrucktes Versepos *Orlando furioso* galt durch seine Mischung von Ernst, Pathos, Phantastik, Märchenmotiven, Ironie, Selbstparodie und Satire der älteren Romantischen Schule als Inbegriff inspirierter Sprachkunst. Sein Autor findet neben Dante, Gozzi, Petrarca, Tasso, Böhme, Cervantes, Hans Sachs, Goethe und Shakespeare Aufnahme im »Garten der Poesie« der Tieckschen Jugendkomödie *Prinz Zerbino* (1799), die als *Reise nach dem guten Geschmack* poetische Narrheit gegen Vernunft, Romantik gegen Aufklärung ausspielt.

8,31–34 *Es soll sich sein Gedicht … verklingend täuschen:* Vgl. Goethe, *Torquato Tasso* I,2, V. 275–278.

10,23 *das Seltsam-Schauerliche, oder das Erhaben-Majestätische:* Die Anspielung auf das Kontrastprogramm zur locus-amoenus-Tendenz des europäischen Parks bezeichnet schon in der Wortwahl den Rückblick auf eine wichtige Schnittstelle in Tiecks Schaffen. Dieser hatte bereits 1792, also 9 Jahre vor der Publikation von Schillers bekannterer Abhandlung gleichen Namens einen Text *Über das Erhabene* verfaßt (Nachweis und Literatur vgl. Roger Paulin, *Ludwig Tieck*, Stuttgart 1987, S. 20f.). Sie knüpft nicht nur an eine mit demselben Titel überschriebene Schrift Karl Grosses von 1788 an, sondern steht in den Traditionen der *gothic novel* (etwa der »sublimity« bei Ann Radcliffe), die auch die Gestaltung des englischen Parks beeinflußten. Das Problem des Erhabenen beschäftigte von den Denkern des 18. Jh. vor allem Alexander Gottlieb Baumgarten (1714–1762), Edmund Burke (1729–1797) und Immanuel Kant (1724–1804). Einige charakteristische Belegstellen des letzteren zur Ästhetik des Erhabenen sind in DWB 3, Sp. 833 zusammengefaßt.

13,33ff. *welche auf Sonnenauf- und Untergänge … wahrhaft Jagd machen:* Als literarische Belege können etwa der fünfte Sektor von Jean Pauls Erstlingsroman *Die unsichtbare Loge* oder die (hiervon wahrscheinlich beeinflußte) 11. Nachtwache in den *Nachtwachen des Bonaventura* (1804) gelten.

14,20f. *wahrhaft einen Sonnen-Aufgang zu sehn:* vermutlich Reminiszenz an Tiecks berühmtes Gotteserlebnis anläßlich eines Sonnenaufgangs im Harz 1792. Vgl. Köpke (Anm. zu 7,25), Bd. 1, S. 143f.; Hermann von Friesen, *Ludwig Tieck. Erinnerun-*

gen eines alten Freundes aus den Jahren 1825–1842, Wien 1871, Bd. 2, S. 137–139.

15,1 ff. – *wenn es hin zur Flut euch lockt, –*: Ungenaue Wiedergabe von August Wilhelm Schlegels Übersetzung der Shakespeareverse »What if it tempt you toward the flood, my lord« (*Hamlet* I,4).

15,14 f. *das furchtbare Chaos, mit Gestalten bevölkern:* Der zu Tiecks Zeiten fast einem literarischen Gemeinplatz gleichende Gedanke ist theoretisch in Edward Youngs *Conjectures on Original Composition* (1759) formuliert und hat eine seiner berühmtesten Ausformungen in Karl Moors Monolog (Friedrich Schiller, *Die Räuber* IV,15) gefunden, der Tiecks Jugenddrama *Gotthold* (1789) beeinflußt hatte. Vgl. Nachwort zu Ludwig Tieck, *William Lovell*, hrsg. von Walter Münz, Stuttgart 1986 u. ö., S. 734.

15,18 ff. *Liebliche mit dem Schrecklichen:* Vgl. die Umsetzung gleich im ersten Text: *Der blonde Eckbert*; s. Anm. zu 34,4.

16,1 ff. *Wundervollsten, als wäre es das Alltäglichste:* Die Formulierung variiert die bei Tieck häufige Beobachtung »das Wunderbarste vermischte sich mit dem Gewöhnlichsten« (49,4 f., vgl. 96,13 f.); ähnlich schon in der Jugenderzählung *Die Freunde* (vgl. Ludwig Tieck, *Schriften*, Bd. 14, Berlin 1829, S. 146) sowie noch in der Novelle *Der Geheimnisvolle* von 1822 (ebd., S. 380). Als steuerbares Phänomen, in dem sich das schöpferische Potential des Künstlers verwirklicht, erscheint Ähnliches in der dem Bruder Friedrich gegenüber Ende Oktober 1822 skizzierten Novellentheorie, der gemäß »ich das Wunderbare immer in die sonst alltäglichen Umstände und Verhältnisse lege« (zit. nach: *Ludwig Tieck*, Bd. 1, hrsg. von Uwe Schweikert, München 1971, S. 304).

16,7 *Dante's Allegorien:* Tiecks spätere zwiespältige Aussage Köpke gegenüber (Köpke, Anm. zu 7,25, Bd. 2, S. 213 f.) ist nicht aussagekräftig hinsichtlich der Danterezeption seiner Jugend (vgl. Anm. zu 8,17 sowie Nachwort, S. 311 f.). Der Dantekult der deutschen Literatur setzte nach Anfängen bei Bodmer und Winckelmann (!) mit Gerstenbergs *Ugolino* ein und erhielt in der Romantischen Schule seine Grundlagen durch August Wilhelm Schlegels Dante-Essay von 1791. (Näheres s. Horst Rüdiger, »Dante als Erwecker geistiger Kräfte in der deutschen Literatur«, in: *Festschrift für Richard Alewyn*, hrsg. von Herbert Singer und Benno von Wiese, Köln 1967, S. 17–45.)

16,8 f. *Novalis sagt …:* Vgl. *Fragmente und Studien 1799–1800*, Nr. 76.

Phantasus

E/D: Phantasus. Bd. 1. S. 150–164.

16,30 *ermessen:* hier im Sinne von ›urteilen, verfügen‹, wie er im heutigen Sprachgebrauch meist dem substantivierten Infinitiv des Verbums »ermessen« vorbehalten bleibt.

17,1 f. *So saß ich still in mich gebückt…:* Anspielung auf Walthers von der Vogelweide *Ich saz ûf eime steine*, insbesondere die Verse: »ich hete in mîne hant gesmogen / daz kinne und ein mîn wange« (Ausgabe Lachmann 8,7 f.). Tieck zählte durch seine modernisierte Fassung von Ulrichs von Lichtenstein *Frauendienst* (1812) und seine dem jungen Friedrich Heinrich von der Hagen überlassenen mediävistischen Studien zu den Pionieren der deutschen Mittelalterforschung.

17,24 *Der Plan:* hier in der Primärbedeutung ›ebene Fläche‹ (vgl. DWB 13, Sp. 1883).

18,4 *eingebauert:* einbauern: ins (Vogel-)Bauer sperren.

18,25 *ungelachsen:* ungefüge, ungeschlacht. Vgl. DWB 24, Sp. 729, wo der Ausdruck als vergeblicher Tieckscher Erneuerungsversuch eines abgestorbenen Worts angeführt wird.

18,32 *Tulpenblum:* Nach DWB 22, Sp. 1714 hier pleonastisch für »Tulpe«, nicht *Bignonia leucoxylon.*

19,14 *meinem Leib:* an das mhd. »mîn lîp« anklingende Archaisierung; vgl. 17,1.

20,36 *Schrollen:* Schrolle: ältere, noch bei Adelung ausschließlich angeführte Lautung von »Schrulle«.

22,28 *des Luftes:* der Luft; seit dem 16. Jh. veraltendes, im Obd. noch erhaltenes grammatisches Genus.

23,7 *Je länger lieber:* Jelängerjelieber bezeichnet mehrere Pflanzen, vor allem *Teucrium chamaepitys* oder *iva.*

25,21 *Pürzen:* purzeln.

25,29 *Tandmann:* Possenreißer, Gaukler; vgl. DWB 21, Sp. 107.

25,30 *ungelachsen:* vgl. Anm. zu 18,25.

28,19 *Krankheit:* Anton hat sich laut eigener Auskunft in der Einleitung »erst vor einigen Wochen vom Krankenlager erhoben« (Tieck, *Phantasus*, Bd. 1, S. 18).

Der blonde Eckbert

E: Volksmährchen, herausgegeben von Peter Leberecht [d. i. Ludwig Tieck]. Berlin: Nicolai, 1797. Tl. 1. S. 193–242.

D: Phantasus. Bd. 1. S. 165–193.

33,17 *Dufte:* Duft: Dunst; zur Bedeutungsentwicklung vgl. DWB 2, Sp. 1500ff.

34,4 *Hölle ... Paradies:* Zum Wechsel zwischen Hölle und Paradies als Kunstgriff des Schauerromans vgl. *Erläuterungen und Dokumente: Ludwig Tieck, »Der blonde Eckbert. Der Runenberg«*, hrsg. von Hanne Castein, Stuttgart 1987, S. 6.

34,36–35,2 *Paradies ... Freude:* Vgl. Anm. zu 34,4, wo der Übertritt aus dem Tartarus ins Paradies vollzogen wird. Die Stelle enthält die wichtigste Variante zum Erstdruck, dessen Text wie folgt lautet: »Paradies, und die Abendglocken der Dörfer tönten seltsam wehmütig über die Flur hin« (vgl. E 132,3–6). Die scheinbare Achtlosigkeit der ursprünglichen Fassung steht möglicherweise dem Volksmärchen und seiner Konzeption der nachbarlichen »Anderwelt«, wie sie vor allem irische Traditionen kennzeichnet, näher als die Fassung der *Phantasus*-Version (vgl. auch den Eintritt in Frau Holles Welt in: Brüder Grimm, *Kinder- und Hausmärchen*, hrsg. von Heinz Rölleke, Stuttgart 1980, Bd. 1, Nr. 24).

35,17 *Waldeinsamkeit:* Zu diesem für das Schaffen Tiecks bis in die Spätzeit bedeutsamen Neologismus vgl. Tieck, *Schriften*, Bd. 26, Berlin 1854, S. 478 und 484; Köpke (Anm. zu 7,25), Bd. 1, S. 210ff. sowie die Novelle *Waldeinsamkeit* in Tieck, *Schriften*, Bd. 26, Berlin 1854, vor allem S. 476–478.

43,34 *Strohmian:* Zur Herkunft des Namens aus einer Jugenderinnerung von Tiecks Mutter vgl. Köpke (Anm. zu 7,25), Bd. 1, S. 13.

51,22 *nur das Heldenbuch:* Der Begriff wird seit dem 15. Jahrhundert auf verschiedene Sammlungen mittelalterlicher Sagenstoffe angewandt. Sofern der Sprecher Ernst hier mit Tieck gleichzusetzen ist, könnte das »Heldenbuch«, in chronologische Beziehung zur Tieckschen Version des Eckart-Stoffs gebracht, als dessen Abschrift des Straßburger Drucks des *Dietrich von Bern* (1577) aus der Bibliothek Georg Wolfgang Panzers identifiziert werden. In der Fiktion des Erzählrahmens wäre freilich auch ein virtueller Bezug zu Tiecks eigenem »Heldenbuch« denkbar. Das auf Abschriften des Autors in der Vatikanischen Bibliothek basierende Sammelwerk erlitt ein wechselvolles Schicksal und wurde als Ganzes nie veröffentlicht, war aber schon im Frühjahr 1807 (ähnlich nochmals 1815) im Meßkatalog und den »künftigen Schriften« angekündigt worden. Vgl. Gisela Brinker-Gabler, *Poetisch-wissenschaftliche Mittelalter-Rezeption. Ludwig Tiecks Erneuerung altdeutscher Literatur*, Göppingen 1980.

Der getreue Eckart und der Tannenhäuser

E: Der getreue Eckart und der Tannenhäuser. In zwei Abschnitten. In: Romantische Dichtungen von Ludwig Tieck. Erster Theil, Jena: Friedrich Frommann, 1799. S. 423–492.
D: Phantasus. Bd. 1. S. 196–222 und 222–238.

Die Kombination des Tannhäuserstoffes mit dem Motiv des Getreuen Eckart, die Tieck als eigene erzählerische Leistung für sich in Anspruch nimmt, hat eine unmittelbar zeitgenössische Erwähnung schon bei Heinrich August Ottokar Reichard, der beide Gestalten in seiner *Bibliothek der Romane*, Bd. 21, Riga 1794, S. 243–256 als Belege für sein Rubrum »Volks-Romane« (ebd., S. 241) behandelt. Er bezieht sich dabei auf Johannes Praetorius, *Blockes-Berges Verrichtung*, die auch Goethe als Vorlage zur Walpurgisnacht gedient hatte (Leipzig 1669, S. 19–29). Die in der Volkstradition angelegte Ausweitung der Eckart-Funktion von der des Warners vor dem Wilden Heer zur Wächtergestalt vor dem Hörselberg ist auf S. 254 festgehalten: »Dieweil nun der Tannhäuser also mit Leib und Seel verdorben ist, sagen die Teutschen, der treue Eckhard sitze vor dem Berge, und warne die Leut, sie sollten nit hinein gehen, es möchte ihnen sonst ergehen wie dem Tannhäuser.« Zu Tiecks mutmaßlicher Kenntnis der Ekkart-Version in Friedrich August Gottlieb Schumanns *Ritterscenen und Mönchsmährchen* (2 Bde., Weißenfels/Leipzig 1794–95, Bd. 1.) *Das wüthende Heer* vgl. Gonthier-Louis Fink, *Tiecks dualistische Märchenwelt. Thèse complémentaire pour le doctorat ès lettres présentée à la Faculté des Lettres et Sciences humaines de l'Université de Paris*, Paris 1967, S. 112, Anm. 35.

54,23 *Unmuthe:* Unmut: Verzagtheit, Trauer; vgl. DWB 24, Sp. 1197f.

55,4 *willt:* ursprünglich reguläre 2. Pers. Sg. des Verbums ›wellen/wollen‹, das sich in der Konjugation an die Präteritopräsentien anlehnt. Friedrich Nicolai verwendet die Form in den *Freuden des jungen Werthers* parodistisch; sie wird jedoch in Eduard Mörikes *Gebet* noch ganz selbstverständlich gehandhabt.

56,7 *Degen:* Held, hier wohl in bewußter Anlehnung an die mittelalterliche Epik archaisierend gebraucht, obwohl die Kontinuität des Wortes auch im 18. Jh. nicht ganz abgerissen war; vgl. DWB 2, Sp. 895f.

58,31 *wunderbarlichen:* wunderbarlich: wunderbar; im adjektivischen Gebrauch seit Ende des 17. Jh. altertümlich oder preziös; vgl. DWB 30, Sp. 1853.

59,8f. *und so die Ruthe abzuwenden:* Vgl. Hiob 9,34.

59,31 *Ein Spielmann:* Vgl. den Hinweis des Erzählers auf den Rattenfänger von Hameln, S. 51,28.

59,31f. *wunderseltner Art:* wunderselten: sehr seltsam; vgl. DWB 30, Sp. 1961.

62,31 *Erwürgt:* erwürgen: Das ursprüngliche Begriffssynonym zu »erdrosseln« erweitert sich seit der frühen Neuzeit zur Bedeutung des Tötens; vgl. DWB 2, Sp. 1072ff.

66,33 *Bergschluften:* Schluft: ältere Form zu »Schlucht«; von Tieck und anderen als poetisch gehobene Form wiederbelebt. Vgl. DWB 15, Sp. 813.

73,2 *Die Kind:* veraltender Plural; vgl. DWB 11, Sp. 707.

75,8 *dem wilden Blicke:* wild hier im Sinne von »verstört«; vgl. DWB 30, Sp. 22

Der Runenberg

E: Der Runenberg. Eine Erzählung von L. Tiek [sic]. In: Taschenbuch vür Kunst und Laune. Dritter Jahrgang. Köln: Verlagsbuchhandlung Haas und Sohn, 1804. S. 1–38.

D: Phantasus. Bd. 1. S. 239–272.

86,20 *Vogelheerde:* Vogelherd: Vorrichtung zum Vogelfang mit Schlaggarnen (Vogelnetzen) und Lockvögeln u. ä. DWB 26, Sp. 412. Die vorliegende Textstelle wird ebd. als Beleg aufgeführt.

87,26 *Schlüfte:* Vgl. Anm. zu 66,33.

88,29 *Wurzel:* Vgl. Anm. zu 89,2.

88,35 *sterbende Leichnam:* »Leichnam« bei Tieck mehrfach, auch noch im Spätwerk für den lebenden menschlichen Leib; vgl. DWB 12, Sp. 696.

89,2 *Alrunenwurzel:* Vgl. Castein (Anm. zu 34,4) S. 10f.; dort unter anderem der Hinweis, daß Tieck die Vorstellung von der beim Ausgraben einen Schrei ausstoßenden Wurzel aus Shakespeares *Romeo und Julia* IV,3 gewonnen haben könnte. Ein indirekter Hinweis auf Machiavellis Komödie *Mandragola* (1518) findet sich andernorts im *Phantasus* (vgl. S. 208); zur Alraunwurzel vgl. auch *Handwörterbuch des deutschen Aberglaubens*, Bd. 1, S. 311–324.

90,34 *betrübter:* »betrübt« hier im Sinne von ›leidig‹; vgl. DWB 1, Sp. 1720.

92,8 *Gang:* gebahnter Weg; vgl. DWB 4, Sp. 1225.

112,6–15 *die in Schluchzen und Thränen sie halb zum Wandrer lenkte, halb zog sie dieser zu sich ... seitdem nicht wieder gesehen:* Laut einem mehrfachen Hinweis von Heinz Rölleke liegt hier eine bewußte Anspielung auf Goethes Ballade *Der Fischer* vor (»Halb zog sie ihn, halb sank er hin, / Und ward nicht mehr gesehn«). Vgl. Heinz Rölleke, »Zur Geschichte eines Goethezitats«, in: *Germanisch-Romanische Monatsschrift* N. F. 27 (1977) S. 443–445, sowie ders., »›Empfindung für Poesie‹. Ludwig Tiecks Kunstmärchen *Der Runenberg*«, in: *Jahrbuch des Freien Deutschen Hochstifts* 39 (1999) S. 164–172.

Liebeszauber

E/D: Phantasus. Bd. 1. S. 273–314.

124,28 *ex tempore:* (lat.) aus dem Stegreif.

126,6 *Prätension:* Anspruch, Anmaßung; zum Gebrauch in der Goethezeit vgl. DWB 13, Sp. 2077. Das Wort ist häufig pejorativ gebraucht und kann schlicht im Sinne von ›Flausen‹ verstanden werden; vgl. Goethe an Herder am 5. Oktober 1787 (WA, Abt. 1, Bd. 32, S. 105).

126,9f. *Pantalon und Policinell:* frz. Formen für Pantalone und Pulcinella, die geizigen (oft gehörnten) Alten bzw. die dummschlauen, gefräßigen neapolitanischen Diener der Commedia dell'Arte.

126,11 *Arlechin:* ursprünglich aus altfrz. Legendengut stammende Teufelsgestalt, die sich in der Commedia dell'Arte zu einem bergamaskischen, mit einem Flickengewand bekleideten Spaßmacher wandelt.

128,18 *das blöde Herz:* blöde: furchtsam, feige, verzagt; als Epitheton von Herz wohl an biblischen Gebrauch wie Luthers Übersetzung von Sir. 22,22 angelehnt. Vgl. auch *Der getreue Eckart und der Tannenhäuser* (S. 64,18).

132,16 *Nervenfieber:* bezeichnet vor allem Typhus, aber auch andere Formen einer »nervösen Erregtheit« (vgl. DWB 13, Sp. 613).

137,24 *Tituskopf:* Zur charakteristischen Haartracht des römischen Kaisers Titus Flavianus Vespasianus (79–81 n. Chr.) vgl. die 73 in Rom geprägte Sesterz im Staatlichen Münzkabinett zu Berlin (Abbildung in Peter Robert Franke, *Römische Kaiserporträts im Münzbild*, München 1961, Tafel 13; Erläuterungen ebd., S. 14, 35). Die Sprichwörtlichkeit dieser Frisur im frühen 19. Jh. ist durch Johann Nestroy, *Der Talisman* I,8 belegt.

143,22f. *Tartaglias, Policinells ... Pierrots:* Tartaglia (ital., ›Stotterer‹) ist die unbeholfen komische Gestalt der Commedia dell'Arte. Zu Policinell vgl. Anm. zu 126,9f. Pierrot, als Piero, Pedrolino Figur der Commedia dell'Arte, repräsentiert zunächst die naive und treuherzige Dienergestalt und ist seit dem 17. Jh. in der heute geläufigen Lautung in die frz. Komödie eingegangen.

145,16 *in Nachahmung Alexanders:* Tieck spielt mehrfach indirekt (vgl. etwa *William Lovell*, hrsg. von Walter Münz, Stuttgart 1986 [u. ö.], Anm. zu 44,8f.) auf die von Diogenes Laertius, *De vitiis* VI,2, n. 6,32 überlieferte Anekdote an, der zufolge Alexander der Große bei der Begegnung mit Diogenes ausgerufen habe: »Wenn ich nicht Alexander wäre, möchte ich wohl Diogenes sein.«

145,24 *Et tu, Brute?:* Das Zitat, das, an ein weibliches Gegenüber gerichtet, ein wenig eigenartig anmutet, ist in dieser Form vor allem durch Shakespeares *Julius Caesar* III,1 in den Zitatenschatz eingegangen. Es bezieht sich auf Caesars angeblich letzte Worte, da unter den auf ihn eindringenden Mördern sein Vertrauter Brutus ihm als letzter einen Dolchstoß versetzt. In Suetons Cäsarbiographie (Kapitel 82) wird die Episode bereits in den Anekdotenbereich verwiesen und in der griechischen Version καὶ σὺ τέκνον (»auch du, Kind?«) zitiert (s. C. Suetonius Tranquillus, *Caesar*, übers. und hrsg. von Dietmar Schmitz, Stuttgart 1999, S. 108). Vgl. Cassius Dio, Ῥωμαικὴ ἱστορία XLIV,19.

146,25 ff. *das Bild des armen gefolterten Grandier:* Die im folgenden referierte Episode aus François Gayot de Pitavals *Causes célèbres et intéressantes, avec les jugements qui les ont décidées* (vgl. 147,13) hat den Prozeß um den Jesuiten Urbain Grandier zum Gegenstand. Dieser fiel einer weitläufigen Verschwörung verschiedener Institutionen zum Opfer. In deren Gefolge wurde er, selbst gegen die Beweislage der damaligen, voraufklärerischen Rechtsauffassung, wegen Zauberei und Verhexung der gegen ihn klagenden Ursulinerinnen gefoltert und verbrannt. Die sehr umfangreiche Wirkungsgeschichte des Stoffs erstreckt sich bis zu modernen Adaptationen wie Aldous Huxleys Roman *The Devils of Loudun* (1952) und Kawalerowiczs Film *Mutter Johanna von den Engeln* (1960). Tieck hat den Mechanismus von Aberglaube und Massenpsychose in seiner Novelle *Der Hexen-Sabbath* (1832) gestaltet.

148,8–10 *Sey ganz ein Weib … dorthin reißt:* Vgl. Goethe, *Iphigenie auf Tauris* I,3, V. 65–67.

148,23 *von jenen Familiengemählden und Hofrathsstücken:* Anspielung auf den Kampf der Romantiker gegen Pathos und moralisierende Tendenzen der Rührstücke von Iffland und Kotzebue. Vgl. August Wilhelm Schlegels 34. Vorlesung über dramatische Kunst und Literatur in *Sämmtliche Werke*, hrsg. von Eduard Böcking, Bd. 6, Leipzig 1846, S. 425–427.

150,7 *Siegfried, Oktavian und Eulenspiegel:* Die Aufzählung nennt geläufige Volksbuchstoffe, wie sie vom 15. und 16. Jahrhundert an, namentlich im Gefolge der Erfindung des Buchdrucks, in Europa verbreitet waren. Es handelt sich um frühneuzeitliche Prosaversionen meist mittelalterlicher Stoffe, die durch Vergröberung der Handlung zugunsten kolportageträchtiger Elemente der Sensationslust eines breiten Publikums Rechnung trugen. Bei den genannten Titeln handelt es sich wahrscheinlich um das erstmals 1694 erwähnte Prosavolksbuch *Eine wunderschöne Historie von dem Gehörnten Siegfried* (ältester erhaltener Druck 1726), ferner *Eine schöne und kurzweilige Histori von dem Kaiser Octaviano* (1535) und Hermann Botes Schwanksammlung *Till Eulenspiegel* (1510/11). Tiecks apologetische Stellungnahmen zu dieser Literatur setzen seit dem Frühwerk ein. Vgl. v. a. Köpke (Anm. zu 7,25), Bd. 1, S. 207ff.

150,20 *Oktavia:* Von den einschlägig gleichlautenden Titeln kommt angesichts des folgenden Kontextes am ehesten August von Kotzebues Tragödie (1801) in Betracht.

Armuth und Edelsinn: Lustspiel von August von Kotzebue (1795).

150,24f. *mit Skorpionen ... geißeln:* Vgl. 1. Könige 12,14.

Liebesgeschichte der schönen Magelone und des Grafen Peter von Provence

E: Wundersame Liebesgeschichte der schönen Magelone und des Grafen Peter von Provence. In: Volksmährchen, herausgegeben von Peter Leberecht [d. i. Ludwig Tieck]. Berlin: Nicolai, 1797. Tl. 2. S. 145–264.

D: Phantasus. Bd. 1. S. 324–392.

151,22 *Rad der Zeit*: Variante des von Tieck anderwärts gebrauchten Bildes vom Rad der Glücksgöttin oder des Ixion (vgl. Ludwig Tieck, *William Lovell*, hrsg. von Walter Münz, Stuttgart 1986 u. ö., S. 124, 264, 530; vgl. auch *Emblemata. Handbuch zur Sinnbildkunst des 16. und 17. Jahrhunderts*, hrsg. von Arthur Henkel und Albrecht Schöne, Stuttgart 1967, v. a. S. 1806–09).

164,29 *Anschlag:* hier: Anstoß.

166,10 *Anstand:* hier im Sinne von ›Habitus‹; vgl. DWB 1, Sp. 474f.

184,21 *Zindel:* von mlat. *cendalum*, griech. σινδών; ursprünglich feines Leinengewebe aus Indien oder Ägypten; zeitgenössisch oft synonym für Taft.

206,15 *Glück:* Schicksal; vgl. DWB 8, Sp. 230ff. In der Goethezeit wirkt der Fortunabegriff des Humanismus nach, vgl. etwa Goethes *Das Göttliche*, 5. Strophe.

209,33f. *eine Umwandlung des berühmten verlohrenen Margites:* Μαργίτης, in den griechischen Klassikern vielfach belegte, als einfältiger Mensch sprichwörtliche Gestalt der griechischen Volkssage, die ihren Ursprung einem angeblichen Gedicht Homers verdanken soll.

Die Elfen

E/D: Phantasus. Bd. 1. S. 400–430.

215,30 *blöde:* Vgl. Anm. zu 128,18.
221,17 *Rockelor:* weiter Mantel, benannt nach Antoine-Gaston-Jean-Baptiste Duc de Roquelaure (1656–1738).
227,12 *sinnig:* in der Goethezeit soviel wie ›verständig‹. Vgl. in DWB 16, Sp. 1179 ff. Näheres zu der nicht durchweg erklärbaren Wortgeschichte.

Der Pokal

E/D: Phantasus. Bd. 1. S. 431–456.

251,34 *Lineamente:* »Lineamenta (...) sind die Züge, die sonderlich in dem Gesichte des Menschen zu bemercken, und als etwas die innerliche Beschaffenheit des Gemüths anzeigendes zu beobachten sind, wie denn einige so gar aus solchen derer Menschen künfftige Glücks- und Unglücks-Fälle zu beurtheilen sich unterstehen wollen.« (Zedler, *Universal-Lexicon*, Bd. 17, Sp. 1416.)
255,33 f. *den Satyr Mopsus nemlich und Bacchidon und Milon vom Mahler Müller:* zwei Idyllen von (Johann) Friedrich Müller, gen. Maler Müller, beide 1795. Tieck, der dem Autor nicht zuletzt durch das gemeinsame Interesse am Genoveva-Stoff verbunden war, besorgte zusammen mit Johann Philipp Le Pique und Friedrich Batt die Edition *Mahler Müllers Werke*, Heidelberg 1811.
266,5 *Paradieses-Flüsse:* Vgl. 1. Mose 2,10–14.

Nachwort

Der im Werk Ludwig Tiecks unbewanderte Literaturfreund, der der gängigen Auswahlbezeichnung *Märchen aus dem »Phantasus«* vertraut, könnte sich, wollte er anhand des ungekürzten Textkorpus hierauf die Probe versuchen, düpiert fühlen. Er fände in Tiecks umfangreichster und dennoch Fragment gebliebener Publikation eine Reihe Bühnenstücke wie *Leben und Tod des kleinen Rotkäppchens*, *Der gestiefelte Kater*, oder auch den leicht verfremdeten Titel des Däumlingsstoffs, *Leben und Taten des kleinen Thomas, genannt Däumchen*, die seinem von Perrault, Grimm und Bechstein geprägten Märchenbegriff spürbar näherkämen als die Überschriften der gemeinhin so genannten Tieckschen Märchen. Zudem würde er in deren Bestand Stoffe wie den »Tannenhäuser« oder die »Schöne Magelone« zumindest vorläufig den Gattungen »Sage« oder »Volksbuch« zuordnen wollen.

Die Unstimmigkeit ist nicht schlichtweg durch den Hinweis zu lösen, daß dem Autor Tieck bei der Niederschrift in keinem Falle Gattungskriterien zu Gebote standen, wie die Brüder Grimm und die auf ihnen fußende Volkskunde sie definieren sollten; statt dessen bietet der Blick auf die Entstehung Fingerzeige zur Einordnung des jungen Tieck in sein Umfeld und auch zu seiner eigenen Krisensituation.

Man mag es vorweg verwirrend oder erhellend finden, daß vieles aus dem *Phantasus* schon in der Sammlung *Volksmährchen, herausgegeben von Peter Leberecht* (1797) enthalten und teils bereits dort einer Zweitverwertung zugeführt war. Eben hier aber stoßen wir auf eine Nahtstelle der deutschen Literaturgeschichte. Der junge Tieck war als Redaktor der *Straußfedern* im Verlag Friedrich Nicolais zu einer Art Nachfolger von Johann Karl August Musäus avanciert, und hatte mit diesem – mochte er dessen Ironiekonzept noch so beharrlich umkehren – doch den damals gängigen Begriff des Märchens gemeinsam, der noch undifferenziert all das umfaßte, was André Jolles im 20. Jahrhundert unter dem Rubrum »Einfache Formen« subsumieren sollte.[1]

Tieck stand um diese Zeit an der Schwelle zu seiner fruchtbarsten Schaffensperiode. Sie umfaßte drei Hauptströmungen: zum einen, in Zusammenarbeit mit Wackenroder, die historisierende Neuentdeckung altdeutscher Literatur und eine damit einhergehende Umwertung der Ästhetik, die bis heute Folgen für die Deutung nicht nur der Literatur, sondern auch der bildenden Kunst und der Musik gezeitigt hat. Die beiden anderen Produktionsschwerpunkte, die erzählende Prosa und das frühe Dramenschaffen, sind in den *Volksmährchen* ebenso wie im *Phantasus* vertreten und scheinen mitunter die Bewältigung ein und derselben Lebenskrise mit verschiedenen Mitteln anzustreben, wobei vielfach der Prosa der Dualismus, dem Dramenschaffen der Harmonisierungsversuch zugewiesen ist.

Als Extrempole der *Volksmährchen* können Tiecks Trauerspiel *Karl von Berneck*, das erste deutsche Schicksalsdrama, und die Dialogposse *Ein Prolog* gelten, die heute beide schwerlich als »Volksmärchen« durchgehen würden. Gleichwohl umfassen diese zwei Texte die Antithetik jener frühen Schaffensperiode, in der die zu existentiellen Krisen gesteigerte Daseinsangst des Verfassers nach tragischen und komischen Kompensationen sucht. Letztere äußern sich in der mit immer größerer Konsequenz betriebenen Illusionszerstörung, die in dem – von ahnungslosen Zuschauern vor einem geschlossen bleibenden Bühnenvorhang aufgeführten – *Prolog* einsetzt und in den Folgejahren mit dem *Gestiefelten Kater*, der *Verkehrten Welt* und dem *Prinz Zerbino* zu immer artistischeren Auswüchsen der Verfremdung führen wird. Die Renaissance dieser Texte im

1 André Jolles, *Einfache Formen*, Tübingen [4]1968.

20. Jahrhundert verdankte sich ihrer wirklichen oder vermeintlichen Nähe zum epischen Theater, das den Zuschauer in die Handlung einbezieht und so die Trennung zwischen Bühne und Zuschauerraum aufhebt. Vornehmlich beruht die hier waltende Strukturähnlichkeit auf der Tatsache, daß die Bühnenkomik mit ihrem Prinzip des Extemporierens die Illusionszerstörung durch das Einvernehmen der lustigen Figur mit den Zuschauern vorgibt. Wenn wir, was durch die im *Phantasus* enthaltenen romantischen Komödien sattsam nachzuweisen wäre, das perpetuierende Extempore als das schlechthin tragende Element des Tieckschen Theaters werten, so ist dennoch Telos seines Bühnenschaffens, mögen die Märchenkomödien zunächst auch vielfach Vehikel für handfeste Zeitsatire gewesen sein, nicht das Lehrstück, sondern im Gegenteil die Romanze, die auch die ursprünglich durchaus angestrebte Komik suspendiert. Jene tritt, geleitet von Glaube und Liebe, im Prolog des *Kaiser Octavianus* auf, des »Lustspiels in zwei Teilen«, das 1804 die frühe Schaffensperiode Tiecks beschloß, von diesem aber um ihrer exemplarischen Bedeutung für sein Kunstkonzept willen dazu bestimmt wurde, seine *Schriften* (1828–1854) mit dem ersten Band zu eröffnen. In der paulinischen Trias Glaube, Hoffnung und Liebe hat die Romanze in fromm blasphemischer Usurpation den Mittelplatz eingenommen, der einer jenseitigen Verheißung vorbehalten war und nun zum utopischen – ortlosen – Ort der romantischen »Universalpoesie« gerät. Die Romanze wird in der folgenden Handlung als Erzählerin und Allegorie dieser Poesie wiederkehren, die Zeit und Raum überbrückt.[2] Die schwer vereinbaren Positionen »allegorisch, lyrisch und dramatisch« werden in Tiecks Vorwort von 1828 zu den Grundkomponenten des Werks erklärt, dessen Eingangsmotto von der »mondbeglänzten Zaubernacht«

2 Vgl. Dieter Baake, »Kaiser Octavianus«, in: *Kindlers neues Literaturlexikon*, hrsg. von Walter Jens, Bd. 16, S. 580f. Vgl.auch Anm. 75.

und der »wundervollen Märchenwelt« zum Programm der Frühromantik wurde. Kennzeichen dieser Märchenwelt aber ist eben jene Einebnung der Handlungselemente und dramatischen Kategorien, die mit ungebrochener Gültigkeit in die Kunsttheorie des *Phantasus* hineinwirkt.

Romantische Gespenster

»Es gibt vielleicht«, so heißt es in der »Ersten Abtheilung« des *Phantasus*, kurz bevor mit dem gleichnamigen Gedicht die Reihe der fiktionalen Texte eröffnet wird, »keine Erfindung, die nicht die Allegorie, auch unbewußt, zum Grund und Boden ihres Wesens hätte. Gut und böse ist die doppelte Erscheinung, die schon das Kind in jeder Dichtung am leichtesten versteht, die uns in jeder Darstellung von neuem ergreift, die uns aus jedem Räthsel in den mannichfaltigsten Formen anspricht und sich selbst zum Verständniß ringend auflösen will. Es giebt eine Art, das gewöhnlichste Leben wie ein Mährchen anzusehn, eben so kann man sich mit dem Wundervollsten, als wäre es das Alltäglichste, vertraut machen.« (15f.)

Eben dies aber ist im Sinne des Sprechers und seines Verfassers Replik des schöpferischen Ego auf die existentielle Erfahrung: »selbst die schönste Gegend hat Gespenster, die durch unser Herz schreiten, sie kann so seltsame Ahndungen, so verwirrte Schatten durch unsere Phantasie jagen, daß wir ihr entfliehen, und uns in das Getümmel der Welt hinein retten möchten.« (15) Lange vor aller wissenschaftlichen Märchentheorie gemahnen diese Definitionen seltsam vertraut an die Eindimensionalität des Märchens, deren »epische Heiterkeit« nach Max Lüthi »eine Antwort an die Dämonen« ist[3]; mit dem Helden der Sage

3 Max Lüthi, *Das europäische Volksmärchen. Form und Wesen*, Bern/München ^{3}1968, S. 86.

wiederum, der dem Ort seiner Bestimmung nicht entfliehen kann, verbindet Tiecks Helden oft die Unentrinnbarkeit der eigenen Individualität.

Lüthi hat mehrfach den Gegensatz zwischen Märchen und Sage dahingehend definiert, daß letztere den Menschen den Übertritt ins Reich des Numinosen erleben läßt, während ersteres durch Sublimierung des Zauberischen sein Einssein mit dem Kosmos herstellt.[4] Der Umstand, daß der Übertritt nicht selten den Charakter der Übertretung, des Frevels aufweist, nähert das Strukturprinzip der Sage den moralischen Alternativen der Aufklärung an, die in ihrer Spätphase der »rationalistischen Dämonie«[5] der *gothic novel* und des tugendlastigen Geisterromans anheimfiel, aber auch, man denke an Autoren wie Veit Weber und Musäus, die Sagenszenarien eines ahistorisch anempfundenen Mittelalters nutzte.

Die Texte des jungen Tieck im Übergang von der vor- zur frühromantischen Schaffensperiode sind weithin diesen Vorbildern verpflichtet. Aufschlußreich dabei ist, daß der Übertritt in eine verbotene Welt gattungsübergreifend mit jeweils ähnlichen Chiffren des Phantastischen markiert ist: im Geheimbundroman *William Lovell* (1795/96) kündigt sich die Initiation in der Formel an: »Ein böser Dämon verfolgt mich in Gestalt eines Engels, um Amaliens Bild aus meinem Herzen zu reißen«[6]; die beiläufig scheinende Metaphorik bezeichnet die Comtesse Blainville, diese wiederum ist in vielen Einzelheiten, einschließlich ihrer späteren dekuvrierenden Entstellung, die ihr das

4 Max Lüthi, *Es war einmal... Vom Wesen des Volksmärchens*, Göttingen [3]1968, S. 64f. Dieser Sachverhalt wird in einer anderen Darstellung desselben Verfassers an dem eingängigen Beispiel demonstriert, daß ein überraschend zu sprechen beginnendes Tier im Märchen keine Gefühlsspannung aufbaut, sondern im Gegenteil geradezu beruhigend wirkt (vgl. ebd., S. 8).

5 Vgl. Otto Rommel, »Rationalistische Dämonie (Die Geister-Romane des ausgehenden 18. Jahrhunderts)«, in: *Deutsche Vierteljahrsschrift für Literatur und Geistesgeschichte* 17 (1939) S. 183–220.

6 Ludwig Tieck, *William Lovell*, hrsg. von Walter Münz, Stuttgart 1986, S. 67.

Attribut einer »verzauberten Fee« einbringen wird, den *Liaisons dangereuses* entlehnt.[7] André Malraux hat im Vorwort seiner Edition darauf verwiesen, daß die Einzigartigkeit der Laclosschen Formkunst im Selbstgefühl der Protagonisten begründet sei, das sich in Opposition zu der schon psychologisch motivierten Handlung noch in mythologische Dimensionen zu steigern vermöge.[8] Ähnlich aber verläuft im Frühwerk Tiecks die Bruchlinie zwischen Vor- und Frühromantik, wenn die unmerklich sich anbahnende ästhetische Neuerung im Spiel mit der Zeichensprache als obsolet belächelter Literaturgattungen sich offenbart: das »Feenland« des *William Lovell*[9] findet seine Entsprechung noch in der 1797 erschienenen Erzählung *Die Freunde*, die in durchaus aufklärerischer Tradition die Antithese zwischen der Selbstpreisgabe an eine von zauberischen Frauen regierte Phantasiewelt und den Forderungen einer von mitmenschlicher Verantwortung getragenen Jünglingsfreundschaft thematisiert.[10]

Es sollte nicht außer acht bleiben, daß diese in der Anlage konventionelle Geschichte etwa ein Jahr später entstanden ist als der *Blonde Eckbert*, der seinen Deutern seit Jean Paul – *res ante nomen* – zum Beleg des kollektiv Unbewußten diente.[11] Wir haben es also nicht mit einer chronologisch linearen Ausbildung neuer Kunstformen zu tun,

7 Ebd., S. 379.

8 Choderlos de Laclos, *Les liaisons dangereuses*, hrsg. von André Malraux, Paris 1952, S. 9f.

9 Vgl. *William Lovell* (Anm. 6), insbesondere S. 233.

10 Die Argumentation skizziert hier und im folgenden die ausführlicheren Überlegungen in Walter Münz, »Ludwig Tieck: *Der blonde Eckbert / Der Runenberg*«, in: Interpretationen. Erzählungen und Novellen des 19. Jahrhunderts, Bd. 1, Stuttgart 1988 [u. ö.], S. 7–59, insbesondere S. 14ff.

11 »Unter den Volksmärchen stellte [Jean Paul] den ›Blonden Ekbert‹ allen andern voran. Er sprach seine volle Bewunderung aus, und schloß endlich mit der Frage: ›Gestehen Sie es nur, wo haben Sie die Geschichte her?‹ Auf Tieck's Versicherung, er habe sie erfunden, antwortete er: ›Nein, nein! Sagen Sie was Sie wollen! Dergleichen erfindet sich nicht! Das muß schon vorher dagewesen sein!‹« (Rudolf Köpke, *Ludwig Tieck: Erinnerungen*

statt dessen mit einem zunehmenden Gewährenlassen vorbewußter Koeffizienten, die das ästhetisch Neue zutage fördern. Im übrigen enthält auch die noch heute lesenswerte Erzählung *Die Freunde* eine Fülle neuartiger Einzelheiten, unter anderem jene Formel, die die Ästhetik ihres Verfassers in Abwandlungen bis zum Spätwerk chiffrieren wird: »das Seltsamste gesellte sich zum Gewöhnlichsten«.[12] Schon hier ist der zunächst dissonante Grundton des Tieckschen Schaffens angeschlagen, der im *Phantasus* wie auch andernorts seine Auflösung in der Ebenbürtigkeit des Wunderbaren mit dem Alltäglichsten finden soll (vgl. 16). Dies aber ist hier wie dort bereits Antwort auf die Irritation durch »Gestalten [...] aus dem Hintergrunde des Gedächtnisses, aus dem tiefen Abgrunde der Vergangenheit, alle die ungewissen Phantome, die ohne Gestalt herumflattern und oft mit wüstem Gesumse unser Haupt umgeben«.[13]

Die hier sichtbar werdende Gemengelage, die in der chemischen Fachsprache ihr Analogon im Begriff der Suspension findet, enthält in der Tat die wesentlichen Elemente dessen, was wir heutigentags *suspense* nennen. Das sensuelle Äquivalent dieser Spannung kann in dem Wissen darum aufgespürt werden, daß Sagen sicher oft aus diffusen sinnlichen Wahrnehmungen entstanden sind, die sich in subjektiven Deutungen und Zuschreibungen verdichtet, meist personalisiert haben. Hierfür liefern die zum Scheitern verurteilten rationalistischen Erklärungsversuche des *tremendum* und *fascinosum* durch den Vater in Goethes *Erlkönig* (Nebelstreif, Säuseln des Windes, graue Weiden) ein prominentes Beispiel. Die Unschärferelationen, die dem diffusen Sehen im Vergleich zu präziser visueller Fixierung einen anderen, aber nicht minderen Stellenwert

aus dem Leben des Dichters nach dessen mündlichen und schriftlichen Mittheilungen, Leipzig 1855, Bd. 1, S. 264 f.)

12 *Schriften*, Bd. 14, Berlin 1829, S. 146; vgl. Anm. zu 16,1.

13 Ebd.

verleihen, haben bekanntlich den Tieckverehrer Edgar Allan Poe in den theoretischen Sequenzen der *Murders in the Rue Morgue* beschäftigt.[14] Bei Tieck selbst wird im Titelgedicht des *Phantasus* eben dieses spontane trompe-l'œil, das in der Sage der Furcht oder dem bösen Gewissen des Beschauers entspringen mag, zum Vexierspiel umgeschaffen, das gleichermaßen unverbindlich erscheint wie zuvor die Antithese gut–böse.[15] Die Allegorisierung der Welt ist ebenso *tertium comparationis* zwischen Realität und Imagination. Dies ist um so bedeutsamer, als Tieck in den Bekenntnisbriefen an Friedrich Schlegel, die der Entstehung des *Runenbergs* benachbart sind, von seinem »Kampf mit mir selbst und allem Bösen und Phantasti-

14 »To look at a star by glances – to view it in a side-long way, by turning toward it the exterior portions of the *retina* (more susceptible of feeble impressions of light than the interior), is to behold the star distinctly – is to have the best appreciation of its lustre – a lustre which grows dim just in proportion as we turn our vision fully upon it.« Edgar Allan Poe, *The Murders in the Rue Morgue / Die Morde in der Rue Morgue* (engl./dt.), übers. und hrsg. von Siegfried Schmitz, Stuttgart 1974, S. 44. Es kann in diesem Zusammenhang als aufschlußreich gelten, daß die wissenschaftliche Parapsychologie für das mechanische »Auge« der Kamera ähnliche Phänomene reklamiert. Unsere Argumentation berührt sich mit dem Deutungsansatz einer »Poetik des Schwindels« bei: Jörg Bong, *Texttaumel. Poetologische Inversionen von »Spätaufklärung« und »Frühromantik« bei Ludwig Tieck*, Heidelberg 2000.

15 Die hier angesprochenen Phänomene zeigen Analogien zu moralischen Implikationen des Rorschachtests, wie sie etwa in Robert Siodmaks Film *The Dark Mirror* (1946) gestaltet werden. Es ist in diesem Zusammenhang lehrreich, sich die Genese des Rorschachtests aus älteren Theorien wie jener Leonardo da Vincis (s. S. 304) zu vergegenwärtigen. Hierzu sowie zu Vorformen bei Kant und Justinus Kerner vgl. Ewald Bohm, *Der Rorschach-Test*, Bern [u. a.] 1974, S. 11f. Zu Kants einschlägiger Abhandlung *Versuch über die Krankheiten des Kopfes* vgl. auch Brigitte Uwer, *Der Rorschach-Test in der psychoanalytischen Zweiersituation*, Phil. Diss. München 1977, S. 89, Anm. 3 (s. Immanuel Kant, *Vorkritische Schriften bis 1768*, hrsg. von Wilhelm Weischedel, Bd. 2, Frankfurt a. M. 1968, S. 894–896). Die Parallelen Kantscher Lehren mit romantischen Theorien zum Unzusammenhang, die sich durch ihre Strukturverwandtschaft anbieten, wurden in jüngerer Zeit durch Winfried Menninghaus erhellt (*Lob des Unsinns. Über Kant, Tieck und Blaubart*, Frankfurt a. M. 1995).

schen«[16] schreibt. In dem Titelgedicht der Sammlung, das der Verfasser als Prolog seinen ihrerseits vielfach retrospektiv gewerteten Texten vorschaltet, tauchen Chiffren in spielerischer Verfremdung auf, die in diesen »Märchen« noch moralische Anfechtung und existentielle Bedrohung bedeuteten. Der eingefahrene Deutungsusus, der aus der Antithetik des *Runenbergs* in aller Regel eine Polarität zwischen Vegetativem und Kristallinem konstruiert, überliest in aller Regel die Hoffnung des Initianden Christian vor der Besteigung des Runenbergs: »die Lichter sind dort am schönsten, das Gras muß dorten recht grün seyn« (92).[17] Eben diese Zuversicht aber wird fern allem dämonischen Sagendualismus in der Allegorie des *Phantasus*-Gedichtes eingelöst. Ein überirdisch schönes weibliches Gebilde läßt die Blumen blühen, das Gras grüner werden, bewegt aber auch »Der Erde allertiefstes Herz« mit seinen metallischen und mineralischen Schätzen. Die Erscheinung verfügt über ähnliche Attribute wie die dämonischen Magna-Mater-Gestalten mehrerer folgender Texte, ist aber die verkörperte Liebe (26f.). Das der Großen Mutter eigene *tremendum* wird unmittelbar darauf in das ebenfalls aus Landschaftsformationen sich aufbauende Vexiergebilde des Großen Pan verlagert und hat so an der allegorischen Überhöhung teil, deren Fehlen die Immanenz der männlichen Pendants zum jenseitig weiblichen Prinzip (Walther im *Eckbert*, der Fremde im *Runenberg*) so rächerhaft und

16 Vgl. Münz (Anm. 10) S. 44.

17 Sicher ist hier auch ein redensartlicher Anklang vermutbar wie in dem meist englisch zitierten Gemeinplatz »The grass is always greener on the other side of the fence«. Vgl. das verwandte Motiv in der *Schönen Magelone* (152) (s. auch dieses Nachwort S. 335). Die »große Wunde«, die Christian später in der Vegetation erblickt (106), ist ein Rückgriff auf Novalis' durchaus nicht negativ gemeinte Notiz: »Kr[ankheiten] der Pflanzen sind Animalisationen, Krankh[eiten] d[er] Thiere Rationalisationen, Krankh[eiten] der Steine – Vegetationen« (*Fragmente und Studien 1799–1800*, Nr. 601, vgl. Novalis, *Schriften*, Bd. 3, hrsg. von Richard Samuel [u. a.], Stuttgart [u. a.] 1968, S. 663. Vgl. hierzu auch Anm. 88.

zerstörerisch werden ließ. Das *missing link* zwischen den letztlich verhängnisvollen Verheißungen des *Runenbergs* und der allegorischen Vision des *Phantasus*-Gedichts findet sich im dem ersteren zeitlich benachbarten *Octavian* als Aussage der schon in ihrer personalen Dramenfunktion allegorischen Romanze:

Wie beglückt, wer auf den Flügeln
Seiner Phantasieen wandelt,
Erde, Wasser, Luft und Himmel
Sieht er in dem hohen Gange.
Aufgeschlossen sind die Reiche,
Wo das Gold, die Erze wachsen,
Wo Demant, Rubinen keimen,
Ruhig sprießen in den Schaalen.
Also sieht er auch der Herzen
Geister, welche Ratschlag halten,
In der Morgen-Abendröthe
Lieblich blühende Gestalten.
Phantasie im goldnen Meere
Wirft, wo sie nur kann, den Anker,
Und aus grünen Wogen steigen
Blumenvolle Wunder-Lande.
Nirgend ruht sie, wer ihr folget
An dem schönen Zauberbande,
Steigt in's Innre, schaut die Kräfte
Der regierenden Gewalten:
Wie aus Wasser alle Welten
Hat der ewge Trieb erschaffen,
Wie das Feuer ihre Wurzel,
Die in ihren Kindern pranget,
Und das Licht, die höchste Blüthe,
In dem Menschen Lieb' ihr Name […].[18]

18 *Schriften*, Bd. 1, Berlin 1828, S. 136f. Ebenfalls hier einschlägig sind die von Lüer nachgewiesenen Interferenzen zwischen Jakob Böhmes Liebes-

Der Weg zur Allegorisierung auch der erzählenden Prosa wird bis in Tiecks Spätwerk weisen, wo in der »Märchen-Novelle« *Das alte Buch und die Reise in's Blaue hinein* (1835) die Mahrtenehe des Helden mit der Fee Gloriana unverblümt Spensers *Faerie Queene* zitiert. Das Böse scheint in dieser Novelle gänzlich von den Protagonisten abgespalten und ins Gnomenheer verlagert, das sich zum Teil aus unberufenen Adepten rekrutiert[19]; das Tannhäusermotiv vom Initianden im magischen Berg hat zu guter Letzt ein wenig von der Grazie des 18. Jahrhunderts erlangt, deren Accessoires vom jungen Tieck bei Einsatz seiner Existenzkrise mit sich mindernder Sicherheit gehandhabt und durch die Erschließung unbewußter Lebensbereiche ersetzt wurden. Insofern ist der bei Tieck sonst kaum auftretende Große Pan, der im *Phantasus* der »gliedmasirten« (vgl. 26) Göttin der Liebe als verstohlenes Korrektiv beigegeben ist, Zwischenstufe einer sich wandelnden Seinserfahrung, in der das Weibliche in Form bedrohender Ambivalenz erlebt wurde.

Die »gliedmasirte« Göttin im Wandel

Die konfliktreiche Jugend Tiecks, seine eidetisch halluzinatorische Veranlagung, die Entwicklungskrisen, die in dem bedrohenden Delirium nach der Lektüre von Grosses Roman *Der Genius* ihren Höhepunkt fanden und durch das bekannte Gotteserlebnis im Harz sowie die Entdekkung Jakob Böhmes vorläufig befriedet wurden, sind in der Forschung sattsam analysiert. Von unmittelbarerem Interesse für die Deutung der im *Phantasus* versammelten

begriff und der Herrin des Runenbergs. Vgl. das Kapitel »Die Liebe« in Edwin Lüer, *Aurum und Aurora. Ludwig Tiecks »Runenberg« und Jakob Böhme*, Heidelberg 1997, S. 168–182. Vgl. ebd., S. 58–78 den gründlichen Forschungsbericht zum *Runenberg*.

19 Vgl. Münz (Anm. 10) S. 57.

Prosamärchen ist das zeitliche und biographische Umfeld des zitierten Briefs an Friedrich Schlegel, das von der Erschütterung über Novalis' Tod geprägt ist. Was die Freunde verband, war, aus brieflichen und poetischen Zeugnissen belegbar, die gemeinsame Faszination durch das der Postadoleszenz oft gemäße Prinzip, das in der Mystik das Einschwingen in den Ungrund heißt, und im Austausch zwischen Tieck und Novalis durch das Werk Jakob Böhmes und das Erleben einer beseelten Natur chiffriert war.

Diese letztere hatte bei Tieck schon an der Schwelle seines frühromantischen Schaffens ihre Ambivalenz gezeigt: im Malerroman *Franz Sternbalds Wanderungen* (1797) ist dem Helden, als ob die Natur »mit herzdurchdringender Stimme zu ihm heraufsprach, als wenn sie mit feurigen Augen vom Himmel und aus dem glänzenden Strom heraus nach ihm blickte, mit ihren Riesengliedern nach ihm hindeutete. Franz streckte die Arme aus, als wenn er etwas Unsichtbares an sein ungeduldiges Herz drücken wollte, als möchte er nun erfassen, wonach ihn die Sehnsucht so lange gedrängt [...].«[20] In dem im Vorjahr erschienenen Prosa-*Blaubart* wird dieser Impuls intuitiv als Sublimation des Tiefenschwindels erkannt; der Erzähler betont, angesichts der »großen Glieder der Muttererde« sei Zaghaftigkeit ebenso verfehlt wie Keckheit.[21]

Diese Problematik radikalisiert sich in der krisenbestimmten Entstehungszeit des *Runenberg*, der, von der Vollendung des *Kaiser Octavianus* (1802) abgesehen, bis zum *Phantasus* und den drei eigens für diesen geschriebenen Texten (*Liebeszauber*, *Elfen*, *Pokal*; alle 1811) ein

20 Ludwig Tieck, *Franz Sternbalds Wanderungen*, hrsg. von Alfred Anger, Stuttgart 1966 [u. ö.], S. 248 f.

21 Gottlieb Färber [d. i. Ludwig Tieck], *Die sieben Weiber des Blaubart. Eine wahre Familiengeschichte*, Istambul im Jahr der Hedschrah 1212 [d. i. Berlin 1797], S. 197. Zur hier einschlägigen Nachbarschaft von Zyklothymie und Tiefenschwindel vgl. Sigmund Biran, *Melancholie und Todestriebe. Dynamische Psychologie der Melancholie*, München/Basel 1961.

Jahrzehnt schöpferischen Stillstands folgen wird. Entsprechend verstärkt sich die Emphase der Gleichnissprache, wenn das krisenhafte Naturerlebnis der frühromantischen Jahre im *Runenberg* unmittelbar vor der Wiederbegegnung Christians mit seinem Vater seinen Niederschlag in der moralischen Alternative zwischen der Hingabe an die Magna Mater und der Liebe zu einer Menschenfrau findet: »Ich kenne dich Wahnsinn wohl, rief er aus, und dein gefährliches Locken, aber ich will dir männlich widerstehn! Elisabeth ist kein schnöder Traum [...]. Sehe ich nicht schon Wälder wie schwarze Haare vor mir? Schauen nicht aus dem Bache die blizzenden Augen nach mir her? Schreiten die großen Glieder nicht aus den Bergen auf mich zu?« (100)

Die beharrliche Wiederkehr der »Glieder« in den einschlägigen Textstellen deutet auf die Vorstellung des Umfangens, dem das Eingehen des Bergmanns in den Schoß der Erde im *Heinrich von Ofterdingen* und im Falunstoff entspricht. Die »Felsenglieder« der bräutlichen Erde im Hardenbergschen Bergmannsgedicht haben jedoch durch Novalis' Tod eine negative Besetzung des Mineralischen erfahren, ähnlich wie dessen an Jakob Böhme orientierter Begriff des lebensspendenden Chaos in dem berühmten Brief an Tieck vom 23. Februar 1800.

Nach der Klage um den verstorbenen Freund schreibt Tieck an Friedrich Schlegel über sein geheimes Grauen bei der Homerlektüre,

> [...] wie allenthalben das Innere der Natur aus ihm spricht, und an einigen Stellen fast unmittelbar, ich sehe in ihm Ruinen von alten Zeiten und Erinnerungen von großen untergegangenen Geschlechtern, Sagen, die wie aus einem Meeresstrudel wieder aus der Tiefe heraufgeworfen worden, die Riesengebeine in ihm so nahe, und unbekannte Geschöpfe, wie man sie wohl in Gebirgen findet [...] alles was Geschichte

giebt und Poesie, so wie alle Natur, und alles in mir, sieht mich aus einem einzigen tiefen Auge an, voller Liebe, aber schreckvoller Bedeutung.[22]

Stellen wir unsere Verwunderung über die Affekte bei der Homerlektüre, die sich gemäß dem Werthergefühl der Zeit eher bei der Begegnung mit Ossian einstellen müßten, hintan, so gibt dies den Blick auf den fast wörtlichen Gleichlaut eines anderen Lebenszeugnisses frei, das die Krisensituation bei der Entstehung des *Runenbergs* anläßlich einer Begegnung mit Henrik Steffens durchscheinen läßt:

Sie trafen zusammen in Jakob Böhme und den Mystikern. Aus diesen Gesprächen bildete sich jenes schauerliche Märchen »Der Runenberg«, in dem die Natur als dunkle und unwiderstehliche Macht erscheint, die den freien sittlichen Entschluß des Menschen vernichtet. Es war das Abbild der damaligen Stimmung Tieck's. Im Walde, in der Pflanzenwelt wehte ein verwandter Hauch, der ihn geheimnißvoll durchschauerte. Er glaubte hineinzublicken in ferne, untergegangene Riesenwelten, und sie in ihren Erinnerungen wiederzuerkennen. [...] Natur, Geschichte, Poesie floß in eins, und es blickte ihm entgegen mit einem Auge der Liebe und des Schreckens zugleich.[23]

22 *Ludwig Tieck und die Brüder Schlegel. Briefe*, hrsg. von Edgar Lohner, München 1972, S. 57. Hier wirkt möglicherweise eine Aussage aus den *Lehrlingen zu Sais* nach, wo der hierarchische Aufstieg vom Mineral zum Tier mit unbehaglicheren Konnotationen verbunden ist als in den *Fragmenten und Studien* (vgl. Anm. 17): »Das Erhabne wirkt versteinernd, und so dürften wir uns nicht über das Erhabne der Natur und seine Wirkungen wundern, oder nicht wissen, wo es zu suchen sei. Könnte die Natur nicht über den Anblick Gottes zu Stein geworden sein? Oder vor Schrecken über die Ankunft des Menschen?« (Novalis, *Schriften*, Bd. 1, hrsg. von Paul Kluckhohn und Richard Samuel, Stuttgart 1960, S. 101.)

23 Köpke (Anm. 11) Bd. 1, S. 292. Vgl. Henrik Steffens, *Was ich erlebte. Aus der Erinnerung niedergeschrieben*, Bd. 3, Breslau 1841, S. 22f. Eine an-

Der mit geradezu paläontologischen Zügen ausgestatteten Verlandschaftung der Literatur entspricht in dem Brief an Schlegel eine Rhetorisierung der Landschaft durch den Verfasser, der bekennt, »wie nothwendig meiner Existenz die Natur ist«: »der Schwulst der Berge, die Inkorrektheit von Bächen und Wäldern, der Schwung der Anhöhen ist die ewige Poesie, die ich nie zu lesen müde werde, und die mich stets begeistert.«[24]

Dies aber findet seine ominöse Entsprechung im *Runenberg*, wo sich Christians Selbstpreisgabe an die chthonischen Mächte in Sätzen wie diesem äußert: »er sah eine Welt von Schmerz und Hoffnung in sich aufgehen, mächtige Wunderfelsen von Vertrauen und trotzender Zuversicht, große Wasserströme, wie voll Wehmuth fließend.« (95) Die Grammatik der Vision, die alltägliche Begriffe wie »felsenstarke Zuversicht« und »wehmutsvoller Tränenstrom« dem Gesetz der Hypallage unterwirft, deutet bereits auf den Sog einer akausalen Welt jenseits der empirischen Vernunft. Wiederum lautet der bald folgende Schlüsselsatz: »das Seltsamste und das Gewöhnliche war so ineinander vermischt, daß er es unmöglich sondern konnte.« (96)

Der Konflikt beider Lebensbereiche wird in seiner Unlösbarkeit manifest, da die scheinbar empirische Gestalt des Fremden, der Christian das gemünzte Gold hinterlas-

sehnliche Präsentation benachbarter Motive findet sich in Wilhelm Emrich, »Begriff und Symbolik der ›Urgeschichte‹ in der romantischen Dichtung«, in: DVJs 20 (1942) S. 273–304.

24 Lohner (Anm. 22) ebd. Die Ambivalenz derartiger Selbstzeugnisse sollte, gerade im Hinblick auf das folgende Zitat im *Runenberg*, beachtet werden, das einer rhetorischen Disziplinierung unkontrollierter Ekstasen gleicht. Vgl. Tiecks Brief an August Ferdinand Bernhardi und Sophie Tieck vom 17.–28. Mai 1793: »das Rauschen eines Waldes, ein Bach, der vom Felsen fließt, eine Klippe, die im Thale aufspringt, es kann mich in einen Taumel versetzen, der fast an Wahnsinn grenzt« (zit. nach: Wilhelm Heinrich Wackenroder, *Sämtliche Werke*, hrsg. von Silvio Vietta und Richard Littlejohns, Bd. 2, Heidelberg 1991, S. 258).

sen hatte, »wie in sich selber« zerbricht und die Gestalt des Waldweibes annimmt, das, als Reduktionsform der Magna Mater, mit eher vagem Sprachgebaren durch »äußerste Häßlichkeit« gekennzeichnet ist. An diesem Zerbrechen der Formen werden die Visionen des Unbewußten als manifester Wahnsinn erkennbar; bei aller Deutungsvielfalt, der der Schluß der Novelle unterliegt, scheint doch die schon im *William Lovell* gestellte Frage entschieden, ob man »beim Wahnsinne gewinnen oder verlieren würde«[25].

Im Titelgedicht des *Phantasus* überhöht das Erstehen des Hohen Paars Liebe und Pan aus der Landschaftsformation, als Erfüllung des gleichzeitig Lieblichen und Schrecklichen (vgl. 15), die halluzinatorische Erfahrung des Sagenlebens. – Die verhängnisvolle trompe-l'œil-Sequenz des *Runenberg* wiederum wirkt, als spule sie den hier vorstellbaren Vexierfilm rückwärts ab: das Zerbrechen der Formen läßt Christian, mit den Attributen des Wilden Manns ausgestattet[26], als Dualhälfte des Waldweibs zurück. Stellen wir die Chronologie in Rechnung, so ist der *Phantasus*, namentlich das Gedicht, nach einer langen Latenzperiode die schöpferische Antwort auf die Obsessionen, die im *Runenberg* zusammengefaßt waren.

25 Tieck, *William Lovell* (Anm. 6) S. 141. Immerhin sollte der motivisch benachbarten Schwebelage in den Paralipomena zum *Heinrich von Ofterdingen* Rechnung getragen werden, die Parallelen in dem 1802 von Tieck erstellten Fortsetzungsbericht finden. Bei Novalis erscheint bald nach dem Arbeitstitel »Skizze der Verklärung« die ominöse Sequenz: »Heinrich wird im Wahnsinn Stein – ⟨Blume⟩ klingender Baum – goldner Widder – Heinrich errät den Sinn der Welt – Sein freiwilliger Wahnsinn. Es ist das Rätsel, was ihm aufgegeben wird« (Novalis, *Schriften*, Bd. 1, hrsg. von Paul Kluckhohn und Richard Samuel, Stuttgart 1960, S. 344). Die gleichzeitige Ausdünnung und Glättung dieser Aussage in Tiecks Wiedergabe ist aufschlußreich (ebd., S. 368; so von Anfang an bereits in Novalis, *Schriften*, Tl. 2, hrsg. von Friedrich Schlegel und Ludwig Tieck, Berlin 1802, S. 72); jede deutende Bezugnahme auf den zeitgleich entstehenden *Runenberg* würde jedoch in die Nähe einer *petitio principii* rücken.

26 Vgl. Richard Bernheimer, *Wild Men in the Middle Ages. A Study in Art, Sentiment and Demonology*, Cambridge 1952, bes. S. 43, 121ff.

In Frau Holles Reich

Die Jungsche Schule hat sich verständlicherweise dieser Stoffe bemächtigt und die in allen Texten auszumachenden Binärstrukturen der Deutung des Konflikts als einer Fixierung des Individuums auf die Anima / Magna Mater und dessen je vereitelten oder entfalteten Bewußtwerdungsprozeß unterzogen. Im Rahmen der so definierten Aufgabenstellung hat die Dissertation von Irma Josie Singer Sklenar[27] dieses Unterfangen bravourös bewältigt. Es ist, zumal kein einschlägig orientierter Deutungsversuch diesen Beitrag wird außer acht lassen können, hier nicht der Ort, ihn in seinen Einzelheiten zu diskutieren. Die ungemeine Zeichenvielfalt, die durch Jung, Kerényi und Erich Neumann in die Mythendeutung eingebracht wurde, kann freilich zu unabsehbar wuchernden Assoziationsgefügen führen, zumal jedes neu hinzukommende Symbol, namentlich aus dem mit magisch-alchimistischen Bedeutungen besetzten Tier- und Pflanzenreich, in Einzelfällen über so viele Klinkstellen zum vorhandenen Zeichenbestand verfügt, daß es dessen Deutungspotential exponentiell vervielfältigt. Die Literaturwissenschaft bescheidet sich demgegenüber mit der Suche nach der ein Sprachkunstwerk bestimmenden Tektonik, so daß wir uns auch im folgenden der bestechenden, von Sklenar zusammengefaßten Ergebnisse nur selektiv bedienen werden.

Der blonde Eckbert, das unter den Prosamärchen des *Phantasus* sicher intrikateste Gebilde, steht am Anfang der Sammlung und scheint sich durch den schon in der ersten Zeile in Musäusscher Manier lokalisierten Erzählort, der 1792 bereits den jungen Tieck zum »Mährchen vom Roßtrapp« angeregt hatte, unserem Verständnis einer

27 Irma Josie Singer Sklenar, *Die Märchenwelt Ludwig Tiecks. Versuch einer Deutung*, Diss. University of Michigan 1972. Der Titel ist m. W. im deutschen Leihverkehr nur als Mikrofilm an der Stadt- und Universitätsbibliothek Frankfurt a. M. erhältlich (Signatur: MF 9402).

Volkssage zu nähern. Der von der Erzählerin der Binnenhandlung erhobene Anspruch, kein Märchen zum besten zu geben, scheint wiederum durch die eher empfindsam als phantastisch einsetzende Geschichte beglaubigt zu werden, die das einsame Tal wie eine Rousseausche Projektion der Spätaufklärung handhabt. Die konventionelle Furcht des 18. Jahrhunderts vor dem Gebirge, der Wechsel von der angsterregenden Wildnis zum *locus amoenus* fügt sich hierzu; scheinbar ist auch die sausende Mühle Versatzstück des Idylls. Hier freilich beginnt schon eine Zeichensprache wirksam zu werden, die die bukolische Szenerie gleichsam unterwandert: die Mühle, die bei Tieck bis ins Spätwerk symbolträchtig bleibt, kann als Variante des der Großen Mutter zugeordneten Spinnrads gelten, das in vielen Märchenvarianten der Mädcheninitiation gern als Schicksalsmotiv steht. Die Alte im Walde wiederum ist mit scheinbar widersprüchlichen Attributen ausgestattet; ihr lautes Beten und Absingen eines geistlichen Liedes scheint sich zum erbaulichen Ton des 18. Jahrhunderts eher zu fügen als zum Habitus einer halb jenseitigen Märchenfigur, und dennoch sind, wie etwa *Marienkind* in den *Kinder- und Hausmärchen* der Gebrüder Grimm (Nr. 3) lehrt, auch christliche Motive in die Gestaltung des Frau-Holle-Typus, mit dem wir es hier wohl zu tun haben, integrierbar. Zu Frau Holles Welt passen im übrigen just scheinbare Ungereimtheiten der Erstfassung, die Tiecks späterem Stilempfinden als nicht mehr tragbar erschienen: der getilgte Satz, der beim Betreten des einsamen Tals die Abendglocken der Dörfer über die Flur hinklingen ließ, gemahnt daran, daß auch im Volksmärchen Frau Holles Reich der menschlichen Erfahrungswelt benachbart ist (vgl. *Kinder- und Hausmärchen*, Nr. 24). Im *Runenberg* wird in der Krise der Handlung der ausdrücklich benachbarte Wald (107) sowie der nahe Schacht (109) die Gegenwart des Numinosen bedrohlich signalisieren; im Stande der Unschuld baut die

Wahrnehmung des erlebenden Helden noch keine verhängnisvolle Polarität auf.

Man hat die literarische Vorlage dieses Stoffs bis heute nicht gefunden; dennoch sind Anklänge, etwa an das spätere *Die Gänsehirtin am Brunnen* aus den *Kinder- und Hausmärchen* (Nr. 179), unüberhörbar. Der in diesem Text vollendeten Initiation von Jüngling und Mädchen steht der Treuebruch der Tieckschen Handlung gegenüber, der sich im ominösen 14. Lebensjahr der Erzählerin anbahnt (39).[28]

Der Deutung Sklenars gemäß verläßt Bertha, verführt durch das unbewußt Männliche in der weiblichen Psyche, das matriarchalische Reich vor Ende der Probezeit, um sich in der Welt zu verwirklichen. Die Verwahrung der Vogeleier in fremdartigen Gefäßen wird als Schwangerschaftssymbolik eingestuft; die Perlen und Edelsteine, die in den vielen Gefäßen aufbewahrt werden, sind der Schatz, der im Märchen das Selbst symbolisiert. Bertha läßt also auf der Flucht einen großen Teil ihres Selbst zurück, nämlich die Kinder, die ihr und Eckbert in der Welt versagt bleiben werden. Diese Sicht könnte gewagt anmuten, erschiene nicht das Binnenmärchen gerade in diesem Symbolbereich als defizienter Modus der *Gänsehirtin am Brunnen*, wo die Prinzessin, die bei der Alten Zuflucht findet, Perlen und Edelsteine statt Tränen weint, die von ihrer Mutter wiedererkannt werden, und so in der Zeichensprache des Märchens auf den umhegtesten Bezirk des weiblichen Ego weisen. Sie stehen aber insgesamt für die Schätze, die, wenn ihnen die jenseitige Reifung im Unbewußten vergönnt ist, weder Rost noch Motten verzeh-

28 Zu den vorangegangenen Deutungen und Belegen vgl. Münz (Anm. 10) S. 23f. Ferner sei auf Casteins Auflistung möglicher stoff- und motivgeschichtlicher Vorbilder in Musäus' Märchen *Ulrich mit dem Bühel* verwiesen (vgl. *Erläuterungen und Dokumente: Ludwig Tieck, »Der blonde Eckbert. Der Runenberg«*, hrsg. von Hanne C., Stuttgart 1987, Anmerkungsteil).

ren. Aus demselben Defizit wie Eckberts und Berthas Kinderlosigkeit erwächst der Unsegen des gemünzten Goldes, das die in den Fremden verwandelte Herrin des Runenbergs Christian hinterlassen hatte; auch die Kräuter und Steine betreffende Sammeltätigkeit Walthers – der männlichen Diesseitsversion der Alten im Walde – mag ein Zeichen der verlorenen Fülle sein, die den Wesen und Dingen nur gewährt ist, wenn die Märchenhelden ihren magischen Ort nicht zur Unzeit verlassen.

Die Episode im *Runenberg* entspricht einer gemeinhin wenig beachteten Parallelstelle des Kapitels »Die Farben« in den *Phantasien über die Kunst*, wo das gemünzte Gold als nachgeahmte Sonne den Menschen den numinosen Valeurs der Natur entfremdet und das Reich des Pluto, in dem eine »andre, unsichtbare Sonne« regiert, über ihn Macht gewinnen läßt.[29]

Die Zeichensprache der beiden Märchen *Der blonde Eckbert* und *Der Runenberg* enthält überdies mehrere gemeinsame Signale, so die Hinweise auf diffuse optische Wahrnehmung, die, wie angedeutet, im *Runenberg* als Chiffre einer expliziten Lebenskrise die bisherige Künstlerexistenz ihres Verfassers in Frage stellt, aber schon im *Eckbert* als physiognomische Unkenntlichkeit der Alten getarnt ist, deren Kopfzittern (36) schwerlich einer planen klinischen Erklärung zugeführt werden sollte, sondern einer endogenen Sicht der Beschauerin entspringen dürfte. Auch hierzu findet sich eine versteckte Analogie in den gemeinsam mit Wackenroder verfaßten Schriften. Das Kapitel »Von den Seltsamkeiten des alten Malers Piero di Cosimo aus der alten Florentinischen Schule« in den *Herzensergießungen* handelt unter anderem von dessen Gepflogenheit, seine Augen starr auf fleckige Mauern oder Wolkengebilde zu heften und daraus Anregungen »zu wil-

29 Wilhelm Heinrich Wackenroder, *Werke und Briefe*, Heidelberg 1967, S. 186 ff. Vgl. Sklenar (Anm. 27) S. 126 und Münz (Anm. 10) S. 31 f.

den Schlachten mit Pferden oder zu großen Gebirgslandschaften mit fremdartigen Städten« zu beziehen. Die »gewisse Übereinstimmung zwischen ihm und dem großen Leonardo da Vinci« sei durch die Tatsache gemindert, daß Piero di Cosimo sich durch »finstere Wolkenregionen der Luft«, Leonardo dagegen »durch die ganze wirkliche Natur und [...] das ganze Gewimmel der Erde« habe inspirieren lassen. Der Hinweis wird dadurch bedeutsam, daß ihm mit einiger Wahrscheinlichkeit die Kenntnis des Abschnitts in Leonardos *Buch von der Malerei* zugrunde liegt, wo dem Maler geraten wird, seine Phantasie durch den Blick auf amorphe Gegenstände wie Mauerwerk, Wolken, Feuer, Asche und Schlamm zu inspirieren. Die Stelle, einer der wichtigsten Belege zur Theorie der visuellen Wahrnehmung[30], erhellt als flankierendes Zeugnis die sonderbar beharrlich gesetzten Zeichen, mit denen Tieck den kreativen Anteil des Unbewußten am schöpferischen Prozeß chiffriert. Die Gefahr einer unzeitigen und defizienten Bewußtwerdung tut sich an einem Sehverhalten dar, das im Vergleich zu Leonardo der an diesem gerühmten Totalität der Weltschau mangelt; die hiervon betroffenen Tieckschen Helden »lügt alles an, was ihnen geschieht«. In der narrativen Praxis äußert sich dies auch darin, daß der Übergang von der wundersamen Welt des Märchens in die Befremdlichkeit der sagenartigen Wahrnehmung zu einer Psychologisierung führt, die uns aus dem Rationalismus des Schauerromans wohlvertraut ist. Wenn es im *Blonden Eckbert* auf dem Höhepunkt der Krise heißt: »Und wie hängt dieser Mensch dann mit meinem Schicksale zusammen?« (45), so erinnert dies an die schleichende Verstrikkung in die endogame Geheimbundintrige des *William Lovell*; die rächende Allgegenwart des ermordeten Freundes nährt den Verfolgungswahn in Wald und Flur ebenso wie in der allzeit konspirativ gewähnten Gesellschaft.

30 Ausführlicher s. Münz (Anm. 10) S. 37ff.

Die Affinität der Sagenstruktur zu jener des aufklärerischen und empfindsamen Prüfungsromans wird nicht nur durch den Rückfall des Erzählers in die Stilmittel eines überlieferten Intrigentons deutlich; das Böse trägt allerorten das Stigma der Ungeborgenheit, wie es Höltys Gedicht *Der alte Landmann an seinen Sohn* in holzschnittartiger Zeichensprache ausdrückt. Sichel, Pflug, Ährenfeld sind darin die Sinnbilder gefestigten Seinsvertrauens, während dem Bösewicht, der sich »nichts als Geld« wünscht, »der Wind im Hain, das Laub am Baum« »Entsetzen zu(sausen)«; bei aller Reserve der deutschen Aufklärung gegen Voltaire hat die resümierende Forderung des *Candide*, den Garten zu bestellen, mittelbar über die Antiutopien der Weimarer Klassik wie den *Wilhelm Meister* hinausgewirkt.

Der äußere und innere Umfriedungen überschreitende Held als Verkörperung der »unvergnügten Seele« ist in der jüngeren moralischen Tradition des Prüfungsromans subjektiv, empfindsam und labil angelegt;[31] die allmählich in der Erfahrungsseelenkunde der Spätaufklärung sich bildende Offenheit für den Abgrund, der, wie Nietzsche es später wahrhaben will, in den Beschauer zurückblickt, nivelliert jedoch in der romantischen Nachfolge die moralischen Anfechtungen des Chaos nach und nach zu ästhetischen Parametern wie dem Allegoriebegriff des *Phantasus*. In den beiden berühmtesten Märchen der Sammlung freilich ist die Geborgenheit des Banalen, des, ganz wörtlich, in der Bannmeile Befindlichen, noch als moralische Gravitation wirksam.

Im *Runenberg* haben die in der ersten Fassung des *Blonden Eckbert* noch in das einsame Tal hineinklingenden Abendglocken der Dörfer ihre Entsprechung in den rauchenden Dächern (106), die auf das Ende der ersten Vergilschen Ekloge anspielen, aber in all ihrer Vergegen-

31 Vgl. Eva D. Becker, *Der deutsche Roman um 1780*, Stuttgart 1964, S. 80–88.

wärtigung des friedvollen menschlichen Lebenskreises ebenso unwirksam bleiben wie die sakralen Valeurs von Gesang und Orgelton.[32] Die Abwendung des Helden vom Idyll nimmt, wenn nicht kausal, so doch genetisch, Hofmannsthals seltsam entkernte, an Novalis und Kierkegaard orientierte Version des Falunstoffs vorweg; so führt die Sehnsucht nach dem verlorenen »hohen ewigen Glück« zur Wiederbegegnung mit dem Fremden, der sich in das Waldweib und andeutungsweise wiederum die Schöne aus dem Gebirge verwandelt. Stärker noch als die erste Funktion der magischen Tafel im Erzählgeschehen legt deren hieran sich schließende Wiederauffindung die Annahme nahe, es handle sich um eine Anspielung auf die Tabula Smaragdina, deren von den okkulten Bedeutungen des Mineralreichs ausgehende Botschaft besagt: »Alles / was hernieden ist / daß ist auch droben / jedoch auff eine bessere / vollkommenere und edlere weise.«[33] Eben diese letztere aber ist, anders als in der sympathetischen Mineralmetaphorik des *Octavian*, im *Runenberg* wie im *Eckbert* durch die Unzeitigkeit der Helden vereitelt; die Formel »das Wunderbarste vermischte sich mit dem Gewöhnlichsten« (49) bezeichnet in der Sicht des letzteren nicht Initiation, sondern Chaos, und die finale Ausspielung des Inzestmotivs besiegelt die perniziöse Befangenheit in einer abgebrochenen Entwicklung.[34] Im Zwiespalt des Erzähl-

32 Die Kirchenglocken als mahnende Instanz, die zur moralischen Umkehr aufrufen, finden sich in allegorischer Funktion auch im Tieckschen Roman; vgl. Ludwig Tieck, *William Lovell* (Anm. 6) S. 243.

33 Oswald Crolls Deutung der Paracelsischen *philosophia sagax* in *Basilica chymica*, zit. nach Will-Erich Peuckert, *Gabalia*, Berlin 1967, S. 293. Zu den vermutbaren Analogien zur Böhmeschen Signaturenlehre vgl. Michael Neumann, »Zeichendeuter. Tieck zwischen Jakob Böhme und Sherlock Holmes«, in: *Ludwig Tieck. Literaturprogramm und Lebensinszenierung im Kontext seiner Zeit*, hrsg. von Walter Schmitz, Tübingen 1997, S. 265–277, insbesondere S. 272 f.; ferner Lüer (Anm. 18) S. 124–129.

34 Das Inzestmotiv in Tiecks Werk hat immer wieder biographische Deutungen herausgefordert. Vgl. vor allem Edwin H. Zeydel, *Ludwig Tieck, the*

schlusses waltet die, zur Entstehungszeit anders als heute nicht selbstverständliche, Ahnung, daß das Böse und Phantastische nicht notwendig identisch sein müssen, daß vielmehr die Menschheitssagen vom Eingeweihten, der für seine Teilhabe am Geheimnis bestraft und verstoßen wird, nicht vorweg von Frevel, sondern von Ungenügen handeln. Im *Eckbert* wie im *Runenberg* ist das Gelingen, das dem Märchen seinen Sinn zu verleihen pflegt, durch die Tiecksche Gleichsetzung von Individualität und Schicksal blockiert.[35]

Ödipale Mahrtenehen

Die schon im Titel sich ankündigende Binärstruktur des Märchens *Der getreue Eckart und der Tannenhäuser* wird vom fiktiven Erzähler Ernst im Zwischentext des *Phantasus* als Eigenerfindung in Anspruch genommen (51). Dies ist um so merkwürdiger, als der mit seinem Werk den Vorlagen des Stoffs ausdrücklich zugezählte Hans Sachs in seinem Schwank *Das hoffgesind Veneris* (1517) die Tann-

German Romanticist, Princeton 1935, S. 38 sowie das in vielen Einzelheiten anfechtbare, aber hinsichtlich der behandelten Werke materialreiche Kapitel über Tieck in Otto Rank, *Das Inzestmotiv in Dichtung und Sage*, Leipzig/Wien 1926, S. 566–574. Vgl. Werner Brans, *Der Einzelne und die Gesellschaft in Ludwig Tiecks ersten selbständigen Schriften*, Diss. Frankfurt a. M., S. 49f.; Valentine C. Hubbs, »Tieck, Eckbert und das kollektive Unbewußte«, in: *Publications of the Modern Language Association of America* 91 (1956) S. 686–693, vor allem S. 691; James Trainer, »The Incest-Theme in the Works of Tieck«, in: *Modern language Notes* 76 (1961) S. 819–824. Gerade die narrative Funktion der Verarbeitung im *Blonden Eckbert* legt jedoch C. G. Jungs Deutung nahe, die Inzestmotivik sei häufig mehr symbolisch als libidinös. »Der tempelschänderische Griff rückwärts, von dem Nietzsche spricht, entpuppt sich, seiner Inzesthülle entkleidet, als ein ursprünglich passives Steckenbleiben in der Libido bei den ersten Kindheitsobjekten« (*Wandlungen und Symbole der Libido*, München 1991, S. 178).

35 Vgl. vor allem die einschlägige Äußerung zu Köpke, in: ders. (Anm. 11) Bd. 2, S. 241f.; ähnlich im *Liebeszauber*, s. 126,32f.

häusergestalt bereits fest in die Handlung von Eckart und dem Venusberg integriert hat.[36] Mit den späteren Rollen des Getreuen Eckart, die im heutigen Bewußtsein fast nur noch durch Goethes Ballade haften geblieben sind, hat der aus der Völkerwanderung herrührende Harlungenstoff, in dessen Gefolge die Eckart-Gestalt die Bühne der Sagentradition betritt, wenig mehr als das Warner- und Mahnermotiv gemeinsam. Das Faszinosum des heidnisch-dämonischen Personalbestandes, vor dem er die Menschen zu behüten sucht, changiert namentlich da, wo das ursprüngliche Pandämonium des Wilden Heers dem Venusberg zugeschlagen ist. Bei Prätorius zählen viele Zwerglein oder Pygmäen zur Freundschaft der Wasserfrau im hohlen Berg, der erst später von anderen Zwergen Venus- oder Liebesberg genannt worden sei.[37]

Es zeichnet sich auch in diesem Motivhinweis der paracelsische Kontext ab, den sich Tieck noch mehrfach zum Resonanzboden seines *frisson nouveau* anverwandeln sollte. Der hierzu kontrastierende Biedersinn des getreuen Eckart, dessen archaisch angelegter Charakter durch sein Jahrhunderte vor der Tannenhäuser-Handlung liegendes Leben beglaubigt wird, entstammt nicht nur in der Fiktion einer früheren Epoche als jene; auch er verdankt sich bei aller romanzenhaften Verbrämung dem bürgerlichen Selbstbewußtsein des 18. Jahrhunderts, das, wie in *Emilia Galotti* oder *Kabale und Liebe* die Nachtseite der menschlichen Natur auf die höfische Welt projiziert; der auch in der Erzählliteratur machtvolle Traditionsstrang, der auf Antonio de Guevaras *Contemptus vitae aulicae et laus ruris* beruht, wird sichtbar in Sätzen wie dem folgenden, die späteren, am künstlich raunenden Sagenton des 19. Jahrhunderts geschulten Lesern wie dissonante Alt-

36 Vgl. Adolf N. Ammann, *Tannhäuser im Venusberg. Der Mythos im Volkslied*, Zürich 1964, S. 45–49.
37 Ebd., S. 78.

klugheiten erscheinen müssen: »Die Freundschaft der Fürsten ist wie ein tötendes Gift, das man nur gegen Feinde nützen kann, und womit sich der Eigner aus Unbedacht endlich selbst erwürgt.« (56f.)

Dies ist *ex negativo* wieder die erwähnte Botschaft von der Geborgenheit der Bannmeile, des *bene vixit qui latuit*, die ebensogut in Zeugnissen der aufklärerischen Literatur wie Johann Michael von Loens Roman *Der redliche Mann am Hofe* (1740) oder dem Hausvaterporträt *Die Geschichte des Herrn Oheim* (1778) von Johann Heinrich Merck hätte stehen können. Tiecks früher Roman *Peter Lebrecht. Eine Geschichte ohne Abentheuerlichkeiten* (1795/96), der zeitgleich mit dem *William Lovell* erschienen ist und dessen Exaltationen zu kontrapunktieren scheint, schließt, wiewohl bereits von satirischen Elementen aus Johann Gottwerth Müllers *Siegfried von Lindenberg* (1779, erweiterte Fassung 1781–82) beeinflußt, an diese Tradition an. In seinem *Tannenhäuser* läßt Tieck zu allem Überfluß, der rechtgläubigen Bibelfestigkeit der Epoche Rechnung tragend, in der entscheidenden Begegnung Eckarts mit dem Herzog das großmütige Geschehen zwischen David und Saul in 1. Sam. 24,1–23 anklingen.

Nicht außer acht bleiben sollte in diesem Kontext auch die vorangegangene Bemächtigung des Sagenstoffs durch die Trivialaufklärung. Benedikte Naubert hat 1792 in ihren *Neuen Volksmährchen der Deutschen* eine Erzählung mit dem unverfänglich scheinenden Titel *Der Müller von Eisenbüttel* vorgelegt, in der sowohl das Eckart-, als auch das Tannhäusermotiv eigenartigen Verfremdungseffekten unterzogen werden. Die Besetzung »altdeutscher« Stoffe mit aufklärerischen Moralalternativen mag als Motivation für die zahlreichen Anachronismen gelten, erklärt aber die eigentümliche Erzählstruktur nur zum Teil. Anders als in der Stofftradition der Völkerwanderungszeit enthält das auch hier nahe Breisach angesiedelte Harlingmotiv bereits die Thematik der Fürsorge für die Kinder des Feindes; in einer sozusagen konkurrierend angebotenen Fassung der Warnerrolle vor dem Wilden Heer ist es bei Naubert wiederum die Eckartgestalt, die Liebesbeziehungen zu dämonischen und überirdischen Frauen pflegt; schließlich führt der thomistisch anmutende Gnadenbegriff ein und desselben Menschen, der Gutes und Böses tut, zu einer für möglich erklärten narrativen Verschmelzung zwischen »Eckard« und »Tonhäuser«. Die bekanntlich eher dürftigen Stilmittel der Erzählerin stehen in eigenartigem Kontrast zu ihrer planvollen Demonstration der Verfügbarkeit eines Sagenmotivs, dessen Aufbereitung einer strukturalistischen Paradigmensammlung nahekommt. Inwieweit die zu ihrer Zeit viel gelesene Autorin die zeitgenössische Rezeption des Tannhäuserstoffs beeinflußt hat, steht dahin; Tiecks Version zeigt allemal deutliche Affinitäten auch zu der Gestalt des »Tonhäuser«, der sein schlimmstes Verbrechen, nämlich die Ermordung seiner Ehefrau, in einer Felsenhöhle des »Hülfsbergs« abbüßt.[38] Es mag auch mit der denkbaren Vorbildfunktion dieser ariden Variante des Lustgrottenmotivs zusammenhängen, daß der schematisch aufgelistete Sujetbestand des Tieckschen Venusbergs zeitweise wie eine pflichtschuldige Montage aus zeitgenössischen Gegentendenzen zur Aufklärung wirkt. Das »Gewimmel der frohen heidnischen Götter« (83) löste gegen Ende des 18. Jahrhunderts beim gebildeten Leser zweifellos Assoziationen an Schillers Gedicht *Die Götter Griechenlandes*, namentlich die vielfach als anstößig getadelte Erstfassung von 1788, und Heinses *Ardinghello* aus. Tieck hat diese Tendenz in der durchaus diesseitigen Form einer hedonistischen Begeisterung für die Kultur der italienischen Renaissance in den Romanen *William Lovell*

38 Benedikte Naubert, *Neue Volksmährchen der Deutschen*, Bd. 3, Leipzig 1792, S. 323–398, hier insbesondere S. 352f., 362ff.; zu den beiden konkurrierenden Versionen des Eckartstoffs vgl. S. 366–371 sowie 371–380. Die rudimentäre Romepisode mit Papst Urban s. S. 361–364, 384f.; zum Motiv des »gekrönte(n) Laster(s)«: S. 383.

(1795/96) und *Franz Sternbalds Wanderungen* (1798) umgesetzt, wobei Reue und Wandlung der jeweiligen Titelhelden von sich verändernden Sichtweisen ihres Schöpfers zeugen. Die ein Jahr nach dem *Sternbald* zum Druck beförderte Tannhäuser-Version setzt diese Tendenz fort: es scheinen Zweifel begründet, ob die Chiffrierung des moralischen Verfalls mit antik-mediterranen Motivbeständen das eigentliche Anliegen ausdrückt. – Die Reinkultur solch heidnisch-christlicher Antinomien ist in Eichendorffs seltsam inkohärenter Novelle *Das Marmorbild* (1819) hergestellt, deren Handlung wohl auf den Pygmalionismus einschlägiger Vorbilder zurückgreift, dabei gleichwohl auf das blinde Motiv des wunderbaren Spielmanns, der die Jugend in den Zauberberg lockt, nicht verzichten will. Konträr gepolt als Apotheose heidnischer Sinnenfreude, aber mit durchaus ambivalenten Zwischentönen, erscheint die Konstellation noch Jahrzehnte später in Heines Ballettskizze *Die Göttin Diana* (1846) und in seiner Abhandlung *Elementargeister* (dt. 1837), deren Argumentation auf das Tannhäusermotiv hin konvergiert und im übrigen sowohl Eichendorffs Novelle als auch Willibald Alexis' *Venus in Rom* beifällig erwähnt.[39]

Tiecks Motivverarbeitung des Tannhäuserstoffs ist als Ganzes ungleich ambivalenter als die späteren Versionen; dies liegt nahe, wenn wir in Rechnung stellen, daß schon der um ein Jahr frühere Malerroman vor dem Hintergrund der ihm vorausgegangenen, gemeinsam mit Wakkenroder verfaßten ästhetischen Schriften zu sehen ist. Sternbalds reuiger moralischer Neubeginn nach seinem Bekehrungserlebnis in der Sixtinischen Kapelle ist vor dem Hintergrund des thematisch verwandten Michelange-

39 Vgl. Heinrich Heine, *Sämtliche Schriften*, hrsg. von Klaus Briegleb, München 1975, Bd. 3, S. 690. Zur gleichzeitigen Animosität gegen Tieck siehe den eher unspezifischen Hinweis in Heines eigener Tannhäuserversion ebd., S. 703. Zu Eichendorff vgl. den Artikel »Statuenverlobung« in Elisabeth Frenzel, *Stoffe der Weltliteratur*, Stuttgart [4]1976, S. 700–703.

lo-Aufsatzes der *Phantasien über die Kunst* zu sehen, in dem Michelangelo und mit ihm Dante als zeitloses Gegenprinzip zur Geschichte erkannt werden – das abschlußlose metrische Prinzip der Terzine findet sein Äquivalent ausdrücklich im diffusen visuellen Eindruck des *Jüngsten Gerichts*, wo für den Betrachter auch die empirische Zeit sistiert wird: die Strukturähnlichkeit mit moralischen Entscheidungen wird hier wie dort bereits durch die Alternativen einer Kunstreligion überlagert. Deutlicher noch in seiner überarbeiteten Zweitfassung von 1843 propagiert der Roman ein Kunstideal, das gegen die mediterrane Plastizität, wie sie zum Leitbild von Goethes Weimar wurde, Farbe und Melos als »die wahre nordische Natur« reklamiert.[40] Unwillkürlich scheint Romano Guardinis Aussage vorweggenommen, der Norden habe eine Dimension mehr als der Süden.

Die Skepsis, die gegenüber den frohen heidnischen Göttern angezeigt ist, sollte sich gewiß nicht nur aus der Tatsache speisen, daß der Tannhäuserstoff erst sekundär mit dem Motiv des Venusbergs verschmolzen ist. Darüber hinaus verdanken sich die Valeurs des letzteren schon in der frühen Neuzeit der Stoffkontamination mit dem Berg der Cumäischen Sibylle; die noch ältere Hörselbergsage hat ihre Überlagerung durch das Venusmotiv erst im 14./15. Jahrhundert erfahren.[41] Hinter der Anfechtung durch lieblich-laszive Pandämonien, wie sie dem ausgehenden 18. Jahrhundert durchaus zupaß kommen mochten, verbergen sich deutlich archaischere Bewußtseinsschichten, die sich an den einschlägigen Bestand im *Blonden Eckbert* und im *Runenberg* anschließen. Auch hinter der Hulda/Holda/Holle-Gestalt im Berg steht die Große Mutter, die als Perchta der schon bei Tacitus nachgewiese-

40 Vgl. Tieck, *Franz Sternbalds Wanderungen* (Anm. 20) S. 101, 418; dazu Münz (Anm. 10) S. 50.

41 Vgl. *Handwörterbuch des deutschen Aberglaubens*, hrsg. von Hanns Bächtold-Stäubli, Bd. 4, Berlin / New York [2]1987, Sp. 400f.

nen Fruchtbarkeitsgöttin Nerthus/Njörd entspricht und sich von ihrer Vieldeutigkeit her als offen für figurale Kontaminationen aller Art erweist.[42] Tieck hat die Zweideutigkeit dieses Archetypus just in seiner konventionellsten in die Thematik der Mahrtenehe einstimmenden Feengeschichte *Die Freunde* vorweggenommen, in der sich das titanische weibliche Phänomen aus der Kindheit dem Helden nicht vorweg zu erkennen gibt, sondern erst, als es ihm den Rücken kehrt. Das Bild mutet zu atavistisch an, um auf Angelesenes über Fortuna oder Frau Welt zurückzugreifen: wohl unbewußt setzt sich hier eine Parallelführung zum Volksglauben durch, der Frau Holle von vorn einer schönen Frau, von hinten einem hohlen Baum mit rauhen Rinden gleichen läßt.[43]

Es nimmt vor diesem Hintergrund nicht wunder, daß auch der Weg zu den heidnischen Lustbarkeiten des Venusbergs über Initiationsszenen führt, die einer durchaus antiklassischen Tradition entstammen. Wenn es heißt, »ein Grauen, das so heimlich über die Blumenfelder schlich, erhöhte den entzückenden Rausch« (83f.), so ist diese

42 Vgl. ebd., Bd. 6, Sp. 1478ff.; zur Gleichsetzung mit Holda und der holdseligen Gottesmutter vgl. Sp. 1480, vgl. ebd. zum Motiv der Unterirdischen als Frau Holles Gefolge; zu Freya vgl. Sp. 1486. Günther Birkenfelds Abhandlung, *Die Gestalt des treuen Eckart in der deutschen Sage und Literatur*, Phil. Diss. Berlin 1924, war mir leider nicht zugänglich. Die aus dem Abstract der Darstellung erschließbare Argumentation, der gemäß der bei »Brîsach« spielende Harlungenstoff die Sekundärform der Volkssage ist, wo Eckart ursprünglich Hüter des Brisingamens, also des magischen Geschmeides der Freya wäre, klingt bestechend. Demgemäß wäre Eckart zusammen mit seiner in der thüringischen Holda fortlebenden Herrin »in das Seelenheer« geraten. Vgl. *Jahrbuch der Dissertationen der Philosophischen Fakultät der Friedrich-Wilhelms-Universität zu Berlin* 5 (1925) S. 366f. Zum mythologischen Kontext Freyas und des Brisingamens vgl. Wolfgang Golther, *Handbuch der germanischen Mythologie*, Leipzig 1895, S. 441f., 451–453.

43 Vgl. Edgar Herzog, *Psyche und Tod*, Zürich/Stuttgart 1960, S. 141f.; Münz (s. Anm. 10) S. 17; zur Mahrtenehe vgl. den Artikel »Verführerin, die dämonische« in Elisabeth Frenzel, *Motive der Weltliteratur*, Stuttgart [2]1980, insbesondere S. 739f.

Hinterfragung der antiken Götterwelt schwerlich ein primär ästhetisches Programm wie im Malerroman; doch desavouiert die gleichsam osmotische Atmosphäre die Bildlichkeit der Szenerie. Das Sich-Verirren im dunklen Wald (77) als beginnende Krise des fiktiven Erzählers bezeichnet die der Spätantike entstammende Ursituation, mit der die abendländische Aventüre ihren Ausgang nimmt, und deren Systemzwang selbst Zeugnisse der Hochliteratur wie die *Divina Commedia* prägte. Der Garten mit dem Motiv des Rosenkusses (77) gemahnt an den *Rosenroman* und läßt auch Märchenassoziationen an den Dornröschenstoff u. ä. aufkommen. In dieser Schaffensperiode Tiecks wäre der Konflikt, der aus der Unerfüllbarkeit diesseitigen Glücksverlangens erwächst, sicher auch dann vorgegeben, wenn der im Garten entdeckte Gegenstand der Leidenschaft nicht Emma hieße.[44] Die Heimsuchung des Bräutigams am Hochzeitstag durch den Rivalen ist ein defizienter Modus des Zweibrüdermärchens, der in Tiecks Frühwerk mit *Adalbert und Emma* einsetzt, danach etwa ein halbes Dutzend zeitlich und thematisch um den *William Lovell* gruppierte Ausformungen erfährt und noch in der späten, die Stimmungswelt des *Blonden Eckbert* ironisierenden Novelle *Waldeinsamkeit* (1841) die narrative Wende besiegelt. Die Märchenvariante, der zufolge der rechtmäßige Bräutigam aus dem Jenseits erscheint, ist im *Tannenhäuser* in der Iteration des Gesche-

44 Vgl. das Motiv der Rivalität und Bluthochzeit in *Adalbert und Emma* (später: *Das grüne Band*) in *Schriften*, Bd. 8, Berlin 1828, S. 279–345. Weitere Belege für das Motiv s. Hölters Kommentar in: Ludwig Tieck, *Schriften 1789–1794*, hrsg. von Achim H., Frankfurt a. M. 1991 (L. T., *Schriften*, hrsg. von Manfred Frank [u. a.], Bd. 1), S. 921. Die Beobachtung, daß in Tiecks Werk männliche, vor allem aber weibliche Vornamen oft lebenslange Kontinuität als Bedeutungsträger aufweisen, sollte angesichts der Tatsache aufmerksam stimmen, daß die – eher episodische – Liebschaft mit der schönen Emma in *Franz Sternbalds Wanderungen* als eine Art Untreue gegenüber der bis zuletzt eher einem Traumgebilde gleichenden schönen Unbekannten erscheint.

hens angedeutet, dessen Held aus dem Unbewußten auftaucht. Innerhalb der *Phantasus*-Märchen ist Emmas Ermordung die drastischste Spielart der Loslösung von der diesseitigen Frauengestalt; »diese soll mich nicht in meinem Laufe stören« (85) – die hier beschworene Extremform der Psychose, im psychoanalytischen Sinne als »Ruptur zwischen dem Ich und der Realität« mit »sekundären Restaurationsversuchen der Objektbeziehung«[45] zu begreifen, hat das Wissen um die Brüchigkeit des Bewußtseins bei den Zeitgenossen beeinflußt; Eichendorffs nachgelassene Jugendnovelle *Die Zauberei im Herbste*, die auf Tiecks Spuren wandelte, legt davon Zeugnis ab. Als intuitiv folgerichtige Variante kann die darin vorgenommene Animaprojektion gelten, in der die Herrin des sündigen Paradieses mit der Braut des Nebenbuhlers verschmilzt – hierzu fügt sich schlüssig, daß das erzählerische Finale wiederum einer Anleihe beim *Runenberg* gleicht.

Die im *Tannenhäuser* besonders evidenten Unstimmigkeiten des Plots lassen die ähnlich gelagerten Bruchlinien erkennen. Der Weg zu Emma, der Kindheitsgeliebten, zeigt einen dem Bereich des Phantastischen nahen Initiationscharakter und nimmt, ebenso wie andere Handlungselemente, die uns aus zeitlich benachbarten Texten Tiecks vertraut anmuten, vergleichsweise viel Raum ein, während die für das naive Leserverständnis entscheidenden Handlungskomponenten wie der Venusberg, die Romwallfahrt und vor allem das nach Bekunden des fiktiven Erzählers Ernst an den Rattenfänger von Hameln anknüpfende und von ihm eingefügte Spielmannsmotiv (51) so nachdrücklich gerafft werden, daß sie wie beiläufige Versatzstücke

45 Vgl. Art. »Psychose«, in: J. Laplanche / J.-B. Pontalis, *Das Vokabular der Psychoanalyse*, Frankfurt a. M. 1972, S. 416. Aufschlüsse zu diesem Thema auch bei Werner Steindecker, *Studien zum Motiv des einsamen Menschen bei Novalis und Tieck*, Breslau 1937; darin: »Der manisch-depressive Pilgerbegriff im ›Tannhäuser‹ [sic]«, S. 65–69. Die mehrfach unsorgfältig wiedergegebenen Zitate mindern nicht den Wert der dortigen Argumentation.

anmuten. Dieser Eindruck wird im Erzählgefüge noch dadurch unterstützt, daß das Spielmannmotiv, zuerst als Hörensagen (59f.) und dann in der distanzierten Form einer romanzenartigen Einlage (69), in den Eckart-Teil der Handlung verlagert ist. Fast scheint es, als werde wie bei Benedikte Naubert diese väterliche Mahnergestalt von dem jenseitigen Frauenphantom mehr angefochten als dessen späterer Proselyt; nicht nur locken die im Vergleich zur empirischen Welt machtvolleren Impressionen eines künstlichen Paradieses (70); dessen »Töne« scheinen sogar Eckarts Kinder aus dem Limbus zurückzubringen, in den die anderen gegangen sind (69,21f.; 70,33). Der Tannenhäuser dagegen betont, ihn habe die in Knabentagen oft vernommene Erzählung von dem Spielmann »nicht sonderlich [...] gerührt« (76), wogegen, »jedweder Klang, jedwede Blume«, der belebte Kosmos insgesamt, eine unbestimmte Sehnsucht in ihm wachgerufen habe. Vollends suspendiert ist das mit dem Spielmann verbundene Lockmotiv durch die willentlich vorgenommene Teufelsbeschwörung (82); diese verarbeitet wohl eine Tiecksche Jugendepisode, welche in einen einschlägigen, zwischen Halluzinationen und depressivem Stupor wechselnden Lebensabschnitt fällt. Hierzu stimmt auch der isolierte Satz von dem »Wüstling, Rudolf genannt«, der zum Vertrauten des Erzählers geworden sei (81). Immerhin repräsentiert er andeutungsweise ein Grundmuster des Tieckschen Schauerromans, dessen Helden bei den Verführergestalten in *Abdallah* und vor allem *William Lovell* Libertinage finden, wo sie Initiation suchten. Auch hier dürfte ein biographisches Vorbild in Gestalt des problematischen Hallenser Kommilitonen Friedrich Ferdinand Wiesel Pate gestanden haben.[46]

46 Vgl. die Anm. zu Ludwig Tieck, *William Lovell* (Anm. 6) S. 340, Z. 24; zum autobiographischen Hintergrund der Teufelsbeschwörung vgl. Köpke (Anm. 11) Bd. 1, S.103.

In der gesamten hier relevanten Schaffensperiode setzt unbeschadet des teils aus autobiographischem Fundus rekrutierten Personalbestandes das latente auktoriale Wissen um den eigentlich endogenen Charakter der erlebten oder provozierten Visionen nicht aus; in der erwähnten, noch nach dem *Blonden Eckbert* erschienenen Erzählung *Die Freunde* wird die Erinnerung an die Kindheitsphantasie vom Riesenweib mit dem inneren Monolog kommentiert: »Wahrlich, wenn ich mich nicht aus mir selbst herausreiße, so erwarte ich [nicht etwa: erwartet mich, d. Vf.] hier jenes Frauenbild, das mir in meiner Kindheit auf allen wüsten Plätzen vorschwebte.«[47]

Die einleitende Bemerkung im Bekenntnis des Tannenhäusers, daß manchen von uns ein böser Geist von Geburt an mitgegeben ist (75), beschwört den Prädestinationsglauben, der den Grundton des *William Lovell* bestimmt, übernimmt aber auch dessen an Karl Philipp Moritz anklingende Vorstellungen der Präexistenz, wenn die panentheistische Natursympathie »Erinnerungen« wachruft. Das Entgrenzungsgefühl des Erzählers, der »die Arme ausstreckte und wie mit Flügeln hineinstreben wollte, um mich wie der Geist der Natur über Berg und Thal auszugießen, und mich in Gras und Büschen allseitig zu regen und die Fülle des Seegens einzuathmen« (76), scheint das Schlußkapitel über den verlorenen Sohn in Rilkes *Malte Laurids Brigge* vorwegzunehmen, und in der Tat muten die im folgenden, an klaustrophobem Schauplatz ausgedrückten und ausgelebten Ängste um den Vater wie eine von schlechtem Gewissen geleitete Kompensation solch regelloser Ekstasen an: »Hatte mich am Tage die freie Landschaft entzückt, so ängstigten mich in der Nacht dunkle Traumbilder und stellten sich grauenhaft vor mich hin, als wenn sie mir den Weg zu allem Leben versperren wollten.« (76f.)

47 Tieck, *Schriften*, Bd. 14, Berlin 1829, S. 149.

Es liegt nahe, die realisierte Variante dieser Vorahnungen jenem literaturhistorischen Entwicklungsprozeß zuzuordnen, den Marianne Thalmann, insbesondere auch in Hinblick auf das folgende Märchen *Liebeszauber*, unter dem Titel »Romantiker entdecken die Stadt« zusammengefaßt hat.[48] Just innerhalb einer Adaptation der Tannhäusersage muß freilich der Satz »Ich eilte zurück zu meinen Eltern, und kam in der folgenden Nacht spät in die Stadt, in der sie wohnten« (79) illusionszerstörend wirken, mögen sich auch rationale Erklärungsversuche zur Erzählökonomie anbieten, die die urbane Bannmeile mit ihrem durch Kriegszurüstungen bedingten Getümmel als Kontrastszene zur unbehausten Wildnis des vorangegangenen blutigen Geschehens werten könnten. Selbst innerhalb der immanenten Erzählhandlung bleibt jedoch ein Widerspruch, da zu erwarten wäre, daß das Geschlecht der Tannenhäuser eines der beiden Schlösser bewohnen würde, die ihrem Vorfahren vor vierhundert Jahren übereignet wurden (67).

Die Stadtwohnung mit den zweideutigen Elterngestalten ist Schauplatz eines sich verwirklichenden Wahrtraums, in dem Realität, Gespenstererscheinung und Halluzination ineinandergreifen. Das Mutterphantom neben der Leiche der Mutter setzt sich in uns schon vertrauter Weise aus unbestimmten Umrissen zusammen; zweideutig zwischen Leben, Tod und Spuk bleibt auch die Gestalt des Vaters, in der sich die postmortale Mahnerrolle des Getreuen Eckart reproduziert. Die hier wirksame Iteration ihrerseits zeigt deutliche Anklänge an die frühe Erzählung *Abdallah* (1792). Für dieses Jugendwerk insbesondere hat sich Robert Minders Bezeichnung »Verbildungsroman« eingebürgert. Es zeigt als warnendes Exempel den moralischen Verfall eines ursprünglich edel gesinnten Jünglings, der durch verbrecherische Einflüsterungen nach und nach

48 Marianne Thalmann, *Romantiker entdecken die Stadt*, München 1965.

zu einem Abbild Franz Moors in orientalischem Ambiente gerät. Der kruden Handlung ist der Vollzug ödipaler Strebungen in geradezu perfektionistischer Vollständigkeit aufmontiert, der in späteren Werken das moralische wie das ästhetische Gewissen Grenzen setzen wird. Es ist anzunehmen, daß der biographische Hintergrund in der Fluchandrohung des Vaters gegen den jungen Tieck zu suchen ist, die für den Fall ausgesprochen wurde, daß dieser die ersehnte Theaterlaufbahn einschlagen würde.[49] Im *Abdallah* sowie kurz darauf in schon moderaterer Form im *William Lovell* mutiert dies zur fluchbewehrten, gegen die Heiratsabsichten des Sohns gerichteten Libidoversagung. Die noch ganz unbekümmerte ödipale Chiffrierung des Geschehens, in dem das Wiedergängermotiv der Bluthochzeit verhüllender Projektionen wie im Zweibrüdermärchen enträt, läßt die Leiche des Vaters, über die Abdallah bildlich gesprochen zur Erlangung seines Liebesglücks gehen mußte, ganz wörtlich zu dessen Bett werden, anschließend jedoch zu dem verlorenen Sohn von Gott und Tugend sprechen.[50]

Die Handlung des *Tannenhäuser*, die im Vergleich zu solchen Jugendkühnheiten als moderat gelten kann, zeigt ihrerseits eine gewisse sinistre Ähnlichkeit mit dem rasch aufeinander folgenden Tod von Tiecks beiden Eltern, der freilich erst um Ostern 1802 erfolgte.[51] Noch im *Runenberg* jedoch ist die Mahnerrolle des Vaters mit dem Tod der Mutter motivisch verknüpft. Dieser Einschnitt steht in Tiecks Jugendwerk, das eine Reihe mutterloser Helden aufweist, für das brüchige Erleben von Heimat und Kindheit, an die Emma den Tannenhäuser vergeblich zu erinnern suchte (85).

49 Vgl. Köpke (Anm. 11) Bd. 1, S. 130f.
50 Tieck, *Schriften 1789–1794* (Anm. 44) S. 446f.
51 Vgl. Köpke (Anm. 11) Bd. 1, S. 289.

Nekromantik und Alchimie: Die Stadtmärchen

Mit dem *Runenberg* endet die Dreiergruppe der Naturmärchen, die Tieck aus seiner frühromantischen Periode in den *Phantasus* übernommen hatte. *Liebeszauber* und *Pokal* werden den Stadtmärchen zugerechnet, die einerseits den verrätselten Kosmos E. T. A. Hoffmanns vorwegnehmen, andererseits sicher zu Recht als Übergang zu Tiecks realistischem Novellenschaffen gelten. Dieser Zwiespalt zwischen Phantastik und Alltagserfahrung gibt wiederum die Binärstruktur vor, die schon die bisherigen Texte des *Phantasus* durchwaltete.

Rank hat schlüssig darauf verwiesen, daß in *Liebeszauber* jenseits des manifesten Inzestmotivs alle Elemente des *Blonden Eckbert* wiederkehren: »die Heirat der unerkannten Geliebten, die Wiedererweckung der verdrängten Erinnerung, Wahnsinn und Tod«.[52] Verdüstert und gänzlich in den Bereich des Bösen abgedrängt zeigt sich jedoch die Welt des Phantastischen. Tieck, der in seiner späteren Novelle *Der Hexen-Sabbath* (1832) eines der eindringlichsten Zeugnisse der europäischen Literatur gegen den Hexenwahn schaffen sollte, verlegt hier, nachdem zuvor all die jenseitigen Frauengestalten der *Phantasus*-Märchen Bestandteil und Ausdruck einer beseelten Wildnis gewesen waren, das abgründig Weibliche in eine städtische Szenerie.

Dies ist in mehrfacher Hinsicht Kontrast zum Erzählrahmen des *Phantasus*, in dem sich unschwer der Ziebinger Kreis um Tiecks Gönner Friedrich Ludwig Karl Graf Finck von Finckenstein, den zusammen mit Friedrich August Ludwig von der Marwitz prominentesten Vertreter der Adelsopposition gegen die Stein-Hardenbergschen Reformen, erkennen läßt. Tieck hat in seinem Schaffen bis zuletzt aus dem Figurenfundus des europäischen Land-

52 Rank (Anm. 34) S. 571.

adels geschöpft - der feudale Hintergrund der *Elfen* und eben auch der zweite Teil des *Liebeszaubers* zeugen hiervon.

Otto Brunner hat gezeigt, daß die seit der Renaissance neuplatonisch orientierten Vertreter dieser Standeskultur, deren Grundzüge sich literarisch noch bis in die Welt von Stifters *Nachsommer* erhielten, nicht zuletzt in der schwarzmagischen Subkultur ihren Gegenpol erblickt und verfolgt haben. »Sozialgeschichtlich gesehen, hat die ›schwarze Magie‹ ihren Ort in der Unterwelt der Ehrlosen, der Fahrenden, der ›schädlichen Leute‹. In der Schichte der Henker, Schergen, Schinder, der ›gartenden‹ Söldner und herrenlosen Spielleute hat das Teuflische seine Heimat und wird in dieser Welt der Herrschaft mit blutigen und grausamen Mitteln niedergehalten.«[53] Diese heute allgemein akzeptierten historischen Aspekte haben im 20. Jahrhundert u. a. Ernst Bloch zu der unbequemen Erkenntnis geleitet, daß sich in dem religiös verbrämten Klassenkampf von oben, der der Hexenwahn unter anderem auch war, letztlich die Aufklärung ankündigte. Der Gegensatz Stadt – Land im *Liebeszauber* läßt sonst keine eigentliche künstlerische Notwendigkeit erkennen, der zufolge nicht der Höllenzwang in einer düsteren Waldschlucht oder die Hochzeit in einem Stadtpalais ihren Schauplatz hätten finden können. Es wird sich jedoch mit zunehmender Hinwendung Tiecks zu realistischen Stoffen erweisen, daß er von den Städten des 19. Jahrhunderts wenig Gutes gewärtigt. Der Handwerkerroman *Der junge Tischlermeister*, den er in seiner frühen Schaffensperiode

53 Otto Brunner, *Adeliges Landleben und europäischer Geist*, Salzburg 1949, S. 73. Vgl. auch Burghard Dedner, *Topos, Ideal und Realitätspostulat. Studien zur Darstellung des Landlebens im Roman des 18. Jahrhunderts*, Tübingen 1969. Zum romantischen Tendenzwandel von der Nekromantik zur weißen Magie vgl. Marianne Thalmann, *Der Trivialroman des 18. Jahrhunderts und der romantische Roman. Ein Beitrag zur Entwicklungsgeschichte der Geheimbundmystik*, Berlin 1923, S. 319f.

zugunsten des *Sternbald* hatte ruhen lassen, zeigt in seiner sorgfältig zentrierten Konstruktion die als Mittelstück angesiedelte Handlungsebene des adeligen Schlosses als eine von Turbulenzen nicht freie, aber intakte Welt; die im eher ländlichen Handwerkermilieu der Heimatstadt angesiedelten Rahmenkapitel ruhen durch ihr festes Standesgefüge in sich, während die städtische Szenerie, die diese beiden herkömmlichen Lebenssphären zu Beginn und Ende der geschilderten Wanderschaft gleichsam in Form und Funktion zweier narrativer Gelenkteile verbindet, sich als in gespenstischer Auflösung befindliche Krähwinkelei mit kriminellen Aspekten dartut. Aus dieser rückblickenden Perspektive zeigt sich Tiecks bekanntestes Stadtmärchen in seiner Grundhaltung ungleich konservativer als E. T. A. Hoffmanns im Motivbestand teils verwandter *Goldner Topf*.

Was an der Nachbarschaft zu diesem Text (niedergeschrieben 1813, erschienen im 3. Band der *Phantasiestükke* 1814) wundernimmt, ist gerade aufgrund der überaus engen zeitlichen Nähe der Entstehung sowie der Tatsache, daß beide Autoren schwerlich miteinander in regem Austausch standen, die Unwahrscheinlichkeit einer gegenseitigen Beeinflussung.[54] Nicht ohne Bedenken seien daher die Motivparallelen aufgezeigt: Auch bei Hoffmann versucht ein verliebtes Mädchen durch Liebeszauber mit Hilfe einer zwielichtigen Vettel die Gunst eines labilen Jünglings zu gewinnen – wobei die Schwarzmagie mit genuin Hoffmannscher Ironie als Vehikel philiströs weiblicher Lebensplanung gezeichnet ist – gemeinsam ist

54 Wenn Hoffmanns Brief an Hippel vom 1. November 1814 als zuverlässig gelten kann, erfolgte die persönliche Bekanntschaft mit Tieck kurz davor anläßlich eines von Hitzig ausgerichteten Gastmahls. Vgl. *E. T. A. Hoffmanns Briefwechsel*, ges. und erl. von Hans von Müller und Friedrich Schnapp, Bd. 2, München 1968, S. 27f. Vgl. den Brief an Kunz vom 28. September 1814, dem zufolge das Treffen am 27. September erfolgt wäre (ebd., S. 23); vgl. auch Hoffmanns Federzeichnung von Tieck mit Spazierstock ebd., zwischen S. 66 und 67.

auch die integrierende, aber konträr gepolte Funktion der Motive Schlange/Drache und Feuerlilie, welch letztere im *Goldnen Topf* wie im *Liebeszauber* mit einem handlungswichtigen Textilrequisit in Beziehung gesetzt wird. Der Blick auf das literarische Umfeld der Zeit lehrt, daß magische Stoffe in der Hochliteratur en vogue waren; im Lustrum zwischen 1811 und 1815 erschienen ebenfalls Fouqués *Undine*, Arnims *Isabella von Ägypten*, die *Kinder- und Hausmärchen* der Brüder Grimm und *Peter Schlemihls wundersame Geschichte* von Chamisso.[55] Eine gemeinsame Quelle für Tieck und Hoffmann scheint bisher nicht aufgespürt worden zu sein; insgesamt erweisen sich die auffindbaren Vorbilder eher als bruchstückhaft; andererseits wäre auch die naheliegende Erwägung, daß das Lilienmotiv für die zeitgenössische Rezeption maßgeblich durch Philipp Otto Runges *Kleinen* und *Großen Morgen* von 1808 und 1809 mitgeformt wurde, mit Vorsicht zu behandeln, da eben dessen einschlägige künstlerische Orientierung ihrerseits durch Tieck beeinflußt war.

Runge ist zu Beginn der persönlichen Bekanntschaft vorwiegend der Empfangende, insbesondere bei der Rezeption des für Tieck nach Novalis' Tod an Bedeutung gewinnenden Jakob Böhme, dessen mystische Liliensymbolik, auch in der Verarbeitung durch den *Octavian*, den Maler wohl noch mehr beeinflußt hat als das Lilienmotiv in *Prinz Zerbino*.[56] Die affektive Wirkung, die Runges aus dieser Thematik erwachsene Bilder bei Tieck zeitigten, ist in dem Brief an den Bruder Daniel Runge vom 23. März des Tieckschen Schicksalsjahrs 1803 aus dem frischen Gedächtnis überliefert: auf Tiecks eine Stunde währende Sprachlosigkeit folgt das Bekennt7nis, »es könne nie anders, nie deutlicher ausgesprochen werden, was er immer

55 Vgl. Herbert A. und Elisabeth Frenzel, *Daten deutscher Dichtung*, Bd. 1, München [5]1969, S. 324–331.

56 Tieck, *Schriften*, Bd. 1, Berlin 1828, S. 277 ff.; Bd. 10, Berlin 1828, S. 257.

mit der neuen Kunst gemeynt habe; es hatte ihn aus der Fassung gesetzt, daß das, was er sich doch nie als Gestalt gedacht, wovon er nur den Zusammenhang geahnet, jetzt als Gestalt ihn immer von dem ersten zum letzten herumriß«.[57]

Der Krisencharakter der im folgenden weitgehend gescheiterten Zusammenarbeit äußert sich ebenso in Runges Berichten wie in Tiecks ausführlichem Brief an diesen vom 24. Februar 1804, der die Skepsis gegenüber der Vermittelbarkeit des schöpferischen Prozesses und die Gefahr der Selbstentfremdung zum Gegenstand hat.[58] Tiecks erste, eher als Bestürzung denn als Ergriffenheit geschilderte Reaktion auf die vermeintliche Umsetzung seiner eigenen Theorien wirkt heute erstaunlich. Runges Blätter muten zumindest den heutigen Betrachter im Vergleich zu der Kunstauffassung des jungen Tieck höchst konventionell an; dieser scheint auch später etwa bei der Würdigung des von ihm ungemein verehrten Correggio über allgemeine synästhetische Assoziationen nicht hinausgelangt zu sein und auch von der Affinität seiner frühen Ansätze zum realen bildnerischen Werk seines Zeitgenossen Turner keine Notiz genommen zu haben. Solche Inkonsequenz erinnert an die Tatsache, daß die zusammen mit Wackenroder erarbeiteten Gedanken zur Musik, von denen später die

57 Philipp Otto Runge, *Hinterlassene Schriften*, Bd. 1, Hamburg 1840, S. 36.

58 Ebd., Bd. 2, S. 222f., 263f. Runges Schreiben an den Bruder vom 10. Juli 1803 enthält das Geständnis: »Man sagt mir nach, und zwar sehr stark, daß ich verrückt bin, daß ich und T[ieck] uns einmal in Ziebingen besoffen hätten und in dem Zustande hätten wir eine neue Kunst gemacht, bey welcher wir nun beschäftigt wären, sie zu executieren.« Tiecks wortreicher, aber teils konfus wirkender Brief an den Malerfreund zeugt von Artikulierungsnöten, die in seltsamem Kontrast zu der plausiblen Metaphorik entsprechender fiktionaler und theoretischer Texte stehen. Immerhin enthält er eine Metapher metavisueller Wahrnehmung, die auf Krisensignale des Jugendwerks zurückweist: »alle ächte Kunst, sey sie welche sie wolle, ist nur Armirung unsres Geistes, ein Fernrohr unserer innern Sinne, durch welches wir neue Sterne am Firmamente unseres Gemüthes entdecken wollen«. Vgl. hierzu *William Lovell* (Anm. 6) S. 325.

Neutöner des 19. Jahrhunderts inspiriert und beglaubigt werden sollten, ihre aktuellen Bezüge dem progressiven Musiktheoretiker und konventionellen Komponisten Johann Friedrich Reichardt verdankten. Die nachträgliche Deutung kann im ästhetischen Synkretismus mitsamt seinen moralischen Implikationen allenfalls ein dem Bekenntnisbrief an Friedrich Schlegel benachbartes biographisches Kraftfeld vermuten, ohne über Analogieschlüsse hinauszugelangen, die sich im Gefolge einzelner Signale bieten. Details der von Runge vorgelegten Radierungen, die die beschriebene starke Wirkung zeitigten, können hier wohl als einschlägig gelten, so das Motiv der Feuerlilie in der Komposition der *Nacht*, deren gedachtes Gelb die künstliche Beleuchtung symbolisieren soll, dämonischer Konnotationen jedoch durchaus entbehrt, vielmehr von Runge als Symbolfarbe dem Heiligen Geist zugeordnet ist.[59]

Am Böhmeschen Motiv der zum Licht aufstrebenden Lilie als Symbol der Wiedervereinigung mit dem Göttlichen hat die Frühromantik mehrfach modelliert; die mit der Feuerlilie verbundene magische Variante im *Liebeszauber* bewegt sich, mag sie auch einen Brückenschlag zu

59 Zu Runges *Tageszeiten* vgl. die Novelle *Eine Sommerreise*, Ludwig Tieck, *Schriften*, Bd. 23, Berlin 1853, S. 18–20. Ebd., S. 25f. ist das Motiv der Natur als Chaos unter visuellen Gesichtspunkten evoziert, ohne daß eine Verbindung zur Ästhetik der bildenden Künste hergestellt würde. Zur Forschungslage vgl. Christa Franke, *Philipp Otto Runge und die Kunstansichten Wackenroders und Tiecks*, Marburg 1974, v. a. S. 106–108. Zur wechselseitigen Beeinflussung Tiecks und Runges vgl. auch zusammenfassend Roger Paulin, *Ludwig Tieck. A literary biography*, Oxford 1986, S. 150–153. Zur Liliensymbolik vgl. Hanna Hohl, »Die Epiphanie des *Morgens*«, in: *Runge in seiner Zeit. Ausstellungskatalog der Hamburger Kunsthalle*, hrsg. von Werner Hoffmann, München 1977, S. 204–206. Zum Einfluß Böhmes auf den *Kaiser Octavian*, namentlich dessen Blumensymbolik, vgl. Anneliese Bodensohn, *Ludwig Tiecks Kaiser Octavian als romantische Dichtung*, Frankfurt a. M. 1937, S. 34ff.; Walter Donat, *Die Landschaft bei Ludwig Tieck und ihre historischen Voraussetzungen*, Frankfurt 1925, S. 54ff. Ferner: Hildegard Nabbe, »Ludwig Tiecks Verhältnis zu Correggio«, in: *Seminar* 13 (1977) S. 154–169.

einer kritischen Konstellation in Tiecks Biographie ermöglichen, abseits dieses Mainstreams und kann durch Kenntnisnahme der einschlägigen Forschungen zu E. T. A. Hoffmann nur in sehr bedingter Analogie erschlossen werden.[60] Schwarzmagische Thematik ist von Tieck so gut wie nie mehr, auch nicht in der späteren Novelle *Pietro von Abano* (1825) mit vergleichbarer Intensität gestaltet worden; die Einordnung der Szene im *Liebeszauber* wird zusätzlich dadurch erschwert, daß sowohl das Lilien- wie auch das Schlangenmotiv, die in Tiecks Stadtmärchen beide als Horrorrequisiten eingesetzt werden, nicht nur in Goethes *Märchen*, das im *Phantasus*-Rahmen als Vorbild gerühmt wird (8), sondern auch in der pansophischen Alchimie positiv besetzt sind.[61]

Einen erkennbaren alchimistischen Bezug stellt Roderich nach seiner Aussage her, die belebte Natur sei nicht voller Schrecknisse, sondern eher einem komischen Ballsaal zu vergleichen; er schafft hiermit und mit der darauf folgenden expliziten Erwähnung der Emil im Gegensatz zur Rose verhaßten Feuerlilie (119) die epischen Signale für die verhängnisvolle Wende des zweiten Teils, dessen Ballgeschehen durch den Hinweis auf das rotgoldene Kostüm der Nekromantin mit dem Maskentreiben des ersten Teils verklammert wird. Roderichs Rolle des Räsoneurs spielt wieder mit

60 Zur Feuerlilie vgl. *Erläuterungen und Dokumente: E. T. A. Hoffmann, »Der goldne Topf«*, hrsg. von Paul-Wolfgang Wührl, Stuttgart 1982, S. 15, 19. Aniela Jaffé, *Bilder und Symbole aus E. T. A. Hoffmanns Märchen »Der goldne Topf«*, Hildesheim [2]1978, S. 257–267; 288–293. Robert Mühlher, »Liebestod und Spiegelmythe in E. T. A. Hoffmanns Märchen ›Der goldne Topf‹«, in: R. M., *Dichtung der Krise*, Wien 1951, S. 41–96; s. bes. S. 49–56 sowie Anm. 18 mit dem Verweis auf das Lilienmotiv bei Jakob Böhme sowie Runges *Morgen*. Zur wenig ergiebigen Rolle der Feuerlilie im Volksaberglauben als mit Blitzgefahr einhergehender »Donnerrose« vgl. Bächtold-Stäubli (Anm. 41) Bd. 5, Sp. 1302.

61 Vgl. das Schlangenmotiv in Novalis' Text *Der Himmel war umzogen*, einem jener Gedichte, die den Höhepunkt des poetischen Austauschs mit Tieck markieren. Darin auch bereits das Motiv des kindlichen Gespielen, das das Titelgedicht des *Phantasus* und auch die *Elfen* vorwegnimmt.

den Mitteln der Aufklärungssatire, erbringt aber gleichzeitig wissend unwissend einen durchweg hilfreichen Kommentar zu den Symptomen von Emils Neurose. Die sarkastische Bemerkung über Emils Rigorismus, der seinen weiblichen Idealen keine Untugenden und keine Gebrechen wie etwa einen Schnupfen verstattet (127), greift wohl auf die Bemerkungen des Lessingschen Laokoon über die fließende Nase zurück, die sich nur ekelhaft, im Gegensatz zum ekelhaft Schrecklichen, dem Gräßlichen darstellt, dessen Beschaffenheit schon durch die potentiell blutige Funktion überlanger Fingernägel erfüllt wird.[62] Emils Abscheu vor Kröten, Spinnen und Fledermäusen (118) deckt einen Phobienbestand ab, der einerseits eher für weibliche Neurosen charakteristisch ist, andererseits in allen drei Fällen weibliche Symbole betrifft[63], wobei die realen Tiere dem Menschen in der gemäßigten Zone durchweg nicht gefährlich werden können. Der Blick des Drachen dagegen, der Emils Amnesie auslöst, ist in einem erkennbaren alchimistischen Kontext chiffriert.[64]

62 Gotthold Ephraim Lessing, *Laokoon oder Über die Grenzen der Malerei und Poesie*, mit einem Nachw. hrsg. von Ingrid Kreuzer, Stuttgart 1964 [u. ö.], S. 181.

63 Vgl. Erich Neumann, *Die große Mutter. Der Archetyp des großen Weiblichen*, Zürich 1956.

64 Sklenar (Anm. 27) verweist S. 148, Anm. 3 auf die Bedeutung des Drachenmotivs in *Aurelia occulta*. Das im folgenden auszugsweise in der Übersetzung C. G. Jungs wiedergegebene Zitat erinnert an die oben angeführten Analogien der *Tabula smaragdina* zwischen oben und unten: »Ich bin der mit Gift durchtränkte Drache, [...] aus meinem Körper wirst du den grünen und roten Löwen ausziehen. Aber wenn du mich nicht genau kennst, zerstörst du dir die fünf Sinne durch mein Feuer [...] Ich schenke dir die Kräfte des Männlichen und des Weiblichen, sogar auch die des Himmels und der Erde, [...] ich bin der alte Drache, überall auf dem Erdkreis vorhanden, Vater und Mutter, [...] Tod und Wiederherstellung, [...] ich steige in die Erde hinunter und in den Himmel hinauf, ich bin das Oberste und das Unterste, [...] ich enthalte das Licht der Natur (naturale lumen); ich gehe hervor aus Himmel und Erde«. Zit. nach C. G. Jung, »Der Geist Mercurius«, in: C. G. J., *Gesammelte Werke*, Bd. 13, Olten / Freiburg i. Br. 1978, S. 211–269, hier: 237.

Die konventionell klinische Sicht dieser auf den Höllenzwang folgenden Amnesie (132) ist mit solch trügerischer Biederkeit durchgehalten, daß der Leser versucht ist, eine begütigende Schicksalswende durch Auflösung des traumatischen Erlebnisses zu erwarten. Dem ausdrücklich beschriebenen Theatercharakter des Hauses (134) entspricht die Inszenierungsweise der Hochzeit, von der es heißt:

> Eine Hochzeit ist eine so wundersame Begebenheit, ein ganz neuer ungewohnter Zustand wird den Verheiratheten so plötzlich wie ein Mährchen über den Hals geworfen, daß man dieses Fest nicht verwirrt und unklug genug anfangen kann, um nur irgend für die Eheleute die plötzliche Veränderung zu motiviren, so daß sie wie in einem phantastischen Traum in die neue Lage hinüber schwimmen [...]. (142)

Dies ist ein verschwiegener Rückgriff auf Lustbarkeiten der galanten Gesellschaft, wie sie im Bereich der Hochliteratur ihren Niederschlag in Goethes *Lila* fanden: die Wahnwelt des Melancholikers wird in einem Spiel nachgestellt, das durch eine inszenierte Wendung des Geschehens aus dem Machtbereich der Obsessionen hinausführt. Tieck hat die Vergeblichkeit solcher Bemühungen, die von der jeweiligen Autonomie zweier Bewußtseinsebenen herrührt, im *William Lovell* drastisch vergegenwärtigt[65]; der »Ball mit seiner fürchterlichen Musik« ist jedoch schon im ersten Teil der Erzählung als so nachdrückliches episches Signal gesetzt, daß die Erwartung des bevorstehenden Unheils sich verdichtet.

Im zweiten Teil des *Liebeszaubers* baut sich die Spannung zwischen beiden unvereinbaren Wahrnehmungsformen mit meisterhafter narrativer Verzögerung auf. Der

65 *William Lovell* (s. Anm. 6) S. 144.

Leser, bei dem sich durch die Betulichkeit teils empfindsamer, teils burlesker Schilderungen des beginnenden Festes ein unwägbares Unbehagen einstellt, weiß schließlich noch vor den Akteuren um das unausweichliche Verhängnis, das durch die schnippische Handhabung empfindsamer Versatzstücke dümmlich kontrastiert wird:

> Wahrhaftig, recht interessant! sagte das Fräulein; das kann sich in der Zukunft recht romantisch entwikkeln, und zum angenehmsten Gedichte Gelegenheit geben. (140)

Damit ist in Wirklichkeit die Krise der Handlung mit höchst unbehaglicher Ironie glossiert: Schwermut und Seelenadel der Braut wurden von seiten des selbst ahnungslosen Roderich soeben durch eine zur Kenntlichkeit entstellte Version ihrer Geschichte vermittelt, die dem Leser ihre wahrhaft verbrecherische Identität enthüllt. Auch hier hat der erste Teil der Handlung mit dem beschworenen Scheinkontrast zwischen physischer Schönheit und verbrecherischen Umtrieben ein sinistres Signal gesetzt (123 f.). Die Truggespinste, die nichts so scheinen lassen, wie es wirklich ist, durchziehen den weiteren Handlungsverlauf: dem in seiner Armut die Haupthandlung kontrapunktierenden Brautpaar aus dem Gesindestand wird Wohltätigkeit erzeigt, die dem Fräulein als Zeichen »von schöner Gesinnung und Edelmuth« gilt (140). Emils daraufhin wachsende Irritation findet ihr ominöses Objekt in der häßlichen Alten, der greisen Komplizin, die die Braut, ebenfalls aus angeblicher Barmherzigkeit, an sich bindet (141). Der Augenblick der Erkenntnis tritt ein, als sich die nekromantischen Requisiten Dolch und Feuerliliengewand wieder zusammengefunden haben: das reale Ballgeschehen löst die düstere Fantasie des Helden aus dem ersten Teil der Erzählung ein, dessen triviales Gedicht aus der Sicht der Gesamtkomposition wirkt, als habe es den unmittelbar ihm folgenden Ritualmord provoziert (127–130).

Man hat zu Recht darauf hingewiesen, daß dem *Liebeszauber*, im Unterschied namentlich zu den vorangegangenen Märchen, eine besonders ausführliche Erörterung durch den Zuhörerkreis folgt.[66] Entscheidendes Argument der Kritik ist der Unernst des Geschehens, dem die realen Schrecknisse der blutigen Besessenheitsaffäre in Loudun (146f.) entgegengehalten werden. Der Einwand, »in dergleichen mährchenhaften Erfindungen (könne) ja dieses Elend der Welt nur wie von vielen muntern Farben gebrochen hineinspielen« (147f.), bleibt im Raum stehen und sollte insgesamt vor dem Hintergrund jener brieflichen Äußerung Tiecks an Bernhardi gelesen werden, in der er bezüglich furchterregender Landschaften bekennt, in seiner »Einbildungskraft an weit schrecklicheren Orten einheimisch zu sein«.[67]

Der Pokal gleicht in Schauplätzen, Aufbau und Handlungselementen einer milderen Variante des *Liebeszaubers*; und die auch hier offenkundige Ironie, mit der sein Protagonist die Elemente des über vierzig Jahre sich erstreckenden Ablaufs als »schauerliche Geistergeschichte« (252) bezeichnet, betrifft durchaus nicht nur das eigentliche Geschehen, das sich in der Rückschau zu einer wohl absichtsvoll blassen Intrige verflüchtigt. Vielmehr narrt der Erzähler wiederum nicht den bereits wissenden Leser, sehr wohl jedoch die Akteure mit Trugelementen, die diesmal auf den dem *Liebeszauber* entgegengesetzten Irrweg leiten. Ferdinand als »Goldmacher und Geisterban-

66 Die Wirkungsgeschichte des Werks in der zeitgenössischen Literatur setzte ebenfalls alsbald ein; so nimmt die Selbststilisierung der Gräfin Romana, der *femme fatale* aus Eichendorffs 1815 erschienenem Roman *Ahnung und Gegenwart*, ausdrücklich Bezug auf das Drachenmotiv des *Liebeszaubers*. Vgl. Joseph von Eichendorff, *Ahnung und Gegenwart*, hrsg. von Gerhart Hoffmeister, Stuttgart 1984 [u. ö.], S. 221.

67 *Aus dem Nachlaß Varnhagen's von Ense*, Leipzig 1867, Bd. 1, S. 190ff.

ner« trägt aus der Sicht der Braut, die als Alter ego ihrer Mutter gezeichnet ist, die Klischeemerkmale der Geniusgestalten und Bundesemissäre aus dem rationalistischen Schauerroman; die einstige Geliebte überrascht mit den Attributen einer deftigen Hausfrau, und die burlesken Züge der Hochzeitsvorkehrungen würden durchaus einer hundertfünfzig Jahre jüngeren Screwballkomödie Ehre machen. Der Erkenntnisprozeß, der die einst Liebenden zueinanderführt, gemahnt an die resignativen Elemente einer Stormnovelle, mutet aber in der Durchführung grausamer an – der durch schwere Krankheit gezeichnete Verfasser sah den Abschied von der eigenen Jugend wohl schon aus entrückter Perspektive.

Seltsam abgeklärt wirkt das Spiel mit den Handlungselementen: im Gegensatz zu dem ausführlich geschilderten magisch-alchimistischen Mobiliar des ersten Teils, das sich in der für Ferdinand ausgeräumten Polterkammer wiederfinden wird, steht die karge Schilderung der einschlägigen Praktiken. Nicht mit unlauteren Beschwörungen und verbrecherischem Tun wie im *Liebeszauber* wird der Versuch unternommen, sich das Lebensglück zu erschleichen, der magische Akt trägt deutlich die Züge einer versuchten Selbstvergewisserung, die als Probe nicht bestanden wird. Der Zauberakt läßt bis in Einzelzüge an die Beschwörung der Maria von Burgund durch Trithemius von Sponheim denken[68]; bei der in der Biographie Kaiser Maximilians I. überlieferten Begebenheit dürfte es sich aus heutiger Sicht um eine der ersten Laterna-magica-Vorführungen der Geschichte gehandelt haben. Der Symbolgehalt des Pokals dagegen, über dem sich aus mittlerweile wohlbekannten, amorphen, an Schaum und Wolken gemahnenden Lichteffekten das Wunschbild der Geliebten webt, überträgt sich im Gange der Handlung auf das

68 Vgl. Isidor Silbernagl, *Johannes Trithemius. Eine Monographie*, Regensburg ²1885, S. 127 und Anm. 19.

eigene Herz Ferdinands, aus dem das Bild der Geliebten vierzig Jahre später quellen wird (247), das magische Requisit selbst ist zum banalen Gebrauchsgegenstand geworden wie die Gerätschaften des zur Polterkammer verkommenen Alchimistenzimmers. Noch im Mißlingen des magischen Experiments läßt dessen fiktionale Verarbeitung in ihrer unspektakulären Beiläufigkeit an die Gelassenheit denken, die Tieck nach Überwindung seiner Jugendkrisen der eigenen paranormalen Begabung gegenüber hegte.[69] Der Held nähert sich im Alter der, freilich schwer einzuordnenden, Abklärung des Mystagogen im *Runenberg*.

Das helle Mittelalter

Die beiden Texte der Sammlung, die unserem Märchenbegriff insofern am nächsten kommen, als sie vergleichsweise unbedenklich Kindern zugemutet werden könnten, sind gleichzeitig jene, die ihren Verfasser als *poeta doctus* erweisen. Anders als die *Elfen*, die nach der langen, mit philologischen Studien ausgefüllten schöpferischen Pause zwischen *Runenberg* und *Phantasus* für diesen letzteren geschrieben wurden, bezeichnet aber die *Wundersame Liebesgeschichte der schönen Magelone und des Grafen Peter von Provence* schon innerhalb der *Volksmährchen*, in denen ihr Erstdruck erfolgte, eine Wende. Diese muß in Zusammenhang mit der veränderten Mittelalterrezeption gesehen werden, die bei Tieck namentlich durch die Mitwirkung an Wackenroders Schriften Geltung erlangt. In der *Magelone* und der gleichzeitig mit ihr erscheinenden *Geschichte von den Heymons Kindern* wird der ahistorisch-chthonisch-makabre Mittelalterbegriff der *gothic nov-*

69 Vgl. die deutlich autobiographisch getönte Aussage in *Abendgespräche* (*Schriften*, Bd. 25, Berlin 1853, S. 205); ähnlich Hermann Freiherr von Friesen, *Ludwig Tieck. Erinnerungen eines alten Freundes aus den Jahren 1825–1842*, Bd. 2, Wien 1871, S. 48f.

els durch einen historisierenden und naturfrommen Romanzenton abgelöst. Der Wandel vom finsteren zum hellen Mittelalter – Tieck hat letzterem im Vorwort zu den *Minneliedern aus dem Schwäbischen Zeitalter* und noch in der düsteren Novelle *Der Hexen-Sabbath* ein melancholisches Denkmal gesetzt[70] – ist Einstimmung auf die Textbezogenheit einer exakten Philologie; diese wird zu Beginn des 19. Jahrhunderts durch Tiecks wissenschaftliche Studien und Editionstätigkeit mitbegründet, die neben den romantischen Lesedramen, als Ertrag seiner altdeutschen und mediävistischen Studien gelten können.[71]

Kurios genug, peinigt just aufgrund seiner Magelone-Bearbeitung den fiktiven Erzähler im *Phantasus* sein philologisches Gewissen mit dem Argwohn, »dem Gedicht das größte Unrecht gethan zu haben« (151). Hier wirkt wohl noch August Wilhelm Schlegels Athenäum-Rezension zu »Ludwig Tiecks Volksmärchen von Peter Lebrecht« nach, in der es heißt:

> Jene schlichten Sitten und der Ausdruck einer Schwärmerei, die alle Gegenstände in ihre glühenden Farben taucht, konnten vermischt, aber nicht völlig verschmelzt werden, und man fühlt das Fremdartige und die Willkür der Zusammenstellung.[72]

Tiecks eigenes Problembewußtsein äußert sich auch in der anschließenden Diskussion der Zuhörer, deren extreme Positionen Grundsätzliches zum Anspruch von Stoffneubearbeitungen aussagen. Die Kritik an der entschei-

70 Das Vorwort zu den *Minneliedern* ist am leichtesten zugänglich in Ludwig Tieck, *Kritische Schriften*, Bd. 1, Leipzig 1848, S. 185–214; vgl. auch Ludwig Tieck, *Der Hexensabbat*, hrsg. von Walter Münz, Stuttgart 1988, S. 97 ff.

71 Vgl. Roger Paulin, *Ludwig Tieck*, Stuttgart 1987, S. 33 f.

72 August Wilhelm Schlegel, *Sämmtliche Werke*, hrsg. von Eduard Böcking, Bd. 12, Leipzig 1847, S. 31 f.

denden Wendung der Geschichte, die das Wiederfinden der Liebenden statt in das Hospital des Volksbuchs in ein einsames Naturidyll verlegt, gipfelt von seiten der impulsiven Clara in dem Vorwurf: »Das alte Gedicht ist eine Verherrlichung der Liebe und frommen Demuth, die neuere Erzählung ist süß freigeisterisch und ungläubig.« (208) Entgegen diesem Beharren auf der lutherischen Kernfestigkeit des Volksbuchautors Veit Warbeck heißt es aus der Sicht der gemütvollen Rosalie:

> [...] aber ich danke Ihnen dafür, daß Sie das Spital und die Verpflegung der Kranken auf diese Weise unnöthig gemacht haben; das ländliche Gemählde der heitern Wiese und stillen Einsamkeit sind der Imagination weit angenehmer. (206f.)

Tieck selbst ermuntert in diesem Widerspiel der Argumente zu einem gesunden Maß an Stoffhuberei, wenn er durch Lothar auf Lope de Vegas Dramatisierung *Los tres diamantes* von 1609 verweisen läßt (208). Dieser Bearbeitung dürfte die Episode mit der schönen Sultanstochter entstammen, die eine weitere Abweichung Tiecks vom Volksbuch bezeichnet. Die in sich stimmige archetypische Deutung Sklenars[73] stößt hier an ihre Grenzen, gleiches gilt für die Jenseitsattribute, die dem Raben als Räuber des Zindeltuchs zuerkannt werden. Wenn der Raubvogel des Volksbuchs bei Tieck durch diesen ersetzt wird, so kann dies auch Ausdruck einer zarten Empirie sein, die der Vorliebe von Krähenvögeln für glänzende Gegenstände Rechnung trägt. Die Verfügbarkeit von Märchenmotiven, etwa dem ebenfalls handlungswichtigen Wiederauffinden eines Kleinods im Magen eines gefangenen Fischs, läßt die Frage nach Texttreue ebenso aporetisch werden wie die heute gängigere nach der Authentizität des Mythos. Beide

73 Sklenar (Anm. 27) S. 158–170.

werden in unserem Falle zudem durch Tiecks gründliche Überarbeitung seiner eigenen Erstfassung in den *Volksmährchen* relativiert.

Vom Sujet her ist der stark lyrisch getönte Romanzenstoff als Fremdkörper im Textbestand der ersten *Phantasus*-Abteilung erkennbar, fügt sich aber tendenziell in die poetologische Ökonomie der Rahmenhandlung und ihrer Textbeispiele ein. Hier zeigt sich unter anderem, daß sich deren Reihenfolge weder beliebig noch in Anlehnung an die reale Chronologie ihrer Entstehung im Werke Tiecks entwickelt, sondern die zunehmenden Fortschritte in der Wahrnehmungsfähigkeit der erlebenden Helden demonstriert.

Bereits der »Vorbericht« der *Schönen Magelone* setzt mit der für den Duktus des gesamten Märchens charakteristischen Verbindung lyrischer Prosa mit Lyrik ein; der im Traum entrückte Knabe, der die Unentrinnbarkeit der Zeit flieht, findet Zuflucht an einem imaginierten *locus amoenus*, dessen Topoi wieder das schon vertraute frischere und grünere Gras einschließen (152). Es mutet wie unfreiwillige Selbstironie an, daß Peters eigene Träume später »wie schöne bunte Tapeten die leeren Wände« bedecken (163). Eben diese möblierte Imagination freilich fixiert und konsolidiert die diffuse Wahrnehmung des Autors und des Helden, in dessen Gemach »wunderbare Träume von Liebe und Entführungen, einsamen Wäldern und Stürmen auf dem Meere (auf und nieder) tanzten« (258). Im Vergleich zum chaotischen Sog der Naturmärchen hat sich hier eine ähnliche Verfestigung vollzogen wie im Übergang vom *William Lovell* zum *Sternbald*.[74] Wahrnehmungen in amorphen Wolkengebilden, die in bekannter Manier Städte, Landschaften und Schlachtengetümmel zeigen (188), sind deutliche Anzeichen seelischer Krisen; verwandte Phänomene wie Synästhesien, die im

74 Vgl. Münz (Anm. 10) S. 41.

übrigen jeweils katachrestisch artikuliert werden, sind dem Traum oder Wachtraum vorbehalten. Dies gilt für Magelone, die lichte Wolken unter dem Lied ihres Geliebten hinwegziehen sieht (169), ebenso wie für diesen selbst, wenn in seiner Imagination »die Anmuth der Fürstin auf den silbernen Wellen (der Musik) hoch einher« schwimmt und diese den Saum ihres Gewandes küssen (161). »Peter erwachte aus sich selber«, heißt es alsbald; es lohnt indes, diese vordergründig ungereimten Sequenzen in ihrem jeweiligen Kontext zu würdigen: die Einebnung der empirischen Kategorien, die meist auf eine Personifikation von Wesen, Dingen und selbst Abstracta hinausläuft, entspricht wiederum dem Poesiekonzept der romantischen Komödien, das seinen programmatischen Höhepunkt im Romanzenkosmos des *Kaiser Octavianus* gefunden hat. Folgerichtig verweist die an die Lesung der *Magelone* sich knüpfende Konversation auf den – wie Tieck ihn versteht – dramatischen Charakter der Erzählung, der nicht mit dem Begriff des Theatralischen zu verwechseln sei, sondern als »Bühne der Phantasie« der »romantischen Dichtkunst ein großes Feld« eröffne und Kompositionen Raum gebe, die »zugleich lyrisch, episch und dramatisch sind« (209).[75] Das aus dem spätantiken Prüfungsroman hervorgegangene Aventüren- und Romanzenmotiv von der Trennung und Wiederfindung der Liebenden geht bei Tieck mit den von der Antithetik der Sage befreiten Steuerungselementen einher, die den selbst-

75 Vgl. Friesens Hinweis auf eine geplante Bühnenbearbeitung: »Das Drama [Magelone] sollte zwischen Genoveva und Octavianus mitten inne stehen, indem es das Wunder der Liebe ausschließlich behandelte, während jene dem Wunder des Glaubens und dieser den als Wunder erscheinenden verschiedenen Elemente der Romantik geweiht war. Die Arbeit gedieh aber nur bis zum Prolog, wie wir ihn in den Gesammelten Schriften besitzen (Bd. XIII [S. 229–238])« (Friesen, Anm. 69, Bd. 2, S. 210). Auf S. 229 der *Schriften*, Bd. 13, ist als Entstehungszeit das Jahr 1803 ausgewiesen; dieses fügt sich ebenso wie Sprache und Inhalt des Prologs zur Allegorienwelt des *Kaiser Octavianus* (vgl. Nachwort S. 286).

verantwortlichen Reifeprozeß des Märchenhelden gestatten und das Unbewußte hierbei integrieren. Magelones drohende Gebärde, mit der sie Peter im Traum vor der Versuchung der Untreue warnt (194), ist Bestandteil seines eigenen Unbewußten, wie der weitere Verlauf der Rahmenhandlung zeigt (256–259). Dort wird eine mit den Merkmalen realer außersinnlicher Wahrnehmung ausgestattete Episode erzählt, in der ein Gutsherr von seinem Kammermädchen dreimal in derselben Nacht im Traume angefleht wird, sie aus akuter Lebensgefahr zu retten. Der tatsächlich durch den Liebhaber des Mädchens vorbereitete Mordanschlag steht im Gegensatz zu ihrer eigenen Ahnungslosigkeit im Wachzustand; die überpersönliche Funktionsfähigkeit des Unbewußten ist Teil einer sinnerfüllten, durch den menschlichen Willen koordinierbaren Seinsordnung. Jenseits der oft unbeholfenen Stilmittel eines Autors, der bei der Erstfassung des Stoffs gerade 24 Jahre alt war, erweist sich die Wirksamkeit dieses Konzepts auch in der *Schönen Magelone*. Die gleichsam zentripetale Schlüsselszene des Werks, in der die Wirrungen der Aventüre zur Ruhe kommen, ist als Balance zwischen Natursympathie und menschlichem Bewußtsein chiffriert. Inmitten einer hylozoisch empfundenen Landschaft, die anmutet, »als wenn sich mancherlei Geister durch die Einsamkeit zuriefen und Antwort gäben«, bittet Magelone den Geliebten: »Laß noch deine süße Stimme durch dieses harmonische Gewirr ertönen, damit die schöne Musik vollständig sey« (182). Das darauf folgende Schlaflied »Ruhe, Süßliebchen im Schatten«, das in seiner Aussage und der Erzählökonomie für die Dominanz der *vox humana* über alle Einflüsterungen eines belebten Kosmos steht, wurde bekanntlich von größeren und kleineren Meistern der Tonkunst vierzigmal in Musik gesetzt und hat vor allem im Rahmen von Brahms' Liederzyklus am Überdauern von Tiecks Wortkunstwerk mitgewirkt. Der erstaunliche transliterarische Zauber einer altmodisch unspektakulär einhergehenden Geschichte mag sich dem Gelingen der Synthese verdanken, die Ernst bei der Darlegung seiner Märchentheorie als Ziel und Erfüllung allen Erzählens erschien (15f.).

Die Elfen

Die Elfen, der am kindertümlichsten und im vordergründigen Verständnis am märchenhaftesten anmutende unter allen Texten, sollte mit gebotenem Nachdruck gegen den Strich gelesen werden, da in ihm vordergründig viele Kitsch-Konnotationen des 19. Jahrhunderts eingelöst werden, das sich deutscher Märchen- und Sagenstoffe in durchaus verderblicher Weise bemächtigt hat. Schon der heute geläufig anmutende Titel führt in die Irre, da er noch zur Entstehungszeit als Neologismus gegolten haben dürfte. Die dämonisch koboldhafte Artung, die dem deutschen ›Alp/Elb‹ analog zum nordischen *alfr* angehaftet hatte, wurde im 18. Jahrhundert durch den Elfenbegriff in Bodmers Milton-Übersetzung und namentlich durch Wielands Shakespeare-Nachdichtung *Ein St. Johannis-Nachts-Traum* (1762–1766) verdrängt. Der neu installierte Reibelaut des dem Englischen entlehnten Kunstworts ›Elf(e)‹, das zögernd eingebürgert wurde, schafft die ebenfalls neue Vorstellung eines ätherisch verspielten, anmutigen Naturgeists, die sich nicht nur dem Allbeseelungsglauben der Goethezeit, sondern auch den Verniedlichungstendenzen des 19. Jahrhunderts öffnen konnte. Daß derartiges um 1800 noch nicht so selbstverständlich war wie heute, ist nicht nur dem zwiespältigen Eintrag im *Deutschen Wörterbuch* (Bd. 3, Sp. 400f. und 413) zu entnehmen[76], sondern auch der von Wieland offenbar für nötig erachteten

76 Vgl. auch die Einleitung der Brüder Grimm zur Übersetzung der *Irischen Elfenmärchen*, Leipzig 1826, S. LIX.

Begriffsklärung in der dem *Oberon* vorgeschalteten Notiz an den Leser.

Die Begriffsverwirrungen enden hierbei jedoch noch nicht: Elfen, Wichte, Kobolde, Zwerge, der unvermeidlichen Heinzelmännchen zu schweigen, tauschen ihre Züge untereinander, werden von den Vorstellungen anderer Kulturkreise, etwa antiken Pygmäenmotiven, überlagert und zu allem Überfluß mit dem Pandämonium der paracelsischen Naturgeister in Zusammenhang gebracht. Wenn Oswald Floeck in seiner verdienstvollen Monographie[77] die Kontinuität der Tieckschen Beschäftigung mit Elementargeistern seit dem dramatischen Jugendfragment *Die Sommernacht* (1789) feststellen will, so läßt die Formulierung die wahllose Offenheit außer acht, mit der der junge Tieck antike, orientalische und europäische Motivbestände verarbeitete, die zudem bei seinen Erstlingsversuchen der galanten Stilisierung der französischen *contes de fées* verpflichtet waren. Dieser Eklektizismus hat trotz Tiecks philologischer Studien bis ins Spätwerk angehalten, weist freilich vielfach durchdachte Strukturen auf, die statt mythologischer Konglomerate Neues schaffen.

Wir haben es also in den *Elfen* mit einer hinlänglich komplexen Motivschichtung zu tun, durch die Schnitte zu legen lohnt, wobei nicht nur Jacob Grimms immer noch lesenswerte, gut 30 Jahre später erschienene *Deutsche Mythologie*[78], sondern auch der Forschungsansatz der Dumé-

77 *Die Elementargeister bei Fouqué und anderen Dichtern der romantischen und nachromantischen Zeit*, Heidelberg 1909, S. 48. Vgl. namentlich zu den Ausführungen über Fouqué und dessen Bekenntnis zu Paracelsus (S. 11) die Bedenken in Gonthier-Louis Fink, »*Undine*. Die Diskrepanz zwischen Autor und Erzähler«, in: *Zwischen den Wissenschaften. Festschrift für Bernhard Gajek*, hrsg. von Gerhard Hahn und Ernst Weber, Regensburg 1994, S. 318–331.

78 Jacob Grimm, *Deutsche Mythologie*, Göttingen 1835 (Neudr. Frankfurt a. M. / Berlin / Wien 1981). Siehe dort v. a. das Kapitel XVII »Wichte und Elbe« (Bd. 3, S. 363–428; Neudr. S. 122–149).

zil-Schule[79] hilfreich ist. Sicher nicht zu unterschätzen ist unter rezeptionsgeschichtlichem Aspekt die veränderte Gegenwart des Aberglaubens, der zur Erscheinungszeit des *Phantasus* noch wesentlich vitalere Züge trug. Wenn Zwergensagen des 19. Jahrhunderts noch wahrhaben wollen, die letzten Vertreter der Gattung seien vom Alten Fritz oder gar durch den Lärm der Eisenbahnen vertrieben worden[80], so zeugt dies von einer anderen Präsenz, als die Comicwelt der Schlümpfe sie ins Fernsehzimmer bringt. Vielmehr sind Motive wie der durch Kränkung provozierte Auszug des Kleinen Volks[81] oder dessen Überfahrt[82], oder auch das Motiv der kurzen Verweildauer im Geisterreich, die nach menschlichem Maß sieben Jahre währt[83], wie sie von Tieck für seine poetische Komposition genutzt werden, zu Beginn des 19. Jahrhunderts noch lebendiges Volksgut. Das große Gewicht, das in der Erzählung den Geistern des Metallreichs beigemessen wird, sollte trotz paracelsischer Assoziationen daran erinnern, daß zumal im süddeutschen Sprachraum an die Stelle des Begriffs »Zwerg« das geläufigere »Bergmännchen« tritt, und wissenschaftliche Metallnamen wie Kobalt und Nickel der Ausdruck uralten Bergmannsaberglaubens an unterirdische Gnome sind.

79 Claude Leconteux, »Zwerge und Verwandte«, in: *Euphorion* 75 (1981) S. 366–378. Zur Kontamination von Elb und Zwerg siehe v. a. S. 378. Vgl. auch die entsprechenden Artikel in Leander Petzold, *Kleines Lexikon der Dämonen und Elementargeister*, München 1990.

80 Vgl. Lutz Röhrich, »Von der Mythologie zur kulturhistorischen Erzählforschung (Am Beispiel der Zwergenmotivik)«, in: *Die Brüder Grimm und die Geisteswissenschaften heute*, hrsg. von Bernhard Lauer, Kassel 1999, S. 15–42. Zur Erstinformation vgl. Wolfgang Krischke, »Diesseits des Nebellands der Diskurse. Die Brüder Grimm, die Germanistik und die Sprachwissenschaft heute. Eine Tagung in Göttingen«, in: *Frankfurter Allgemeine Zeitung* Nr. 287 vom 10. 12. 1997, S. N 6.

81 Grimm (Anm. 78) S. 401 (Neudr. S. 141).

82 Ebd., S. 381 (Neudr. S. 132); vgl. Röhrich (Anm. 80) S. 32f.

83 Vgl. R. Sprenger: »Über die Quelle von Washington Irvings *Rip van Winkle*«, in: Programm des Realgymnasiums Northeim, 1900/01, S. 3–14.

Dem Verfasser lag sicher die Absicht fern, ein mythologisches Adreßbuch zu erstellen; vielmehr ist die Einordnung der jenseitigen Figuren bewußt erschwert, da auch der Heldin gegenüber das Innerste des Mysteriums gewahrt und verwehrt bleiben soll: der Einzug des Königs setzt ihrem Aufenthalt im Elfenland ein Ende. Dessen Vorbote, der »schöne Vogel« (221), trägt die äußeren Attribute des antik-orientalischen Phönix; vom König selbst werden mittelbar die Merkmale einer Frühlings- und Fruchtbarkeitsgottheit berichtet (223).

Die numinose Wesenheit, die wir anhand ihrer Wirkungen erschließen können, ist bei Grimm unter dem Artikel »Fro« verzeichnet[84], aber dort so gut wie ausschließlich durch Belege über den nordgermanischen Freyr fixiert. Diese auch in Skandinavien merkwürdig entrückte und durch den Odinkult marginalisierte Gestalt, für die immerhin Adam von Bremen die Verehrung im Tempel von Uppsala erwähnt, gehört als Wanengottheit einer älteren Überlieferungsgeschichte an, steht aber – und dies ist für die Deutung wohl auch des Tieckschen Sagenkosmos entscheidend – zu den Elben in engerer Beziehung.[85]

Unbeschadet der oben geäußerten Bedenken gegen wuchernde Assoziationsvielfalt sei darauf verwiesen, daß der Name der kindlichen Elfe, in der sich Mutter wie Tochter spiegeln, Zerina, als Verkleinerungsform von Ceres durchgehen könnte: die segnende Erd- und Fruchtbarkeitsgottheit, die in der römischen Mythologie als Tochter von Saturn und Ops verstanden wird, ist schon in der Antike mit Demeter und Persephone in eins gesetzt worden, deren auf die Bereiche Vegetation und Unterwelt verweisende

84 Grimm (Anm. 78) S. 174–181 (Neudr. S. 75–77).

85 Freyr, der Fruchtbarkeitsgott, wohnt in Alfheim. Claude Leconteux (Anm. 79) S. 375. Elben in Verbindung mit Reichtum, Glück, Landwirtschaft und Viehzucht: ebd., S. 376. Vgl. Georges Dumézil, *Les Dieux des Germains*, Paris 1959, S. 118f.

Doppeldeutigkeit namentlich durch Jungs und Kerényis Forschungen über den Kore-Mythos entborgen wurde.[86] In ihrer kindlichen Gestalt ist sie die jenseitige Protagonistin des Märchens, durch deren aktive Rolle sowohl der abwesende »König« als auch die mutmaßliche Gebieterin des Elfenlandes an die Peripherie rücken – wobei die starke Ausprägung des Mineralmotivs sich zum Themenbestand des *Phantasus* ebenso fügt wie zu den chthonischen Traditionen der Unterweltgottheiten.

Zerinas personale Zweideutigkeit, die nach Maries Geheimnisverrat durch die Annahme der düsteren Rabengestalt bekräftigt wird, entspricht der Verschattung des Mysteriums im Gesamtgefüge des Märchens; mythologische Anleihen bei Sagentypen, die in unterirdischen, durch düstere und gefährliche Zugänge erreichbaren Höhlen u. ä. glänzende Feenpaläste ansiedelten, mochten Tiecks seit *Almansur* erkennbare Neigung zur Ambiguität[87] bestärken. Die eigentliche Märchenbotschaft, die zu den Rahmengesprächen des *Phantasus* zurückleitet, ist freilich die Vergegenwärtigung des Wunders im Alltag. Die Verwandlung des Samenstaubs in Gras, Rosenbüsche und Blumen, im Elfenpalast erprobt (216f.), gelingt auch in der irdischen Wirklichkeit (229). Noch einmal wird das Wag-

86 C. G. Jung / Karl Kerényi, *Einführung in das Wesen der Mythologie. Der Mythos vom Göttlichen Kind und Eleusinische Mysterien*, Zürich/Düsseldorf 1999. Vgl. dort zum Kindmotiv in Zwerg- oder Elfengestalt S. 89, zur ursprünglichen Identität von Mutter und Tochter v. a. S. 129f., 143, 162, 182ff.

87 Das zuerst 1790 erschienene *Idyll* nimmt in wesentlichen Zügen die krisenhafte Weltwahrnehmung in *Abdallah* und *William Lovell* vorweg. Das Feenmotiv ist mit dem Phänomen der Zweideutigkeit gekoppelt, der jede Lebenserscheinung je nach Sicht des Betrachters ausgesetzt ist: »Dieser Palast ist zugleich auf eine wunderbare Weise mit Gemälden ausgeziert, sie sind doppelt; auf der einen Seite stellen sie alles ernsthaft, auf der andern dasselbe lächerlich dar.« Ludwig Tieck, *Schriften 1789–1794*, hrsg. von Achim Hölter, Frankfurt a. M. 1991, S. 45.

nis der Gestaltung aus dem Amorphen versucht, so, wie auf dem Höhepunkt der Dichterfreundschaft mit Tieck Novalis es beschrieben hatte.[88]

»Seelenstimmungen«

Die Rückbezüge des Tieckschen Spätwerks auf die Konstellationen der Jugenddichtungen sind, vor allem hinsichtlich der Novellen *Waldeinsamkeit* und *Das alte Buch und die Reise in's Blaue hinein*, die in höchst konträrer Weise die Binärstruktur zwischen Außenwelt und Phantastik wahren, gewürdigt worden. Die folgenden Überlegungen sollen einer Erzählung gelten, die namentlich die Thematik der *Elfen* fortsetzt, wobei die Symbole weitgehend beibehalten, die Karten aber sozusagen neu gemischt werden.

Die 1839 erschienene Novelle *Der Schutzgeist* erzählt als Rahmenhandlung die Geschichte einer Gräfin, die, auf ihrem Sterbebett darniederliegend, hofft, ihren Sohn noch einmal wiederzusehen und den Ostergottesdienst im Straßburger Münster mitfeiern zu können. Kontrastiert wird der Gang der äußeren Handlung weniger durch die eingeschobene Erzählung ihres geistlichen Betreuers über eine Wende im Leben des Johannes Tauler als durch eine Folge von in der Kindheit einsetzenden Erlebnissen, die sie dem Priester anvertraut: Mehrmals begegnete sie einem wunderschönen fremden Kind, das in allen Fällen auf unerklärliche Weise wieder verschwand. Beim erstenmal schenkt die Erzählerin dem »süße(n) Wesen« ihren kostbarsten Schatz,

88 Vgl. das dem Widmungsgedicht an Tieck benachbarte »Es färbte sich die Wiese grün«, dessen utopisches Telos mit den Zeilen beschrieben wird: »Vielleicht beginnt ein neues Reich – / Der lockre Staub wird zum Gesträuch, / Der Baum nimmt tierische Gebärden, / Das Tier soll gar zum Menschen werden.« (Novalis, *Schriften*, Bd. 1, hrsg. von Paul Kluckhohn und Richard Samuel, Stuttgart [2]1960, S. 414.)

ein in Gold gebundenes und mit Edelsteinen besetztes Gebetbuch; beim zweitenmal gerät sie über die Ermahnungen der schönen Besucherin so in Zorn, daß sie – ohne Erfolg – das Buch zurückfordert. Das fremde Mädchen verschwindet, als sie nach ihm schlägt. Beim drittenmal erblickt sie das Kind in einer Krisensituation, da sie als junge Witwe und Mutter den nahen Tod ihres dreijährigen Sohnes vor Augen hat und von der Anfechtung des Unglaubens heimgesucht wird. Das Kind verheißt ihr des Sohnes und ihre eigene Genesung, die bald eintritt.

Nach diesen Rückblenden nimmt die Haupthandlung einen konventionell abenteuerlichen Verlauf. Die Gräfin ist wider Erwarten ihrer Entourage kräftig genug für die Reise nach Straßburg. Nach einer gefährlichen Rheinüberquerung irrt ihre Reisegesellschaft vom Weg ab und hat dadurch Gelegenheit, den Sohn der Gräfin mit einem großen Goldschatz aus der Hand von Räubern und Mördern zu retten. Bei der Ostermesse im Münster erscheint, auch dem Geistlichen sichtbar, das schöne Kind und überreicht der Gräfin während der Wandlung das kostbare Buch. Diese bekreuzigt sich und sinkt tot zusammen.

Die kurze Inhaltsangabe reicht nicht hin, um den größtenteils diskursiv-theoretischen Charakter der Novelle zu veranschaulichen. Diese Beschaffenheit kann mit der allgemeinen Tatsache zu tun haben, daß der Erkenntniszuwachs eines alternden Autors häufig mit schwindender Schaffenskraft einhergeht. Dies scheint freilich nicht der einzige Grund für die Sprödigkeit des Textes, der erst von Uwe Schweikert in seiner Edition angemessen gewürdigt wurde.[89] Er trägt weithin die Merkmale, die Protokolle paranormaler Ereignisse kennzeichnen: Deren Kontingenz unterscheidet sich wesentlich von dem kohärenten Sinngefüge, das eine gelungene Erzählkonstruktion zu tragen

89 Ludwig Tieck, *Schriften 1836–1852*, hrsg. von Uwe Schweikert, Frankfurt a. M. 1986. Vgl. auch Sklenar (Anm. 27) S. 211ff.

pflegt. Wollte man in der Rettungsgeschichte des Sohnes das Walten der Vorsehung erkennen, fände man sie von der übernatürlichen Erscheinung seltsam isoliert: sie ereignet sich eher als Nebenertrag einer ungemein mühsamen, von Mißgeschicken heimgesuchten Reise. Die Erzählerin selbst kommentiert das Psi-Phänomen ihrer Kindheit nüchtern, in einer erstaunlich modernen Sprache, die den Alternativen der Parapsychologie zwischen animistischer und spiritistischer Deutung gleicht:

> Ist es nun mein eigenes Inneres, was mir in der Gestalt des Kindes so freundlich und seltsam begegnete: ist es wirklich mir sichtbare Vergegenwärtigung jener ewigen Liebe, die ich nur in dieser Umgebung und Stimmung sehn und zum Teil verstehn konnte?[90]

An anderer Stelle heißt es:

> Die Alten nannten es oft einen Dämon, welcher sie antrieb, das, was unmöglich schien, zu unternehmen und mit Glück zu beendigen. [...] Es ist uns zuweilen, als wenn wir aus Wald und Fels, aus Strom und Luft Kräfte in uns auf Augenblicke durch starke Willkür zusammenraffen könnten; oder als wenn sich durch die Gewalt unsers Herzens Geister unsichtbar zu uns gesellten, um allenthalben mit Hand anzulegen, zu tragen, zu heben, und vor allem, was droht, uns zu beschützen.[91]

Hier erstehen in leidenschaftsloser Aufzählung die altvertrauten konstitutiven Landschaftselemente des *Runenberg* neu; doch ist die Handlung dadurch in die Gegen-

90 Ludwig Tieck, *Schriften 1836–1852*, hrsg. von Uwe Schweikert, Frankfurt a. M. 1986, S. 395.
91 Ebd., S. 405 f.

richtung gepolt, daß das mit den Merkmalen der Edelsteintafel ausgestattete Buch den der frühen Erzählung entgegengesetzten Weg nimmt: das Kostbarste des Menschen wird für die Dauer seines Erdenwandels einer unbewußten Instanz überantwortet und wirkt insgeheim in seine Lebensführung hinein; dem blasphemischen Anklang des »Nimm dieses zu meinem Angedenken!« (95) im *Runenberg* steht die Vergegenwärtigung des Allerheiligsten im Straßburger Münster gegenüber.

Tieck wurde, wie es Schweikert plausibel in den Raum stellt, durch die Begegnung mit Friederike Hauffe, der »Seherin von Prevorst«, zu der Gestaltung seines Stoffs angeregt; der Brief an Kerner vom 3. Juli 1841 gleicht im Wortlaut Argumentationen der Novelle:

> Wenn wir nur sondern könnten, was bei den Seelenstimmungen, die meist Erscheinungen veranlassen, *äußerlich*, oder sozusagen *wirklich* sei, oder was nur eine scheinbar nach außen geworfene Metapher oder Spektrum und Vision unserer schaffenden Phantasie ist.[92]

Die Sonderstellung des *Schutzgeists* »zwischen der Naturmagie der frühen Märchen mit ihren Elementargeistern [...] und dem dämonologischen Schicksalsglauben, wie ihn die okkulten Erscheinungen der *Abendgespräche* und der *Klausenburg* befragen«, führt den Interpreten zu dem Fazit: »alles Geheimnis wird Offenbarung.«[93]

Dies unterscheidet den späten Tieck vom Verfasser der *Phantasus*-Märchen, für deren Hauptakteure insgemein gilt, was den Romanzenhelden Peter von Provence kennzeichnet: er »kannte seine eigenen Wünsche nicht« (154; vgl. auch die ähnliche Gedichtzeile 163). So paradox es scheinen mag, ist dies seinerseits schon ein Fortschritt ge-

92 Ebd., S. 1185.
93 Ebd., S. 1192.

genüber dem Triebfedernpsychologismus der Aufklärung: die Preisgabe des romantischen Protagonisten an die unwägbare Macht des eigenen Ich bedeutet im besten Falle Einweihung in Unerhörtes.

Die Neuromantik kann ein knappes Jahrhundert später auf das Erbe der Carus, Fechner und du Prel zurückblikken – und im europäischen Zusammenhang auf Parnaß, Symbolismus und Dekadenz, die vieles von ihrem *frisson nouveau* aus den lauernden Valeurs des Allbelebungsglaubens in den Nervalschen *Vers dorés*, einem Erbe der deutschen Romantik, übernommen haben. Sie handhabt die Chiffren des Schreibens in Trance wie eine nachbarliche Bändigung der Elemente – die Furcht vor den unwägbaren Mächten des Unbewußten ist vielfach der Skepsis gegenüber der Gültigkeit ihrer Textur gewichen, die in den Theorien zur bildenden Kunst, wie etwa in Kandinskys Schriften, soeben tastend erschlossen wird.[94] Solches führt zu Resultaten wie dem Atem-Gedicht, das den zweiten Teil der Rilkeschen *Sonette an Orpheus* eröffnet, in all seiner Wind- und Wellenmetaphorik abzielend aufs »Gegengewicht, in dem ich mich rhythmisch ereigne«; der künstlerische Gestaltungsprozeß des platonischen ὀρθῶς μαίνεσθαι und der *sobria ebrietas*, jener Schöpfungsmetaphern, die seit der Renaissance das künstlerische Selbstverständnis bestimmten, wird im Vergleich zu den älteren Vorbildern wesentlich bewußter nachvollzogen.[95]

94 »Das innere Element, von der Seelenvibration geschaffen, ist der Inhalt des Werkes. Ohne inneren Inhalt kann kein Werk existieren« (Wassily Kandinsky, »Malerei als reine Kunst«, in: W. K., *Essays über Kunst und Künstler*, hrsg. und komm. von Max Bill, Stuttgart 1955, S. 63). Zur einschlägigen Schulung Kandinskys durch amorphe impressionistische Gemälde wie Monets *Heuhaufen* vgl. Gottfried Boehm, »Werk und Serie«, in: *Claude Monet und die Moderne*, hrsg. von Karin Sagner-Düchting, München / London / New York 2001, S. 156f. (mit Literaturhinweisen).

95 Rainer Maria Rilke, *Duineser Elegien. Die Sonette an Orpheus*, hrsg. von Wolfram Groddeck, Stuttgart 1997, S. 81. Die hier anhängigen Schlußfol-

Gerade die elementare Symbolik von Wind und Wellen gemahnt an die, gemessen an den *Phantasus*-Märchen, sanftere Aporie der Tieckschen Komödie, in der die Hingabe ans Unbewußte zu Situationen wie der des schiffbrüchigen Seelmann auf dem einsamen Felsen in der *Verkehrten Welt* führt. Ihm gelingen, so lange er des Souffleurs entraten muß, nach dem Urteil der Literaturwissenschaft Verse, die als poetischer Höhepunkt des Stücks zu gelten haben und Sprache und Weltverständnis Hofmannsthals vorwegnehmen.[96] In der Tat gilt der junge Herr Andreas von Ferschengelder, im wahrsten Sinne unbewandert, wie ihn der Beginn seines Auszugs in die Welt zeigt, als letzter Nachfahr der romantischen Sucher. Er und seinesgleichen können das Vorbild jener, die ihnen ein Jahrhundert zuvor vorausgegangen sind, bei aller Distanz zu den Gestalten des äußeren Lebens nicht verleugnen; und dann und wann läßt sich im Unwissen um die eigenen Wünsche die *Nox portentis gravida* erahnen. »Zuweilen kommt«, läßt Hofmannsthal einen anderen jungen Herrn im *Kleinen Welttheater* sprechen,

> wenn ich allein bin, solch ein Zeichen über mich:
> und früher war ich innerlich bedrückt davon
> und dachte, daß in meinem tiefsten Seelengrund
> das Böse läg', und dies Vorboten wären und
> erwartete mit leiser Angst das Kommende.

Es ist dies der lenkbar anmutende Wachtraum eines späten Geschlechts, das seine antinaturalistische Ästhetik

gerungen wurden durch Georg Braungart in einem Vortrag vom 23.10.2001 an der Ludwig-Maximilian-Universität München in einen größeren Zusammenhang gestellt (»Das ›rätselhafteste Diktat‹. Rilke als Medium«).

96 Ludwig Tieck, *Die verkehrte Welt*, hrsg. von Walter Münz, Stuttgart 1996, S. 90–92. Vgl. Emil Staiger, »Ludwig Tieck und der Ursprung der deutschen Romantik«, in: E. S., *Stilwandel. Studien zur Vorgeschichte der Goethezeit*, Zürich / Freiburg i. Br. 1963, S. 186, 196 f.

in traumwandlerisch trittsicherer Entrückung auslebt. Der Anlaß der zitierten Sentenzen ist ein unbewußter Tiermord, von dem es heißt:

> Sonderbar
> war mir die Beute, und der Traum umschwirrte mich so stark,
> daß ich den Brunnen suchte und mir beide Augen schnell
> mit klarem Wasser wusch; und wie mir flüchtig da
> aus feuchtem Dunkel mein Gesicht entgegenflog,
> kam mir ein Taumel so, als würd ich innerlich
> durch einen Abgrund hingerissen, und mir war,
> da ich den Kopf erhob, als wär ich um ein Stück
> gealtert in dem Augenblick.[97]

Im Doppelsinn der eigentlichen und der uneigentlichen Bedeutung des Begriffs »Augenblick« eröffnet sich die gleichzeitige Flüchtigkeit und Verfänglichkeit der Vision. Die Verzerrungen des Wasserspiegels im aufgerührten Brunnen kommen ins Reine, sobald der Sprecher sich selbst gereinigt hat. Es bleibt die Sorge um die Unwägbarkeit der eigenen Wahrnehmung; kann doch auch der geklärte Spiegel des Brunnens nicht davon künden, zu welchem Ziel die vielen Augenblicke des Alterns gelangen mögen, die noch folgen werden.

97 Hugo von Hofmannsthal, *Lyrische Dramen*, hrsg. von Andreas Thomasberger, Stuttgart 2000, S. 111.

Inhalt

Märchen aus dem »Phantasus«

Anhang